Das Buch:

Als ein Riesenkalmar ein Tiefseekabel berührt, beginnen seine Arme und Tentakel zu erzählen. Davon, wie es ist, in ständiger Dunkelheit zu leben, wie es ist, für den Menschen ein Ungeheuer zu sein. Sie erzählen von Sanja, die ein Praktikum auf einem Frosttrawler absolviert und sich um einen gefangenen Kalmar kümmert. Sie erzählen von Dagmar, die für einen Geheimdienst in der Antarktis stationiert ist und diesen Kalmar unbemerkt nach Deutschland schaffen soll. Sie erzählen von einer Kindheit als Schäferstochter. Sie erzählen von einer Familie, deren Urahn schon mit einem Kalmar gekämpft hat. Sie erzählen von dem jungen Jules Verne, der von diesem Kampf hört und darüber zu schreiben beginnt. Am Ende erzählen sie davon, wie schwierig es für Menschen ist, von Tieren zu erzählen, und warum sie es dennoch tun.

Der Autor:

Luca Kieser wurde 1992 in Tübingen geboren. Er studierte Philosophie sowie Sprachkunst in Heidelberg, Leipzig und Wien, wo er heute lebt. Ausgezeichnet wurde er unter anderem mit dem Wortmeldungen Förderpreis, dem Lyrik-Lichtungen-Stipendium und dem FM4 Wortlaut. Sein Debütroman Weil da war etwas im Wasser stand drei Mal in Folge auf der ORF-Bestenliste und war für den Deutschen Buchpreis 2023 nominiert. Sein zweiter Roman, Pink Elephant, ist bei Blessing erschienen.

LUCA KIESER

Weil da war etwas im Wasser

*Die Arbeit an diesem Roman wurde vom BMKÖS durch
ein Startstipendium für Literatur gefördert.*

Penguin Random House Verlagsgruppe FSC® N001967

1. Auflage 2025

www.blessing-verlag.de

Coverdesign: Nele Schütz Design unter Verwendung
von Adobe Stock (Анна Удод)
Herstellung: Magdalena Gerblinger
Druck und Bindung: GGP Media GmbH, Pößneck
Printed in Germany
ISBN 978-3-453-44214-6

LUCA KIESER

Weil da war etwas im Wasser

ROMAN

Blessing

*Whatever happens, please remember this
– they are beautiful, wonderful creatures.
Try to come to terms with them if you can.*
ARTHUR C. CLARKE,
The Shining Ones

*Pouvait-on sérieusement imaginer que la
production d'encre, chez le poulpe, aurait
été sélectionnée au cours de l'évolution
pour lui permettre d'écrire?*
VINCIANE DESPRET,
Autobiographie d'un poulpe

Wie das tiefschwarze Gefieder eines Hahns vor dem Schrei dehnt sich das All – und die Erde, unsere Heimat, ist darin nicht mehr als das Blitzen einer Federspitze. Tief muss man eintauchen in dieses Federkleid und erst aus unmittelbarer Nähe erscheint die Erde dann so, wie wir sie kennen, als jene Blue Marble: umhüllt von Flaum und voller milchiger Schlieren. Mit einer Hälfte, die der Sonne entgegenstrahlt, und einer anderen, die in sattem Blau versinkt.

Es ist noch gar nicht lange her, dass es dort, auf der sonnenabgewandten Seite, finster wurde. Doch ist es der Erde in letzter Zeit gelungen, aus eigener Kraft zu leuchten. Heute ist ihre Nacht durchzogen von gleißenden Linien. Korallen gleich verzweigen sie sich und finden erneut zusammen in den Metropolen der Menschen. Glutnester, in die der wundersame Rhythmus von Sonnenumkreisung und Eigenrotation bläst. Darüber hängen Wolken in jenem rötlichen Schein, der mit der Dämmerung kommt, nie mehr aber alles verschluckt wie einst. Nur inmitten der Meere, jener ins All gleißenden Ozeane, gibt es noch lichtlose Orte. Die Temperaturen liegen hier unten nur knapp über dem Gefrierpunkt. Wenn oben Orkane toben, bleibt es still. Und alles ist schwarz.

Dann aber glimmt etwas auf. Flackert etwas. Blinkt. Und auf einmal schimmern die Felsen. Regenbögen aus Bakterien steigen auf. Aus dem Schlamm wachsen Skulpturen, überzogen von lumineszierendem Schleim. Muscheln hocken darin, öffnen sich und stoßen neongrüne Blasen aus. Etwas Unförmiges macht sich los, leuchtet violett auf und schwebt davon.

Anglerfische entzünden ihre Laternen. Ein stacheliges Band schlängelt sich vorbei und pulsiert gelb. Aus Spalten und Ritzen linst man ihm hinterher. Und dann blitzen die Blicke von überall. Bleiche Pupillen, lidlose Augen. Von Drachenfischen und Aalen. Riesenasseln und Würmern, von Schnecken, Igeln, Krabben – und schlagartig ist alles wieder schwarz.

Weil da ist etwas im Wasser.

Ein Wesen, das immerzu in Finsternis lebt. Das mit jedem Atemzug die Schwärze einsaugt und wieder aus sich herausdrückt. Das sie auf diese Weise überwindet. Sie durchdringt – stellen wir uns ein Leben vor, das aus nichts besteht als alter Nacht.

Sein Körper ähnelt einer Lampionblüte. Doch ist er hundertfach größer als die größte aller Blumen, ist flüssig wie das Wasser selbst und besitzt dort, wo bei einer Blume die Knospe am Stängel hängt, einen Schnabel. Statt Blättern sind ihm zwei Tentakel gewachsen. Und wie Beeren sitzen um seinen Schlund mit Saugnäpfen übersäte Arme, wir.

Acht sind wir, acht Arme eines Riesenkalmars, und – das können sich die Menschen wohl kaum vorstellen – wer so viele und so lange Glieder besitzt, braucht schnelles Blut. Er braucht dünnes Blut. Braucht mehr als nur ein Herz. Und fühlt doch bei allem Gepumpe in seinem Innern eine immerwährende Atemnot – die unserem Kalmar allerdings zu jenem Zeitpunkt, da wir zu erzählen beginnen, schon lange nicht mehr als ein Leiden erschien, auch nicht die daraus resultierende Melancholie. Längst hatte er sich daran gewöhnt, dass es schwer war, zu existieren.

Als könnte er sprengen, was ihm auf den Kiemen saß, sog unser Kalmar das Wasser in sich hinein und presste es dann durch seinen Sipho wieder ins Wasser zurück. Der Rückstoß schob ihn knapp über dem schlammigen Grund dahin, noch bevor er merklich langsamer wurde, wiederholte er das Ganze. Sein Blick ging dabei zurück, dorthin, wo er herkam. Silbrige Linien wanderten über seinen Körper und ließen ihn aussehen, als wäre er ein Teil vom Ende der Wasser. Wir wallten hinter ihm her. Und da alles Leben, sobald er in die Nähe kam, so tat, als wäre es Teil des Schlamms, wähnten wir uns allein und rechneten nicht damit, dass in dem Schlamm etwas lauern könnte.

Unser Kalmar war bereits darüber hinweg und hätte es nie bemerkt, wenn nicht unser Süßer Arm – wir wissen alle nicht, weshalb wir ihn so nennen, süß ist er jedenfalls nicht, aber so ist das mit Namen, man kann sie sich nicht aussuchen, und wenn man sie bekommt, weiß noch niemand, ob sie passen, wenn man sich dagegen wehrt, ist das nur vertane Kraft ... Unser Süßer Arm strich jedenfalls schon eine ganze Weile durch den Schlamm. Es wirbelten Wolken auf. Und plötzlich war da etwas, was er noch nie berührt hatte. Er zuckte – einen Hauch später zuckten wir alle. Die Tentakel warfen sich herum. Das große Herz setzte aus, die beiden Herzen an den Kiemen fielen in ein Hämmern. Unser Kalmar erlosch, gleichzeitig schoss alle Tinte aus dem Sipho und mit zwei schnellen Bewegungen modellierte unser Eingebildeter Arm daraus eine Furcht einflößende Gestalt. Die andern warfen sich herum, unser Kalmar drückte das letzte Wasser aus sich und trieb zusammengezogen zu einem Knäuel davon. Nichts aber tauchte aus dem Ungeheuer aus Tinte auf, nichts versuchte zu verschlingen.

Während sich der Schlamm und die Tinte legten, beruhigten sich die Kiemenherzen. Gleichzeitig kam in unserem Kalmar dumpfer Schmerz auf. Seinen Tintenbeutel umgaben Muskeln, die wochen-, manchmal monatelang unmerklich vor sich hin pulsierten, sich aber eben urplötzlich zusammengezogen hatten. Jetzt brannten sie. Unser Kalmar musste alle Willenskraft aufbringen, um uns daran zu hindern, über den leeren Beutel zu streicheln.

Hätten nur die Felsen wieder zu leuchten begonnen: Unser Kalmar wäre zu sehen gewesen, wie er vom unter unserer Haut wallenden Blut bläulich schimmernd einige Armlängen von etwas entfernt im Wasser schwebte, was wie eine gigantische Schlange aussah und seine Glieder, uns, über sich hielt. Doch keines der Tiere wagte etwas von sich zu geben. Ein jedes blieb mit der Landschaft verschmolzen und beobachtete, wie er die Hörner herabnahm und dann zuerst der eine Tentakel, dann der andere und nach und nach wir alle loskrochen. Wie dann mit unserer Haut etwas geschah, sich manche Zellen aufplusterten und andere unter sich zogen. Zunächst huschten gelbe Punkte und Streifen über uns, dann loderten an unseren Armspitzen dunkelrote Flecken auf und schließlich lief etwas über den ganzen Leib unseres Kalmars, das aussah wie ein Feuer.

Er löste sich. Mit langsamen Zügen schwamm er uns hinterher. Wir tasteten uns Armlänge für Armlänge durch den Schlamm. Und als die mutigsten von uns – der Hehre und der Blendende Arm – das wiederfanden, was der Süße gestreift hatte, war es eine echte Berührung: eine, die fühlte und schmeckte. Eine, die fragte. Und eine, die feststellte, dass es kein Maul war, was da im Schlamm lag, und auch kein Leib, sondern etwas, das sehr weit entfernt von seinem Maul sein musste, denn weder in die eine noch in die andere Richtung wurde es dicker oder dünner. Und obwohl wir immer fester zupackten, regte sich dieser fremde Tentakel nicht.

Der Geschmack des eigenen Sekrets ekelte uns und trotzdem begannen unser Müder und unser Halber Arm das Zeug wegzuwischen. Und während unser Bisschen-Schüchterner und unser Armer Arm den Tentakel in beide Richtungen erkunde-

ten, wir übrigen an ihm zerrten und zogen, saugten und leck-
ten, verrieben sie die Reste der Tinte. Partikel lösten sich und
stiegen auf, schwarz in schwarz. Und darunter kam die glatteste
Haut zum Vorschein, die uns je begegnet war. Kein Schleim,
kein Geschmack. Keine Schuppen oder Ritzen, nicht einmal
Poren. Nur ein Glühen. Ein Glühen, das durch die Glätte nach
außen drang und das die Herzen unseres Kalmars kräftiger
pumpen ließ. Auf seiner Haut flammten Punkte auf. Von den
Felsen konnte man ihn in der Finsternis rosa schimmern sehen.

Halten wir hier für einen Moment inne. Es war zu jenem
Zeitpunkt schon eine Weile her, dass unser Kalmar die eisigen Ströme unserer Heimat verlassen hatte. Und bevor wir
verraten, zu wem der glühende Tentakel gehörte, bevor wir
erzählen, wohin er uns führte, wollen wir einen Blick zurück
werfen und uns erinnern, weshalb unser Kalmar überhaupt
aufgebrochen war. Denn auch wenn unser Kalmar noch jung
war, lebte er damals bereits schon lange, wie seinesgleichen seit
Anbeginn der Zeit lebten. Immer war etwas im Wasser, vor
dem man sich verbarg oder das man verschlang. Immer war
man allein. Erinnern wir uns an jenen Moment, da sich das
änderte: Unser Kalmar lag gerade inmitten eines Krill-Sturms
auf der Lauer.

DER EINE TENTAKEL

Es war Sommer in der Antarktis und der Krill hatte bereits gelaicht. Die Eier waren abgesunken und in zwei- oder dreitausend Metern Tiefe geschlüpft. Das Erste, was die Larven taten, war zu warten und zu treiben. Zu warten und zu treiben und zu wachsen. Bis ihre Schwimmbeinchen groß genug waren, dass sie aufsteigen konnten. Irgendwann fuhren sie zum ersten Mal aus ihrer Haut. Dann ging der Aufstieg weiter. Viele Tage lang. Sich häuten. Aufstieg. Und die ganze Zeit wuchs dabei der Hunger. Erst nach vier Wochen hatten sich an ihren Schwimmbeinchen genügend Borsten gebildet, dass sie fressen konnten. Und jetzt stießen sie auch endlich zu ihrem Schwarm. Hier war alles erfüllt von einem Sirren und dem blauen Funkeln, mit dem die winzigen Krebse sich in etwas verwandelten, was aus der Ferne wie eine Gewitterwolke aussah. Der Schwarm wallte bis in die lichten Wasserschichten hinauf, in denen das Grün förmlich explodierte. Hier weidete er. Der größere Teil aber hing in die Tiefe und begnügte sich mit dem, was von der Wasseroberfläche herabschneite. Da es nämlich in der hellen Jahreszeit kein Packeis gab, in dessen Spalten und Höhlen man sich verkriechen konnte, war die Dunkelheit der Tiefe das einzige Versteck und kein Ort sicherer als das Innere des Schwarms.[*] Bis hierhin vorzudringen war unserem Kalmar gelungen, an einen Ort, an dem sich allein in seiner Reichweite Zehntausende der Tierchen zusammendrängten. Womöglich konnten sie spüren, dass es ihm – anders

---

[*] Dem Zusammenspiel von Packeis, Algen und Krill widme ich mich, ruft unser Hehrer Arm, in meiner Geschichte. Ehrlich gesagt ist es eher eine Rede, wirft der Halbe ein. 50 JAHRE BLUE MARBLE beginnt auf Seite 64.

als ihnen – zu mühsam war, den Staub aus dem Wasser zu fischen. Womöglich hatten sie ihn aber auch inzwischen vergessen, denn seit einer Weile funkelte er bläulich wie sie und bewegte sich nicht mehr. Wir Arme genossen es, wie es kitzelte, der eine hierhin geschoben wurde, der andere dorthin. Es war nur eine Frage der Zeit, bis ein Knochenfisch oder vielleicht sogar ein Hai in den Schwarm schießen würde. Doch dann war auf einmal etwas im Wasser.

Ein Geschmack umhüllte unseren Kalmar, legte sich auf unsere Haut und ließ es an unseren Armspitzen prickeln. Unser Armer Arm wollte schon los, in die Richtung, aus der er den Geschmack herangetragen glaubte. Und auch unser Kalmar selbst sog bereits das Wasser tiefer als sonst in sich ein, ihm wurde leicht – da schreckten der Bisschen-Schüchterne und der Süße zusammen und eine seit Generationen eingeschriebene Furcht vor Walen flutete uns aus ihnen entgegen.

Während unser Kalmar alles Wasser auf einmal aus sich hinauspresste und wir uns am Krill abzustoßen versuchten, durch diesen aber hindurchglitten, erwarteten wir die Geräuschsalve. So nämlich jagen Wale: Mit offen stehendem Maul und sich um die Längsachse drehend schrauben sie sich in die Tiefe. Und wenn ein Kalmar, der regungslos im Wasser steht, auch unsichtbar sein mag, dem Echolot eines Wals entgeht er nicht. Anfangs sind es so leise Töne, dass nur der Jäger selbst sie hört. Eine heimlich gesummte Melodie. Doch sobald er nah genug ist, schlägt es donnernd zu.

CHEMIE
Die Geschichte unseres
Blendenden Arms

Während du dann wieder zu dir kommst, wirst du in die Höhe geschleift. Bald seid ihr so hoch, dass dünnes Licht ins Wasser dringt, doch alles, was du sehen kannst, ist der endlose Körper. Du erkennst etwas an seinem Rücken und versuchst es zu erreichen, doch deine Arme rutschen ab. Der Druck des Kiefers, das immer wärmer werdende Wasser, es schnürt dir die Kiemen zu. Dein linker Tentakel findet eine Stelle, an der er sich festkrallen kann, und reißt mit letzter Kraft. Schwarze Hautfetzen und weißes, fasriges Gewebe wirbeln um dich. Dann klappt die Welt zusammen, die kühle Walzunge, ein unendlicher Gaumen, ein Muskel, ein Sog.

Nicht alles von dir zersetzt sich. Dein Schnabel ist unverdaubar; und so stichst du in den Pylorus, kämpfst dich in den Darm, bohrst dich dort in die Flora und gerade, als du an Rache zu glauben beginnst, bildet sich um dich eine Substanz, die dich einbalsamiert. Alles klebt an dir. Du verklumpst.

Tage, Wochen, Monate verstreichen, während denen du zu einem immer größeren Brocken anwächst, dann würgt der Wal dich hervor; und es folgt eine zweite Ewigkeit, die du in einem Film aus Erbrochenem an der Wasseroberfläche durch die Weltmeere treibst – und es lässt sich gut vorstellen, *what an unsavory odor such a mass must exhale; worse than an Assyrian city in the plague, when the living are incompetent to bury the departed.*

Apropos Moby-Dick: An dem Wal hast du Spuren hinterlassen. Rings ums Maul. Abdrücke deiner Saugnäpfe. Sie werden vernarben und nur die werden sie zu Gesicht bekommen, die Wale trotz der Verbote jagen und harpunieren, mit dem Kopf achtern und auf den Rücken drehen, aufschlitzen und abflensen, köpfen und abschöpfen. Geschichten werden sie sich ausdenken von einem Seeungeheuer. Die werden sich eine Weile halten und du wirst dabei immer böser werden – Seeungeheuer wachsen beim Erzählen –, doch schließlich werden sie nichts mehr mit dir zu tun haben. Und dann, spätestens dann, wirst du nur noch in jenem Erbrochenen sein, das mit der Zeit auslüften, im Salzwasser hart, im Sonnenlicht hell und schließlich an Land gespült werden wird.

B
L
E
N
D
E
N
D

Endlich durchbrach unser Kalmar den Rand des Schwarms. Im offenen Wasser hatte er eine Chance. Er beschleunigte und wandte sich gleichzeitig in Richtung Tiefe. Er wollte in Gegenden, in denen einem Wal der Druck zu groß werden würde. Da lenkte etwas seinen Blick ab. Ungefähr dort, wo er sich eben selbst noch befunden hatte, war in der flimmernden Krill-Wolke der Schatten einer Gestalt zu sehen. Im selben Augenblick lief eine Welle durch die Krill-Wolke. Der Schatten erzitterte und zeichnete sich dann noch deutlicher ab. Es war die gleiche Gestalt, die auch unser Kalmar abgab. Es war, als hätten wir einen Abdruck im Krill hinterlassen.

Unser Armer Arm scherte erneut aus, schwamm zurück und war noch nicht weit, da lief eine zweite Welle durch die Wolke. Diesmal erlosch das Blau und damit war auch der Schatten fort. Kurz herrschte Stille. Dann wurde ein Teil des Krills zur Seite gedrückt und der Rest von einer Wucht weggefegt, die kein Walbulle, auch kein Rudel, aufbringen konnte. Sie kam schnell, kannte aber kein Ende.

Auch jener Kalmar, den wir geschmeckt hatten, wurde fortgerissen. Ein Strudel aus Wasser und Krill erfasste seinen Leib. Seine Arme und Tentakel schossen in alle Richtungen und krachten in ein Innennetz. Um ihn flutschten die kleineren der Krebse einfach durch die Maschen, er aber wurde von den Krillmassen immer fester hineingedrückt. Er fühlte das Garn sich in seine Haut einschneiden. Dann schafften zwei seiner Arme, sich in dieselbe Masche zu zwängen, und während der Krill immer heftiger prasselte, spannten sie an.

Als das Garn riss, gab es Platz. Dann schlugen Tonnen aus Krill zu und fegten den Kalmar in Richtung des Steerts. Hier, am Ende des Schleppnetzes, wurde der Krill abgepumpt. Obwohl sich der Druck erhöhte, je näher er der Pumpe kam, gelang es einem Tentakel des Kalmars, sich bis zum Netzrand durchzugraben. Er fand eine Masche – da wurde einer seiner Arme in den Schlauch gesaugt und mit einem Ruck, der durchs ganze Netz zu laufen schien, wurde alles noch einmal dichter. Auf einmal ging nichts mehr, nicht mehr vor, nicht zurück, und dann begann es überall zu schmatzen und zu knirschen.

Unser Kalmar erreichte im gleichen Augenblick das Netzende. Ausgerechnet unser Bisschen-Schüchterner Arm wagte als Erster, den aus dem Netz ragenden Tentakel zu berühren. Der Blendende und der Halbe folgten. Und schmeckten eine Flut an Geschichten.

Wir anderen suchten das Netz ab, tasteten in alle Richtungen. Doch nirgends fanden wir eine Stelle, wo man unter das Garn gekommen wäre. Der Krill, der noch immer mehr wurde, drückte zu sehr von innen gegen das Netz und machte es zu einem riesigen, fugenlosen Sack. Als der sich dann zu heben begann, gaben wir auf und schlangen uns stattdessen um die Tentakelspitze. Saugnäpfe sogen sich aneinander fest, Krallen verhakten sich. Und dann stieß unser Kalmar mit seinem freien Tentakel in die Tiefe, so weit er kam, schwamm – und wurde doch nur in die Höhe gezogen.

Kalmare begegnen einander nur selten. Manchmal verbringen sie ihr ganzes Leben allein. Die Meere sind weit und die meisten werden von Walen gefressen, lange bevor sie groß genug wären, um sich auf die Suche nach einander zu machen. Für den gefangenen Kalmar war es das zweite Mal, dass er berührte und berührt wurde. Auf die gleiche Art unvertraut mit dem Geschmack von Lust, wie es unser Kalmar noch immer war, hatte er den alten Kalmar zunächst abzuwehren versucht. Mit beiden Tentakeln hielt er ihn auf Abstand. Und schmeckte dabei den Druck in dessen Lust und die Gier in seinem Alter und auch, dass er das nicht zum ersten Mal tat.

Eine Weile rangen sie. Dann rutschten ihre Tentakel aneinander ab. Der Alte riss ihn heran und schon schob sich ein Arm in seine Mundöffnung, rieb an seiner zahnbesetzten Zunge, schon tatschte ein anderer an seinen Bauch. Schon suchte ein dritter, aus dem bereits eine Spermakapsel hing, nach dem Sipho – und begann zu zittern, als er ihn gefunden hatte.[*]

Der Junge schaffte es gerade noch, die Öffnung einzuziehen und mit einem Schwall Wasser die Kapsel zum Platzen zu bringen. Während sie von einer Wolke aus Samen eingehüllt wurden und plötzlich das ganze Meer nach den Fantasien des Alten schmeckte, spürte der Junge, wie ein Arm schon wieder nach seinem Sipho stocherte. Auch wenn es in den Kiemen ätzte, sog er so viel des sämigen Wassers ein, wie nur in ihn passte, und richtete den Strahl diesmal auf das Auge des Alten – und zwar auf das für den Blick in die Tiefe – und spritzte mitten hinein, fein und hart.

---

[*] Spermakapsel, weiß unser Bisschen-Schüchterner Arm, ist nicht ganz richtig, man spricht eigentlich von Spermatophore. Und das gefällt mir, fügt er hinzu, weil man an Amphore oder an Pheromone denkt und vielleicht ein bisschen versteht, was das PHÉREIN im Wort macht. Wer von einer Amphore lesen will, darf sich auf meine Geschichte freuen. DER SPANISCHE KRAGEN beginnt auf Seite 233.

Der Alte ließ los. Bevor der Junge aber davonschnellen konnte, musste er sich erst wieder vollsaugen, und dieser Augenblick genügte dem Alten. Alle zehn Glieder schnappten nach dem Jungen, erwischten einen seiner Tentakel – und dann spürte der Junge einen seltsamen Druck, dann einen spitzen, stechenden Schmerz und schließlich wallte eine Hitze von der Tentakelspitze hinauf und durch ihn hindurch.

Während er dann flüchtete, überließ der Alte sich dem Meer, der großen Mutter aller hier, trieb in Richtung der Südlichen Sandwichinseln, verlor dabei die Farbe, wurde weißer und weißer, als hätte er vor zu verblassen. Als er schließlich mit der Flut an Land der Morell-Inseln gespült wurde, war seine Haut wie die von gesprungenem Porzellan von feinen Rissen durchzogen. Über ihm strahlte ziegelsteinrot der Container des argentinischen Außenpostens, der einen Steinwurf weit entfernt im Schnee vor sich hin rostete. Seit Ende des Falklandkriegs bevölkerten nur noch Vögel und Krabben die Insel. Diese stürzten sich auf ihn. Und während sie hackten und pickten, immer mehr zu werden schienen und mit schrillen Lauten höhnten, schnappte der Alte nach dem Wasser, mit dem die Wellen ihn umspülten.

Inzwischen hatte das Netz eine Höhe erreicht, in die Licht drang. Vor Algen schimmerte das Wasser grün. Und mit jeder Armlänge wurde es wärmer und dickflüssiger.

Vielleicht war es eine Einbildung unseres Müden Arms, eine der Lügen, mit denen er die anderen Arme von Zeit zu Zeit in die Irre führte. Vielleicht war es wirklich ein Abschiedsgruß. Jedenfalls spürte der Müde, wie der aus dem Netz ragende Tentakel zudrückte und darum bat, ihn zu lassen. Er flüsterte etwas davon, wie er mit uns schwimmen würde. Wie gern er das mit uns wollte. Wie er mit uns an den tiefsten Punkt der

Welt tauchen würde. Und ans Ende der Wasser. Sich allen zeigen. Wieder abtauchen. Er wollte sich mit uns in einem Korallenriff verkriechen und winzige Fische aufscheuchen. Sich mit uns verknoten. Uns umarmen.

Der Müde ließ los. Der Süße und der Halbe folgten. Dann lösten sich auch der Eingebildete, der Hehre und der Bisschen-Schüchterne. Als sich der Arme losmachte, gab auch der Blendende auf. Zuletzt hing nur noch der eine Tentakel unseres Kalmars an der Tentakelspitze, und als sich diese aus seiner Verhakung herauszog, scheuerten seine Krallen die Haut auf. Samen, der an der Unterseite geschlummert hatte, quoll hervor. Schwaden und Schlieren ergossen sich in das grüne Meer und wurden von dünnem Licht in ein Camouflage verwandelt. Was wir zuletzt vernommen hatten, zog unseren Kalmar in die Tiefe. Es würde alles bleiben, der Vorgeschmack einer Geschichte. Immer rascher zog es ihn. Ein Vorgeschmack, gleichzeitig der Nachgeschmack. Hinab, unter die Meere.

Würde man einem Menschen die Substanz verabreichen, die sich währenddessen in unserem Kalmar zu bilden begann, würde in etwa das geschehen, was vor einigen Tagen der südafrikanischen Amapiano-Legende WRAAK geschehen war, nachdem er von vier Uhr dreißig bis sechs Uhr dreißig aufgelegt und sich im Hotel noch einige Stunden hingelegt hatte. Er stieg in seine Unterhose (er hätte schwören können, dass sie noch auf links gedreht gewesen war, als er sie in den Koffer geworfen hatte), und während er dann sein Zimmer verließ, stellte er fest, dass er sich um eine Stunde vertan hatte. Das Taxi, das ihn abholen und zum Wiener Flughafen bringen sollte, würde um fünfzehn Uhr kommen, es war kurz vor zwei. Er kehrte um, ließ sich im Zimmer auf die Couch fallen und klickte einige Minuten lang durch Instagram. Dann stellte er ein flaues Gefühl im Magen fest. Er hatte keinen wirklichen Hunger (in die Backstage hatte er sich letzte Nacht einen Eimer Chicken Popcorn von KFC bringen lassen), dachte sich aber, dass es nicht das verkehrteste sein würde, noch etwas in den Bauch zu kriegen. Als er diesmal auf den Flur trat, gestand er sich ein, dass es weniger sein leerer Magen war, der rumorte, als sein Darm. Hier wunderte er sich das erste Mal. Er hatte die vergangenen drei Nächte nichts genommen, noch nicht einmal geraucht. Inzwischen war ihm aber schlecht, wie er es nur von billigem Alkohol kannte. Er machte erneut kehrt und nahm für eine Viertelstunde auf dem Klo Platz. Als er dann zum dritten Mal auf den Flur trat, fühlte er sich leicht und wohlig. In seinem Nacken trocknete ein Film aus kaltem Schweiß. Am Lift wurde ihm ein erstes Mal schwindelig. Er rief den Aufzug und ließ seine Hand an der Wand, um sich abzustützen. Ihm wurde plötzlich schwer auf der Brust und er versuchte durchzuatmen. Irgendwie gelangte er in den Aufzug. Seine Hand rutschte ab. Und dann öffnete sich einige Sekunden später der Aufzug zunächst im zweiten Stock, dann im ersten Stock und schließlich im Erdgeschoss und zeigte stets dasselbe Bild eines zusammengesunkenen Hotelgastes.[*]

Unser Kalmar hingegen versank in Schlaf. Seine Herzen verlangsamten sich, genauso die Atmung. Wir wurden träge. Und über unsere Haut strömten die unterschiedlichsten Farben. Es war wie ein Gemurmel. Frei trieben wir im Wasser. Und während wir träumten, schüttete unser Kalmar bereits die nächste Substanz aus – eine, die nebenbei bemerkt auch der Grund sein sollte, weshalb in einigen Stunden der Kapitän der Greta-

---

[*] Wie es mit WRAAK weiterging, ruft schon wieder unser Bisschen-Schüchterner Arm dazwischen, kann man sich ja denken. Was sein Tod alles auslöst, erzähle ich in meiner Geschichte. DER SPANISCHE KRAGEN beginnt auf Seite 233.

Dora nach zwei Telefonaten mit der Reederei und einem Unbekannten die Anweisung bekommen würde, den Tintenfisch, der zwischen all dem Krill zum Vorschein gekommen war, um jeden Preis solange am Leben zu halten, bis ihn jemand von der Neumayer-Station untersucht hätte.

Zu diesem Zeitpunkt würde unser Kalmar allmählich wieder zu sich kommen. Währenddessen würde sein wie Bernstein klarer Schnabel erste dunkle Flecken aufweisen. Etwas würde in ihm begonnen haben, von dem er nichts ahnte. Er würde voller Zorn sein.

Voller Zorn und voller Hilflosigkeit über diesen Zorn.

Und dann würde er etwas spüren, eine feine Irritation im Wasser, unmittelbar vor sich und ohne es sich genauer anzusehen, würde er seine Tentakel hervorschnellen lassen, mit ganzer Kraft zubeißen. In seinem Schnabel würde etwas zerkrachen. Und im Wasser würde ein bitterer Geschmack sein.

NERVENGIFT
Die Geschichte unseres Süssen Arms

Es war der Tag nach den Weihnachtsfeiertagen und einige Minuten nördlich des sechsundsiebzigsten Breitengrads stampfte die Greta-Dora, ein unter deutscher Flagge fahrender Frosttrawler, mit zwei Knoten durchs Weddellmeer. Seit einigen Wochen ging die Sonne nicht mehr unter und damit war der Frühling in die Antarktis eingezogen: Am Horizont strahlte die Schelfeiskante, das Wasser leuchtete aus der Tiefe grün und pastellrote Schlieren wallten darin umher. Ein Krill-Schwarm weidete. Seine Abermillionen Angehörigen umflossen die blühenden Algen, durchdrangen sie, hielten niemals an und ahnten nichts von dem sechshundert Meter langen Mitteltiefnetz, das die Greta-Dora hinter sich herschleppte. In dem Augenblick nun, in dem in einem halben Kilometer Tiefe ein Tintenfisch der Gattung ARCHITEUTHIS in die Pumpe des Netzes geriet, trat auf der Greta-Dora eine junge Frau ins Freie.

Sie war Anfang Januar 2000 zur Welt gekommen. Und so handelte es sich bei ihr um eines der ersten jener Kinder des neuen Jahrtausends, auf die das Jahrzehnt, das sie nur um wenige Tage verpasst hatten, eine gewaltige Anziehungskraft ausübte. Sanja, wie ihr Name war, ging fürs Leben gern in Vintage-Läden und hatte deshalb, als sie für die Antarktis packte, auf einen großen Fundus zurückgreifen können. Der orangefarbene Schneeanzug, in dem sie gerade steckte, war von einem Flohmarkt (zwar eine Nummer zu groß, dafür von einer der ersten deutschen Krill-Expeditionen in den Siebzigern), genauso ihr Wollpullover und auch die Wanderstiefel – bis auf die Unterhosen und die Isoliereinlagen eigentlich alles.

Wie Sanja nun aufs Oberdeck trat, hingen an ihrer Unterlippe Fettstückchen eines Sonnenschutzmittels und aus der linken Brusttasche ihres Schneeanzugs ragte der mit einem Klecks Zahnpasta versehene Kopf einer Zahnbürste. Während sie die Lippen übereinander rieb, zog sie aus der anderen Brusttasche Zigaretten, Sonnenbrille und eine Sturmhaube, stülpte sich diese wie eine Mütze auf und schob dann die Sonnenbrille auf die Nase.

Minus fünf Grad und scharfer ablandiger Wind, das war der Hochsommer in der Antarktis. Nicht nur viel zu kalt, auch viel zu hell. Das Packeis oder das Ufer – kein Mensch konnte das hier auseinanderhalten –, jedenfalls das viele Weiß am Horizont blendete auch mit Sonnenbrille. Sanja trat in den Schatten, den die Brücke über ihr warf.

Vor allem aber war es viel zu hell für diese Uhrzeit. Seit sie die Fanggebiete erreicht hatten, stand Sanja noch früher auf als zu jenen Zeiten, in denen sie vor der Schule mit ihrer Mutter gefrühstückt hatte. Das war um kurz nach sechs gewesen. An Bord begannen die Frühschichten aber um fünf. Und das war einfach keine Uhrzeit, zu der es schummrig sein durfte, als wäre es irgendwann frühnachmittags in den Weihnachtsferien.

Während Sanja gähnte und dabei die Augen schloss, tastete sie nach der Zahnbürste und prüfte mit dem Daumen, ob die Zahnpasta auf den Borsten halbwegs angefroren war. Sie ließ die Augen geschlossen, zog ein Sturmfeuerzeug hervor und schob sich eine Zigarette zwischen die Lippen.

Eigentlich hasste sie Industrie-Zigaretten, seit ein paar Tagen aber war sie froh, dass sie dem Typen vom Kiosk geglaubt und kein Drehzeug mitgenommen hatte. Dieser war ein bisschen neugierig geworden, als sie fünf Boxen Drehtabak hatte kaufen wollen. Also erzählte sie ihm von ihrem Praktikum. Sie gerieten in eine Diskussion. Nun verdankte sie seiner Besserwisserei ein Sturmfeuerzeug und den Luxus, nicht andauernd mit tauben Fingern gegen Zigarettenpapier, Filter und Tabak kämpfen zu müssen.

Auch für ihren ersten Zug ließ Sanja die Augen noch geschlossen und genoss, wie sich der Rauch über den schalen Geschmack in ihrem Mund legte. Dann inhalierte sie so tief, dass er und die kalte Luft in ihrer Lunge stachen. Feuchtigkeit sammelte sich unter ihren Lidern. Sie kniff die Augen zusammen und spürte, wie jeweils eine Träne in die Augenwinkel trat, gleichzeitig spürte sie etwas in den Gummisohlen ihrer Stiefel.

In das stetige Schwanken des Schiffes und in das tiefe Brummen, das von den Schiffsmotoren ausging, hatte sich etwas anderes gemischt, ein höheres, viel feineres Vibrieren. Sanja schlug die Augen auf und blickte Richtung Heck. Von dort, wo sie stand, konnte sie nur ein Stück vom Oberdeck und die Motorwinden auf dem Zwischendeck sehen. Die Rückseite der Trommeln, von denen das Netz abgewickelt wurde, versperrten die Sicht. Darüber ragte der Arm eines Schwenkkrans, einige Masten mit Flutlichtern und Kameras, die allesamt aufs Fangdeck gerichtet waren, und sonst waren da außer dem Himmel nur noch ein paar Albatrosse, die hinterm Schiff immer wieder ins Wasser stießen.

Um besser sehen zu können, nahm Sanja die Sonnenbrille ab, wischte sich die Tränen weg und kniff die Augen zusammen. Obwohl das Oberdeck vor gefrorenen Stellen glitzerte und die Winden selbst im Schatten lagen, glaubte sie zu erkennen, wie sie sich drehten, und das bestätigte ihre Annahme, woher das Vibrieren stammte. Da hatte offenbar der Krill-Schwarm versucht auszuweichen und jetzt wurde die Netzhöhe neu eingestellt. Die Winden drehten sich, die Kurrleinen wurden aufgewickelt.

Inzwischen war an der Zigarettenspitze ein ordentliches Stück Asche entstanden. Bevor das abfallen oder vom Wind weggerissen werden konnte, griff Sanja ein weiteres Mal in die Brusttasche und holte einen Aschenbecher hervor, der ein wenig an eine Taschenuhr erinnerte. Um ihn zu öffnen, ging sie in die Hocke, lehnte sich an die Wand und legte ihn dann neben sich. Auch nachdem sie die Asche abgestreift hatte, blieb sie in dieser Position.

Den Stolz, das Vibrieren bemerkt zu haben, begleitete die Enttäuschung, dass sich damit schon wieder eine Sache entzaubert hatte. Das ging so, seit sie das Schiff mit klopfendem Herzen und dem großen Gedanken betreten hatte, zu jenem weißen unförmigen Streifen am unteren Rand jeder Weltkarte aufzubrechen.

Auf der Gangwaybrücke war sie vom Schiffsarzt, einem hageren Mann mit Ziegenbart, in Empfang genommen worden. Nachdem er ihr die Kabine gezeigt hatte, drückte er ihr eine

Brille in die Hand, die ein wenig aussah, als wäre sie für den Karneval gemacht. Sie hatte keine Gläser, aber dafür einen dicken, durchsichtigen Rand, in dem sich Tinte befand. Damit war die erste Erwartung geweckt. Doch Nordsee und Ärmelkanal flogen vorbei, Sanja wurde nicht seekrank. Irgendwann setzte sie die Brille einfach so auf und konzentrierte sich einfach so auf die Tinte in ihren Augenwinkeln. Stand einfach so am Bug und nagelte den Blick einfach so auf die Linie zwischen Himmel und Meer, deren Anblick allerdings jedes Mal nach ein paar Minuten so richtig langweilig wurde. Und am Ende lag Sanja dann immer öfter einfach so in ihrer Koje und ließ sich von der pendelnden Gardine vor dem Bullauge einschläfern.

Die Koje war auf drei Seiten von Wand umgeben, auf der vierten verhinderte ein zwanzig Zentimeter hohes Brett, dass man von der Matratze rollte. Von Zeit zu Zeit ächzte das Schiff. Und schon war Sanja fort. An der Tür hingen Klamotten und strichen hin und her. Im Bad klopfte der Kulturbeutel gegen den Spiegel. Die Frischluftzufuhr summte immer gleich. Und schon wieder war Sanja fort. Daran änderte sich auch nichts, als die Greta-Dora zum ersten Mal in rauere See geriet. Das Ziehen im Bauch, wenn das Schiff zwischen den Wogen ins Leere sackte, erinnerte sie daran, wie sie als Kind auf dem Spielplatz stundenlang hinaufgesaust war, immer wieder ins Blau: Sanja, fort.

Doch träumte sie nicht. Und das war die nächste Enttäuschung. Sie hatte sich vorgenommen, sich viel mit ihren Träumen zu beschäftigen und alles aufzuschreiben. Sie setzte alle Hoffnung auf den Atlantik, aber natürlich, auch hier geschah einfach nichts. Bemerkenswert war höchstens, dass sie beim Umziehen nicht mehr umkippte. Es stellte keine Herausforderung mehr dar, seit ihr die Sache mit der Slip erklärt worden war. Sie brauchte sich bloß vorzustellen, wie die Greta-Dora in eine gigantische Unterhose gezwängt wurde, und konnte sich die eigene Unterhose auf einem Bein frei stehend vom Fuß angeln. Es war nicht mehr spannend, wie man am Tisch sitzen musste, wenn das Schiff für einige Sekunden schräg stand. Wie das in der Kaffeetasse aussah. Sie schlug das kleine Buch auf, das sie zum Traumtagebuch hatte machen wollen, und schrieb als ersten Eintrag:

Tagebuch zu führen macht auf einem Schiff keinen Sinn.

Sie biss sich auf die Lippen, weil man das so nicht sagte. Man sagte: Sinn ergeben. Sie wollte aber nicht gleich auf der ersten Seite von dem hübschen Buch (für das sie ungefähr so viel Geld ausgegeben hatte wie für alle Zigaretten) etwas durchstreichen. Also schrieb sie weiter:

Für ein richtiges Tagebuch passiert einfach zu wenig und ein Traumtagebuch geht auch nicht, ich träume hier nämlich nicht. Also ich schlafe schon gut, aber erinnere mich halt an nichts mehr. Heute bin ich aufgewacht, weil ich vor irgendwas Angst hatte. Diese pure Angst, die man im Traum haben kann. Ich habe versucht, ganz still zu sein und zu hören, ob jemand an der Tür ist, oder vielleicht schon in der Kabine und ich im Traum deshalb Angst bekommen habe. Aber das Einzige, was zu hören gewesen ist, war das Knarzen von den Wänden und draußen das Meer. Dann ist mir aufgefallen, dass ich immer noch schnell atme. Ich habe ein paarmal tief Luft geholt. Und als ich mich dann gefragt habe, was mich eben im Traum so erschreckt hat, ist es mir schon nicht mehr eingefallen. Wenn ich mich jetzt versuche zu erinnern, fällt mir nur ein, dass ich »irgendwo« war.

Am nächsten Tag schrieb sie einige Sätze darüber, dass sie nicht seekrank wurde, und darüber, wie es sich anfühlte, rund um die Uhr auf einem schwankenden Schiff zu sein. Dann legte sie das Heft weg und begann in dem Buch zu lesen, das ihre Mutter ihr für die Zeit an Bord geschenkt hatte. Es begann damit, dass eine Frau am Strand Sex hatte und dann von einem Hai zerfetzt wurde. Ratlos darüber, was ihre Mutter ihr damit sagen wollte, legte sie das Buch weg und griff wieder nach dem Heft. Das Einzige, was sie hier hatte, war Zeit, Zeit genug, sich mit ihrem ganzen Leben zu beschäftigen. Sie schrieb weiter:

Ich habe den Kapitän gefragt, ob ich was tun kann, aber er hat gesagt, meinen Praktikumsplatz zeigt er mir noch früh genug. Und deswegen habe ich beschlossen, das hier ernster zu nehmen, also das Schreiben, und zwar so Autobiografie-mäßig. Aber es ist irgendwie gar nicht so einfach, sich mit dem eigenen Leben zu beschäftigen. Ich weiß nicht, wo ich anfangen soll. [*]

Am neunzehnten Tag klopfte Kilian. Sie würden Montevideo erreichen. Er lud sie auf die Brücke ein. Sanja lehnte ab. Die Panoramascheibe der Brücke, der Kommandostand mit den elektronischen Seekarten, dem Kompass und so weiter waren ihr schon in der Straße von Dover gezeigt worden. Statt einem Steuerrad gab es einen Joystick. Das war's. Daran konnte auch kein urugayischer Hafen etwas ändern.

Kurz darauf klopfte es erneut. Er brauche ihren Pass.

Als sie in ihrer Sporttasche nach der Klarsichtfolie suchte, in die sie alle Papiere gestopft hatte, bekam sie auch ihr Smartphone zwischen die Finger und entdeckte, dass sie bereits Netz hatten. Innerhalb von zwei Stunden verballerte sie fünf der

---

[*] Bei diesem Tagebuch handelt es sich um meine Geschichte, verkündet unser Müder Arm und wirkt dabei ein bisschen stolz. Sie ist so etwas wie der Anhang von diesem Buch. Und ich, fügt der Süße Arm hinzu, ich empfehle immer mal wieder dorthin zu blättern. SANJAS TAGEBUCH beginnt auf Seite 267.

zwanzig Gigabyte mobiler Daten, verkniff sich aber das Staffelende von Temptation Island VIP.

Als Sanja aufwachte, lagen sie vor Anker. Und erst jetzt fiel ihr ein, was Montevideo noch bedeutete. In Bremerhaven waren nur die Schiffscrew, der Arzt und jene Ingenieurin an Bord gegangen, die Sanja ein bisschen komisch fand. Jetzt stieß die Fangcrew dazu, die für die Arbeit an den Netzen zuständig sein würde, und die Verarbeitungscrew, zu der streng genommen auch sie gehörte.

Eine Weile beobachtete sie vom Oberdeck aus das Treiben auf dem Kai. Sie war sich aber nicht sicher, wer neu auf der Greta-Dora und wer montevidenischer Arbeiter war. Irgendwann entschied sie, doch vom Schiff zu gehen. Auf der Gangway passte Kilian sie erneut ab und schlug vor, sie zu begleiten – sie ignorierte ihn. Dann lief sie den Kai hinunter, einen anderen zur Hälfte hinauf und rauchte dort drei oder vier Zigaretten.

Ich hätte in Montevideo mein Praktikum abbrechen sollen, dachte sie und drückte die Zigarette in den Taschenaschenbecher. Wäre aber wahrscheinlich wegen des ganzen Corona-Krams am Ende eh nicht gegangen.

Sie stand auf und warf noch einmal einen Blick Richtung Heck. Diesmal blieb er an den Kameras hängen und sie musste sich wieder einmal vorstellen, diese ganze Fahrt wäre nur Teil eines neuen Reality-Formats. Sie schüttelte die Vorstellung ab und zog die Zahnbürste aus der Brusttasche. Während sie sie sich in den Mund schob, roch sie einen Augenblick lang das Jod in der Luft.

Es knirschte, als Sanja auf der gefrorenen Zahnpaste zu kauen begann. Kurz schmeckte sie zwischen all dem Jod den Geruch des Packeises, dann schlug die Schärfe des Eukalyptus zu. Während sie sich die Zähne schrubbte, beugte sie sich über die Reling. Fünf, vielleicht sogar zehn Meter glatter minzgrüner Bordwand trennten sie von der Wasseroberfläche. Als ihr Zahnpasta in den Mundwinkel lief, riss sie den Kopf in den Nacken, schluckte alles hinunter und schleckte rasch die Tropfen ab, die sich am Stiel der Zahnbürste gebildet hatten. Sie atmete tief durch. Und fuhr fort, sich die Zähne zu putzen.

Ein paar Tage nach Montevideo hatte der Kapitän die gesamte Besatzung in der Schiffsmesse antreten lassen und verkündet, dass man soeben die Antarktische Konvergenz erreicht habe, die Grenze des Südlichen Atlantiks. Ab sofort fahre man in antarktischen Gewässern und hier, hier sei man Gast.

Er schwieg und ließ seine Worte in der Schiffsmesse wirken. Zum ersten Mal erkannte Sanja die Autorität des Mannes, der sonst eigentlich so gar nicht aussah wie ein Kapitän. Wie die meisten trug auch er einen dicken blauen Arbeitsoverall. Gefütterte Gummihandschuhe hingen aus der Brusttasche heraus. Am Gürtel steckten Funkgerät und Fischermesser.

Sanja hatte auf der Bank neben dem Arzt Platz genommen. Während der Kapitän nun von Walen zu erzählen begann, quetschte sich die Ingenieurin, die sich noch mit Knäckebrot versorgt hatte, zwischen sie. Sanja rückte Stück für Stück von ihr weg. Als sie bemerkte, dass sie so in die Sichtachse von Kilian geriet, schlug sie den Blick nieder und heftete ihn an die Spitzentischdecke.

Der Kapitän sprach währenddessen davon, dass es ohnehin zu viel Krill gebe, seit die Walbestände zurückgegangen seien. Dass Krill sich seit Jahrzehnten in einem Überlebenskampf untereinander befinde.[*] Dass es von daher nichts machen würde, wenn man etwas abgreife. Womöglich sogar helfe. Auf keinen Fall aber, und das sei ihm wichtig, den Lebensraum verändere.

---

[*] Irrglaube, kreischt unser Hehrer Arm. Lest meine Geschichte, lest sie gleich! 50 Jahre Blue Marble beginnt auf Seite 64.

Er legte wieder eine Pause ein. Das Meer war zu hören, das Ächzen des Schiffes und dazwischen Knirschen von Knäckebrot. Zumindest solange man nichts zurücklassen würde. Daher gelte es, und er mache da keine Kompromisse, das Schiff als geschlossenes System zu betrachten. Kurz, kein Abfall.

Seine Praktikantin nahm er nach dieser Ansprache zur Seite und erklärte ihr alles ein zweites Mal. Dazu begann er von Insekten zu erzählen. Sie möge doch nur einmal daran denken, wie vor einigen Sommern die ausländischen Marienkäfer aufgetaucht seien und die heimischen verdrängt hätten. So etwas könne geschehen, wenn sie dem Krill irgendeine Fliegenkrankheit aus Europa einschleppen würden.

Und wenn es den Menschen genau dafür braucht?

Der Kapitän sah sie überrascht an.

Sanja hatte über diese Frage in ihren letzten Schuljahren viel nachgedacht. Wenn ihre Mitschülerinnen und Mitschüler – allesamt welche, die das Deo noch nicht entdeckt hatten oder mit voller Absicht darauf verzichteten – loslegten mit ihren Reden darüber, wie die Erde sich endlich erholen dürfen werde, sobald der Mensch sich selbst vernichtet haben würde, kam Sanja die Galle hoch. Als hätten sie es auswendig gelernt, beteten die dann runter: Der Mensch ist auf die Erde angewiesen, die Erde braucht den Menschen aber nicht. Und dabei roch alles wie die eine Umkleidekabine, in der seit Wochen das Fenster kaputt war.

An einem Freitag, an dem ihr Klassenlehrer ihnen freigestellt hatte, entweder demonstrieren zu gehen oder in der Schule über Fragen des Klimaschutzes zu diskutieren, hatte Sanja sich getraut, diesen Gap in der Logik anzusprechen: Entweder hatte doch jedes Tier und jede Pflanze und auch der Mensch ein Recht, ganz so zu leben, wie es, wie sie oder wie er eben drauf war, oder aber jede Existenzberechtigung konnte infrage gestellt werden. Die des Menschen genauso wie die von irgendeinem Pinguin. Man konnte doch nicht nur dem Menschen etwas absprechen. Wer seien sie bitte – sie sah kurz zu den leeren Plätzen, dann wieder nach vorn zum Lehrer – wer seien sie bitte, das zu beurteilen?

Jetzt sagte sie: Ich meine, wenn es für den Menschen natürlich ist, dass er zum Beispiel überall Müll macht?

Die Augen des Kapitäns verengten sich: Der Mensch hat Köpfchen, das verpflichtet ihn dazu, nicht überall seinen Dreck zu hinterlassen.

Er machte eine Pause, dann sagte er: Und deshalb werde ich dich auch auf der Stelle über Bord gehen lassen, wenn du auch nur ins Wasser spuckst.

Sanja fiel nichts mehr ein.

Das kannst du dir für die Adria sparen, fügte er hinzu und drehte sich weg.

Am nächsten Tag waren die ersten Eisberge aufgetaucht. Sanja stand am Bug, verzog sich aber schon bald wieder auf ihre Kabine. Eisberge waren wie Wolken. Sie kamen in allen erdenklichen Formen vor, manche zerklüftet, andere mit perfekten Abbruchkanten. Irgendwie konnte man immer etwas in ihnen sehen. Meistens musste man an irgend so ein archaisches Zeug denken. Manche erinnerten an Bäume oder Tiere, manche an Gesichter oder an aus dem Wasser ragende Finger.

In diesem Augenblick verstummte das Vibrieren in Sanjas Schuhsohlen. Sie nahm die Zahnbürste aus dem Mund. Offenbar hatte man die richtige Netzhöhe gefunden. Sie wechselte die Zahnbürste von der Linken in die Rechte und wog sie, wie man es auf dem Pausenhof immer getan hatte, bevor man einen Schneeball warf. Es war eine weinrote Plastikzahnbürste, deren Borsten mittlerweile so aussahen, als würde Sanja weniger schrubben und kreisen als vielmehr auf ihnen herumkauen. Warum verwendete sie die überhaupt noch?

Sie schluckte das bisschen Zahnpasta, das sie noch im Mund hatte, hinunter und warf einen Blick in Richtung Heck. Das Oberdeck glitzerte, die Kameras waren noch immer aufs Fangdeck gerichtet, noch immer war niemand zu sehen. Nur eine Böe fegte in die Vögel und riss sie zur Seite. Als Sanja dann den Kopf über die Schulter drehte, um sich zu überzeugen, dass man sie von oben, von der Brücke aus, nicht sehen konnte, schlug das Gefühl zu, in dem sie jede Klassenarbeit der letzten zehn Jahre verfasst hatte.

Seit ihr Religionslehrer sie in der dritten Klasse aus ihren Gedanken gerissen hatte und mit so etwas wie Genugtuung in der Stimme feststellte, sie hätte auf das Papier ihrer Sitznachbarin geschaut, hockte sie über jedem Test und fürchtete, sie könnte aus Versehen den Anschein erwecken abzuschreiben. Das führte dazu, dass sie nicht ein einziges Mal abschrieb, immer aber verkrampft dasaß, nie nach rechts oder links schaute, sich aber auffällig oft vergewisserte, dass der Lehrer sie eh nicht beobachtete. Ihr seltsames Gebaren führte dazu, dass sie bald den Ruf einer notorischen Betrügerin besaß, einer, die bei Klassenarbeiten besonderer Aufsicht bedurfte. Sie wurde in die erste Reihe gesetzt, was wiederum ihre Nervosität verstärkte und den Eindruck der Lehrer, sie führe etwas im Schilde, bestätigte.

Während sie nun hinauf zur Brücke sah, war sie sich einen Moment lang sicher, in das Gesicht des Religionslehrers zu blicken. Sie schloss die Augen und in seinem Gesicht flammten die Züge des Kapitäns auf. Als sie die Augen wieder öffnete, war da allerdings nichts außer der Unterkante einer Panoramascheibe und darüber der Himmel. Also ließ sie die Zahnbürste fallen.

Die Zahnbürste drehte sich um hundertachtzig Grad, der Wind schleuderte sie gegen die Schiffswand und schon wurde sie von der schäumenden Bugwelle erfasst und unter Wasser gerissen. Zunächst wurde sie mal hierhin, dann dorthin gewirbelt, nach und nach aber stellte sich heraus, was ihr Weg war. Monatedicke Schichten von Zahnpasta weichten auf, zwischen den Borsten lösten sich winzige Speisereste. Die Zahnbürste wurde noch einmal ein Stück in die Höhe getrieben, dann richtete sie sich mit dem Stiel voran aus. Und sank, sank durch eine Ödnis, die das Schleppnetz hinterlassen hatte, bis sie, nach einer Sinkzeit von mehr als zwei Stunden, schließlich in Reichweite unseres Kalmars gelangte.

Was so bitter schmeckte, war Nikotin. Die Spuren, die sich nach Hunderten von ersten Zigaretten des Tages ins Plastik der Borsten eingefressen hatten, reichten, dass es in uns zu kribbeln begann. Außerdem war in die Zahnbürste Speichel eingekaut, nicht viel, kaum mehr als der Abdruck eines Menschen, doch genug, dass wir ihn schmeckten. Er rührte uns. Und unser Kalmar verstand dieses Gefühl der Rührung zwar nicht, ließ sich aber anstecken und verspürte mit einem Mal einen gewaltigen Mangel – und schon drehten wir uns in die Höhe und unser Kalmar eilte mit kräftigen Zügen hinterdrein.

Während wir davor ausschließlich damit beschäftigt gewesen waren, gegen den Zug des Netzes anzukämpfen, stellten sich nun, je höher wir kamen, Erinnerungen an das Ende der Wasser ein. Daran, wie unser Kalmar noch kaum größer als ein Reiskorn, aber voller Furcht vor den über ihn hinweghuschenden Schatten gewesen war, dem kreisenden Tod, räuberischen Albatrossen und ihrem meckernden Gekreische, das unter Wasser dumpf hallte und erst schrill wurde, kurz bevor sie hineinstießen. Daran, wie dieses Wasser geschmeckt hatte, voller penetranter Süße von geschmolzenem Eis. Daran, wie sehr er sich gewünscht hatte zu wachsen, sich in die Dunkelheit zurückziehen zu können und nie mehr wiederzukehren.

Zuletzt wurde alles zu einer dickflüssigen Algenpampe. Und dann durchbrach unser Kalmar die sauer schmeckende Gischt. Sie war von jenem teuflischen Gas bedeckt, das Wale statt Wasser atmeten und das in den Kiemen brannte. Und wiederum über diesem Gas hing ein graues Etwas, zu grell, als dass unser Kalmar seine Konturen hätte ausmachen können. Das musste einer der Himmel sein, jener anderen Welten, die ebenfalls mit Meeren bedeckt waren. Es sprühte Wasser aus ihm. Und diesem entgegen bäumte sich unser Kalmar auf, als wollte er die Gischt verlassen. Er hatte einen sahnig weißen Glanz angenommen. Und dann brach ein Klagelaut aus ihm hervor.

Obwohl es stach, sog unser Kalmar in sich ein, was durch die Kiemen in ihn geriet. Schäumend grüne Gischt und jenes Gas – einen Moment waren da nur der Nachhall seines Schreis und das Weiß in einem grün schäumenden Meer und zwischen dem Himmel und ihm ein Kampf – dann siegte die Helligkeit und er duckte sich unter Wasser.

Vielleicht war es im Plastik gewesen. Vielleicht hatte es zwischen den Borsten geklebt. Jedenfalls ließ sich unser Kalmar – nachdem er die Zahnbürste verschlungen hatte – zunächst vom Falklandstrom ein Stück nach Westen treiben und bog dann in das gemächlich aus dem Norden heranströmende Tiefenwasser ab.

Vor etwa tausend Jahren war es noch im Golfstrom gewesen und hatte den Raum vor Grönland und Norwegen erreicht, hatte dort seine Wärme Europa geschenkt, war abgesunken, um in einer Tiefe von über zweitausend Metern Richtung Süden zu fließen und jetzt in den Strom zu münden, der die Antarktis umspülte. Vielleicht war es das, was dieses Wasser über junge Menschen, über Mundhygiene und die Krillfang-Industrie wusste. Vielleicht war es auch etwas ganz anderes – irgendetwas ließ ihn unermüdlich nach Norden schwimmen. Über endlose Felder aus dunkel rauchenden Löchern hinweg. Durch Landschaften voller funkelnder Dünen, zusammengesetzt aus Abermillionen Körnern zerplatzter Meteoriten. Unter ihm wogten Wälder und Wiesen. Und dann kam wieder Schlamm, lieber Schlamm und kranker Schlamm, schwerer und geduldiger, schwacher und satter und schließlich jener, in dem das SOUTH ATLANTIC EXPRESS lag.

Wenn man nun noch weiß, dass in dessen Innern unter einer Polyesterfolie und hauchdünnem Mylar, mehrfach verdrillten Stahldrähten, Aluminium, Kupfer, Vaseline ein Strang aus sechs Paaren von Lichtwellenleitern verlief und man sich vor Augen führt, dass deren Glas exakt so dick war wie jene Nervenbahnen, die zwischen uns verliefen – dann lässt sich erahnen, wie sehr wir überwältigt waren.

Seit wir den glühenden Tentakel umschlungen hielten, floss etwas in uns, durchfloss uns und floss unaufhörlich. Unser Kalmar schwoll metallen an und verströmte immer hellere Chromtöne. In völliger Harmonie wandten wir uns um den glühenden Tentakel und erkundeten den Spalt zwischen Schlamm und seiner Haut. Der Müde schmiegte sich an den Blendenden und leckte sie mit diesem gemeinsam ab, bis sie nicht mehr weiterkamen, weil in die andere Richtung der Eingebildete und der Arme das Gleiche taten. Dann begannen wir immer ungestümer zu werden. Wir wollten nicht nur, was der glühende Tentakel im Schlaf von sich gab, wir wollten alles. Doch so heftig wir an ihm rieben, so sehr wir zudrückten, so sehr wir kratzten und kniffen, er regte sich einfach nicht.

Immer weiter entfernten wir uns dabei von der Stelle, wo unser Kalmar vorhin seine Tinte verspritzt hatte. Und während so seine in Chrom glänzende Gestalt langsam verblasste, tauchte an den Felsen wieder ein Tier nach dem anderen auf. Eine Qualle löste sich und begann violett zu leuchten. Sie trug einen Fisch in sich, der wieder zu zappeln anfing. Eine Muschel öffnete sich und entließ eine Wolke aus glitzernden Bakterien. Eine Mischung aus Krebs und Stein wühlte sich aus dem Schlamm. Einige Würmer funkelten. Und alle schienen sie aufgeregt darüber, was eben geschehen war.

Bevor Sanja herausgefunden hatte, um wen es sich bei dem Besitzer der Reederei handelte, war es ihr ein Rätsel, wie sie zu einem Praktikumsplatz auf einem Frosttrawler gekommen war. Während sie von Bremerhaven nach Montevideo fuhren, fragte sie sich dann immer öfter, ob das Praktikum vielleicht einfach ein Fake war. Es gab ja nichts zu tun. Diese Überlegungen hörten auf, als sie die Antarktis erreichten und mit dem Krillfang begannen. Sanja musste einsehen, dass Praktikum der besser klingende Ausdruck für eine stupide Arbeit war. Sie erinnerte sich, irgendwann im Lateinunterricht gelernt zu haben, wie man solche Wörter nannte. Der Begriff fiel ihr nicht mehr ein, Frieden bringen war ein Beispiel gewesen.

Zählte man denjenigen nicht mit, der mit einer Hochdruck-Spritzpistole auf dem Fangdeck stand und das aus dem Schlauch schießende Wasser-Krill-Gemisch weiter in die Ladeluken spritzte, war Sanja diejenige, die die Krebse in Empfang nahm. Nachdem die nämlich die Ladeluken hinuntergerutscht waren, landeten sie auf einem Kunststoffförderband – und an dem hockten dann Sanja und ein anderer aus der Fangcrew, bis zu den Haarspitzen eingepackt in einen weißen Reinraum-Overall, um das herauszusuchen, was nicht nach Krebs aussah.

Als Sanja heute ihren Praktikumsplatz erreichte, waren beide Plätze leer und das Förderband stand still. Sie ließ sich auf ihren Hocker sinken. Als das Schiff eine etwas höhere Welle nahm, spürte sie den Kaffee in ihrem Bauch glucksen. Hören konnte sie nur die Schiffsmotoren und die Pumpe, die Meerwasser in das Kühlsystem der Krill-Trockner pumpte. Sie zog das Ohropax aus der Tasche des Overalls und schob es sich unter der Kapuze in die Ohren. Dann zog sie die Gummibänder an den Ärmeln und am Kragen fest und löste das Pedal, mit dem man das Förderband anhalten konnte. Aus einem Loch in der Wand schob sich ein kleiner roter Berg auf sie zu.

Der Krill war so frisch, manchmal lebten einzelne Tierchen sogar noch. Wanden sich oder zappelten mit ihren Schwimmbeinchen. Sanja hatte den Verdacht, dass streng genommen alle noch lebten und die, die sich nicht mehr regten, nur von dem Durcheinander im Netz benommen waren. Dass sie in der Pumpe ohnmächtig geworden waren, im Schlauch, wegen des plötzlich fehlenden Wassers, oder halt, wenn sie dann in den Schacht purzelten.

Während der Krill-Berg auf sie zuglitt, dachte sie darüber nach, wie absurd es doch war, dass diese Wesen etwas bewirken sollten gegen das Ziehen in ihrem Bauch, das bei ihr zum Glück auch nur ein Ziehen im Bauch blieb, manchmal ein bisschen in den Brüsten drückte, bei Jana aber zum Beispiel so schlimm wurde, dass die manchmal dann sogar Fleisch aß. Ihr tat das dann leid, aber sie war überzeugt, dass sie an diesen Tagen die Kraft von Tieren brauchte und ihr das auch zustand. Vielleicht würden ja von nun an Omega-3-Fettsäure-Kapseln aus Antarktischem Krill genügen.

Als der Berg bei ihr ankam, sah Sanja gleich, dass etwas nicht stimmte. Sie griff hinein und ließ die rote kühle Masse durch ihre gespreizten Finger rinnen. Dann formte sie die Hand zu einer Schale und fing eine Handvoll auf. Es waren nur noch Teile von Krill, einzelne Lamellen, Schwänze, Fühler. Sie fand ein halbwegs vollständiges Exemplar, schüttete den Rest zurück und legte das kaputte Tier auf ihre Handinnenfläche. Gleichzeitig betätigte sie das Pedal. Das Förderband hielt an.

Normaler Krill war in etwa so lang und nicht ganz so dick wie ihr kleiner Finger. Er war ziemlich leicht, man spürte ihn nicht. Und auch war er gar nicht wirklich rot. Seine Schale schimmerte höchstens ein wenig rosa oder orange. Er war eher durchsichtig. Eigentlich sah er ziemlich genau so aus wie jene Garnelen, die Sanja einmal mit ihrem Vater gegessen hatte.

Als zwischen ihrer Mutter und ihrem Vater Frieden angebrochen war, hatten die beiden auch beschlossen, dass ihre gemeinsame Tochter einmal im Jahr für eine Woche nach Bayern fahren würde. Ihr Vater lebte eine halbe Stunde vor München und schien es für seine Pflicht zu halten, seiner Tochter Dinge zu zeigen, die sie durch ihre Mutter niemals kennenlernen würde. Sie fuhren zwei Tage auf einem Boot die Donau bis nach Österreich hinein. Sie besichtigten die Gedenkstätte in einem ehemaligen Konzentrationslager. Sie sahen sich INTO THE WILD im Kino an, einen – wie Sanja fand – krass faden Film.[*] Und eines Abends machten sie sich auf Youtube schlau, wie man Krustentiere aß. Dann gingen sie in ein Restaurant, in dem man am Ende die Rechnung in einer Schachtel bekam. Sanjas Vater hatte eine kleine Spedition und konnte sich einen SUV leisten, doch so reich, dass er regelmäßig Hummer oder so essen würde, war er nicht. Umgekehrt hatte er es aber auch nicht nötig, dass er nur so tat, als würde er etwas in die Schachtel legen. Sanja war sich nicht sicher, ob er an diesem Abend einfach cool sein

S
Ü
S
S

---

[*] Wenn ich das so sagen darf, bemerkt unser Müder Arm, war Sanja nur noch auf Reality. Sie guckte quasi nichts anderes. Wie früher auf dem Schulhof kannte sie alle und jeden, zumindest vom Sehen, wusste ungefähr, wer sie waren, wofür sie standen und so weiter. Als im vergangenen Sommer die erste Staffel von KAMPF DER REALITYSTARS gelaufen war, hatte sie sich gefühlt wie auf einem Klassentreffen.

wollte. Dann musste sie an die Zahnbürste denken, die sie vorhin losgeworden war, und wischte den Gedanken beiseite.

Was jetzt in ihrer Hand lag, erinnerte allerdings nur entfernt an jene Garnelen. Der Krill besaß noch seine Fühler und die beiden schwarzen Bommel, die aussahen wie die Augen von irgendeinem gruseligen Insekt. Hinterm Kopf glaubte Sanja den grünlichen Magen erkennen zu können und auch noch ein Stück eines dunklen Fadens, der sich weiter durch den Körper zog, dann war die Schale zerquetscht und franste aus. Das letzte Stück mit den Schwimmbeinchen fehlte.

Sie warf ihn zurück aufs Förderband und strich den Berg auseinander. Kein einziges Tier war unbeschädigt. Sie fischte ein kleines Stück Alge aus der Masse heraus, schnippte es in den Eimer neben sich und betätigte wieder das Pedal. Statt einer gleichmäßigen Masse aus Krill schob sich jetzt aber ein nahezu leeres Förderband auf sie zu. Hier und da lag noch das Stück von einem Krebs. Dann kam gar nichts mehr.

Sanja ließ das Förderband laufen, nach zwei oder drei Minuten stellte sie es ab. Als dann wenige Sekunden später auch die Kühlanlage aussetzte, war nur noch das Brummen der Schiffsmotoren zu hören, vom Wachs in ihren Ohren gedämpft, als stammte es aus einer anderen Welt.

Und genau so fühlte sie sich, wie auf einer anderen Welt. Vor ein paar Tagen hatten sie Weihnachten gefeiert. Doch hier an Bord war kaum etwas davon spürbar gewesen. Der Kapitän hatte zwar eine kleine Feier in der Schiffsmesse gegeben. Krill wurde aber weitergepumpt und Sanja hatte an diesem Tag Spätschicht gehabt. Sie bezweifelte, dass Silvester anders ablaufen würde, geschweige denn irgendjemand an ihren Geburtstag dachte.

Sie spürte, dass ihr Herz heftiger zu pumpen begann, und schmeckte auf einmal, wie sich die künstliche Kälte hier unten in ihrem Rachen festgesetzt hatte. Plötzlich war ihr heiß. Ihre Handinnenflächen in den Handschuhen wurden feucht. Und auf einmal schnürte die Kapuze an der Stirn ein, schnürte hinter den Ohren ein, am Hals. Sie fuhr mit dem Finger in den Kragen und versuchte, sich Luft zu verschaffen, doch lediglich eine Wolke säuerlicher Ausdünstungen entwich. Alles war eng. Und alles war grau. Das Förderband, der Eimer, die Schälmaschine, der Schacht, das Plastik, in dem sie steckte. Am liebsten hätte sie es sich vom Leib gerissen, die Handschuhe, die Kapuze, den ganzen Overall – still blieb sie sitzen und atmete mehrere Male tief ein.

Es war nicht echt.

Sie sagte es sich immer wieder. Es war nicht echt.

Und langsam verebbte das Gefühl, zu ersticken. Das Förderband wurde wieder dunkelgrün.

Es war nur, weil ihr Praktikumsplatz unter der Wasseroberfläche lag. Und weil sie nicht vom Schiff konnte.

Und weil, selbst wenn sie gekonnt hätte, um das Schiff nichts war.

Und während sich ihr Puls weiter normalisierte, begann Sanja zu staunen, wie sie es immer nach diesen Anfällen tat. Darüber, dass sie es noch immer aushielt, dass sie noch immer nicht den Verstand verloren hatte. Und gleichzeitig stieg ein Verlangen in ihr auf, das auch jedes Mal nach diesen Anfällen aufkam, ein Verlangen, etwas zu tun, irgendetwas Großes und Bedeutungsvolles.

Kurz nachdem ihr Vater sie und ihre Mutter verlassen hatte, war sie krank geworden. Da war es zum ersten Mal passiert. Am frühen Morgen hatte ihre Mutter ihr einen Tee gebracht, Fieber gemessen und sie dann allein in der Wohnung gelassen – um einige Dinge zu besorgen, wie sie ihr später erklärt hatte, mit der kühlen Hand auf der klebrigen Stirn. Sanja war hochgeschreckt und hatte die Leere in der Wohnung gehört, sie hatte gehört, dass sie allein war, und gehört, wie sie ein Nichts und ein Niemand sein musste in Anbetracht der Größe des Universums – und von dieser Erkenntnis getroffen war sie aus dem Bett gepeitscht und einige Male durch die Wohnung gehetzt, auf der Suche nach einer Rettung, und hatte aber die ganze Zeit das seltsame Bedürfnis gehabt, einen Rückwärtssalto zu schlagen, dabei irgendwie die Arme und Beine zu verknoten und schließlich in der echten Welt aufzuwachen.

Sanja schloss die Augen und horchte in sich hinein, ihr war, als könnte sie sehr tief in sich noch immer das Bedürfnis nach solch einem Rückwärtssalto hören. Da packte sie jemand an der Schulter.

Geschnüffel. Knurren. Gekläff. Und dann begeistertes Bellen, das den Herrn, einen Menschen-Mann in giftgrünen Bermudas und Shirt mit gelbem Krokodil auf schwarzem Grund, herholen soll. Dieser will eigentlich weiterspazieren; er hält dich für einen Baumstumpf. Doch sein Tier gibt einfach keine Ruhe. Also watschelt er doch zu dir. Aus der Nähe betrachtet siehst du aus wie ein Elefantenfuß.

Du spürst, wie ratlos er zu dir hinunterguckt. Ein Baumstumpf bist du jedenfalls nicht.

Er kniet sich zu dir in den Sand. Du bist kein Holz.

Er drückt auf dir herum. Aber du bist auch kein Stein. Er zupft etwas von dir ab. Du bist eine gräuliche, mit gelben Punkten und Streifen durchsetzte, zähe Masse. Außen spröde, innen ölig und weich. Was er abgezupft hat, zerreibt er und ein bouquethafter Geruch steigt ihm in die Nase. Vor seinem geistigen Auge flammt das Bild von schwarzen Locken auf, doch bevor er hineingreifen könnte, reißt ihn eifersüchtiges Gebell zurück. Er ermahnt sein Tier, zückt das Smartphone, schießt ein Foto von dir und jagt es durch Google Lens.

Der erste Artikel, den er liest, läuft darauf hinaus, dass eine Mutter (38) eine Nadel in eine angeschwemmte Weltkriegsgranate steckt und explodiert. Alle anderen Artikel enden damit, dass irgendein bitterarmer uralter Fischer über Nacht zum reichsten Mann im Dorf wird. Zumindest sofern er nicht in den USA oder in Australien lebt. Denn dort stehen Wale unter so strengem Schutz, dass es sich mit ihnen ähnlich verhält wie mit Elefanten oder Krokodilen: Der Besitz ihres Fleisches, ihrer Stoßzähne, ihrer Knochen, ihres Leders oder ihres Haars ist verboten. Ganz zu schweigen vom Handel damit. Glück für den Kroko-Mann: In der EU giltst du gemeinsam mit Urin und Kot als auf natürliche Weise ausgeschieden. Und so wirst du, während dieser seinem Tier ein mit Diamanten besetztes Lacoste-Halsband bestellt, in eine Kiste gepackt, quer durch den Kontinent geschickt und dann in zwei Hälften geteilt.

Sanja riss die Arme hoch und fuhr herum. Es dauerte einige Sekunden, bis sie begriff, dass es Kilian war, der ihr auf die Schulter geklopft hatte. Mit platt gedrücktem Haar, Mütze in der Hand, bis zur Hüfte geöffnetem Overall und vor der Brust verknoteten Ärmeln stand er vor ihr und sah sie erschrocken an.

Nach einigen Sekunden, die sie sich angestarrt hatten, sagte er etwas. Sanja griff sich unter die Kapuze und pulte das Wachs aus dem Ohr.

Das fällt heute aus, wiederholte er.

Eine weitere Sekunde verstrich, dann drehte er sich um und ging in Richtung der Treppe davon. Während Sanja aufstand und ihm folgte, fragte sie sich, ob er gerade rot geworden war. Aber sie erhaschte keinen Blick auf sein Gesicht. Während sie sich aus dem Reinraum-Overall schälte, stellte er sich schräg zu ihr und betrachtete die Treppe, die nach oben führte.

Wir hatten ein Problem an der Pumpe und haben angelandet, sagte er irgendwann.

Wieso das denn?, fragte Sanja und zog ihre Sturmhaube auf.

Jetzt begann auch Kilian sich gegen die Kälte zu präparieren, löste den Knoten vor seiner Brust und schlüpfte zurück in die Ärmel. Wirst du schon sehen. Er zog den Reißverschluss zu.

Ist sie kaputt?

Ich sag ja, wirst du schon sehen. Er stieg die Treppe hinauf, nach ein paar Stufen sagte er über die Schulter: Ich weiß es nicht.

Das Erste, was Sanja wahrnahm, als sie das Fangdeck betrat, war der Geruch. So roch es in öffentlichen Toiletten, in Unterführungen, in Pissecken. Als Nächstes stellte sie fest, dass das Netz bereits vollständig aufgeholt, allerdings nicht auf die Trommeln aufgewickelt war. Notdürftig war es aufs Fangdeck gezogen, hier und da lagen Krill-Pfützen zwischen dem rostigen Kurrleinen-Geschirr. Die Slip schloss sich gerade und auf halber Strecke stand fast die gesamte Fangcrew zusammen. Als Sanja darunter auch den Kapitän entdeckte, wurde ihr flau zumute.

Während Kilian und sie sich näherten, wurde aus dem Geruch ein Gestank. Einer der Männer trat zur Seite und Sanja konnte sehen, dass sie sich um eine dreckig weiße Masse geschart hatten, die aus der Pumpvorrichtung des Netzgeschirrs hervorquoll. Plötzlich fiel ihr wieder ihre Zahnbürste ein. Das flaue Gefühl verwandelte sich in Übelkeit. Was, wenn die Zahnbürste etwas an der Pumpe verstopft hatte, irgendeinen Filter oder so? Sie versuchte sich zu sagen, dass das absurd sei, die Wahrscheinlichkeit verschwindend gering. Dann glitt etwas von dem weißen Zeug zur Seite und einer der Männer schob es mithilfe einer Stange zurück. Und in diesem Augenblick wusste Sanja, dass das kein Teil des Netzgeschirrs war.

Was da lag, war ein Tier.

Im selben Augenblick entdeckte sie die Saugnäpfe. Saugnäpfe, die zu Armen gehörten, einem ganzen Haufen aus Armen. Sanja versuchte, sie im Geist zu entwirren. Je näher sie kam, desto mehr entdeckte sie. Es waren fünf, sechs oder mehr, ein einziges Knäuel. Der Gestank wurde so stark, dass sie begann, durch den Mund zu atmen. Jetzt fiel ihr auch auf, dass die meisten Männer ihre Sturmhauben über die Nase gezogen hatten. Nur der Kapitän stand da wie immer, in seinem blauen Arbeitsoverall und Gummistiefeln, das Funkgerät in der Hand. Als Sanja neben ihn trat, hielt er inne und wandte sich ihr zu: Krill wird's heute keinen mehr geben.

Sanja war so sehr damit beschäftigt, flach zu atmen, dass sie nur ein Hallo hauchte und den Blick senkte. Die Saugnäpfe waren unterschiedlich groß. Manche waren kaum größer als eine Fingerkuppe, die dicksten waren so groß, dass ein menschliches Gesicht hineingepasst hätte. Und irgendwie sahen sie seltsam aus, wie Geschwüre aus Glibber. Als hätte das Tier sich etwas zu Großes angezogen.

Wir hatten in der Nacht schon Probleme mit der Pumpe, sagte der Kapitän. Jedenfalls hat der hier – sein rechter Gummistiefel schwebte in Richtung des Tiers, berührte es aber nicht – das halbe Netz zerstört.

Was ist das?, fragte sie, ohne aufzusehen.

Ein Riesenkalmar, ein Tintenfisch, der – sein Funkgerät knackte und er trat einige Schritte zur Seite.

Der ein bisschen zu groß fürs Device-Loch war, ergänzte der Mann mit der Stange.

Sanja nickte und versuchte abzuschätzen, wie groß der Tintenfisch war. Sie schauderte bei dem Gedanken, dass die Glieder womöglich übers halbe Fangdeck reichen würden.

Tja und dann hat er den Zugang zur Pumpe blockiert, deshalb die ganze Sauerei hier.

Ich muss rauf, sagte der Kapitän, der wieder zu ihnen getreten war. Die Polarstern will, dass wir unseren Kurs anpassen.

Während er verschwand, machten sich die Männer daran, am anderen Ende des Fangdecks das Ersatznetz aus dem Container zu holen. Nur Sanja und der Mann mit der Stange blieben zurück.

Und ist er – Sanja verstummte.

Tot? Oh nein. So schnell sterben die nicht. Aber ihm wird der Druck hier oben gar nicht gefallen.

In diesem Augenblick entrollte sich einer der Arme bis zur Spitze und gab den Blick frei auf eine perlmuttfarbene Kugel. Als hätte eines der Glieder sie gepackt, schnürte es Sanja den Hals zu. Die Kugel war größer als ihre Hand und richtete sich aus, fixierte sie – und schon war sie in die Knie gegangen, schon hatte sie sich den Handschuh von der rechten Hand gerissen, sie hörte noch etwas von wegen irgendwelcher Abgründe in der Tiefsee, dann lag ihre Handfläche bereits auf den Saugnäpfen von jenem Arm, der sich eben entrollt hatte, und sie hörte nichts mehr, roch nichts mehr, spürte nur ein sanftes Saugen. Auf einmal kam ihr dieses Wesen zart vor, zart wie ein Spinnfaden. Dort, wo sich die Saugnäpfe an ihre Hand schmiegten, bekam die aschfahle Farbe einen Gelbstich. Ihr wurde heiß. Und gleichzeitig fühlte sie, zum ersten Mal, seit sie die Greta-Dora bestiegen hatte, ein Heimweh. Sie wollte nur noch nach Hause. Zurück dorthin, wo sie hingehörte. Sie verstand, dass sie dieses Heimweh in sich trug seit ihrer Geburt und dass ihr Fernweh nichts anderes war als dessen Unterseite.

Bereits Sindbad hat dich gekannt. Nachdem er auf seiner sechsten Reise Schiffbruch erleidet – der Kapitän verliert den Kurs, reißt sich den Turban vom Kopf, ein Sturm kommt auf und das Schiff zerschellt –, strandet er auf einer Insel, von der man, wie sich später herausstellt, nur in einem unterirdischen Fluss und wundersamerweise dadurch, dass man schläft, nach Sri Lanka entkommt.[*] Doch bevor der Kaufmann von seinen Abenteuern erzählen kann, macht ihn jenes insulare Negativ halb wahnsinnig:

Überall Rubine und Perlen und allerlei Juwelen. Selbst der Sand glitzert und funkelt. Schönstes Aloenholz, sowohl chinesisches wie komoriner *und schließlich entspringt dort auch ein Quell an rohem Deinigen, das wie Wachs über die Bachufer fließt, so groß ist die Hitze der Sonne. Und du strömst nieder zur Meeresküste, wohin die Ungeheuer aus der Tiefe kommen und dich verschlucken und damit zurückkehren in das Meer. Da du ihnen in den Eingeweiden brennst, speien sie dich wieder aus, und du erstarrst auf der Oberfläche des Wassers, sodass du dich in Farbe und Menge wandelst. Und schließlich werfen die Wellen dich ans Land, und die, die dich kennen, sammeln und verkaufen dich. Das rohe Deinige aber, das noch nicht verschluckt ist, fließt über das Bett und erstarrt auf den Ufern. Und wenn die Sonne darauf scheint, so schmilzt du und erfüllst das ganze Tal mit deinem Duft. Und wenn die Sonne verschwindet, so erstarrst du von Neuem. Niemand aber kann dorthin gelangen, denn die Berge, die die Insel auf allen Seiten umschließen, kann keines Menschen Fuß erklimmen* – Masn g'habt, dass Österreich ein Land voller Berge ist, dessen Töchter und Söhne von klein auf lernen, auf dem Gipfel keine Milch zu trinken, oder, wenn sie auf dem Gipfel Milch trinken, zumindest so langsam abzusteigen, dass die Magensäure die Milch nicht stocken lässt. Niemand, der

B
L
E
N
D
E
N
D

---

[*] Auf Sri Lanka, platzt es aus unserem Armen Arm heraus, spielt auch das Ende meiner Geschichte. DER NAME beginnt auf Seite 153.

hier aufgewachsen ist, kommt im Tal mit einem Kilo Butter im Bauch an, geschweige denn reagiert wie dein Wal einst. *When biotechnologists follow their noses,* lautet deshalb die stolze Schlagzeile des Austrian Centre of Biotechnology, dem es gemeinsam mit der Universität Graz gelungen ist, Ambrein auf einem zur Gänze natürlichen Biosyntheseweg zu entwickeln. Aus Germ. Hefe, Khamira, Levure.

Und das bereits 2019. Unverständlich also, weshalb Thomas Fontaine, ausgebildet am Institut supérieur international du parfum, de la cosmétique et de l'aromatique alimentaire, dennoch Folgendes komponiert: Kopfnote rosa Pfeffer, Mandarine und Bergamotte. Herznote Rose, Zimt, Weihrauch und Orangenblüte. Basisnote Vanille, Benzoe, Sandelholz und eben:

Du

In geheimem Verhältnis werdet ihr in ein Flakon gefüllt und habt zu warten – deine dritte Ewigkeit –, bis es euch hinaufsaugt und durch den Zerstäuber hinaus in die Welt spritzt, auf dass du jenen Nebel, den ihr dort bildet, zusammenhältst und an seinen Bestimmungsort führst: Menschenhaut. Frauenhaut. Haut zweier Handgelenke. Haut einer Kehle. Von unsichtbarem Flaum bedeckt, von so feinen Poren durchsetzt, dass die winzigen Tröpfchen, die ihr hier bildet, geradlinig darauf abrollen. Und so dünn, dass du ihren Herzschlag spürst. Dann bebt sie, die Welt, und erhitzt sich. Weil sie sich euch aufgelegt hat? Sinbad von Lubin Paris. Jedenfalls dringst du mit der Hitze in sie ein. Du verbindest dich mit ihr, beziehst dich auf ihre Vergangenheit und gibst ihr damit eine Zukunft: Alexa. In wenigen Jahren wird sie Drohnenpilotin bei der US Air Force werden.

Das South Atlantic Express, kurz SAEx, ist ein Kabel, das einmal von Virginia Beach nach Fortaleza führen wird und von dort dann quer durch den Ozean bis vor die westafrikanische Küste. An seinem einen Ende befindet sich ein Multiplexer, der Licht bündelt, am anderen Ende dann der Demultiplexer, der das Bündel wieder auftrennt. Und dazwischen befinden sich vierzehntausend Kilometer Glas.

In der Zeit, die wir es bereits umschlungen hielten, waren Daten im Umfang von mehreren Hundert Milliarden Gigabyte unter unseren Saugnäpfen dahingerauscht. Gerade weil es aber nur Licht war, spürten wir es als ein Glühen, ein Glühen, das zu uns sang und uns mit seinem Gesang zog, immer weiter. Wir ließen nicht los. Und zogen unseren Kalmar hinter uns her.

Und der glühende Tentakel schien zu wissen, wohin es ging. Locker lag er im Schlamm. Schlängelte sich ohne Müh zwischen Felsen hindurch. Und sank, wenn der Grund weicher wurde, auch einmal für eine Armlänge ein. Kamen wir an eine solche Stelle, dann stürzten nicht selten der Eingebildete und der Hehre voraus, während wir anderen Arme den Schlamm wegzuwischen versuchten – unser Kalmar überschlug sich.

Sobald wir den glühenden Tentakel dann wiedergefunden hatten und uns an ihm weiterzogen, überließen wir unseren Kalmar wieder seinen Schwärmereien, die allesamt um das Gefühl kreisten, dass etwas mit ihm geschah, etwas Großes. Hunger existierte nicht mehr. Müde wurde er auch nicht. Über ihn wanderten nur noch sanfte Muster. Es war, als würden der glühende Tentakel und sein Gesang ihn verwandeln.

Das Meer schien das zu bemerken, es verlor die Scheu vor

ihm. Und wenn auch noch immer alles, lange bevor er sich herangeschoben hatte, erlosch, waren auf einmal immer häufiger Geschmäcker im Wasser, die wir sonst nur selten zu fassen bekommen hatten. Nach Aas und Mundhöhlen, nach Fangzähnen und giftigen Sekreten, nach Lust und Sehnsucht, nach Absonderungen jeglicher Art – und doch konnten wir jenen einen Geschmack nicht vergessen von dem Ding, das unser Kalmar noch in den eisigen Strömen unserer Heimat verschlungen hatte. Längst hatte er es verdaut und längst war es in seinen Leib übergangen, auch in uns. Es war, als steckte dieses Ding noch in seinem Schlund. Als klebte noch etwas an seinem Schnabel, an den Tentakeln, an uns selbst. Das Merkwürdigste aber war, dass drei von uns – der Müde, der Süße und der Eingebildete – glaubten, den Geschmack zu kennen.[*] Nicht aber, weil sie ihn jemals geschmeckt hätten. Sondern so, als würden wir ihn erst noch kennenlernen. Als würde er erst noch im Wasser sein.

S
Ü
S
S

Die Stimme des Kapitäns riss Sanja zurück. Sie zog die Hand weg, spürte ein Ploppgeräusch und rappelte sich auf. Ihre Hand fühlte sich taub an, als wäre sie eingeschlafen. Gleichzeitig schien sie zu glühen.

Der Kapitän kam mit eiligen Schritten auf sie zu. Plötzlich stand da ein Container. Ein paar der Männer waren damit beschäftigt, das alte Netz zur Seite zu schaffen. Sie entdeckte den

---

[*] Wir hielten es für irgendeinen erfrorenen Wurm, erinnern sich unser Süßer und unser Eingebildeter Arm, vielleicht auch für den Splitter einer großen Muschel. Ich war überzeugt, es sei ein Teil eines Wales, fügt unser Blendender Arm hinzu. Und ich, murmelt unser Armer Arm, versuchte uns einzureden, es müsse sich um einen jener Steine handeln, die aus den Himmeln stürzen, hell glühen, wenn sie das Gas über den Wassern durchqueren. Wir wussten es alle nicht besser.

Mann, der eben noch neben ihr gestanden hatte, wie er einige Meter entfernt einen Haken aus dem Netz löste. Irgendwoher war die Ingenieurin aufgetaucht, sie hielt nun seine Stange.

Der Kapitän packte Sanja an der Schulter, zog sie einige Meter weg und sah sie wütend an. Sie öffnete den Mund, schloss ihn wieder. Dann schrie er mit einem Mal. Nicht in ihr Gesicht, zu den anderen, aber seine Hand krallte sich dabei in ihre Schulter. Überall auf dem Fangdeck drehten sich die Köpfe in ihre Richtung. Die Männer, die das alte Netz zur Seite schoben, ließen es liegen und machten sich zu ihnen auf. Der Kapitän lockerte seinen Griff und sah wieder Sanja an. Sein Blick glitt einmal an ihr hinunter und wieder hinauf. Nach einigen Sekunden ließ er sie los und drehte sich zu den Männern.

Er sagte etwas. Sanjas Hand glühte noch immer.

Jemand fragte etwas. Er antwortete. Sanja hörte zu, sie hörte aufmerksam zu, erfasste allerdings den Sinn der Worte nicht.

Andere Männer kamen dazu. Sie stand weiter da. Mit der glühenden Hand und einem Handschuh in der anderen. Und dann war es, als würde ihr ein weiteres Mal das Wachs aus den Ohren gezogen:

Dass sich keine Vögel an ihm zu schaffen machen, sagte der Kapitän gerade. Die Polarstern braucht zwei oder drei Tage. Sie sagen, es müsste bis dahin reichen, wenn wir einmal in der Stunde frisches Wasser über ihn kippen.

Und wer soll das machen?, fragte einer der Männer.

Da gewann Sanja die Kontrolle über ihre Stimme zurück.

Deine andere Hälfte nimmt den Weg, der für deinesgleichen bestimmt ist, seit dich Johannes Hartlieb, Schwabe, Antisemit, Magier und Schoßhund des ersten aller ersten Humanisten Nikolaus von Kues, in seinem Kräuterbuch nannte. Wie er es vorschlug, verbrannte man dich. Gemeinsam mit Weihrauch. Oder als kostbare Kerze. Lutschte dich als Pastille. Oder kippte dich in den Clairet, um sich geil zu machen.

Und auch heute noch landest du im von Gott geküssten Baden-Württemberg: Man zerbröselt dich und lässt dich dann drei Wochen in einer Ethanol-Wasser-Lösung auflösen, mazeriert dich, wie man sagt, zur Urtinktur. Als solche wirst du diluiert, sprich verdünnt, und zwar zu einer C-Potenz, ein Teil du, hundert Teile nicht du. Dann klopft man mit dir exakt zweihundertmal auf den Tisch und – Abrakadabra – du bist:

DHU AMBRA C200

Wieder im Verhältnis eins zu hundert wirst du zu Kristallzuckerkügelchen in einen Dragierkessel gegeben. Der Kessel dreht sich – waschmaschinentrommelmäßig – und der Idee nach haftest du jetzt den sogenannten Globuli an. Doch exakt dieser Waschmaschinentrommel-Moment ist auch der Augenblick in deiner Geschichte, von dem an du dich unaufhörlich fragen musst, ob du überhaupt noch existierst. Du bist offensichtlich nicht fort, sonst könntest du dich das ja nicht fragen. Aber so richtig da bist du auch nicht mehr. Du bist wie der Schatten eines Baumes, den man längst gefällt hat.

Glück gehabt, dass es für Herrn Bath, technischer Übersetzer im indischen Außenministerium, weniger darauf ankommt, ob ein Baum noch steht oder nicht, solange es sich nur um einen deutschen handelt. Fan, ja, treuer Kunde ist Herr Bath, seit er mit einem anderen Karlsruher Wundermittel um eine Corona-Infektion herumkam. Drei Tage lang auf nüchternen

Magen ARSENICUM ALBUM C30 – und sein Körper war für das Virus tabu.

Wohl ein Echo aus der Zukunft, war unserem Hehren Arm voller Spott entwichen. Wir anderen hatten vom glühenden Tentakel abgelassen und schüttelten uns jetzt. Der Müde, der Süße und der Eingebildete hingegen krochen eingeschnappt weiter – da riss unser Kalmar uns zurück. Sein Auge hatte etwas bemerkt. Einen Bruch in der Dunkelheit. Einige Armlängen voraus.

Zuerst ließ unser Kalmar nur unseren Bisschen-Schüchternen und unseren Süßen Arm frei. Vorsichtig krochen sie los, immer am glühenden Tentakel entlang. Sie brauchten nicht lange zu tasten, dann erreichten sie eine felsige Kante, über die es leise blies, mal kalt schmeckte, mal heiß.

Wir schmeckten eine solche Brise nicht zum ersten Mal. In den eisigen Strömen unserer Heimat gab es Schluchten, die senkrecht abfielen. Manche von uns, vor allem der Hehre, spielten mit dem Gedanken, sich einmal hineinzustürzen. Er glaubte daran, dass auch dort unten etwas im Wasser war. Die Mehrheit von uns ging allerdings davon aus, dass es dort nur ins Nichts führte, dass diese Schluchten nichts enthielten, nichts. Was aber dieses Nichts war, konnte sich keiner von uns vorstellen. Unser Kalmar hatte sich nur ungern an den Rändern solcher Schluchten entlanggetrieben und war noch nie über eine hinweggeschwommen.

Jetzt leuchtete er auf. Ein warmes Gelb breitete sich auf unserer Haut aus und warf seinen Schein über den Schlamm. Hier und da ragte ein Fels auf und schlug einen Schatten in die Dunkelheit – und dann traf der Lichtschein einfach auf nichts mehr, was ihn zurückwerfen hätte können. Die Welt hörte auf. Vor unserem Kalmar lag ihr Ende.

Der glühende Tentakel schwebte geradewegs dort hinein, als dünne Linie, die womöglich schon einige Armlängen weiter nicht mehr existierte. Und gleichzeitig glühte er, wie er die ganze Zeit geglüht hatte. Dies konnte nicht das Ende sein. Je länger unser Kalmar ihm nachstarrte, desto mehr war ihm, als wäre er erblindet. Er erlosch.

In völliger Dunkelheit war es nicht ganz so schlimm. Es gelang ihm, sich Stück für Stück vorzuschieben, uns stets am glühenden Tentakel wissend. Wir hielten ihn fest. Und sein Glühen beruhigte uns. Und wir beruhigten ihn. Und als er die Kante erreichte, atmete er.

Währenddessen begann er wieder aufzuleuchten. In immer schnellerem Wechsel huschten Farben über ihn. Kurz flammte er rot auf, im nächsten Moment grün. Blau folgte auf Orange, Violett auf Türkis. Dabei sog er Wasser ein, so tief er konnte, hielt es einen Moment und ließ es wieder langsam entweichen. Beim nächsten Atemzug sog er noch mehr Wasser ein. Den dritten Zug hielt er.

Seine Tentakel, älter als wir und furchtloser, wandten sich bereits über dem Abgrund um den glühenden Tentakel und schoben sich, so weit sie kamen, dann griffen sie zu. Unser Kalmar begann rosa zu flimmern. Ein Augenblick verstrich. Und dann zog er an ihnen.

Wir stießen uns gleichzeitig ab, spannten uns stromlinienförmig hinter seinen Körper und beschleunigten das Wasser, das er ausspie. Einen Moment flog er. Dann warfen wir uns voraus, dehnten uns und griffen nach dem glühenden Tentakel, zogen uns an ihm nach vorn, warfen uns wieder vor, griffen erneut zu, zogen.

Den rechten Handschuh hatte Sanja zu einer Schale geformt, in der ein mit seinen Schwimmbeinchen rudernder Krill lag. Mit raschen Schritten ging sie auf den Schatten der Netztrommeln zu. Dort stand der Container, über dessen Rand bei jedem Schwanken des Schiffes Wasser schwappte. Es war ein Container, wie Sanja sie zu Hunderten in Bremerhaven und auch in Montevideo gesehen hatte. Dieser hier war nur nicht ganz so hoch: Um hineinsehen zu können, musste sie auf die Zehenspitzen steigen – und dann erblickte sie, endlich wieder, Ariel. Sie hatte sich über den gesamten Containerboden ausgebreitet. Weiß schimmerte sie herauf.

Sanja ließ das kleine Krebstier fallen und sah zu, wie es hinabsank. Sie fragte sich, ob es womöglich doch auf den letzten Metern verendet war, dann schoss es aber plötzlich davon, in Richtung einer Containerecke. Enttäuscht stellte Sanja fest, dass Ariel nicht reagierte. Sie schlüpfte aus den Handschuhen, tauchte ihre Hände ins Wasser, und erst jetzt rührte sich etwas. In dem Weiß tauchten violette Streifen auf, einer von Ariels Armen hob sich, und als Sanjas Finger in das stießen, was sie an einen nassen Duschschwamm erinnerte, geschah es aufs Neue. Wie jedes Mal in den vergangenen drei Tagen. Wenn auch schwächer. Doch noch immer: Sanja konnte spüren, dass alles, was sie dachte oder fühlte, Teil von etwas Größerem war, etwas Größerem, das zwischen Ariel und ihr geschah, einer Verbindung, die vor ihnen existiert hatte und die nun da war, die alles tat: frisches Wasser holte. Schwächer wurde. Doch nicht starb.

Und als ob sie gleichzeitig durch diese Verbindung aufhören würde Sanja zu sein, versank sie in einen Zustand, der keine Zeit kannte und in dem sie alles wusste, zum Beispiel, dass Ariel einen anderen vermisste, und auch wusste, dass Ariel wusste, dass sie nicht wusste, wen sie vermissen sollte – wenn man wissen sagen konnte.

Albatrosse schrien von hinter der Heckklappe, dann schwankte das Schiff und etwas Wasser schwappte Sanja ins Gesicht. Was sich wie eine Sekunde angefühlt hatte, waren ein paar Minuten gewesen. Sie riss sich los, wischte Arme und Gesicht an ihrem Schneeanzug trocken, schlüpfte wieder in die Handschuhe und bückte sich nach den beiden Eimern. Aus ihrem unteren Rücken stach es über den Po bis in die Kniekehlen. Und als sie sich mit den Eimern aufrichtete, fühlte sie auch in den Oberarmen, Schultern und Achseln, dass sie sie den ganzen Tag zwischen Reling und Fangdeck hin und her schleppte.

Sie versuchte, das Gefühl durch sich fließen zu lassen. Weiter die Beine hinab, durch die Waden, in den Fuß. Und durch die Sohlen ihrer Gummistiefel in den Rumpf der Greta-Dora. Zu so etwas in der Art hätte Jana geraten. Sich auszumalen, wie der Schmerz Teil des Südpolarmeers war oder so, jedenfalls nicht zu ihr gehörte.

Sie wischte die Gedanken an Jana beiseite und machte sich auf den Weg zwischen den Pfützen hindurch, die sich um Ariels Container gebildet hatten. Um nicht auszurutschen, versuchte sie, auf die Knoten im Garn des alten Netzes zu treten, das man nicht vollständig aufgerollt hatte und dessen Ende einen großen Teil des hinteren Fangdecks bedeckte. Ariels Container stand in einer der Ecken, rechts neben den Motorwinden und den Trommeln, von denen Kurrleinen und Versorgungskabel des neuen Netzes Richtung Slip führten. Hier war sie am wenigsten im Weg und – was Sanja viel wichtiger fand – sie befand sich fast immer im Schatten. Es war offensichtlich, dass Ariel direktes Sonnenlicht kaum ertrug. Blöderweise war es in den Tagen, seit Ariel an Bord war, warm geworden. Heute hatte es um die Mittagszeit Plusgrade gegeben. Keine einzige Wolke stand am Himmel und in der prallen Sonne hatte Sanja den Reißverschluss ihres Schneeanzugs bis zum Bauch geöffnet.

Während sie nun die Treppe hinaufstieg, die vom Fangdeck zum Oberdeck führte, blieben ihre Gedanken bei Ariel. Fraßen Riesenkalmare überhaupt Krill? Womöglich war er ihnen viel zu klein. Den Kapitän zu fragen, hatte sie nicht gewagt. Offensichtlich war es ihm zwar recht, dass sie sich um Ariel kümmerte, doch irgendetwas daran missfiel ihm auch. Sanja hatte den Verdacht, dass er sie mit Eimern Wasser schleppen ließ, damit sie nicht zu viel Zeit an dem Container selbst hatte. Sie war sich sicher, dass es an Bord mehr als genug Schläuche gab, mit denen man ganz bequem Wasser aus dem Meer pumpen konnte. Aus dem Arzt, der ebenfalls alle paar Stunden kam und nach Ariel sah, war nichts herauszubekommen. Er war schweigsamer denn je und hatte nur einmal etwas über Ariels Anatomie gemurmelt. Zwei Tentakel, acht Arme, insgesamt zehn Glieder, daher die Bezeichnung Dekapode. Nur Kilian hatte seine Hilfe angeboten und das war, na ja.

Sie erreichte die Reling und knotete einen Eimer an das Seil, das an einem Pfosten befestigt war. Die See lag ruhig da, wie endlos blauer Satin. Sanja wollte gerade den Eimer über Bord werfen, als sie etwas hörte. Mit einem Blick in Richtung der Motorwinden überzeugte sie sich, dass die noch immer stillstanden. Das Geräusch klang aber auch irgendwie anders, es schien überhaupt nicht vom Schiff zu kommen. Sie legte den Kopf in den Nacken. Nach einigen Sekunden war sie ziemlich sicher, dass es aus der Richtung kam, in der die Brücke in den Himmel ragte. Sie stellte den Eimer ab und lief auf die andere Seite des Oberdecks. Von hier sah sie, dass ein Schiff aufgetaucht war. Es war deutlich kleiner als die Greta-Dora, allerdings groß genug, dass ein Hubschrauber dort starten konnte. Ein solcher schwebte unmittelbar über ihm. Und kaum hatte Sanja ihn entdeckt, hörte er auf zu steigen und richtete die Schnauze in ihre Richtung aus.

Sanja warf einen Blick aufs Fangdeck. Und als sie sah, wie dort gerade der Kapitän mit zwei Männern aufgetaucht war, spurtete sie los. Den angebundenen Eimer warf sie über Bord und zog ihn, noch bevor er richtig untergegangen war, wieder herauf. Während der Hubschrauber lauter wurde und erst ein Heulen, dann ein Knattern hinzukam, löste sie den Knoten und rannte auf die Treppe zu. Als eine größere Welle das Schiff erfasste, konnte sie sich gerade noch am Geländer festhalten. Der Eimer verlor die Hälfte des Wassers.

Inzwischen hatten die beiden Männer sich an dem Container zu schaffen gemacht. Keiner von beiden bemerkte Sanja. Auch der Kapitän stand mit dem Rücken zu ihr und blickte in Richtung Brücke. Auf den letzten Metern bremste Sanja ab. Die Männer befestigten Karabiner an den Ecken des Containers. Sanja trat zwischen sie, wuchtete den halb vollen Eimer über den Rand und kippte das Wasser zu Ariel. Dann stellte sie den Eimer ab und schüttelte die Schulter aus.

Als sie wieder nach ihm greifen wollte, sagte der Kapitän: Du hast das ganz hervorragend gemacht, die letzten Tage, ich denke aber, das kannst du dir jetzt sparen – und seine Worte waren eine kleine, hässliche Atemwolke, die aus dem Schatten stob und vom Sonnenlicht zerrissen wurde.

Sanja wandte sich von ihm ab und stieg auf die Zehenspitzen. Ihr Herz setzte für einen Schlag aus. Der Krill war verschwunden. Ariel hatte gefressen.

Gleichzeitig schwoll das Knattern zu einem Lärm an. Es klang, wie wenn man den Strahl einer Duschbrause direkt auf die Ohrmuschel richtete. Aus den Augenwinkeln sah Sanja, dass der Kapitän das Funkgerät gezückt hatte und sich Richtung Heck entfernte.

Dann erschien der Hubschrauber über der Brücke. Seine Schnauze war weiß, der Bauch orange. An einem der Kufen hing ein Seil, das sich senkte, kaum war er über ihnen zum Stehen gekommen. Sanja stellte noch fest, dass es gar kein richtiges Seil war, sondern aus mehreren Schlaufen bestand. Dann schlug der Abwind des Hubschraubers zu und sie musste den Kopf senken.

Aus den Augenwinkeln konnte sie sehen, wie die Männer jeweils mit einem Arm ihr Gesicht schützten und mit der freien Hand die Schlaufen an den Karabinern einhängten, wie sie dem Kapitän ein Zeichen gaben, wie dieser etwas ins Funkgerät sagte und winkte. Sie konnte sehen, wie die Männer zurücktraten und einer von beiden sie an der Schulter fasste. Konnte sehen, wie sie sanft, aber mit Nachdruck von dem Container weggezogen wurde. Wie der Kapitän in dreißig Metern Entfernung noch mal etwas in das Gerät sagte und es dann in seine Brusttasche steckte. Wie die Hand den Griff um ihre Schulter löste. Es blieb ihr eine halbe Sekunde.

Mit einem großen Schritt trat sie auf den Container zu. Der Hubschrauber war bereits weggeschwenkt, doch der Impuls auf die Schlaufen wurde mit einer winzigen Verzögerung übertragen. Sanja griff nach dem Rand. Sie sah einen Arm sich strecken. Sah noch eine schlecht rasierte Wange. Dann lief ein metallisches Ächzen durch die Schlaufen, die Karabiner, den Container, Ariel, durch sie selbst, die Welt – und schon waren sie ein, zwei, fünf Meter in der Höhe, schon zehn oder fünfzehn, und dann bereits nicht mehr über der Greta-Dora. Ihre Finger krallten sich fester. Unter ihr strahlte die See, über ihr der Himmel. Sie dachte noch etwas von wegen der Intensität der Farben, dann wurden ihre Gedanken von einer Kältewelle erfasst und sie sah nur noch in das Auge von Ariel, dieses mondgroße Auge, das orange und blau flimmerte und von einer zuckenden Masse umgeben war. Sie bemerkte nicht mehr, wie sich ein Arm um ihr Handgelenk schlang.

Und auch nicht, wie er sich, als ihre Finger die Kraft verließ, festsaugte.

50 JAHRE BLUE MARBLE
Die Geschichte unseres Hehren Arms[*]

Ich, der Hehre Arm eines Tintenfischs, spreche zu euch, den Menschen, um euch daran zu erinnern, dass wir die Natur brauchen, um zu fühlen. Wir alle, auch ihr.

Ich spreche zu euch, damit ihr wieder lernt, euch von ihr führen zu lassen, jener Blue Marble, auf der ihr einst allem Namen gabt und sie damit unter euer Joch zwangt.

Ich spreche zu euch als ein Nachkomme von ihr – und worum ich euch bitte, ist, mir zu folgen. Für ein paar Minuten in eines eurer Museen, stellt euch vor, während eines Lockdowns, in dem, wenn auch nicht eure Welt, so doch zumindest euer Tourismus stillsteht. Wie sonst nur in der Nacht könnt ihr endlose Reihen ausgestopfter Tiere entlangwandern, ohne einem anderen von euch zu begegnen.

Nur im Saurier-Saal versammeln sich Leute, ausnahmslos junge Familien, um das eine Podest, das dem Tyrannosaurus Rex gehört. Lebensgroß ragt er da bis unter die Decke, mit gestreifter Reptilienhaut, gebogenen Krallen, Jurassic-Park-Zähnen, gelben Augen und stechendem Blick.

In seiner Anwesenheit unterhaltet ihr euch leiser. Eure

---

[*] Diese Geschichte, ruft unser Süßer Arm, lässt sich gut überspringen. Wir Arme lieben einander, fügt der Eingebildete hinzu, genauso lieben wir den Hehren. Aber wir kennen ihn auch, erklärt wieder der Süße. Und von daher können wir all diejenigen verstehen, die keine Lust auf sein Namedropping, seine Spitzfindigkeiten, ja, seine ganze Überheblichkeit haben. Nervengift geht auf Seite 81 weiter.

Kinder nähern sich ihm vorsichtig, jederzeit bereit zurückzuspringen. Und die kleinsten wollen auf euren Arm. Alle drei Minuten nämlich läuft ein Zucken durch den T-Rex, er beugt sich vor, senkt den Kopf und grollt dabei so laut, dass in der Schmetterlingsabteilung darüber der Boden vibriert. Seit JAWS frage ich mich das: Warum baut ihr Menschen Dinge, vor denen ihr euch dann erschreckt?

Neben dieser Lust am Unheimlichen ist im Saurier-Saal noch etwas Zweites zu spüren. Auch wenn auf den Displays anderes steht, alles ist in einen Größenwahn getaucht, der euch begleitet, seit ihr selbst so alt wart, dass ihr auf den T-Rex zugeschlichen wärt. Vielleicht wisst ihr noch, wie ihr im Sachunterricht den Kometen malen solltet, der die fünfundsechzig Millionen Jahre jüngere Blue Marble traf. Ihr maltet Feuer spuckende Berge. Eine verdunkelte Sonne. Sich aufbäumende T-Rexe. Um Atem ringende T-Rexe. Umfallende T-Rexe. Bisschen zu groß und bisschen zu schwerfällig. Und unten links maltet ihr eine Ratte, das schlaue Säugetier. Sie flüchtete sich in eine Höhle und sah von dort dem evolutionären Fail Saurier bei seinem Ende zu.

Gefällt euch euer Bild? Dann bitte ich euch, die Informationen auf dem Display zu lesen. Da steht nämlich, dass der Fail Saurier für eine Dauer von zweihundertsiebzig Millionen Jahren die Blue Marble bevölkerte. Und dass es euch dagegen erst einige Zehntausend Jahre gibt.

Ihr versteht sicher alle, dass das weniger ist, viel weniger – aus irgendeinem Grund müsst ihr – das schlaue Säugetier – dann aber, um Mengen richtig einzuschätzen, doch immer auf Bilder zurückgreifen, in denen beispielsweise die Existenz der Blue Marble einem Tag entspricht, die der Saurier ein paar Minuten und eure dann nur wenige Sekunden. Warum redet ihr davon, was exponenzielles Wachstum ist, verliert aber das Gefühl für Zahlen, sobald sie sich nicht mehr mit euren Fingern bilden lassen?

Wenn man euch zum Beispiel erzählt, dass ihr durch eine Spende helfen könnt, Vögel – übrigens eine noch lebende Version des Fails Saurier – durch Netze davor zu bewahren, in von Öl verseuchtes Gebiet zu fliegen, seid ihr bereit, etwa achtzig Euro dafür auszugeben. Achtzig Euro! Und zwar egal, ob man euch erzählt, dass zweitausend, zwanzigtausend oder zweihunderttausend Vögel betroffen sind.

Ein anderes Beispiel wäre die Strecke von siebenundzwanzigtausend Kilometern. Wer von euch kann sich darunter etwas vorstellen?

Aus dieser Entfernung schoss Harrison Schmitt, euer bejubelter Weltraumpionier, am siebten Dezember 1972, fünf Stunden und sechs Minuten nach dem Start der Apollo 17, ein Foto, das als THE BLUE MARBLE um die Welt ging. Zu sehen war ein voll erleuchteter Erdball: gut erkennbar Afrika, am unteren Rand noch gerade so das Mittelmeer, am oberen eine von Wolken umhüllte Antarktis.

Um euren Sehgewohnheiten entgegenzukommen, drehte die NASA das Foto um hundertachtzig Grad. Madagaskar blieb in der Bildmitte. Vor allem aber war auf dem Foto eines zu sehen: Die Matrix des Vergangenen und der Gegenwart, der Keim alles Zukünftigen, unser aller Heimat, die Erde, sie bestand aus mehr als nur Deutschem Wald.

Ihr fragt euch nun sicherlich: Weshalb redet dieser seltsame Arm eines Tintenfischs jetzt auf einmal vom Deutschen Wald?

Ich will es euch sagen: 1972 war auch das Jahr, in dem euer sogenannter CLUB OF ROME den Bericht THE LIMITS TO GROWTH veröffentlichte. Manche von euch erinnern sich vielleicht, andere kennen ihn aus dem Geschichtsunterricht. Jedenfalls geriet mit diesem Bericht über die Grenzen des Wachstums eine Idee in die Krise, die ein viertel Jahrtausend zuvor in der Forstwirtschaft entwickelt worden war, und zwar nicht in irgendeiner Forstwirtschaft, sondern in der deutschen Forstwissenschaft.

So zumindest steht es hier auf dem Display: 1713 hat euer königlich-polnischer und kurfürstlich-sächsischer Oberberghauptmann des Erzgebirges Carl von Carlowitz in seiner Schrift

SYLVICULTURA OECONOMICA

ODER

HAUSSWIRTHLICHE NACHRICHT
UND NATURMÄSSIGE ANWEISUNG
ZUR WILDEN BAUM-ZUCHT

als Allererstes von einer *nachhaltenden Nutzung* gesprochen. Es gab dann auch noch eure Anna Amalia, die die erste Forstreform der Welt veranlasste, um Holz dauerhaft und mit stetem Ertrag bereitzustellen – jedenfalls war damit eine Idee geboren, die ihr alle unter dem Namen »Nachhaltigkeit« kennt.

Sie war menschlich einfach: Für jeden Baum, den man fällt, sollte einer nachgepflanzt werden. Easy.

Zurück zu jenem Foto: Auf ihm wirkte die Blue Marble auf einmal verdammt zart. Sie war zwar noch nicht jener von euch malträtierte Ball, der sie heute ist. Man sah ihr aber schon Veränderungen an. Man schrieb über sie als einen im kosmischen Fruchtwasser schwimmenden Fötus – und das war womöglich etwas hochtrabend, traf aber den Kern der Sache. Sie war etwas, das sich entwickelte.

Ihr brauchtet dann fünfzehn Jahre, bis ihr beides – den Aspekt der Entwicklung und den Begriff einer dem Deutschen Wald entwachsenen Nachhaltigkeit – zusammenbringen konntet. 1987 formulierte eure BRUNDTLAND COMMISSION in OUR COMMON FUTURE:

SUSTAINABLE DEVELOPMENT IS
DEVELOPMENT THAT MEETS THE NEEDS
OF THE PRESENT WITHOUT COMPRIMISING
THE ABILITY OF FUTURE GENERATIONS
TO MEET THEIR OWN NEEDS.

Egal wie ihr heute von den folgenden Erdgipfeln und UN-Klimakonferenzen erzählt, mit dieser Definition trendete das Wort Nachhaltigkeit. Bald reichte seine Bedeutung über die mit dem Deutschen Wald immer noch verschwägerten Bereiche Landwirtschaft und Fischerei hinaus.

Die Bedeutung wurde aber auch immer vager. Als im Jahr 2002 einer eurer Erdgipfel zum ersten Mal das SUSTAINABLE DEVELOPMENT im Titel trug, hatten längst die Unterschiedlichsten unter euch den Begriff besetzt. Vor allem diejenigen, die euch irgendetwas verkaufen, entdeckten, dass sie das einfacher können, wenn sie es nachhaltig nennen.

Und ein hervorragendes Beispiel stellt da – was ein Zufall – Antarktischer Krill dar. Den haben in den letzten Jahren alle möglichen eurer Industrien für sich entdeckt. Ihr braucht nur das Cover von THE THRILL OF KRILL: WHAT YOU SHOULD KNOW ABOUT KRILL OIL betrachten und ihr wisst, was Sache ist:

THE POWERFUL OMEGA-3-SOURCE THAT
IMPROVES HEART HEALTH
LOWERS BLOOD PRESSURE
RELIEVES PREMENSTRUAL PAIN
REDUCES ARTHRITIC SYMPTOMS
IMPROVES MEMORY & MORE

Könnt ihr noch folgen? Ich kann mir vorstellen, dass es unter euch immer noch welche gibt, die sich – obwohl diese ganze

Geschichte ja sozusagen im Krill begonnen hat – noch immer fragen, was das eigentlich ist, Krill, und für diese unter euch will ich es kurz referieren:

Also, Euphausia superba ist eine der größten Leuchtgarnelen. Ein kleiner Krebs, der in Schwärmen lebt und im gesamten Südpolarmeer vorkommt. Die Schwärme erstrecken sich teilweise über viele Kilometer, ein einzelnes Tier ist aber höchstens sechs Zentimeter groß und zwei Gramm schwer. Je nachdem, wie viele Algen es gefressen hat, ist es nahezu durchsichtig, von rötlichem Schimmer oder grün. Charakteristisch sind seine schwarzen Facettenaugen und die mit Borsten bestückten Schwimmbeinchen. Gefressen wird es von Fischen, Robben, Vögeln, Pinguinen und – quasi das gesamte antarktische Nahrungsgeflecht überspringend – von Walen. Damit nimmt der Krill eine Schlüsselfunktion ein. Während alles in der Antarktis von ihm abhängt, ernährt er selbst sich, indem er aus seinen Borsten eine Art Fangkorb bildet, eine winzige Wassermasse umschließt und dann Algenpartikel aus dem Meer kämmt.

Seinen Namen hat Krill von euren Walfängern. Die hatten andauernd mit grün gefärbten Walmägen zu tun und sagten also »Krill«, was auf Norwegisch so viel wie »was der Wal frisst« heißt, glaube ich zumindest. Jedenfalls hielten sie die winzigen Dinger für Plankton. Dabei lässt Krill sich gar nicht treiben, Krill kann verdammt schnell sein! Auf der Flucht kommt er durch seine Schwanzschläge auf siebzig Zentimeter pro Sekunde – so lang wie euer Finger, so schnell wie euer Mofa.

Solange er aber nicht fliehen muss, hält sich Krill im Wasser, indem er mit den Schwimmbeinchen paddelt. Und das ist dann so wie allerorts auf der Blue Marble: Nur gut genährte Tiere bringen die Kraft auf, sich tagaus, tagein abzustrampeln. Im Winter – wenn das Meer zufriert – sinkt er in die Tiefe und lebt bis zum Frühjahr von seinen Reserven. Dabei schrumpft er.[*] Auch das können nur gut genährte Tiere und vor allem nur die ausgewachsenen – zum Nachwuchs komme ich noch.

Die ersten Arbeiten zu Antarktischem Krill haben eure Hempels in ihrem Buch BIOLOGIE DER POLARMEERE zusammengestellt. Das war 1995. Und neben Beiträgen von dreiundvierzig Wissenschaftler*innen enthielt es auch ein Geleitwort von eurem Altbundeskanzler Helmut Schmidt. Kennt ihr noch Helmut Schmidt? Der mit der Zigarette. Hat als Bundeskanzler in einem Fachbuch ein Geleitwort geschrieben. Helmut Schmidt!

Fragt euch ruhig, was das alles mit Nachhaltigkeit zu tun hat. Ich will es euch sagen: In eurem Norwegen gibt es ein Unternehmen, das ihr AKER BIOMARINE nennt. Es ist Teil der an der Osloer Börse gelisteten AKER GROUP und fängt verdammt viel Krill. Und es fängt nicht nur viel Krill, vor allem fängt es, wie es sagt, »nachhaltig« Krill. Aber was meint es damit?

Ich bitte euch, mir nun zu folgen, nur für einen Sprung in euer Internet und in eurem Internet auf die Homepage von AKER BIOMARINE.

Hier könnt ihr nämlich lesen, dass das Unternehmen CERTIFIED SUSTAINABLE OPERATIONS entwickelt hat und unter diesen die Nachhaltigkeit beim Krillfang vor allem durch eine eigene Fangmethode möglich wird, dem sogenannten ECO HARVESTING VERFAHREN:

RATHER THAN HEAVING A TRAWL TO GET THE CATCH ON BOARD, A CONVEYOR HOSE IS ATTACHED TO THE END OF THE NET WHICH REMAINS UNDERWATER THROUGHOUT

---

[*] Seit Sanja das weiß, wirft unser Süßer Arm ein, muss sie sich regelmäßig vorstellen, wie Menschen sich auf ein Drittel ihrer Größe zusammenziehen.

Eure Pharma-Unternehmen wie MONOPHARMA, DOPPELHERZ oder MEDICOM werben mit diesem Verfahren, genauso der Vorarlberger Lebensmittelhändler NATÜRLICH BIO, das Berliner Start-up für sogenanntes Performance Food BRAINEFFECT oder der das-wird-man-ja-wohl-noch-sagen-dürfen KOPP VERLAG aus Rottenburg am Neckar. Dabei bedeutet Eco Harvesting im Grunde nur, dass man die Netze nicht mehr aufholen muss und stattdessen rund um die Uhr Krill an Bord pumpt. Beifang kommt nicht zustande, weil er bereits unter Wasser aussortiert wird.

Oder?

Warum andauernd betont wird, dass der Krill lebendig an Bord gelangt, ist mir völlig schleierhaft. Auf diese Weise wird er nämlich tatsächlich nicht mehr im Netz zerquetscht, erlebt aber noch die ersten Verarbeitungsschritte an einem Krill-Trawler. Und ich frage nun euch: Was ist grausamer?

| VON ANDEREM KRILL | LEBENDIG |
| ZERQUETSCHT WERDEN | GESCHÄLT WERDEN |

Egal wie ihr euch entscheidet, folgt ihr jener berühmten Definition (Sustainable development is development that meets the needs …), dann ist Krill etwas, das ihr zukünftigen Generationen hinterlassen wollt. Und zwar nicht in Form eines ungeschälten Exemplars, das in irgendeinem Schaukasten im Museum liegt, sondern so, dass eure Kindeskinder und deren Kinder selbst noch darüber entscheiden können, wie sie mit Krill umgehen sollten.

Natürlich gilt das, wie es eure Ökonom*innen sagen, für alle Kapitalien. Und um zu verstehen, was damit gemeint ist, bitte ich euch mich ein letztes Mal auf einen Ausflug zu begleiten, diesmal tatsächlich in den Deutschen Wald:

Dort fällt ihr Bäume (Naturkapital), bearbeitet das Holz (Sachkapital), tauscht gegen Geld (Sachkapital), kauft euch eine Zimmerpflanze (kultiviertes Naturkapital als Sachkapital). Ihr errichtet eine Schule (Sozialkapital) und schickt eure Kinder (Humankapital) dorthin, damit sie Dinge lernen, zum Beispiel über T-Rexe oder Holzbearbeitung (Wissenskapital).

Eure vielen, wirklich teilweise schillernden Nachhaltigkeitstheorien unterscheiden sich nun im Wesentlichen dadurch, wie sie diese verschiedenen Kapitalien durch andere ersetzen können. Versteht ihr nicht? Ihr alle kennt solche Überlegungen in Bezug auf Energie: Fossile Brennstoffe durch Windkraft ersetzen, Kohlekraftwerke durch Solarparks. In diesem Fall liegt das menschlich einfach daran, weil im Gegensatz zu Öl oder Kohle der Wind und die Sonne nicht versiegen, oder eben wie es eure Anna und euer Carl sagen würden, nachhalten.

Bleiben wir darum noch einen Moment im Deutschen Wald. Ihr pflanzt also brav für jeden Baum einen neuen – und nach und nach nimmt euer Naturkapital den Charakter von kultiviertem Naturkapital an, ups.

Von eurer Deutschen Plantage werdet ihr zwar weiterhin mit Holz versorgt, andere Funktionen des Waldes sind aber nicht mehr vorhanden. Wie wir alle spätestens seit 2016 wissen, binden Plantagen ja nämlich kaum CO_2.

Ihr wisst doch alle, von wem ich spreche.

Nicht?

Dann muss ich ausholen.

2016. Oktober. Die UNEP, euer Umweltprogramm der Vereinten Nationen, tritt in Ruanda zusammen und es einigen sich fast zweihundert Staaten auf den Ausstieg aus Fluorkohlenwasserstoffen. In den USA ist Wahlkampf und Hillary Clinton wird der Sieg vorausgesagt. In der Türkei endet der Ausnahmezustand nach dem Putschversuch und wird sofort wieder verlängert. Der Hurrikan Matthew fegt über Mittelamerika hinweg. Und in Deutschland stolziert euer Förster Peter Wohlleben auf der Frankfurter Buchmesse herum. Unterm Arm klemmt sein seit über einem Jahr auf der Spiegel-Bestsellerliste stehendes Buch DAS GEHEIME LEBEN DER BÄUME. Um ihn staksen Ents. Ein Constantin-Team filmt alles – und dann eröffnet der amerikanische Techno-Literat Jarett Kobek die BOOKLOUNGE und schließt seine Rede mit den Worten: *Und bitte, um Himmels willen, verlegen Sie nicht noch mehr Bücher über Bäume, die mit anderen Bäumen reden. Niemand braucht zweihundertvierundzwanzig Seiten, um herauszufinden, worüber sich Bäume unterhalten.*

Ich bin nur der Arm eines Tintenfisches und verstehe nicht viel von menschlichen Gefühlen. Deshalb bin ich mir nicht sicher, ob das Neid ist. Oder Wut. Oder einfach nur Ironie as used in California. Ich verstehe auch nicht die Aufregung. DAS GEHEIME LEBEN DER BÄUME ist halt beliebt gewesen. Natürlich strotzt es nur so von Anthropomorphisierungen, aber es ist ja jetzt nicht so, dass Kobek oder irgendjemand anderes ohne solche auskommen würde. Niemand von euch weiß, wie man angemessen über die Blue Marble spricht.[*] Ob das überhaupt geht. Ob man darf? Vor allem, ob man für sie sprechen darf? Braucht sie denn Fürsprache? Und wenn ja, von wem?

---

[*] Höchstens Vinciane Despret, ruft unser Eingebildeter Arm, erntet aber sofort einen bösen Stoß vom Hehren. Von ihr ist das Zitat ganz vorn im Buch, murmelt der Eingebildete.

WOHLLEBEN
DARF FÜR DEN
WALD SPRECHEN

KOBEK DARF
FÜR DIE WELT
SPRECHEN

Aber ich verzettele mich – eigentlich will ich auf Folgendes hinaus: Wie ungeeignet diese ganze im Deutschen Wald geborene Idee von Nachhaltigkeit ist, bemerkt ihr, wenn ihr sie beispielsweise mit Wind durchspielt. Wodurch lässt sich denn bitteschön Luft ersetzen? Wodurch lässt sich der für das Mittelmeer so entscheidende Wüstenstaub ersetzen?

Und genauso ist das auch mit Krill. Wodurch wollt ihr den ersetzen?

Die Umweltbewussten unter euch würden das Besteck der Risikobewertung zücken und erst einmal etwas murmeln à la: Entweder es ist möglich und unbedenklich, Krill zu ersetzen, oder aber es ist aufgrund der Konsequenzen falsch. Dann würdet ihr überlegen, was aus den beiden Aussagen der Disjunktion folgen könnte. Wenn sich zum Beispiel herausstellen sollte, dass die Omega-3-Fettsäuren aus Krill aus irgendeinem Grund unverzichtbar für euch sind, würdet ihr gut daran tun, Krill als nicht oder nur begrenzt ersetzbar zu behandeln. Würdet ihr ihn dagegen von Anfang an als unverzichtbar ansehen und es würde sich dann herausstellen, dass ihr ohne Probleme auf Omega-3-Fettsäuren aus meinetwegen Algen umsteigen könnt, hättet ihr euch zwar geirrt. Durch euren Irrtum wäre jedoch ein geringerer Schaden entstanden, als hättet ihr euch hinsichtlich der Substituierbarkeit von Omega-3-Fettsäuren geirrt. Ein verwirrendes Gebilde aus Konjunktiven – ihr könnt euch einfach merken: Wenn ihr davon ausgeht, dass Krill ersetzbar ist, kann das zu einer Situation führen, die mit dem zweiten Teil jener berühmt gewordenen Definition (… without comprimising the ability of future generations to meet their own needs) nicht mehr vereinbar ist.

Und das hängt natürlich damit zusammen, dass ihr nicht so viel über die Zukunft wisst. Stichwort: Hillary Clinton.

Was wäre denn, wenn ihr zwar Omega-3-Fettsäuren auch auf andere Art gewinnen könntet, für zukünftige Generationen von euch aber aus irgendeinem Grund Pinguine unverzichtbar sein sollten und diese aber ohne Krill aussterben? Es geht mir nicht darum, die ganze Sache zu verkomplizieren, aber ihr müsst zugeben, dass ihr keine Ahnung habt, ob eure Kindeskinder und deren Kinder mit heutigen Entscheidungen einverstanden sein werden. Wer wie Kobek davon erzählt, dass ihr euch einer Welt anpasst, in der Natur- weitgehend durch Sachkapital ersetzt ist, muss auch davon ausgehen, dass eure Kindeskinder und deren Kinder womöglich versuchen werden, sich einer solchen Welt wieder zu entziehen. Und deshalb bitte ich euch diese Idee der Nachhaltigkeit, wie sie im Deutschen Wald geboren ist, über Bord zu werfen.

Natürlich ist es euer gutes Recht, von mir auch eine neue Idee zu verlangen. Und ich will euch eine liefern. Dazu komme ich noch einmal auf die Krill-Story zu sprechen:

Wenn euch Krill heute HEALTH verspricht, wolltet ihr Anfang der Siebziger mit ihm die in THE LIMITS TO GROWTH angesprochene Welternährungsproblematik in den Griff kriegen. Der große Haken: Ihr wart euch unsicher, wie viel Krill es überhaupt gibt. Ihr wusstet, es gibt verdammt viel, aber ihr hattet noch sehr gut vor Augen, wie die Sardellenbestände vor Peru plötzlich kollabiert waren, nachdem die Fangraten innerhalb kürzester Zeit um zwölf Millionen Tonnen pro Jahr angestiegen waren.

Anders als die Gewässer vor Peru entzog sich der Lebensraum von Krill nationalen Besitzansprüchen. Und so fragtet ihr euch nicht nur, wie viel Krill es eigentlich gibt, sondern wer das überhaupt herausfinden soll. Aus Perspektive der Deutschen ein Glücksfall. Natürlich waren nach dem Zweiten Weltkrieg weder die DDR noch die BRD Teil des Antarktisvertrag-Systems geworden und nun erkannte Helmut Schmidt, worum es sich bei Krill-Forschung handelte. Ein ticket d'entrée.

Er brachte auf, was er aufbringen konnte: Wirtschaftsministerium, Bundesanstalt für Geowissenschaften und Rohstoffe, Bundesforschungsanstalt für Fischerei, Bundesministerium für Ernährung, Landwirtschaft und Forsten. Dann führte er drei große Krill-Expeditionen durch.

Die Ernährungs- und Landwirtschaftsorganisation eurer Vereinten Nationen schätzte die Gesamtbiomasse von Krill anfangs auf tausend Millionen Tonnen. Sie ging davon aus, dass eine jährliche Fangmenge von hundertfünfzig Millionen Tonnen möglich sein sollte. Hundertfünfzig Millionen Tonnen! Und das war nur eine Schätzung. Diese Zahl begründete sie damit, dass ja die Wale als Krill-Konsumenten in der ersten Hälfte des 20. Jahrhunderts stark »reduziert« worden waren und es deshalb seither zu einem Überschuss an Krill kommen würde – menschlich einfach.

Leider aber falsch. Weil Krill sich von Algen ernährt, ist er darauf angewiesen, dass das Wasser nährstoffreich genug ist, damit Algen überhaupt wachsen. Nur gibt es in der Antarktis keinen Wüstenstaub. Phosphate und Nitrate gelangen ins Meer, indem die Gletscher sie vom Felsen abreiben. Der Eisengehalt aber ist dauerhaft niedrig und der größte Teil befindet sich im Krill selbst. Nutzbar für Algen wird er, sobald sich der Krill zersetzt. Und dies geschieht vor allem dann, wenn Wale ihn fressen und wieder ausscheiden. So ist Krill eher davon abhängig, dass er von Walen ausreichend gefressen wird, als dass er vom Rückgang der Walbestände profitieren könnte.

Das Schmidt'sche Engagement erschöpfte sich nicht in jenen drei Expeditionen. Es wurde das ALFRED-WEGENER-INSTITUT gegründet und ein Jahr später die Antarktis-Station GEORG

VON NEUMAYER. Und als dann auch noch das Forschungsschiff Polarstern auslief – ja, die ist nur wegen des Krills gebaut worden –, erfüllte die Bundesrepublik alle Voraussetzungen zur Aufnahme in den Antarktisvertrag. Schmidt sei Dank. Gleichzeitig begann die erste echte Krill-Zählung, die ihr alle gemeinsam durchführtet. Daten aus vierhunderttausend Quadratkilometern wurden erhoben.

Bevor ihr euch jetzt die Finger verknotet: Das ist zweimal die BRD von damals, aber kaum mehr als zwei Prozent des Gebiets, in dem Krill lebte. Und bevor ich Unsinn erzähle, muss ich an dieser Stelle einmal gestehen, wie schwer es mir fällt, nicht mit euren Zeiten durcheinanderzugeraten. Wir sind immer noch in den siebziger Jahren. Grund genug für ein Präteritum. Nicht aber aus antarktischer Perspektive. Aus dieser drängt sich ein zyklisches Präsens auf. Also vielleicht eher: Kaum mehr als zwei Prozent des Gebiets, in dem Krill lebt?

Wie auch immer: Eure Hochrechnungen blieben weit unter den ersten Schätzungen zurück, bestätigten aber den Verdacht, wonach es – auch hier ist, finde ich, ein Präsens angebracht – große Gebiete gibt, in denen die Krill-Häufigkeit deutlich höher ist als in anderen Seegebieten, die jedoch keinesfalls als krillfreie Zonen anzusehen sind. Ihr brauchtet zwanzig Jahre, bis eine neue Bestandsaufnahme mit weiterentwickelter Technologie stattfinden konnte. In eurem euch so wichtigen Jahr 2000 kam eure euch nicht ganz so wichtige KOMMISSION ZUR ERHALTUNG DER LEBENDEN MEERESSCHÄTZE DER ANTARKTIS auf eine Gesamtbiomasse von Krill von hundertdreiunddreißig Millionen Tonnen und korrigierte damit eure hochgerechnete Zahl erneut nach unten.

Was euch zu diesem Zeitpunkt gar nicht mehr so tragisch erschien. Denn in der Zwischenzeit war anderes geschehen: Eure Lebensmittelindustrie hatte mit Krill experimentiert und aber trotz der Schmidt'schen Werbung dafür feststellen müssen, dass die Geschmäcker eurer Industrienationen Fleisch und Fisch vom oberen Ende des Nahrungsgeflechts bevorzugten.

Nur um euch das vor Augen zu führen: In einem Spiegel-Artikel mit dem Titel VIELLEICHT IM LEBEN NIE WIEDER KRILL berichtete euer Journalist Peter Brügge 1976 von einem Schauessen mit dem Bundesforschungsminister im Restaurant IM TULPENFELD. In seinem Text heißt es zunächst: *Ein von der deutschen Hochseefischerei gestellter Koch verfeinerte die auf Kosten des deutschen Steuerzahlers besorgten und vor allem für die Unterernährten dieser Welt ausgesuchten Nahrungsmittel.* Im Weiteren wird dann recht deutlich, wie die Deutschen damals Krill, sich selbst und die Welt sahen. Das Horsd'œuvre bestand aus gerösteten Austern, Muscheln und geräucherten Happen von Aal, Lachs und Forelle sowie chinesischem Grasfisch. Man trank Mosel. Dann gab es Krill-Cremesuppe, zu der grünliche Algenkekse in Herzform serviert wurden. Man scherzte, wahrscheinlich müsse man so etwas nie wieder im Leben essen. Allerdings würden sich mit Krill bestimmt *Hühner füttern lassen, so daß diese Freßkonkurrenten des Menschen weniger Körnerfrucht verzehren müßten, durch die sie allerdings für die Zwecke der höheren Küche erst genießbar werden. Für die unterernährten Kinder in Peru sei es, fand der Minister, so wichtig nicht, ob ihr Huhn im Topf nach Anchovis schmeckt.*

Dann fand auch noch irgendwer von euch heraus, dass der Chitinpanzer von Krill das für euch giftige Fluor enthält. Und nachdem die Fangmengen in den Jahren zuvor auf fünfhunderttausend Tonnen pro Jahr gestiegen waren, fielen sie jetzt auf hunderttausend Tonnen. Währenddessen variierte das Krill-Vorkommen allerdings auf unerklärliche Weise. Eine gleichmäßige Abnahme hätte sich auf die Fischerei zurückführen lassen, solche Schwankungen aber nicht. Eine Erklärung gab es erst, nachdem ihr herausgefunden hattet, wie Krill im Winter lebt.

Stellt euch jetzt vor, wir ständen hier nicht vor einem T-Rex, sondern mit euren Kindern und Kindeskindern vor einem ungeschälten Krill-Exemplar und ich könnte gar nicht anders als im Präteritum zu erzählen. Vielleicht kommt es euch ja bekannt vor:

Es war Sommer in der Antarktis und der Krill hatte bereits gelaicht. Die Eier waren abgesunken und in zwei- oder dreitausend Metern Tiefe geschlüpft. Das Erste, was die Larven taten, war zu warten und zu treiben. Zu warten und zu treiben und zu wachsen. Bis ihre Schwimmbeinchen groß genug waren, dass sie aufsteigen konnten. Irgendwann fuhren sie zum ersten Mal aus ihrer Haut. Dann ging der Aufstieg weiter. Viele Tage lang. Sich häuten. Aufstieg. Und die ganze Zeit wuchs dabei der Hunger. Erst nach vier Wochen hatten sich an ihren Schwimmbeinchen genug Borsten gebildet, dass sie fressen konnten. Und jetzt stießen sie auch endlich zu ihrem Schwarm. Hier war alles erfüllt von einem Sirren und dem blauen Funkeln, mit dem die winzigen Krebse sich in etwas verwandelten, was aus der Ferne wie eine Gewitterwolke aussah. Bis in die lichten Wasserschichten hinauf, in denen das Grün förmlich explodierte, wallte der Schwarm, um dort zu weiden, inmitten der

PHYTOPLANKTON-BLÜTE.

Dann aber, während hier in Europa der Frühling hereinbrach, bildeten sich im Südpolarmeer, weit draußen im offenen Wasser, Eiskristalle. Körniges Eis, handtellergroß. Und daran fror noch mehr Meerwasser an. Säuliges Eis, Bettgröße. Im Wellengang rieben diese Eisplatten aneinander, schoben sich übereinander, klebten fest, wurden dicker und schließlich entstand eine durchgängige Eisdecke, die einfach zu groß ist für eure Finger, für eure Hände oder eure Betten und meinetwegen auch eure Wege bis zum nächsten Supermarkt.

So fing damals der antarktische Winter an. Und vom Land, jenem letzten Kontinent, der so lange von euren Göttern verborgen gehalten worden war, schoben Gletscher unaufhörlich Eis aufs Meer hinaus, das sich dort mit dem Packeis vereinigte.

Genau hier, im Eis, wuchs nun eine Alge. Nicht darauf, nicht darunter, sondern mitten darin. Und im Eis wuchs sie nach unten. Dass sie das tat, hatte etwas mit dem Salzgehalt zu tun, der im angefrorenen Eis geringer war. Es hatte auch mit feinen Temperaturunterschieden zu tun. Irgendwie aber auch mit dem Ding, das ihr vor euch im Schaukasten seht. Besser gesagt mit seinen Kindern. Während nämlich die Eltern absanken, ihren Stoffwechsel herunterfuhren und sich von ihren Fettreserven ernährten, blieben die Kinder unterm Eis.

Könnt ihr mir folgen?

Eines eurer Kinder ruft dann vielleicht: Und was aßen die Kinder?

Ganz einfach. Sie kratzten die Alge aus dem Eis.

Und als es kein Eis mehr gab?

Damit ist alles gesagt, ich könnte an dieser Stelle aufhören. Doch will ich euch nicht ohne Hoffnung aus dem Museum entlassen. Und deshalb ende ich mit der Beziehung, die zwischen Eis, Alge und Krill besteht. Nur sie besitzt die nötige Kraft für neue Nachhaltigkeitsideen. Die Beziehung. Nicht der Krill, nicht die Alge, nicht das Eis.

Das zwischen ihnen.

Dieses Dazwischen nämlich macht, dass die Alge im Eis nach unten wächst. Als ob sie es wüsste. Wüsste, dass damit alles beginnt. Seit sechshundert Millionen Jahren.

Vor Wochen hatte es angefangen, dass der Stand der Sonne einem eine andere Zeit vorgaukelte. Dann war die Nacht zu einer Dämmerung geworden, war mit dem Tag verschmolzen und hatte sich schließlich in ihm aufgelöst. Die Sonne aber, die seither am Himmel stand, war schwach. Es brauchten nur Wolken aufzuziehen und die Antarktis versank in einem Zwielicht. Manchmal, da ging der Kontrast zwischen schneebedecktem Land und Wolken verloren. Einen Horizont gab es einfach nicht mehr.

Zwar war heute weit und breit keine Wolke zu sehen, aber Dagmar – vierundsechzig Jahre alt, davon ein Drittel in der Antarktis stationiert und seit drei Tagen mit der merkwürdigsten Mission ihrer Dienstzeit betraut – war überzeugt, dass der Hubschrauberpilot nur deshalb den Flug nicht abgebrochen hatte, weil er vor nicht allzu langer Zeit bei einem Whiteout abgestürzt war.[*] Nur deswegen hatte das Mädchen sich knappe eineinhalb Minuten festhalten müssen.

Es war unwahrscheinlich, dass einer der anderen, die den Container mit dem Tintenfisch in Empfang nahmen, verstanden hatte, was das Mädchen murmelte, bevor es das Bewusstsein verlor. Es war zu laut. Dagmar aber war ihm am nächsten und hörte das *Ich will nicht zurück*. Ohne die Konsequenzen abzuwägen, funkte sie, dass das Mädchen ohnmächtig sei, was

___

* Ich finde, unterbricht unser Halber Arm, man braucht nicht so ausführlich von diesem Unfall zu erzählen. Es ist meine Geschichte, antwortet der Süße. Ja, kontert wieder der Halbe. Und in ihr geht es um Dagmar, nicht um den Piloten. Soll ich deshalb alle anderen Figuren weglassen, keift der Süße zurück. Vielleicht halt nicht mit ihnen beginnen, faucht der Arme dazwischen. So geht es eine Weile, bis schließlich unser Hehrer Arm sich anbietet: Immerhin kenne ich mich mit der Antarktis am besten aus. Hört also. Die Atka-Bucht ist eine das ganze Jahr über eisfreie Bucht in der Nähe eurer Neumayer-Station. Sie stellt einen natürlichen Hafen dar. Und

ja stimmte, und dass es stark unterkühlt sei, was zumindest nicht nicht stimmte. Dann drehte sie das Funkgerät leise und besprach sich mit ihrem Kapitän.

Er schlug vor, gar nicht erst zur Neumayer-Station zurückzukehren, sondern gleich Kapstadt anzulaufen und das Mädchen einfach mitzunehmen. Das mache nicht wirklich Umstände, sie seien ja nur auf Versorgungsfahrt.

Vielleicht hatte er ebenfalls Order bekommen. Die Polarstern war dem Alfred-Wegener-Institut unterstellt. Und das gehörte dem Bund. Jedenfalls brachte Dagmar das Mädchen daraufhin auf ein Zimmer und funkte dann an die Greta-Dora, dass der Zustand des Mädchens kritischer sei als zunächst vermutet und sie es deswegen nach Kapstadt bringen würden, von wo es nach seiner Genesung nach Deutschland zurückreisen könne.

Der Kapitän der Greta-Dora bat um einige Minuten, in denen er vermutlich mit den Eltern des Mädchens oder der deutschen Botschaft in Kapstadt telefonierte, vielleicht ja auch mit seiner Reederei – bei diesem Gedanken wurde Dagmar nervös, ihr Offizier kannte da irgendjemanden –, doch dann hörte sie nur noch, dass das alles so in Ordnung gehe, in einer Viertelstunde seien die Sachen des Mädchens gepackt.

Seit der Pilot dann zu seinem zweiten Flug abgehoben war, stand Dagmar am Rand des Heliports und sah zu, wie unterhalb

hier, hier begann euer Pilot am 12. Dezember 2019 mit Versorgungsflügen zwischen Schiff und Station. Am Nachmittag dann sollten zwei eurer Wissenschaftlerinnen zu Eisbohrungen auf dem Schelfeis geflogen werden. Nach guten Flugbedingungen am Vormittag verschlechterte sich das Wetter aber. Schließlich brach euer Pilot den ersten Flug wegen schlechter Sicht ab und landete zwischen. Nach einer Weile, in der ein erster Schneeschauer niederging, entschied er sich, in die Atka-Bucht zurückzufliegen. Doch nach wenigen Minuten wurde die Sicht so schlecht, dass er sich gezwungen sah, auf dem Schelfeis notzulanden. Er wartete eine Weile und wagte dann – weil diese Stelle nicht geeignet gewesen wäre, die beiden Wissenschaftlerinnen zu bergen –, zu einer nah gelegenen Pinguinkolonie aufzubrechen. Unmittelbar nach dem Start setzte jener Whiteout-Effekt von ihr auf dem Arbeitsdeck der Container mit dem Tintenfisch an den Schienen und Buchsen festgemacht wurde, auf denen normalerweise Labore aufgebaut wurden. Gerade zogen der Meeresbiologe und der Ingenieur, die sie beide hatte einweihen müssen, Winden heran, an denen normalerweise Instrumente in die See gelassen wurden. Es war das eine, was ihr in den letzten Tagen erklärt worden war über die Größe dieser Tiere, das andere, nun in einen Container zu blicken, in den ein kilometerlanges Fangnetz passte, der aber zu eng für den Tintenfisch schien. Von hier oben sah es aus, als hätte man ihn zu einem Knäuel zusammengeballt und hineingestopft. Irgendwie schien er weiß zu glühen. Dass der Container aus dunkelgrauem Stahl war und die beiden Männer nun begannen, Drahtseile daran zu befestigen, verstärkte Dagmars Eindruck eines Gefängnisses. Sie fragte sich, ob das Tier sich seiner Gefangenschaft wohl bewusst war. Es bewegte sich jedenfalls nicht. Und dann musste sie an die Hunde ihres Vaters denken – und nahm dankbar zur Kenntnis, dass der Hubschrauber wieder lauter wurde.

Der schwarze Punkt, der unter ihm baumelte, wurde erst zu einer Tasche und nahm dann ein lachsfarbenes Rosa an. Schließlich glaubte sie, einen weißen Reebok-Schriftzug erkennen zu können. Der Abwind ließ sie die Augen zusammenkneifen.

ein, von dem der Süße erzählt hat. Alles wurde weiß, das Oben, das Unten, und bei einer Rechtskurve bekamen die Rotorblätter Bodenkontakt. Die beiden Wissenschaftlerinnen blieben unverletzt, eine hatte leichte Prellungen. Euer Pilot selbst schlug sich nur die Lippe auf. Ich finde, ihr solltet von Glück sprechen. Auch finde ich, dass euer Pilot sich keine Vorwürfe machen sollte. In der Antarktis gibt es kaum Wetterstationen und dass das Wetter so schnell umschlagen würde, hatte niemand vorhergesehen. Das Einzige, was er hätte tun können, wäre gewesen, den ersten Flug einfach durchzuziehen. Und genau deshalb, fällt ihm der Süße ins Wort, weil er sich das vorgenommen hat, von nun an immer in brenzligen Situationen zu tun – einen Flug durchziehen –, wollte ich von dem Unfall erzählen.

Nachdem es ihr gelungen war, die Knoten zu lösen, warf sie sich die Tasche über die Schulter und ließ sich vom Abwind an den Rand des Landeplatzes schieben. Sie wurde gegen die Reling gepresst und für einige Sekunden hörte sie nichts mehr außer dem Aufkreischen der Motoren, dem Flattern der Rotorblätter. Dann war es plötzlich still.

Sie ließ die Augen geschlossen und strich eine Strähne zurück unter die Mütze. Auch wenn sie wusste, dass es bislang hauptsächlich Glück gewesen war – Glück, dass die Polarstern gerade in der Atka-Bucht vor Anker gelegen hatte, Glück, dass sie nur auf Versorgungsfahrt war, Glück, dass dem Mädchen nichts geschehen war –, gratulierte sie sich für den ersten Akt, der eigentlich ganz gut über die Bühne gegangen war. In Kapstadt wartete eine weit größere Herausforderung.

Sie spürte, wie der Pilot neben sie trat, und öffnete die Augen. Er wich ihrem Blick aus. Also wandte sie sich wieder Richtung Arbeitsdeck. Einige Sekunden standen sie nebeneinander und sahen zu, wie der Ingenieur und der Biologe eine Plane über den Container zu ziehen versuchten. Dann versuchte Dagmar es ein zweites Mal. Sie öffnete den Mund, um etwas zu sagen, wollte dann gerade ihre Hand auf seine Schulter legen, da zog er einen Schokoriegel aus der Brusttasche. Also tat sie, als würde sie sich lediglich die Sporttasche zurechtrücken, schüttelte den Kopf, als er ihr den Riegel hinhielt, und murmelte: Bringe ich ihr mal die Tasche.

Sie hatte dem Mädchen eine der Kammern auf dem dritten Aufbaudeck gegeben. Dort befanden sich fast nur Arbeitsräume, die jetzt alle leer standen.

Während Dagmar die Treppe hinaufstieg und sich am Geländer festhielt, wurde ihr wieder einmal bewusst, wie alt das Schiff war. Der Handlauf aus Edelstahl war wohl irgendwann auf die fein gearbeiteten Stäbe aus dunklem Holz aufgesetzt worden. Von den Kanten der Stufen löste sich der Rutsch-schutz aus Gummi, wie es aussah nicht zum ersten Mal. Es war eine halbe Ewigkeit her, dass sie in der Antarktis stationiert worden war. Die Polarstern aber war damals schon seit einem Jahrzehnt an die Pole gefahren, hatte sich durch Eis gebrochen, unermüdlich, sich festfrieren lassen und überwintert. Jetzt stand sie vor der Pensionierung.

Nachdem sie die letzte Stufe genommen hatte, atmete sie tief durch, um zu kaschieren, dass sie etwas außer Atem war. Dann trat sie auf den Flur des dritten Aufbaudecks. In der Kammer, in die sie das Mädchen gebracht hatte, empfing sie eine gespenstische Stille. Geräusche vom Arbeitsdeck waren nicht zu hören und die Schiffsmotoren kaum zu spüren. Das Mädchen hatte nur die Schuhe und den Schneeanzug ausgezogen und war dann auf das rechte der beiden Betten gesunken. Das Schlafmittel hatte seine Wirkung allerdings noch nicht voll entfaltet, und als Dagmar näher trat, lallte es etwas wegen der Greta-Dora. Dagmar schlug die zusammengefaltete Decke auseinander und deckte es zu. Das Mädchen fasste den Saum, ballte die Fäuste darum und zog ihn unters Kinn. Als es auf halber Strecke die Kraft verließ, flüsterte Dagmar: Wir haben leider nicht warten können – und fragte sich dabei, weshalb sie flüsterte.

Du kannst schlafen, fügte sie halblaut hinzu, was ebenfalls seltsam klang. Wir haben Kurs auf Kapstadt genommen.

Sie wollte dem Mädchen eine Strähne aus dem Gesicht streichen, hielt aber vor seinem Gesicht inne und stand dann kurz entschlossen auf, zog den Vorhang zu, der die Betten voneinander abtrennen konnte, packte den Schneeanzug auf die Tasche und verließ die Kammer.

Statt in ihre eigene Kabine zu gehen, die ein Stock tiefer lag, betrat sie den nächsten Raum. In ihm gab es ein Waschbecken, einen Schreibtisch und ein Feldbett. Ein rollbarer Bürostuhl war umgefallen. Sie richtete ihn auf, schob ihn unter den Schreibtisch und verkeilte ihn. Dann stellte sie die Sporttasche auf das Feldbett, setzte sich daneben und kramte darin herum, bis sie eine Klarsichtfolie fand, die alle möglichen Dokumente und den Personalausweis des Mädchens enthielt. An den Papieren fand Dagmar allerdings nichts Merkwürdiges. Ihr fiel nur auf, dass das Mädchen in ein paar Tagen Geburtstag haben würde.

Um den Inhalt der Tasche auszuräumen, kniete sie sich vor das Feldbett und legte alles auf die Matratze: Hauptsächlich Kleidung, von der die meiste benutzt schien, eine angebrochene und eine verschweißte Stange Zigaretten. Ein Buch mit dem Titel DER WEISSE HAI, bei dem Dagmar erst nach einer Weile verstand, dass es sich um die Vorlage für den Film handelte. Ein ausgeschaltetes Smartphone. Ein Brillenetui mit Sonnenbrille. Der Kulturbeutel enthielt neben einer kleinen Apotheke, zwei stumpfen Kajalstiften, massenhaft Sonnenschutz, Duschgel und einigen Hautcremes eine Zahnbürste, die kaum benutzt schien. Und das war das Erste, was Dagmar irritierte. Auch wenn sie nicht sagen konnte, weshalb. Sie legte die Zahnbürste zu dem Smartphone, griff wieder in die Tasche – und hielt ein Heft in der Hand.

Sein Einband war aus braunem Kunstleder, sowohl auf die Vorder- als auch auf die Rückseite waren jeweils zwei Streifen Klettband geklebt und drumherum war eine Kordel gewickelt.

Sie legte das Heft vor sich hin, schloss die Augen und stützte sich mit den Ellbogen auf der Matratze ab. Die Muskulatur an ihrer Kehle zog sich zusammen. Mit einer Hand griff sie sich an den Hals und begann zu massieren. Dann schluckte sie, öffnete die Augen und begann die Kordel zu lösen.

Sie schlug das Heft auf und es rutschten ihr einige zusammengefaltete Blätter entgegen. Nachdem sie sie auseinandergefaltet hatte, fiel ihr als Erstes das Wasserzeichen auf, das aus zwei Ms bestand und das sie zu kennen glaubte. Auf der vordersten Seite stand

ALLGEMEINE INFORMATIONEN ZU DEINEM PRAKTIKUM

Handschriftlich war daneben vermerkt:

Liebe Sanja,
hier findest du das Wichtigste zusammengefasst. Falls du noch
Fragen hast, ruf einfach an. Ich kann dir nicht viel mehr auf den
Weg mitgeben als: Backbord = links, Steuerbord = rechts. Aber
das weißt du bestimmt schon.
Ich freue mich jetzt schon darauf, dich und deine Mutter ken-
nenzulernen, sobald du zurück bist.
Viel Spaß!
Dein Chris

S
Ü
S
S

Das Mädchen hatte also einfach Familie.[*] Gleichzeitig fiel Dagmar auch wieder ein, woher sie das Logo kannte. Die Greta-Dora fuhr für die Südwest Hochseefischerei GmbH, eine Tochter des Bremer Fischereikonzerns MACKE & MEYER. Und auch wenn das genügend Grund war, beruhigt zu sein, zog sich das, was sich um Dagmars Hals gelegt hatte, weiter zu.

Sie legte die losen Blätter zur Seite und blätterte durch das Heft, überflog manche Stellen, und während ihr das Chaos einer postpubertären Seele entgegenflog, tobte in ihr etwas, das sie kannte, seit sie selbst in diesem Alter gewesen war.

Mit sechzehn oder siebzehn Jahren hatte sie begonnen, Gedichte zu schreiben, heimlich natürlich. Es war die Zeit gewe-

---

[*] Ich empfehle spätestens jetzt, mischt sich unser Müder Arm ein, zu meiner Geschichte vorzublättern. Ich auch, ruft unser Armer Arm, man erfährt dort nämlich, wer Chris ist. SANJAS TAGEBUCH beginnt auf Seite 267.

sen, in der ihre Mutter starb. Und wenige Wochen nach der Beerdigung verließ sie dann das Dorf am Rand der Schwäbischen Alb, in dem sie ihr gesamtes bisheriges Leben verbracht hatte, und ging in die Stadt. Dort, in einer deutschen Universitätsstadt, mitten in den Achtzigern, kam es ihr dann vor, als schriebe jeder. Als ob alle Tagebuch führten, Briefe verfassten, mit Notizheften herumliefen. Und das gab ihr keinesfalls das Gefühl, unter Gleichgesinnten zu sein. Im Gegenteil, es schüchterte sie ein. Es war, als würde die Anwesenheit anderer Schreibender sie bedrohen. Als ob ihr neben anderen Schreibenden die Berechtigung zum Schreiben wieder entzogen würde, ja, die Berechtigung, überhaupt zu existieren.

Dagmar nahm die losen Blätter und legte sie in das Heft zurück. Sie klappte es zu und wickelte die Kordel darum. Dann griff sie nach einer Zigarettenschachtel.

Sie hatte als Kind entsetzliche Angst gehabt, vor allem Möglichen, vor Blindschleichen, die sich manchmal in die Wiesen verirrten, vor Flugzeugen, die bei bestimmtem Wind den Stuttgarter Flughafen geradewegs über ihr Dorf anflogen, aber auch vor den schlafenden Hunden ihres Vaters, vor ihrem Vater selbst. Und all diese Ängste hatte sie hinter sich lassen können, als sie fortging. Die Furcht vor den anderen aber, davor, dass sie auch schrieben, die hatte sie dann erst gefunden. Weshalb, verstand sie bis heute nicht.

Sie schob das Heft zur Seite und legte einen Stapel Unterhemden aus der Tasche darauf. Dann verlagerte sie das Gewicht wieder auf die Ellenbogen. Während sie die Plastikfolie von einer Zigarettenschachtel fummelte, musste sie daran denken, wie sie ein letztes Mal – Jahre später – zurückgekehrt war in jenes Dorf. Wie sie das Auto über die Landstraße gelenkt hatte, die durch hügelige Felder führte. Kurz bevor eine lang gezogene Rechtskurve zunächst sanft, dann immer steiler ins Dorf abfiel, fuhr man am, wie es hieß, STEUCHA-HÄUSLE vorbei, einer kleinen Hütte mit zwei Fensterlöchern ohne Glas, in der man sich unterstellen konnte, wenn einen bei der Feldarbeit ein Gewitter überraschte. Am Ortseingang hatten zwei Kinder gespielt, auf einem Strohballen, und ihr salutiert. Auf der anderen Straßenseite hatte eine Reihe aus fünf kahlen Apfelbäumen gestanden. Kaum war man in das Dorf hinabgerollt, bog man rechts ein und fuhr eine steile Straße hinauf. Den Friedhof betrat man unten und ging bergauf. Die Gräber neigten sich einem entgegen.

Am Grab ihrer Mutter ging sie in die Hocke, zupfte im Efeu herum. Als sie aufstand und sich umsah, entdeckte sie ihren Vater einige Meter entfernt, wie er auf ein Stück leeren Rasen blickte.

Doch auch wenn seit das Grab ihrer Mutter ausgehoben und neu vergeben worden war weitere zwanzig Jahre verstrichen waren, konnte Dagmar sich einfach nicht vorstellen, dass auch ihr Vater inzwischen gestorben war.

Nachdem sie alle Fächer der Tasche durchgesehen, aber kein Feuerzeug gefunden hatte, griff sie nach dem Schneeanzug.

Je älter ihr Vater geworden war, desto mehr Schafe hatte er verkauft. Irgendwann war der Rest seiner Herde von einem anderen Schäfer übernommen worden. Und seine Streuobstwiesen pflegten von da an Nachbarn, mähten sie, wenn sie die eigenen mähten, sammelten die Äpfel auf, wenn sie die ihren aufsammelten, oder zertraten sie wenigstens, sodass keine Fliegen darin heranwachsen konnten, die man dann im nächsten Jahr als Würmer in jedem Baum haben würde. Bei dem einzigen Acker aber, den ihr Vater besaß, war völlig ausgeschlossen, dass er die Arbeit abgegeben hätte. Dagmar sah förmlich vor sich, wie er, wenn umgepflügt wurde, zumindest am Feldweg stand und Anweisungen gab.

Dabei war es kaum ein richtiger Acker, eher ein Äckerchen, weit kleiner als die Äcker, die die Verwandtschaft oben auf der Alb besaß und die Dagmar aus der Kindheit noch kannte, als unbarmherzige Ländereien, aus denen man jedes Jahr nach dem Pflügen Kalksteine aufsammeln musste. Der Acker, den in ihrem Dorf der Schäfer haben durfte, lag nicht weit vom Steucha-Häusle und war gerade so breit, dass ein Traktor einmal auf und einmal ab fahren konnte.

Sie schmunzelte beim Gedanken, dass das Schiff, auf dem sie sich gerade befand, größer war, und ertastete im selben Moment in der Brusttasche des Schneeanzugs endlich das, wonach sie suchte. Sie zog das Sturmfeuerzeug heraus, schob sich eine Zigarette zwischen die Lippen, zündete sie aber noch nicht an.

Vor ihrem geistigen Auge sah sie, wie sich die alten Weiber mit Kopftüchern und die Kinder mit Dreck im Gesicht von Kartoffelpflanze zu Kartoffelpflanze arbeiteten und von den Blattunterseiten die Käfer sammelten. Die Frauen zerquetschten sie gleich in der Hand. Die Kinder dagegen hatten einen Eimer bei sich, in den sie die Käfer fallen ließen, und liefen dann immer wieder auf den Feldweg, schnell am alten Schäfer vorbei, bis zur Bundesstraße. Dort schütteten sie die Käfer auf den Asphalt und versuchten dann, den Blick in den Himmel, das Knirschen nicht zu hören, wenn sie die Tierchen zertraten. Im Geist hörte Dagmar es lauter denn je. Es vermischte sich mit dem Geräusch, das das Sturmfeuerzeug machte.

Sie sog an der Zigarette – das Bild des Containers blitzte auf, das Bild des Wesens darin, tausendfach größer als ein Kartoffelkäfer und weich wie Gelee, doch war sie sich sicher, sein Leib würde genauso knirschen – und inhalierte tief.

Der Rauch löste das Gefühl in ihrer Kehle. Sie zog ein zweites Mal, ein drittes Mal, dann setzte der Nikotinflash ein.

Während sie die Tasche des Mädchens einräumte, trat kalter Schweiß auf ihre Stirn. Plötzlich wusste sie nicht mehr, was unten, was obenauf gelegen hatte. Erst mit Verzögerung fiel ihr ein, dass das Mädchen ja nicht selbst gepackt hatte, und sie stopfte alles irgendwie hinein. Als sie sich dann erhob, glaubte sie, außer dem Meer auch die Erdrotation spüren zu können. Sie wankte nach nebenan, die Zigarette in der einen, Tasche und Schneeanzug in der anderen Hand.

Sie legte den Schneeanzug auf die Tasche und schob beides zu dem Mädchen hinter den Vorhang. Dann legte sie sich auf das freie Bett, hielt die Zigarette weit von sich und blieb in dieser Position – das Mädchen atmete flach – und versuchte darüber nachzudenken, wie sie in Kapstadt vorgehen sollte. Doch sie kam auf nicht mehr, als ein wenig Trost darin zu sehen, dass sie neun, vielleicht sogar zehn Tage bis Kapstadt brauchen würden. Genug Zeit, sich erst später einen Plan zurechtzulegen. Dann verbrannte sie sich die Finger.

Als sie ein paar Minuten später ins Freie trat, schienen der Ingenieur und der Biologe fertig zu sein. Sie standen am Container und unterhielten sich. Während Dagmar auf sie zuging, musste sie immer wieder über mit Raureif und Eisnadeln überzogene Drahtseile steigen, die sich zwischen allen möglichen Winden und dem Container spannten. Außerdem hingen jetzt zwei Schläuche in den Container.

Als sie näher gekommen war und der Ingenieur und der Biologe sich ihr zuwandten, nickte sie fragend in Richtung der Schläuche.

Wir haben ihn an eine der Reinseewasserpumpen gehängt, sagte der Biologe. Das Wasser, das er jetzt bekommt, stammt von direkt unter dem Schiff. Das wird ihm viel zu warm sein, aber wenigstens ist es frisch.

In den Aquarien könnten wir das Wasser kühler bekommen

und auch einen gewissen Wasserdruck simulieren, bemerkte der Ingenieur.

Aber das Tier ist zu groß, erwiderte der Biologe.

Wir überlegen gerade, ob wir ihn ins Nasslabor schaffen können, wandte sich der Ingenieur an Dagmar und nickte hinüber zu dem großen Raum auf der Backbordseite, von dessen Dach sie vorhin alles beobachtet hatte.

Aber?

Der Ingenieur zuckte die Achseln: Das Volumen würde jedenfalls ausreichen.

Wir sind uns aber nicht sicher, ob wir es vollständig mit Wasser füllen können, fiel ihm der erste Biologe ins Wort. Und selbst wenn, wir hätten dann keine Chance mehr, an ihn ranzukommen. Vor allem bin ich aber dagegen, weil ich nicht weiß, ob er einen weiteren Umzug überleben würde. Besser, wir lassen ihn im Container.

Mir ist das gleich, sagte der Ingenieur. Ihr habt gesagt, dass es ihm auf Dauer zusetzen wird, so eng. Und dass er tot nur mehr halb so wertvoll ist.

Ich denke, es ist vielleicht gar nicht so schlecht, wenn wir ihn schwach halten, fuhr der Biologe fort. Das warme Wasser, das Licht, der fehlende Druck, das betäubt ihn. Ich nehme an, er befindet sich in so etwas wie einer Ohnmacht. Besser, er kriegt von all dem nichts mit.

Dagmar nickte langsam, während sie sich unwillkürlich fragte, ob der Tintenfisch wohl träumte. Dann sagte sie: Dass er überlebt, hat tatsächlich oberste Priorität.

Und wir wissen, dass er in diesem Container immerhin schon seit vier Tagen überlebt hat, antwortete der Biologe. Für alle Fälle sollten wir trotzdem den Proviantraum für das Fleisch leer räumen. Falls er es nicht packt, können wir ihn auf der Stelle einfrieren.

Da wird sich der Koch freuen, murmelte der Ingenieur und grüßte stumm, bevor er sich Richtung Proviantraum entfernte.

Die Hitze führt dich, eine dreiundzwanzig Jahre junge zukünftige US Airforce Drohnenpilotin, in die Nacht, eine Nacht, die nicht enden will, einfach nicht enden soll und dich, als sie dann doch endet, am frühen Morgen nach Hause und zu Hause direkt unter die Dusche. Pinkeln, das hat ja schon immer den Auftakt deines Duschgangs dargestellt. Du hast es dir irgendwann noch vor der Pubertät angewöhnt, sodass mittlerweile das Gefühl von Porzellan unter den Füßen und ein wenig in den Nacken sprühendes Wasser genügen, um irgendwelche Muskeln in deinem Bauch in eine Art Hypnose zu versetzen. Sie lassen dann los. Wenn sich das allerdings heute zum zweiten Mal innerhalb ein und desselben Duschgangs ereignet, zeugt das vor allem davon, wie verdammt lange der Duschgang bereits andauert, und ein so langer Duschgang lässt sich eigentlich nur auf eine Weise interpretieren: Dass es sich beim heutigen Tag nicht mehr nur um einen schlechten Tag handeln kann, sondern man von einem komplett sinnlosen sprechen muss. Eine Interpretation, die nur eine Schlussfolgerung zulässt: Etwas stimmt nicht mehr.

Also wirst du da stehen, im Wasserfall und im Dampf, und auf das Schnurren der die Blase umgebenden Muskeln wird jene Leere folgen, in der alles egal ist, auch wenn die Frage nagt, was genau nicht mehr stimmt.

Eine Minute wird vergehen, vielleicht zehn, bis du wieder in die Zeit mit jenen beiden Handgriffen zurückfinden wirst, die das Wasser abstellen und den Duschvorhang beiseiteschieben werden. Wirbel im Wasserdampf. Und wenn du dann aus der Kabine steigen wirst, wird sich aus deiner linken Rachenmandel ein Mandelstein lösen, sich herausschieben aus dem Spalt im Gewebe, in dem er herangereift ist. Und obwohl du mehrere Male schlucken wirst, wird der Stein an der Mandel hängen bleiben, sodass du ihn letztlich ins Waschbecken husten wirst. Die Frage, ob du in der vergangenen Nacht aus dem Mund gerochen hast, wird sich zu der in der Leere tobenden Frage gesellen. Ihr Geschmack wird sich in deinem Gaumen ausbreiten. Mit dem Licht deines Smartphones wirst du deinen Mundraum ausleuchten und die von Dutzenden Entzündungen vernarbten Mandeln absuchen nach hervorquellenden weißen Punkten. Du wirst keine finden, nur einen erahnen, ebenfalls in der linken Mandel, doch wenn du mit dem Finger dagegendrücken solltest, wird er sich nur tiefer in die Furche hineingraben. Du wirst auf den Mandeln herumdrücken können, bis der Würgereiz so groß sein wird, dass dir die Tränen in die Augen steigen. Also lass es. Greif lieber gleich zu der Zahnbürste, denn so wirst du zumindest den Geschmack loswerden. Du wirst dich anziehen und die Frage, ob du zocken sollst, wird sich mit der Frage um die Leere und der Frage nach dem Mundgeruch vermischen.

Du wirst keine Antworten finden.

Also wirst du das Haus verlassen. Und an einem der runden Starbucks-Tische enden, die nur deshalb nicht rechteckig sind, damit man sich an ihnen nicht so einsam fühlt. Eine Strategie, die dich, da du ja nun bereits um sie weißt, nur noch verlassener fühlen lassen wird: du, ein Baum ohne Wald, der durch Amazon klickt, auf der Suche nach einem Kleid für Wendys Hochzeit.

Wie kannst du sicher sein, dass der Tintenfisch geschwächt ist und – Dagmar zögerte.

Und?

Und nicht nur Kraft sammelt, abwartet, ich weiß nicht.

Sie hatte gegen den Container gesprochen. Ihr schienen die Worte am Stahl abzuprallen. Und während sie übers Arbeitsdeck flogen, hinaus auf die See und vom Wind davongerissen wurden, fragte sich Dagmar erneut, wovon der Tintenfisch wohl träumte. Sie fand es seltsam, dass sie sich nicht vorstellen konnte, wie das Tier ein Bewusstsein besaß, aber dass sie sich sicher war, dass es träumte. Wie sah ein Traum aus von etwas, das kein Mensch war? Hunden sagte man nach, dass sie träumten. Vor ihrem geistigen Auge blitzte das Bild einer Hundehütte auf, einer rostigen Kette und eines in der Sonne dösenden Hundes.

Wir haben die gleiche Heimat, sagte der Biologe und das Bild zerstob.

Was?

Du hast vollkommen recht. Eigentlich habe ich keinen Schimmer, was mit ihm ist. Wir wissen kaum etwas über diese Tiere, vor allem nicht über welche dieser Größe, aber völlig fremd sind sie uns auch nicht. Wir haben die gleiche Heimat – er nickte bekräftigend – einen gemeinsamen Vorfahren. Eine wurmartige Kreatur, die die Urstrände der Erde beherrscht hat. Frag mich nicht, wie sie ausgesehen hat. Vielleicht hatte sie bereits Augenflecken und dahinter auch gebündelte Neuronen.

Während er weiter Dagmar ansah, tastete seine Hand nach dem Container. Nachdem sie ihn gefunden hatte, blieb sie an dem Stahl liegen.

Und wir wissen auch, dass dieser Wurm eine Längsachse besaß. Für ihn gab es bereits ein Rechts und ein Links und ein Vorne und ein Hinten. Es gab damals auch schon andere Wesen, bei denen zum Beispiel alles aus ihrem Zentrum geschah, denk nur an die Quallen.

Er sah Dagmar eindringlich an. Dann gab er dem Container einen Klaps.

Sehr viel mehr wissen wir nicht, eigentlich nur, dass er aus drei Zellarten bestand. Eine Haut, um sich von der Welt abzugrenzen. Eine Haut, um die Welt zu verdauen. Und dann noch die Zellen dazwischen.

Innen und außen, nickte Dagmar, auch wenn sie nicht wirklich verstand, worauf der Biologe hinauswollte.

Unser gemeinsamer Urgroßvater, fuhr der Biologe fort, von uns und von ihm hier – er gab dem Container wieder einen Klaps –, stand dann vor der Entscheidung, was er weiterentwickeln sollte. Entweder die Haut nach außen, den Nervenapparat, oder die innere Haut, den Verdauungstrakt. Und jetzt rate mal, welchen Weg wir und welchen er hier – wieder ein Klaps – eingeschlagen hat.

Wenn du so fragst, dann gehören wir wahrscheinlich zu den – sie zögerte.

Zu den Verdauenden, genau, ergänzte er. Die Wirbeltiere haben alles darauf gesetzt, sich die Welt einverleiben zu können. Ein seltsamer Gedanke oder? Unsere Öffnungen zur Welt hin, Mund und After, sind maximal weit voneinander entfernt. Wirbellose, vor allem aber hier – Klaps, Mollusken sind zu einer Art Sack geworden und haben den so verdreht, dass ihr Kopf mit dem Fuß verschmolzen ist und eben auch der Mund mit dem After. Das Sich-Winden ist bei ihnen so grundlegend wie bei uns das Rückgrat. An diesen Tieren ist deshalb so ziemlich alles spiralisch –

Deshalb sehen Schneckenhäuser so aus? Dagmar dachte an die vielen Weinbergschnecken, die sie in ihrer Kindheit aus nassem Unterholz gezogen hatte. Diese zurückschnellende, weiche und schleimige Masse.

Ja, fuhr der Biologe fort, aber bei ihm hier – schon wieder ein

Klaps – geht es viel weiter. Das Wasser, das er einatmet, bildet in ihm einen Strudel, sodass er wie eine Schraube rückwärts davongeschleudert wird, wenn er es aus sich hinausdrückt. Und seine Arme sind auf eine spiralische Art um den Schlund angeordnet, sie sind aber auch selbst so gewachsen. Es gibt nicht wie bei unseren Händen eine Innenfläche und eine Außenfläche. Die Saugnäpfe winden sich um den Arm herum. Genauso die Zähne. Selbst sein Gehirn windet sich um seine Speiseröhre.

Eine Spirale, flüsterte Dagmar.

Bei uns verlaufen die Nervenstränge ziemlich gerade aus dem Hirn das Rückgrat hinab. Hier – ein Klaps – sind es zwei Nervenstränge, die Kreise durch den ganzen Körper bilden. Und eigentlich ist nicht ganz klar, wo das Gehirn beginnt und wo es endet. Es ist eher verteilt und bildet immer wieder Knotenpunkte. Ich würde schätzen, der hier – Klaps – bringt es auf mindestens fünfhundert Millionen Neuronen.

Ist das viel?

Na ja, ungefähr wie bei einem Hund. Nur dass die meisten Neuronen eben nicht im Hirn sitzen, sondern in den Armen. Und genau wegen dieses Nervensystems kann ich dir auch, wenn ich ehrlich bin, beim besten Willen nicht sagen, was gerade in ihm vorgeht. Das Einzige, was ich sicher weiß, ist, dass es, auch wenn es anders aufgebaut ist, in bestimmter Weise wie unseres funktioniert. Und zwar was Reize angeht. Der Reiz wird von einem Neurotransmitter übertragen. Von Acetylcholin. Unmittelbar nach dieser Übertragung wird dieser von einem Enzym zersetzt und alle Nervenzellen sind wieder bereit für den nächsten Reiz.

Acetylcholin überträgt, Acetylcholinesterase baut wieder ab, sagte Dagmar.

Klar, sagte der Biologe. Du weißt, wie ein Nervenkampfstoff funktioniert.

Zumindest ungefähr, sagte Dagmar, er blockiert dieses Enzym und so werden die Neurotransmitter nicht mehr abgebaut. Alles kollabiert.

Der Biologe nickte. Das Entscheidende ist nun, diese Tiere können sich das selbst antun.

Und sterben?

Nein, wir wissen nicht, warum sie das tun. Sie betäuben sich damit, schlafen, regenerieren sich, was weiß ich. Vielleicht macht er hier – er deutete einen Klaps an, klopfte aber nicht gegen den Container – gerade eine Vergiftung durch, um zu überleben.

Du meinst, er vergiftet sich selbst?

Was wir vergiften nennen würden. Er selbst produziert ja nicht nur einen Stoff, der einem Nervenkampfstoff ähnelt, sondern auch gleich einen zweiten, der ihn wieder aufwachen lässt.

Ein Gegengift, murmelte Dagmar.

Der Biologe nahm die Hand vom Container: Ja, ein Gegengift.

Wir brachen, noch bevor sich der Schlamm wieder gelegt hatte, in Jubel aus. Wir hatten es geschafft. Während die erdige Wolke von unseren Armspitzen wieder und wieder aufgescheucht wurde, blieb unser Kalmar jedoch liegen. Er sog, da er nicht gewagt hatte, aus dem Nichts Aufgestiegenes zu atmen, gierig Wasser in sich. Aber auch nachdem sich seine drei Herzen beruhigt hatten, fiel er nicht mit in unseren Jubel ein. Ihm war noch immer ein wenig schummrig.

Als er sich dann schließlich doch aufmachte und langsam weiterschwamm, teilte er mit uns etwas, das er vor dem Sprung noch bemerkt, aber vor uns zurückgehalten hatte: Nicht nur das Nichts hatte sein Licht verschluckt, auch der Schnabel zwischen seinen Augen. Es war nicht bei den dunklen Flecken geblieben, die er bekommen hatte, als wir aufgebrochen waren. Vor dem Sprung hatte unser Kalmar bemerkt, dass er inzwischen komplett schwarz war.

Unser Bisschen-Schüchterner Arm ließ auf der Stelle vom glühenden Kabel ab und fuhr zwischen uns, tastete den Schnabel ab, bemerkte aber nichts. Alles fühlte sich an wie immer. Wir anderen drängten unseren Kalmar, mehr zu verraten, doch er hielt zurück, wofür die Schwärze stand. Wenn sie überhaupt für etwas stand.

Und dabei blieb es. Unser Armer Arm und unser Eingebildeter tasteten noch eine Weile immer wieder die beiden Mandibeln ab, doch je weiter wir uns von der Schlucht entfernten, desto mehr nahm der glühende Tentakel uns wieder für sich ein. Bald dachte keiner von uns mehr an den Schnabel. Wir umspielten den Gesang, wir rangen mit ihm, wir sangen zurück. Und gerade weil unser Kalmar sich nicht mehr einfach uns überließ wie vor dem Sprung, sondern selbst schwamm, kamen wir rasch voran.

Bis sich der glühende Tentakel teilte.

Kaum hatten wir realisiert, dass wir uns entscheiden mussten, waren wir auch schon in Streit ausgebrochen. Unser Eingebildeter Arm wollte in die eine, der Süße in die andere Richtung. Der eine behauptete, hier würde es stärker glühen, der andere war überzeugt, dass der Umfang des Tentakels bei sich zunahm. Wir anderen sprangen ihnen nach und nach bei und verstärkten ihren Griff am glühenden Tentakel. Dann hielten der Bisschen-Schüchterne, der Arme und der Müde zum Eingebildeten. Der Blendende, der Hehre und der Halbe schlugen sich auf die Seite des Süßen. Und unser Kalmar hing, gestreckt, dazwischen.

Eine Weile ließ er sich von uns mal ein Stück in die eine, dann wieder in die andere Richtung ziehen. Irgendwann entschied er. Die von uns, die sich um den Griff des Eingebildeten gewickelt hatten, ließen los. Und mit einem Ruck zog der Süße unseren Kalmar, uns alle, zu sich. Es ging weiter.

Und keine drei Armlängen später verriet unser Kalmar es uns doch – vielleicht ja weil einige von uns murrten und er sie ablenken wollte, vielleicht aber auch einfach weil er nicht mehr länger warten konnte: Geschehen war es, als wir den anderen aus dem Netz zu befreien versucht hatten und diesem, kurz bevor wir nicht mehr konnten, den Tentakel aufgerissen hatten. Der Samen, der ihm von jenem Alten unter die Haut gespritzt worden war, hatte sich über uns ergossen.

Ja, das wussten wir noch. Jetzt erinnerten wir uns wieder. Wir hatten es geschmeckt.

Unser Kalmar hatte es eingeatmet. Was dann in ihm geschehen war, hatte auch die dunklen Flecken auf dem Schnabel verursacht. Und jetzt gab es keine Zweifel mehr: Unsere Kalmarin war schwanger.

MEI HOIMAD
Die Geschichte unseres Halben Arms

Als ich die Wiesen, die immer steiler stehenden Obstbäume und den Wald, der sich den Hang hinauf erstreckt, schon sehen konnte, das aber noch nicht die Alb war. Als jene Felsen aus Kalk, die oben im Dunst aus dem Wald ragen, noch keine Namen hatten und auch der eine Felsen oberhalb unseres Hofs noch nicht ROSSFELSEN hieß – da sah ich die Welt in einem Blau unter nichts als einem Weiß. Ich sah durch beschlagene Scheiben, denn ich war dicht ans Fenster gelegt. Lag auf dem Bauch, vielleicht auf Decken, öfter aber gewiss auf einem Schaffell. Dessen Geschmack hatte ich im Mund, noch bevor ich Wörter darin hatte. Und so schmeckte ich ohne eine Vorstellung zu haben, eine Vorstellung davon, was es bedeutet, auf eines Tieres abgezogener Haut und Haaren zu kauen. Mit filzigem Mund rollte ich auf die Seite, Weißes fiel auf die eine, Blaues auf die andere und die Berührung beider, ein Haar, strich durch mein erstes Bild.

Ich weiß nicht, ob ich gestillt wurde. Womöglich spürte unsere Mutter schon damals den Krebs in der Brust und ließ es bleiben. Erinnern kann ich mich nur an den kalten Fencheltee, in den sie Vanillezucker hineinkochte, und an das Tuch, an dem ich saugen durfte, weißer Stoff, und wo ich gesaugt hatte grau, und an einen Schnuller, der wie das Tuch herb und süß zugleich schmeckte. Manchmal hielt unsere Mutter das goldene Mundstück in den MOSCHD-KRUAG unseres Vaters. Dann schmeckte es nach etwas Übergroßem und Dunklem, nach dem Keller, in den ich, kaum konnte ich gehen, geschickt wurde, dem Vater neuen MOSCHD zu holen, oder es schmeckte nach dem Vater selbst. Es beruhigte mich damals und ich schlief ein.

Der ROSSFELSEN ist der größte aller Felsen, als zerfurchtes Horn ragt er Richtung Westen ins Land. Hinter ihm liegt das ROSSFELD, eine karge, von Weidbuchen und Wacholdern bedeckte Landschaft, die sich nach Süden Richtung SANKT JOHANN und nach Osten bis ins LÄNGENTAL erstreckt. Im Frühjahr ein Teppich aus Farben sind die Gräser das übrige Jahr hindurch blass und dünn und nur die Schäfer wissen, woher jener Landstrich und der Felsen ihre Namen haben.

Lange vor unserer Zeit hatte eines Morgens in seinem Schatten ein Loch in den Baumkronen geklafft. Im aufgeplatzten Geäst einer Buche hing ein Hut, an dem Federn steckten, die zu keinem heimischen Vogel gehörten. Darunter lag ein Mann, die Finger noch um die Peitsche gekrallt, wie seine Rösser erschlagen, das Holz der Kutsche war zersplittert und zwischen den Bäumen.

Kein Kutscher, der Graf selbst – das wussten die Schäfer – hatte die Tiere angetrieben. Und wie es gestürmt hatte in jener Nacht, drängten die Böen das Gespann immer dichter an den ALBTRAUF. Konnte der Graf wissen, dass es rechter Hand von ihm zweihundert Meter in die Tiefe ging? War er auf der Flucht? Dann tauchte plötzlich ein Felsen auf, er wollte noch ausweichen, doch war er schon im Himmel, in der Nacht, dann in der Tiefe. Das Knallen von Peitschenhieben und das Splittern von Holz, auch das wissen die Schäfer, ist noch heute manchmal im Sturm zu hören, hinterm ROSSFELSEN, oben auf dem ROSSFELD.

Unser Vater war ein solcher Schäfer und dessen Väter auch. Alle hatten sie Hunde gehabt. Immer wieder Junge, denn zum Hüten werden immer welche gebraucht, und nach einiger Zeit starben sie: Prinz, Hansel, Franz, Tiger, Lucky – keinem Menschen begegnete unser Vater so wie ihnen. Zwar wären sie ihm niemals ins Haus gekommen, auch streichelte er sie nicht oder ließ sie an sich hochspringen, spielte gar. Doch sprach er mit ihnen. Wer weiß, was er ihnen erzählte, wenn sie stundenlang allein waren in einer unendlichen Heidelandschaft mit nichts als Schafen.

Mit ihnen sprach er, uns schrie er an und ich wusste nie weshalb.

Wenn er mit den Hunden laut wurde, dann nie ohne Grund. Quer über die Herde schrie er GEH LUCKY und schickte damit einen Pfeil los, der in einer geraden Linie, direkt auf der Kerbe zwischen Feld und Wiese, davonschoss. Die Schafe, die an dieser Grenze geweidet hatten und ins Feld wollten, schreckten zurück. Unser Vater schrie ein zweites Mal AUS LUCKY, und während ich immer das Gefühl hatte, wir hätten etwas falsch gemacht, klang das nie, als hätte der Hund etwas falsch gemacht. Mit heraushängender Zunge trabte er zurück zu seinem Platz, auf der anderen Seite der Herde, auf einer Anhöhe, von der aus er seinen Herrn und die Schafe im Blick hatte.

Zu keinem Menschen war unser Vater so, kein Wunder also, dass jeder der Hunde, die unser Vater über die Jahre besessen hatte, ihn freudig erwartete, wann immer er aus der Küche in den Hof trat. Dort lag alles mit Schotter aus. In einer Ecke war der Hund angekettet, sprang auf und stürzte WIE AN HIRSCH LECHZD NACH FRISCHM WASSR auf die Küchentür zu – bis er nicht mehr weiterkam. Unser Vater trat in den Hof, ging am Hund vorbei und verschwand im Stall. Der Hund folgte ihm – bis er nicht mehr weiterkam. Er stand dann vor der verschlossenen Stalltür, an gespannter Kette – bis er irgendwann zurück in seine Ecke trottete, sich in den Schotter legte und in der Sonne zu dösen begann.

Wollte ich jedoch durch den Hof und unser Vater war nicht oben auf dem ROSSFELD, sondern daheim, drückte ich mich an der Mauer und an den Holzlatten entlang. Dabei hatte ich den Blick fest auf den Pflock gerichtet, an dem die Kette befestigt war.

Sobald der Hund aufsprang, rasselte es.

Keiner der vielen Hunde, die unser Vater über die Jahre gehalten hatte, stürzte, trat ich aus der Tür in den Hof, WIE AN HIRSCH LECHZD NACH FRISCHM WASSR auf mich zu. Aus jedem brach, stürzte er auf mich zu, Wut. Jeder kläffte, zerrte an der Kette und schlug, wenn sie sich zu einem rostenden Strich straffte, Staub aus dem Schotter.

Mit Kreisen, die unser Vater im Hof ging, brachen die Sonntage an. Er fluchte. Ich lag noch im Bett und griff in den Spalt an der Wand. Wenn es Brezeln gab, dann samstags. Und manchmal hatte ich einen Brocken aufgehoben und kaute nun, so langsam ich nur vermochte, denn irgendwann wurden die Lauge und das schwitzende Salz süß. Dabei lauschte ich unserem Vater, wie er auf unsere Mutter schimpfte und deren Gang in den Gottesdienst.

War unsere Mutter zurück, las sie uns vor und wir mussten die Hände dazu falten. War sie fertig, faltete auch sie ihre Hände. Endlich. Bevor der Krebs sie ans Bett fesselte, ruhten ihre Hände nie. Immer machte sie FUIER, in der Herrgottsfrüh, schürte es. Immer schüttelte sie Decken aus den Fenstern. Immer knallte es, wenn sie Dreck aus Schaffellen klopfte. Und alle paar Wochen war sie überzeugt, dass die MUCKEN – gleich welcher Art – stechig waren. Dann lag der BATSCHER auf einem Hocker bereit und sie zog mit beidem durchs Haus, als wäre der eine ein Teil ihrer Linken, der andere die Verlängerung der Rechten. Überall lagen die toten Fliegen. Und wenn ihre Hände mich – nach dem Gebet – wuschen, WIE AN HIRSCH LECHZD NACH FRISCHM WASSR, SO RUAFT AU MEI SEEL, GOTT, ZU DIR im Ohr, schrubbte sie mir die Haut vom Fleisch. Immer war ich Tage wund.

Und dann ging ich umher, durch die BREITWIES, den GEHSERROI, den OHREI, den AUCHTERT, die HAUWIES, das ZEIL und das BEIDLESFELD – noch heute kann ich sagen, wo man durch eine Wiese gehen muss, wenn man sich keine nassen Füße holen will. Ich kann hören, welche Wiese es ist, über die der

Wind geht. Und ich weiß, wo es unheimlich ist. Wo man besser wieder schnell verschwindet. Weil es dort vielleicht einfach zu viele MAGENGA gibt. Oder es niemals nicht feucht ist. Weil es immer sumpfig bleibt, auch bei Hitze. Weil hier Apfelbäume stehen, die kleine feuerrote Äpfel tragen. Weil man, hat man hier zu tun, einfach froh ist, sobald man wieder fort ist.

Umher ging ich also. Immer im Schatten, den die ALB auf unseren Hof warf, auf das Dorf, den FLECKEN. So dicht liegt der an der ALB: Wer hier lebt, ist denen ähnlicher, die oben leben, die zumindest versuchen, oben zu leben, von jener Kalkstein durchsetzten Erde, auf der doch nichts GSCHEID wächst. So dicht, den Kindern erzählt man, einst wäre der FLECKEN noch oben gewesen und hinuntergebrochen. So dicht, im Dreißigjährigen Krieg und auch als Napoleon durch Schwaben rückte, manche behaupten auch im Ersten Weltkrieg, pflügten die Bauern einfach alle Wege um. Wer weiß.

Wahr ist, meine ersten Lebensjahre hätten in all diesen Zeiten spielen können. Es gab nichts, außer dem FLECKEN, den Wiesen, der ALB und dem Wald. Ich liebte es, in Bäume zu klettern, kopfüber an Ästen zu schaukeln, zu spucken, wilde Sätze zu machen, über den Bach, die vollen Milchkannen in den Händen, Gräser zu kauen – Stifte kannte ich nicht, doch wusste ich zu malen. Die Feldwege waren aus geschundenem Gras, mit Löchern darin aus hart getretenem Boden. An manchen Stellen waren die Löcher so groß, dass sie ineinander übergingen und es pfannkuchengroße Inseln aus Grasbüscheln gab. War es trocken, lag auf dem Gras ganz feiner Staub. Hatte es aber geregnet, dann konnte man in der Erde zeichnen, mit einem STECKEN oder einfach mit dem Finger: Striche, uns und den Hof, den Wald und die ALB, darüber die Sonne, den Mond, eine Wolke und jedes Wetter dieser Welt.

Dann aber tauchten die ersten Autos auf und mit ihnen ein Bus, der morgens und abends im FLECKEN hielt. Und irgendwann kaufte unser Vater einen Fernseher und stellte ihn in der Küche auf die Ablage der Eckbank, sodass wir von der Bank aus nichts sahen, und auch nicht unsere Mutter fernsehen konnte, er aber von seinem Stuhl.

Ich weiß, dass es ein Tag nach der Mondlandung war, denn dieser Tag, der 21. Juli 1969, war mein elfter Geburtstag und an diesem elften Geburtstag von mir setzte unser Vater mich zum ersten Mal auf seinen Stuhl und ließ mich in die Welt gucken. Ich sah Menschen in Kleidung, wie ich sie nicht für möglich gehalten hatte, und den Mond tausendmal näher als vom ROSSFELSEN aus. Plötzlich gellte ein Schuss durchs Haus und hallte an der ALB wieder. Ich sprang auf und lief ans Küchenfenster. Im Hof stand unser Vater und hatte TIGER erschossen.

Dann wurde ein Kindergarten eröffnet. Ich war zu alt, doch jung genug, um furchtbar neidisch zu sein auf die Mädchen, die hindurften. Die Erzieherin war eine noch ganz junge, bildhübsche Frau aus jener Welt, von der ich jetzt wusste. Jeden Tag fuhr sie mit dem Bus. Sie kam aus der Stadt, wo es in den Bäckereien Schneckennudeln gab. Sie hätte auch vom Mond kommen können.

Nachdem der Krebs unsere Mutter ans Bett fesselte, zog unser Vater nicht mehr mit dem Schäferkarren los. Der stand von da an hinterm Kräutergarten und rostete. Bald lebten Fledermäuse darin und egal, ob Werktag oder Sonntag, nun musste ich am Abend zu ihm rauf aufs ROSSFELD. Dort stand er dann, unser Vater, im leuchtenden Sonnenuntergang, selbst aber ohne Farbe, in der schweren SCHÄFER-KUTT und auf die SCHIPP gestützt. Andere Kinder aus dem Flecken nannten ihn NACHTGRABB.

Dieser – so erzählten es die Alten – steige in den Sommern von hinter den Wiesen und Feldern, tief aus den Wäldern, die am Ende der ALB lägen, hinab zu uns. Wenn er komme, sei alles Land, krächzten sie, ihm, sei, warnten sie alle, seinem fahlen Aug. Und in seiner Umgebung, gleich wo, verlören die Dinge zuerst ihre Namen, zöge sich dann alles zusammen, die Wiesen, Felder und Wälder zurück zu nichts als feinen Strichen, zu blassen und dünnen Gräsern und leerem Geäst, und zuletzt, flüsterten sie, zergehe, worauf auch immer er seinen Schritt setze.

Auf die Nacht stieg er dann den Schafen voran die ALTE SCHDOIG hinunter. Das war ein schmaler Pfad im Wald, kaum breit genug, dass zwei Schafe nebeneinander gehen konnten. Sein Hund blieb bei ihm, ich aber, ich musste warten. Bald schon verschwand sein Hut hinter der Wegbiegung. Und von da an war es nur noch ein Band aus Schafen, das in den Wald floss. Gleichzeitig brach die Nacht von Osten her über die Heidelandschaft herein und in ihr, ganz rasch war alles nur noch grau, musste ich die Schafe, die übrig waren, zusammentreiben und wehe, eines fehlte. Darunter waren immer einige Lämmchen.

Unten, dort, wo der Pfad aus dem Wald führte, holte ich ihn ein. JETZD KASCH GAO, sagte er dann und ich lief in die Wiesen, dem Dorf und dem Hof entgegen und pflückte, ohne zu sehen, welche Farben die Blumen hatten, die schönsten Sträuße für unsere Mutter. Manchmal war ich schnell genug, dass wir ein wenig Zeit hatten. Sie legte den BATSCHER weg und holte aus der Stube die Vase, ein Stück, das sie von ihrer Mutter hatte. Ich stand neben ihr, wenn sie die Wurzeln abschnitt. Dann strich sie mir über den Kopf und ich konnte sie umarmen und mein Gesicht in ihre Schürze drücken und dann saßen wir am Tisch. Vor uns stand der Strauß und leuchtete, während wir mit dem Abendbrot begannen.

Sobald zu hören war, dass er seinen Hund im Hof ankettete, war es zu Ende. Er trat in die Küche, ließ die KUTT ins Eck hinter der Tür fallen, schlüpfte aus den Hosenträgern und zog sein in den Jahren von Schweiß und Seife fahl gewaschenes SCHÄFER-HEMMAD aus, umballte es mit der Faust. Streifen hell gebliebener Haut hatte er über den Schultern, rote Halbkreise auf der Brust und im Nacken. Schweiß trat zwischen seinen Fingern hervor. Es kam durchaus vor, dass er dann plötzlich das zusammengeballte HEMMAD warf. Ich sprang auf und versteckte mich unter dem Tisch. Es klatschte gegen den Küchenschrank, den Bruchteil einer Sekunde später schlug es auf dem Boden auf und hinterließ einen nassen Fleck. I SCHAFF MI NO ENS GRAB, fluchte er.

Unsere Mutter, schwach, stand auf, schleppte sich zur Tür, hängte den Mantel an den Haken, schleppte sich dann zum Küchenschrank, hob das Hemd auf, schüttelte es auseinander, hängte es über die Stuhllehne, nahm unseres Vaters Hand und führte ihn an den Tisch, setzte ihn zu sich. Über Eck saß sie dann mit ihm – bis er wieder ruhig war, sagte, LÄMMLE, und streichelte dabei seine Hand. Die Röte wich aus ihm. Und mit der freien Hand strich sie die Brotkrumen auf der Tischplatte nach und nach zu einem Berg.

Einige Zeit, bevor der Arzt den Krebs in ihrer Brust fand, als sie aber schon nicht mehr gesund aussah, war ich allein mit ihr im Wald Reisig machen. Unser Vater war auf der HAUWIES. Und an diesem Tag fragte ich, was ich mir wochenlang zurechtgelegt hatte: WARUM GANGE MIR ED? Und sie fragte zurück: MO SOLLE MIR DENN NA?

Ich schlug die Tante vor, Tante Martha. Die hatte ein großes Haus, in dem es viele leere Zimmer gab, weil die Brüder und auch der Vater tot waren. Unsere Mutter stand da, den Korb mit dem Holz unterm Arm, und sah mich an, oder sah durch mich hindurch, und ich weiß noch, dass ich zu glauben begann, sie würde mich an die andere Hand nehmen und einfach so mit einem halb gefüllten Korb davonspazieren. Auch wenn sie es am Ende nicht tat, ich glaubte es weiter. Und hielt mich an diesem Glauben fest, ich weiß nicht, wie lang – vielleicht bis zu jenem Sonntag im Mai, an dem ich ihr jene Frage ein zweites Mal stellte.

Im Wald aber, den Korb mit Reisig zwischen den Beinen, winkte sie schließlich ab, nickte in Richtung der HAUWIES und sagte: DER WIRD MITM SCHWARZBROD WIEDR GUAD.

Ich wusste damals nicht, dass unsere Mutter zum ersten Mal schwanger nicht mit mir gewesen war. Wusste nicht, dass unser Vater nach der Fehlgeburt nur zu ihr gesagt hatte: JETZD HOSCH KEHT WAS DE WELLA HOSCH. Wusste nicht, dass sie deshalb aus dem Ehebett auf den Dachboden gezogen war. Tante Martha hat es mir lang nach ihrem Tod erzählt, doch träumte ich damals andauernd von Menschen, die – obwohl es anders vorgesehen gewesen war – sterben mussten. In den Tod gingen, damit ich leben durfte, ich, wo ich doch gar nicht leben wollte: unsere Großväter, die Brüder unserer Mutter, auch unsere Mutter selbst, und schließlich ein Kind, das ich immer für Jesus hielt. In Wahrheit, das weiß ich heute, träumte ich da aber von meiner großen Schwester. Ich bin ganz sicher, dass es kein Bruder gewesen wäre, sondern eine Schwester, die zu mir gehalten hätte, für immer.

In der Nacht stieg unser Vater dann, nachdem wir alle zu Bett gegangen waren, hinauf auf den Dachboden. Ich lag da und hörte ihn. Und wusste nicht, wovor mir mehr grauste: Wenn er hinaufstieg und ungewiss war, was oben geschah, oder wenn er hinabstieg, durch die Stube ging und es jedes Mal einige

Schritte lang so klang, als ginge er auf mein Zimmer zu. Erst an der Stelle, an der der Hirschkopf hing, schwenkte er um.

Im Winter geschah das seltener. Wenn es schon früh dunkel wurde, war nämlich auch er schon früh da. Dann schrie er nach mir und es hieß: JETZD GOHSCH AUFD GASS. Und dann hockte ich, mit meinem Schlitten, bei der Nachbarin, einer alten Tauben, im Holzschuppen und kochte. Im Eimer, in dem man Asche nach draußen brachte, rührte ich Gifttränke und Heilmittel. Stroh, Vogelbeeren, die ich an den kahlen Sträuchern fand, aber auch vertrocknete Blätter oder einfach Schnee und Sägespäne kamen hinein ins rußige Wasser. Wenn ich schnell genug rührte, blubberte es.

Es war ein Sonntag, ein Sonntag im Mai, denn im Mai wird zum ersten Mal geheut, und ich hatte mich an diesem Nachmittag in eine der letzten nicht geheuten Wiesen geworfen. DIE DICKE lag dicht am Wald und war so steil, dass man das Heu von Hand machen musste und sie deshalb zuletzt an die Reihe kam, wenn man die anderen bereits ÖHMDETE. Auf ihr führte ein besonders steiler Pfad zu einem Kirschbaum, der immer ganz kleine tiefschwarze Kirschen trug von einer Süße, die ich nie wieder im Leben geschmeckt habe. Nicht nur deshalb war ich hier am liebsten, auch weil eine meiner frühsten Erinnerungen war, wie unser Vater und unsere Mutter einträchtig arbeiteten und ich – viel zu klein dafür – auf Heu diesen Pfad hinunterrutschte.

Das war an diesem Sonntag lange her, bald war ich eine junge Frau. Die Gräser verbargen uns, malten Striche auf unsere nackten Schultern. Zwischen uns hockten Heuschrecken und stoben WACH AUF MEI SEEL auseinander, wann immer wir uns bewegten. Ich schloss die Augen und dachte an Ostern, das erst wenige Wochen zurücklag. Obwohl unsere Mutter schier nicht mehr konnte, war sie mit auf die ALB gekommen, hatte darauf bestanden. Wir aßen in der Wirtschaft von SANKT JO-HANN und nach dem Essen setzten wir sie in den Wagen, wo sie GRUABEN durfte.

Und wir spazierten, raus in die Weite, eine Allee entlang. In allem, den feinen Leinenhemden und Sonntagskleidchen, aber auch in den den Weg säumenden Linden und in dem Wäldchen, in das es hineinging, lag ein helles Rot. Erst glaubte ich, es läge am vielen Licht, dann bemerkte ich, dass sogar der Himmel und die Sonne selbst in rötliches Licht getaucht waren. Ich dachte, es muss an meinen geschlossenen Augen liegen – unser Vater nahm mich auf einmal auf die Schultern oder auch an die Hand. Nach einer Weile löste ich meine Hand und schlug mit einer verrosteten Sichel am Wegrand einen Zweig ab. Im Unterholz stöberte ich. Und plötzlich fand ich keinen mehr. Zwar entkam ich irgendwann dem Gestrüpp, stolperte heraus, doch stand ich da an einem nie gesehenen Acker: endlose Furchen und inmitten davon nichts als eine Vogelscheuche. Lidlos sahen mich ihre Knopfaugen an. Ich kauerte in ihrem Schatten, umschlang meine Knie, schrumpfte zu ihren Füßen. Sie hob die Hand, reckte sie in den Himmel – der Himmel aber war meine Haut und da fuhr ich auf.

Heuschrecken schossen aus meinem Haar. Ich blinzelte. Unser Hof war von hier aus nicht zu sehen. Aber der Kirchturm gleißte in der Sonne und dahinter, in dunstiger Entfernung, erhob sich aus den Wiesen und Feldern und Hügeln die ACHALM, ein Berg, der vor vielen Jahrtausenden noch zur Alb gehört hatte. Ihr Turm, Überbleibsel einer Burganlage, war durch eine Lücke in den Bäumen zu sehen. Einst hatte sich dort, so erzählten die Schäfer, ein Graf zurückgezogen, nachdem der letzte seiner Ritter gefallen war, und verbarrikadierte die Eichentür zum Turmzimmer. Dann kniete er sich hin, legte den Helm ab, faltete die Hände, und schloss, das Gesicht der Tür zugewandt, die Augen. Da splitterte das Holz und als sie hereinkamen, begann er: ACH ALLMÄCHTIGER GOTT, wollte er beten. Nach den ersten beiden Silben schlugen sie ihm aber den Kopf ab. ACH ALM, so erzählten es die Schäfer.

Über die Tage wurde der Arbeitsraum, in dem sie die Sporttasche des Mädchens durchsucht hatte, zu Dagmars neuem Zuhause. Eigentlich hatte sie hier alles: Das Feldbett stand der Matratze in ihrer Kabine kaum nach. Das Waschbecken reichte für die Katzenwäsche, auf die sie seit ihrem fünfzigsten Geburtstag die tägliche Körperpflege beschränkte. Es gab Strom, sodass sie den tragbaren Backofen anschließen konnte, den sie vor Jahren für ihr Zimmer auf der Neumayer-Station besorgt hatte. Und dann gab es hier etwas, was es unten nicht gab: einen Schreibtisch. An dem saß sie die meiste Zeit, schrieb und lauschte nach nebenan.

Im Moment war nichts zu hören. Nur in Dagmars Bauch rumorte es und unter dem Schreibtisch summte der Backofen. Die kühle Luft, die er beim Aufheizen ausstieß, blies gegen ihre Schienbeine. Und das fühlte sich so anders an, als im Mai in einer Wiese zu liegen. Sie kam nicht weiter.

Irgendetwas musste an diesem Maitag noch geschehen, was die Icherzählerin dazu bringen würde, die Welt zu verlassen, in der sie aufgewachsen war. Dagmar spürte, dass sie eigentlich wusste, was das sein konnte, und stöberte in ihren Erinnerungen. Das Ich in ihrer Geschichte war ihr ähnlich, nicht identisch, aber doch so ähnlich – und doch gelang es ihr nicht, den Grund zu fassen.

Das lag auch daran, dass seit einer Weile ihre Gedanken immer wieder aufs Arbeitsdeck wanderten. Sie schlichen um den Container, der dort stand, vertäut und abgedeckt, jetzt in der Dämmerung bereits ohne Farbe, ein schwarzer Klotz, in dem es lebte.

Als das Licht des Backofens mit einem Klicken erlosch, zuckte Dagmar zusammen. Dann griff sie nach unten und holte das Kirschkernkissen heraus. Sie legte es sich auf den Schoß und strich es gegen den Bauch. Die Wärme legte sich auf das Rumoren. Dann starrte sie wieder auf das ACH ALM und lauschte nach nebenan.

Einmal in der Stunde verließ das Mädchen seine Kabine und stieg hinab aufs Arbeitsdeck. Es hatte sich ein Tau und einen Eimer besorgt, mit dem es am Heck Wasser schöpfte und dieses dann in den Container kippte. Dazu stieg es auf eine Kiste und löste die Plane. Dagmar hatte es oft genug beobachtet, um den immer gleichen Ablauf verstanden zu haben: Achtmal holte das Mädchen frisches Wasser, dann schlug es die Plane noch weiter zurück und tauchte seine Arme ins Wasser.

Dagmar war dabei gewesen, als der Ingenieur ihr gleich am ersten Tag erklärt hatte, dass der Container an eine Pumpe angeschlossen sei, die weitaus kälteres Wasser in den Container pumpen würde.

Das Mädchen hatte aber geantwortet, es habe das die letzten Tage auf der Greta-Dora auch getan und Ariel, wie es den Tintenfisch nannte, würde es guttun.

Da der Ingenieur dazu nur die Achseln zuckte und der Biologe noch immer überzeugt war, dass von dem Tier keine Gefahr ausging, ließ Dagmar das Mädchen machen. Später am Tag schlug sie ihm einen Film vor – der Vortragsraum, der ihren beiden Kammern gegenüber lag, ließ sich in ein kleines Kino verwandeln.

Aber das Mädchen schüttelte den Kopf.

Und dann fragte es, ob es Papier haben könne.

Bei diesem Wort, Papier, verkrampften sich Dagmars Eingeweide. Du hast doch dein Heft, wäre es ihr beinahe herausgerutscht.

Um das alles aufzuschreiben.

Wie alles?

Halt alles.

Mit ziehendem Magen ging Dagmar zum Computerraum, holte dort einen Stoß Papier, brachte dem Mädchen etwas weniger als die Hälfte und legte den Rest sich selbst auf den Schreibtisch.

Wo er nun noch immer lag, nicht wirklich geschrumpft.

Wahrscheinlich hatte das Mädchen recht. Die entscheidenden Sachen waren gelaufen, ehe man Mitte zwanzig war. Zwar war da ein Charakter noch nicht voll entwickelt, aber seine Grundlagen waren gelegt. Und mit ihnen auch die Umstände, unter denen er ausreifen durfte. Wer war schon reich genug, um sich ein Scheitern wirklich leisten zu können?

Keinen Pfennig hatte Dagmar von ihrem Vater bekommen. Und auf dem Konto, das ihre Mutter für sie angelegt hatte, befanden sich gerade einmal fünfhundert Mark. Ihre Entscheidungen von damals hatten selbstverständlich mit dem Bedürfnis nach Sicherheit zu tun.

Sie erinnerte sich gut, wie sie ein oder zwei Jahre jünger als das Mädchen im Zug gesessen hatte und erstaunt war, wie viel Land es gab. Wie weit es sein konnte. Und wie der Gedanke, zurückzukommen, um den Vater mit einer kleinen Handbewegung auf den Rücken zu legen, sie durch alle Aufnahmetests führte. Statt sich denjenigen zu stellen, die schrieben, wurde sie die einzige Frau unter zwei Dutzend neuen Rekruten für eine Sondereinheit, eine neue Sondereinheit, kein offizieller Name.

Doch ihre Ausbildung fand bei einem Austauschprogramm in Österreich ein jähes Ende. Es war der letzte Abend und ihre

Kameraden taumelten ausgelassen voraus, sie schwankte mit nebeligem Kopf hintendrein, hauptsächlich darauf konzentriert, die Augen offen zu halten. Nur am Rande bekam sie mit, wie die Jungs zwei Däninnen zunächst erzählten, sie seien ein deutsches Fußballteam, irgendwann aber begannen, aneinander Betäubungsgriffe vorzuführen und schließlich an jedem zweiten Haus die Zeit zu stoppen, bis sie die Tür aufhatten.

Um sechs Uhr wurde Dagmar aus ihrer Stube geholt. Ihr Ausbilder saß da und zwei Österreicher, die sie noch nie gesehen hatte. Daneben stand eine Frau mit gemachten Brüsten: Wessen Idee das gewesen wäre?

Die Türen zu knacken?

Das mit den Touristinnen.

Dagmar wusste es nicht. Sie wusste nicht einmal, was mit denen geschehen war. Doch ehe sie sich versah, fiel ein Satz, der sich wie ein Betäubungsgriff anfühlte, und als Dagmar wieder zu sich kam, studierte sie offiziell Anglistik und bekam an den Nachmittagen eine Ausbildung, die nicht einmal einen inoffiziellen Namen besaß, in der kein Wert auf Betäubungsgriffe gelegt wurde und die eher wirkte, als wäre es eine Psychotherapie.

Während sie monatelang, ja, eigentlich Jahre im Ungewissen gelassen wurde, ob in Wien ein Prozess eingeleitet werden würde, musste sie zweimal die Woche zu jener Frau mit den gemachten Brüsten, die sich bald von einer Chefdiplomatin im deutschen Konsulat in eine Führungsoffizierin des BMI verwandelte. In ihrer ersten Sitzung erklärte sie, dass alles, was hier besprochen würde, Verschlusssache sei. Und dann begann sie Dagmars Leben durchzukauen. Stück für Stück, Jahr für Jahr. Und aus irgendeinem Grund erzählte Dagmar ihr alles, einfach alles. Dass sie dabei viel von ihrem Vater sprach, wunderte sie nicht. Überrascht wurde sie eher von ihrer Mutter. Die

S
Ü
S
S

war gar nicht jene tragische Frauenfigur, die nicht zur Schule hatte gehen dürfen, weil ihr großer Bruder im Krieg gefallen war und jede Hand am Hof gebraucht wurde. Sie war auch nicht die unterdrückte Frau, die geschlagen allein in Gott Zuflucht fand. Sie war nicht die vom Brustkrebs Getötete, der Dagmar ein Leben lang die mütterliche Liebe zurückzugeben versucht hatte. Als die Offizierin irgendwann einmal fragte, ob jetzt gerade Dagmars Mutter anwesend sei, starrte Dagmar nur das Kissen auf dem Sofa an, auf dem sie nie Platz zu nehmen wagte. Es war von einem blassen Blau und hatte verwaschene rosa Flecken.

Die Offizierin stand auf, nahm das Kissen vom Sofa und gab es ihr: Und Sie, wo wären Sie?

Mitten drin, murmelte sie, während sie das Kissen an die Brust presste. Es roch nach Lavendel. Über die Mutter darf ich nicht hinaus.

Dürfen Sie nicht?

Ich weiß nicht wie.

Könnten Sie es herausfinden?

Ich glaube, sagte Dagmar da, vielleicht will ich gar nicht.

Dass dieser Satz ein Fehler gewesen war, begriff Dagmar erst Jahre später, als sie in der Ungewissheit, ob nach dem Zusammenbruch der Sowjetunion nun wirklich ein Morgen dämmerte, in die Antarktis flog. Sie hockte in einer fensterlosen Iljuschin auf stoffbespannten Klappsitzen zwischen festgezurrter Fracht und Forschern und Forscherinnen aus aller Welt. Niemand unterhielt sich, die vier Triebwerke erzeugten einen zu schrillen Lärm.

Auf der Novo Airbase, dem Flugfeld, das zur Nowolasarewskaja-Station gehörte, stiegen sie aus. Die Russen blieben hier, der Rest wurde mit kanadischen Propellerflugzeugen zu den einzelnen Stationen befördert. Es war ein Freitag, mit dem in diesem Jahr der Polartag begann, und an diesem Tag trat Dagmar ihren Dienst für die Bundesrepublik Deutschland an.

Nur eiserne Disziplin, ein strenger Tagesablauf, Schlafmasken und die Dämmerung um Mitternacht herum ließen sie tief genug schlafen, um zu träumen. Und träumen, das wurde für sie zum Lebenselixier. Doch kaum hatte sie gelernt, trotz der Helligkeit zu träumen, brach das halbe Jahr an, in dem sie nur noch von der Sonne träumte. Dann war wieder Sommer und sie hasste die Sonne. Und so ging es, Jahr um Jahr. Und ohne zu merken, dass sie bereits am Wahnsinn kratzte, fing sie an, insgeheim mit der Sonne zu sprechen, zu diskutieren, ja, zu streiten, diesem Ding dort oben, das einen einfach nicht in Ruhe ließ.

Sie traf einen Argentinier, sie traf Australierinnen. Sie schrieb Berichte. Dann traf sie wieder den Argentinier. Das Aufregendste, was sie zu tun bekam, war, in die japanische Forschungsstation einzubrechen. Wobei es sich weniger um einen richtigen Einbruch handelte. Die japanische Shōwa-Station lag auf einer Insel in der Ostantarktis, mehr als tausend Kilometer entfernt. Für die Antarktis war das zwar ein Katzensprung, doch selbst wenn es nur zehn Kilometer gewesen wären, so isoliert wie hier alles lag, waren unbemerkte Besuche unmöglich. Also verwandelte sie sich in die Copilotin einer Maschine, die von der Novo Airbase aus Versorgungsflüge auf die Ost-Ongul-Insel flog. Insgesamt drei Flüge machte sie. Während das Flugzeug ausgeräumt wurde, blieben ihr jeweils ein paar Minuten, um sich einen Überblick zu verschaffen (erster Flug), in so vielen Tastaturen wie möglich Chips anzubringen (zweiter Flug) und diese wieder zu entfernen (dritter Flug).

Dabei hatte sie keinen blassen Schimmer, worum es ging. Vor Jahren waren von der Shōwa-Station aus Raketentests durchgeführt worden. Offiziell natürlich keine militärischen, sondern solche, die ganz im Zeichen der freien Forschung standen. Außer den Wissenschaftlern und Wissenschaftlerinnen glaubte aber niemand an die Mär vom Antarktisvertrag. Die meisten suchten einfach nach Ressourcen. Manche erledigten in der Antarktis auch das, was sie auf ihrem Staatsgebiet nicht konnten. Alle aber schielten nach den andern und warteten nur darauf, dass die etwas entdeckten. Gold, Öl – oder eben ein Tier, dem Nowitschok nichts anhaben konnte.

Während es nun dunkel wurde – sie waren bereits so weit im Norden, dass die Sonne für mehr als nur ein paar Minuten hinterm Horizont verschwand –, musste sie über den Krieg nachdenken, erst über den Krieg, der unmittelbar bevorstand, dann aber über jenen Krieg, in den ihr Vater gezogen war, begeistert.

Er hatte ihn ebenfalls nach Wien gebracht, vier Jahrzehnte, bevor sie dort gewesen war. Ihr Vater hatte immer nur erzählt, wie er durch den Prater gehumpelt sei, mit einem Durchschuss im Oberschenkel, nicht aber, wie er angeschossen worden war, nicht, weshalb er nicht verblutet war, nicht, was er im Prater getan hatte.[*] Vor allem aber erzählte er nicht, wie ihn das in eine Sorte Mann verwandeln hatte können, die in der Lage war, mit Nachbarn – wenn die einfach so in den Stall kamen – ein nettes Pläuschchen zu halten. Wagte hingegen die eigene Tochter sich in den Stall – und manchmal konnte die kleine Dagmar einfach nicht anders, als die Lämmchen zu besuchen –, dann schrie diese Sorte und tobte und schlug gegen die Latten des Geheges, in dem die Lämmchen in der am weitesten entfernten Ecke standen und zitterten. Stundenlang konnte diese Sorte oben auf dem ROSSFELD, wo es keine Bäume gab und die wenigen Wacholdersträuche licht waren, in der Sonne stehen und ausharren.

[*] Ich, verkündet unser Armer Arm, weiß darüber mehr und erzähle es in meiner Geschichte. DER NAME beginnt auf Seite 153.

Wieder musste Dagmar sich vorstellen, dass ihr Vater dort noch heute stand, selbst der einzige Schatten weit und breit, wie er fluchte über die Schafe und wie er doch bei ihnen blieb. Ein Gefühl der Rührung beschlich sie. Und dann schreckte sie auf. Am Ende des Ganges schlug die Tür zum Treppenhaus ins Schloss.

Einen Moment lang wurden der Ofen, das Schiff, der Wind besonders laut. Dann kamen Schritte näher. Dagmar legte den Kopf schief – doch, es war das Mädchen. Dass es seine Kammer verlassen hatte und hinuntergegangen war, hatte Dagmar einfach überhört. Sie rieb sich die Augen, sie wurde nachlässig.

Keine zwei Meter entfernt, durch nicht mehr als einige Kunststoffplatten getrennt, betrat das Mädchen seine Kammer und begann in seinen Sachen zu kramen. Dagmar vergrub ihr Gesicht in den Händen und versteinerte in dieser Pose. Nur mit den Handballen verstärkte sie den Druck auf die Augäpfel, bis die Gedanken an ihren Vater in einem Meer aus Lichtblitzen versanken. Kurz sah sie, wie sich die Polarstern Schiffslänge um Schiffslänge Kapstadt entgegenbewegte.

Dann klopfte es und Dagmar zuckte zum zweiten Mal zusammen. Sie nahm die Hände vom Gesicht, schob heftig blinzelnd die angefangene Geschichte unter den Papierstapel und rückte diesen an den Rand des Tischs. Dann legte sie das Kirschkernkissen zurück in den Ofen und stand auf.

Kaum hatte sie die Tür geöffnet, hielt ihr das Mädchen einen Beutel entgegen: Ich müsste mal waschen.

Dagmar brauchte eine Sekunde, um den Anblick zu verarbeiten. Das Mädchen war aus den Ärmeln seines Schneeanzugs geschlüpft und hatte diese vor dem Bauch verknotet. Darunter trug es einen dunklen Rollkragenpullover. Von der kalten Seeluft hatte es gerötete Wangen. Der Beutel aber, der Beutel, den es ihr hinhielt, war von dem gleichen blassen Blau und besaß die gleichen verwaschenen rosa Flecken wie einst das Kissen auf dem Sofa ihrer Offizierin, das Kissen, das ihre Mutter war, ihr Gefängnis.

Natürlich, murmelte sie schließlich und fragte sich, wie sie den übersehen hatte können, als sie die Tasche des Mädchens durchsucht hatte. Das war mehr als nur nachlässig.

Unten haben wir Waschmaschinen. Aber du kannst auch meine Handwaschmaschine nehmen. Ist das alles?

Ja, sagte das Mädchen und schlug den Blick nieder. Es sind, na ja, nur Unterhosen.

Oh. Dagmar wandte sich zum Schreibtisch um. Während sie sich hinkniete und den Ofen aussteckte, fragte sie betont locker: Ja, ich habe mir auch gedacht, dass du bisschen wenig Unterhosen eingepackt hast – und biss sich auf die Zunge.

Das Mädchen irritierte allerdings nichts an der Aussage. Die andern müssen noch auf der Greta-Dora sein, plapperte es drauf los. Was ein bisschen seltsam ist, weil sie sonst alles eingepackt haben, wirklich alles. Sie haben sogar meine Sonnenbrille aus der Fabrik geholt.

Während Dagmar wieder aufstand, zu dem Mädchen auf den Gang trat und ihm bedeutete, ihr zu folgen, zählte es auf, was man auf der Greta-Dora alles nicht vergessen hatte. Dagmar hörte nur mit halbem Ohr hin. Sie fragte sich auf einmal, warum sie in ihrer Geschichte noch nichts übers Waschen geschrieben hatte.

Denn das waren ihre ersten Bilder von der Waschküche. Dort, wo auch geschlachtet wurde, kochte ihre Mutter die Wäsche ein, montags die Sonntagsstrumpfhosen und samstags die Cordhosen, die mit einer Bürste und viel Seife vorbearbeitet werden mussten. Sie, ein Kind, bekam dann den KLÄMMER-LES-SACK um den Hals gehängt.

Als sie das Treppenhaus erreichten, war das Mädchen mit seiner Aufzählung fertig. Aber aus meiner dreckigen Wäsche muss jemand vier Unterhosen genommen haben, schloss es. Weil ich bin mir ganz sicher, dass da fünf drin waren. Jetzt habe ich insgesamt nur noch drei.

Dagmar spürte das Gewicht noch heute im Nacken. Spürte, wie es sie vornüberzog, wo sie doch so weit hinauflangen musste.

Die eine, die sie mir gelassen haben. Die, die ich anhatte. Und, na ja, die, die ich jetzt anhabe.

Aber wer sollte dir deine Unterhosen klauen?, fragte Dagmar und hielt die Tür zum zweiten Oberdeck auf. Erst dann kam ihr die Frage ein wenig daneben vor.

Das Mädchen redete aber bereits wieder: Der Kapitän. Der hat mir erklärt, was die Slip ist und dabei voll viel über Unterhosen geredet. Und dann gab es noch Kilian, aber – sie verstummte.

Aber, hakte Dagmar nach. In Gedanken war sie bei dem Hanfseil, das ihr Vater von Baum zu Baum gespannt hatte.

Aber keiner von denen raucht. Und das fehlt mir auch. Zigaretten.

Damit das Mädchen nicht sehen konnte, was in ihrem Gesicht vorging, beschleunigte Dagmar ihren Schritt. Und nachdem sie ihm die Handwaschmaschine gegeben hatte, ging sie nicht wieder mit hinauf, sondern behauptete, sie wolle noch eine Runde schwimmen. Statt aber zur Wellnessinsel zu gehen, schlug sie den Weg zum Arbeitsdeck ein.

Als sie hinaustrat, stellte sie fest, dass es mild geworden war. Sie öffnete ihren Overall wieder. Nachdem sie über die Drahtseile gestiegen war, blieb sie am Container stehen und tätschelte ihn, als wäre er das Tier und nicht sein Käfig. Kurz glaubte sie, von innen ein Pochen zu vernehmen, eine Antwort. Doch als sie innehielt, fühlte sie unter ihrer Hand nur den Stahl und hörte nichts als das Ächzen des Drahts.

Noch immer kreisten ihre Gedanken ums Waschen. Dabei starrte sie die beiden Schläuche an, die in den Container hingen, einer für das Frischwasser, einer für das Abwasser – und da durchzuckte es sie. Sie sprang über die Drahtseile und lief in den Versorgungsgang, der breit genug für kleine Lastwagen quer durchs Schiff zum Bug führte. An seinem Ende befand sich der Müllraum. Und Müll, das konnte sie sich hervorragend vorstellen. Müll fiel immer an, Müll konnte riesige Ausmaße annehmen und mitunter auch eine delikate Angelegenheit darstellen, mit der man nichts zu tun haben wollte, Giftmüll zum Beispiel. Altlasten. Oder radioaktives Material.

Mit dem vagen Bild vor Augen, wie sie einen mit großen und fetten Totenkopf-Aufklebern beklebten Container unter südafrikanischem Polizeischutz zum Flughafen karren lassen würde, erreichte sie den Müllraum und schob die Tür auf. Ein siffiger Geruch stieg ihr entgegen. Hier kam alles rein, was man nicht ins Meer kippen oder verbrennen konnte. Merkwürdigerweise war der Raum, so weit das spärliche Licht vom Gang hineinfiel, leer. Sie schloss die Tür wieder.

Dass die Bundesrepublik Müll, der sich bereits außerhalb der Staatsgrenzen befand, zu Hause entsorgen wollte, konnte man den Medien erzählen. Und vielleicht auch einem Gericht. Entscheidend war aber, ob ein fremder Nachrichtendienst Verdacht schöpfen würde.

Sie öffnete die nächste Tür und betrat den Geräteraum. Zu ihren Füßen lag die Sonde eines Magnetometers. Dahinter, im Eingangsbereich, standen zwei Gabelstapler. Rechts davon hingen an Rohren Schwimmwesten. Dann begannen Regale, in denen sich Gummistiefel stapelten. Auf der anderen Seite befanden sich die Tauchausrüstungen. Ein paar Anzüge waren zu sehen, Sauerstoffflaschen, Kompressoren, Metallkisten. Dann verschluckte auch dort die Dunkelheit den Rest. Die großen Geräte, die Tauchroboter und Schlitten, standen unsichtbar irgendwo tiefer im Raum.

Dagmar zog die Tür wieder zu und sah gar nichts mehr. Sie machte einen weiten Schritt über das Magnetometer hinweg und ertastete, nachdem sie kurz mit den Armen herumgerudert hatte, einen der Gabelstapler. Blind kletterte sie hinein und ließ sich in den Sitz sinken. Schwärze umgab sie. Hier konnte sie nachdenken.

Vom Vater aus dem Apfelbaum gcholt, GEBATSCHT und heimgeschleift ging ich noch am Abend dieses Maitags zu unserer Mutter. Sie lag in der Stube, versunken in übers Sofa geworfenen Fellen. Nur mehr Haut und Knochen, die Bibel im Schoß und in Griffweite ihren Hocker, den BATSCHER. Die Vorhänge waren zugezogen und in der Luft lag Staub. Ich blieb stehen.

Unser Vater war zu hören, wie er die Küche betrat. Er war auf dem Gang zu hören, kurz kam er der Stube so nah, dass ich ihn schnaufen hörte, dann knarrte die Kellertreppe. Ich stand weiter da. Unsere Mutter hatte die Augen geschlossen. In ihren Lidern sah ich den Puls gehen. Dann war der Vater wieder zu hören, wie er die Treppe heraufkam, und schließlich ging in der Küche der Fernseher an und die Fanfaren der Tagesschau setzten ein.

Eine Weile stand ich so, einzig der Hirsch sah mich an, und dann brachen wir im selben Augenblick das Schweigen. Sie fragte: HASCHD AUS FUIER GSCHIERT? Und ich, ich fragte es zum zweiten Mal: WARUM GANGE MIR ED? Unsere Mutter atmete schwer, dann keuchte sie: I BLEIB EM HAUS VOM HERRN IMMERDAR. Sie griff nach der Bibel, der Geruch von Schaf, Schweiß und Dreck wirbelte auf. IMMERDAR, sagte sie noch einmal. ABER DU, DU MUASCHD GANGA. DU DERFSCHD ED BLEIBA. SONSCHD BISCHD AUF EWIG MAGD.

In der Küche hockte unser Vater auf seinem Stuhl und starrte in den Fernseher. Eine Hand lag flach auf der Tischplatte, die andere hielt den Kruag. Warmes Licht fiel durchs Fenster. Die Sonne stand tief. Ich trat ans Küchenfenster und blickte hinauf zum Rossfelsen. Golden ragte er aus dem Albtrauf. Dann fiel mein Blick in den Hof. Vor der Hundehütte lag der Hund und döste.

Leise, um das Tier nicht zu wecken, öffnete ich die Tür und schlich hinaus. An der Mauer entlang. Da war der Wasserhahn. Der Hühnerstall. Die Waschküche. Der Schafstall.

Ich war schon an der Scheune, da sprang das Tier auf und ich gefror mitten in der Bewegung. Es rasselte keine Kette.

Hinter der Scheune beginnen die Wiesen, Streuobstwiesen. Fast ausschließlich Kirschbäume stehen dort, einige Apfelbäume und ein Birnbaum. Nach einer Senke ist man bereits dort, wo der Wald beginnt. Brennnesseln und Brombeeren wachsen da, und sobald man durchs Gestrüpp ist, wird es so steil, dass man klettern muss.

Durch ein gelbes Meer aus Laub, Buchenblättern aus dem letzten Herbst, an manchen Stellen dürr und dünn, dass jeder Schritt darauf rauscht wie der Wind, an anderen feucht, dass man rutscht. Besser ist, man steigt von Baum zu Baum, stemmt sich ins Wurzelwerk. Irgendwann tauchen im Laub die ersten Steine auf, bleich und mit Kanten, als wären es Knochen. Und wenn man schließlich nicht mehr anders kann, als welche von ihnen ins Tal zu treten, dann ist man nicht mehr weit vom Rossfelsen. Steht man auf ihm, ergießt sich unter einem das Land.

Ich konnte nicht lange in den Sonnenuntergang sehen, mein Blick wurde nach unten gelenkt, wo, längst in der Nacht, unser

Hof lag. Nichts regte sich dort, der Hund war längst wieder in seine Ecke geschlichen und schlief oder lauerte oder leckte sich zwischen den Beinen. Ich erahnte das Küchenfenster, hinter dem unser Vater vielleicht noch immer saß. Vielleicht rief er gerade nach mir, dass ich ihm einen neuen MOSCHD hole. Ich schätzte ab, wo die Stube liegen musste, in der unsere Mutter lag. Und dann musste ich daran denken, was geschah, wenn im FLECKEN jemand starb. Die Mädchen hatten dann von Haus zu Haus zu gehen, ZUR LEICHD ZOM SAGA. Immer gab es unter den Kindern, Enkeln und Nachbarskindern ältere Mädchen, die den jüngeren beibringen konnten, wie das ging. So war es immer gewesen. Sobald man sprechen konnte, musste man mit.

Einige rosa Wolkenfetzen und ein schmaler Streifen blassen Blaus waren alles, was vom Tag geblieben war. Übermorgen würden sie Kapstadt erreichen – eine Bundeswehrmaschine wartete bereits – und nach einigen von Wolken verhangenen Nächten war nun ein fast voller Mond über dem Horizont aufgetaucht. Schleierwolken, durch die hindurch er ein wenig wie ein echter Vollmond wirkte, schoben sich immer entgegen, sein Licht verwandelte das Meer in eine Fläche aus flüssigem Eis. Auf dem Schiff leuchteten Ecken und Kanten weiß, über andere Flächen waren lange Schatten geworfen.

In einem solchen, unterhalb des 15T-Krans, stand Dagmar und sah zu, wie das Mädchen auf den Container zuschlich. Als es sich umsah, klappte sie die Zigarette ein, sodass die Glut von der Handinnenfläche umgeben lag. Erst als das Mädchen den Container erreichte, nahm sie wieder einen Zug. Das Mädchen schlug die Plane an einer Ecke zurück. Dann begann es die Knoten zu lösen.

Dagmar ließ es machen, rauchte und dachte über die Geschichte nach, die oben lag. Etwas Seltsames war geschehen, als sie eben fertig geworden war. Ihr ganzes bisheriges Leben hatte sie geglaubt, sie hätte erst nach dem Tod ihrer Mutter angefangen zu schreiben. Sie hatte immer geglaubt, dass sie als Kind nicht einmal gemalt hätte. Sie besaß eine deutliche Erinnerung daran, wie die anderen Kinder in der Schule kleine Szenen malten, während sie selbst ihre allerersten Striche aufs Papier kritzelte. Bis vorhin war sie sogar überzeugt gewesen, dass sie dort – in der Schule – den ersten Stift in der Hand gehalten hätte. Nun aber war ihr, mitten im letzten Absatz, als sie im Geiste die Alb hinaufstürmte, der Buntstift eingefallen, den sie zum fünften Geburtstag bekommen hatte. Einen Buntstift, der auf der einen Seite eine rote und auf der anderen eine blaue Mine besaß und den sie hütete wie einen Schatz. Und als sie an diesen Stift hatte denken müssen, war eine weitere Erinnerung über sie hereingebrochen, eine, die sie vergessen hatte, womöglich gleich, nachdem sie es mit dem rot-blauen Stift niedergeschrieben hatte: Wie sie am Ende des Wagens saß, der Richtung Ort holperte. Wie sie sich in einen Berg aus Heu lehnte, der weich war und zugleich pikste. Wie die Insekten summten, wie sie die Beine baumeln ließ, gespreizt, und ein Auge zusammenkniff, um den Eindruck zu haben, das Band aus Feldweg, das unter ihr dahinfloss, käme aus ihr – und wie es sie dann erfasste. Das Rütteln der Holzplanken, dem man am besten begegnete, wenn man nicht versuchte, dagegen anzukämpfen, sondern es hinnahm, als wäre man ein Sack Kartoffeln – dieses Rütteln übertrug sich plötzlich auf ihre Oberschenkel. Und machte sie warm. Sie widerstand dem Drang aufzuspringen oder ihre Hände unter den Hintern zu schieben, denn diese Wärme war nicht einfach nur warm. Die Oberschenkelunterseite, die Innenseite, alles glühte auf und brannte. Aus den Zehen stieg eine Spannung auf, ein bisschen wie eine Sonntagsstrumpfhose, die aber nicht an der Hüfte aufhörte, sondern durch die Waden, das Knie, die Schenkel, den Po in den Bauch, in die Brust, bis in den Nacken hinein spannte. Kurz glaubte sie, zu Stein zu werden, und sehnte sich danach, dass es aufhören würde. Und wollte zugleich, dass es für immer so blieb. Dann begann sie überzulaufen. Wie beim URACHER Wasserfall an den Stellen, wo sich das Wasser in kleinen Becken sammelte, um dann über die Ränder zu treten und erneut in die Tiefe zu stürzen. Ihr Bauch zitterte. Und irgendwann japste sie auf – sie, die sie das Atmen vergessen hatte, und während das Gefühl sich verstärkte, dass das Brett unter ihr, ja, die ganze Welt vibrierte, riss ein Ruf sie zurück auf das Ende des Pritschenwagens.

Nachdem ihr Vater ein zweites Mal nach ihr gerufen hatte, nahm Dagmar all ihre Willenskraft zusammen und drückte sich ab, flog und landete auf Beinen, die sich auf einmal anfühlten wie Reisig. Was hatte ihr Vater damals von ihr gewollt? Sie wusste es nicht mehr, wusste nur noch, dass sie noch stundenlang wie betäubt herumgelaufen war, immer mit der Frage im Kopf, was da geschehen war, und einer Liebe zur Welt und einem Zorn, dass man sie gestört hatte.

Sie drückte die Zigarette hinter sich am Fuß des Krans aus und schnippte sie dann Richtung Reling, wo sie vom Mondlicht erfasst und vom Wind fortgerissen wurde. Nicht man, ihr Vater hatte sie gestört.

Die Geräuschkulisse schien auf einmal anzuschwellen, das Rauschen der See, das Geheul des Windes, das Schmatzen der Gischt an den Bordwänden, die dumpfen Schiffsmotoren, sie glaubte, das Metall ächzen zu hören. Und dann knallte es, als die Plane von einer Böe fortgerissen wurde. Das Mädchen hatte es geschafft.

Es begann nun die Drahtseile zu untersuchen, mit denen der Container gesichert war. Als es sich dabei immer mehr auf sie zubewegte, zückte Dagmar zwei Zigaretten und trat aus dem Schatten. Das Mädchen blieb wie angewurzelt stehen, dann kam es langsam näher. Misstrauisch sah es Dagmar an, nahm schließlich aber eine Zigarette und sagte: Sind sowieso meine, oder?

Dagmar versuchte zu lächeln.

Und dann rauchten sie. Standen nebeneinander und blickten auf den Container, Dagmar glaubte zu sehen, wie ein Arm sich erhob und über den Rand tastete. Gleichzeitig aber schob sich eine festere Schleierwolke vor den Mond und es wurde dunkel.

Aber nicht nur kein Corona. Die DEUTSCHE HOMÖOPATHIE-UNION ließ Herrn Bath sich selbst erkennen: Als typischer Ambra-Mensch hatte er, wie die DHU wusste, in der Kindheit ausgesehen wie ein Greis. War, wie die DHU ebenfalls wusste, schwächlich, quengelig und abgemagert gewesen. Zwar hatte sich das bis auf seine Magerkeit und den leicht schwankenden Gang verwachsen, doch war die Scheu vor Menschen geblieben. Wie die DHU nämlich wusste, war Herr Bath als typischer Ambra-Mensch schnell überfordert und reagierte hysterisch auf kleinste Abweichungen im Alltag. Menschen machten ihn nervös. Er blieb lieber allein. Und, auch das wusste die DHU, die Vorstellung, sich in der Öffentlichkeit entleeren zu müssen, ließ ihn jede freie Minute auf dem Klo hocken.

Fantasien verfolgten ihn seit der Pubertät, Bilder aus seinem Darm, wo seit Tagen, Monaten, ja, Jahren steinharte Brocken in den Zotten verkrusteten und sich einfach nicht lösen wollten. Immer wieder leerte er ganze Nächte hindurch Abführmittel in sich hinein. Nahm manchmal tagelang außer Flohsamen und Coca-Cola light nichts zu sich; und war bei seinen Kollegen bekannt als einer, der andauernd mit der Hand Kreise auf dem Bauch strich.

Seit er allerdings deinen Schatten entdeckt hat, fühlt er sich wieder wie früher, als er (als Greis) noch nichts wusste von den Tücken einer Welt, die sich in ein Innen und ein Außen teilt. Bei ihm steht alles auf Revolution.

Als typischer Ambra-Mann ist Herr Bath nämlich, auch wenn er sexuell schnell erregbar ist, anderen Menschen noch nicht wirklich nahegekommen. Und doch gibt es einen, bei dem er sich das zwischen all den Darm-Fantasien schon lange ausmalt: Als er vor einigen Jahren in der indischen Botschaft in Washington, D. C. arbeitete und eine Delegation von Palantir Technologies – es ging um eine Predictive-Analytics-Software – empfing, lernte er Wendy kennen.* Nur eine Praktikantin. Doch der beruhigendste Mensch der Welt. Und vor allem die erste Frau, mit der es ihm gelang, sich in den folgenden zwei Jahren wiederholt zu verabreden.

Und nun will es das Glück, dass diese Wendy ihn ausgerechnet, als er endlich herausgefunden hat, wie sein Handicap zu handeln ist, ausgerechnet, als er sein Life endlich gehackt hat, einlädt. Zwar zu ihrer Hochzeit mit Peter, doch – auch das weiß die DHU – eindeutig mit Hintergedanken.

Hast du was gesagt?, fragte das Mädchen.

Nur an was gedacht.

An was?

An meinen Vater.

Sie schwiegen.

Und du, fragte Dagmar nach einer Weile. Woran denkst du?

---

* Palantir, ruft unser Bisschen-Schüchterner Arm. Darum geht es auch in meiner Geschichte. Der spanische Kragen beginnt auf Seite 233.

Dass ich morgen Geburtstag habe.

Wirklich? Dagmar biss sich auf die Lippe. Wie hatte sie das vergessen können.

Ist egal, sagte das Mädchen. Ariel – aber sie sprach nicht weiter.

Dagmar machte eine wegwerfende Handbewegung. Du liest doch den WEISSEN HAI.

Ja, sagte das Mädchen. Also nein, hab noch gar nicht angefangen.

Vielleicht hast du ja Lust, dir einfach den Film anzusehen?

Äh, sagte das Mädchen und Dagmar konnte trotz der Dunkelheit sehen, wie sie die Stirn in Falten schlug.

Ich meine später, Dagmar versuchte noch einmal zu lächeln. Wenn wir fertig sind. Dann drückte sie ihre Zigarette aus und schnippte sie wie eben in die Nacht. Und da das Mädchen nichts sagte, fuhr sie fort: Du wartest hier. Und sobald du siehst, dass die Seile locker werden, hängst du sie aus. Alle bis auf diese dort. Sie deutete auf die Kurrleinen, die den Container mittig sicherten.

Dann ließ sie das Mädchen stehen und eilte im Stechschritt rauf aufs dritte Aufbaudeck. Bevor sie dem Mädchen vor ein paar Tagen schon einmal einen Film vorgeschlagen hatte, war sie die DVD-Sammlung durchgegangen und so fand sie JAWS jetzt nach wenigen Sekunden. Während der Beamer hochfuhr, legte sie die DVD ein und klickte auf Play. Es konnte nicht schaden, wenn der Film schon eine Weile lief.

Auf dem Rückweg verfiel sie in einen Laufschritt, hielt aber, bevor sie das Treppenhaus betrat, inne und lauschte hinab. Dann nahm sie immer drei Stufen auf einmal.

Der Windenleitstand besaß große abgerundete Fenster zum Arbeitsdeck. Dagmar verzichtete darauf, das Licht anzuschalten, es fiel ausreichend Mondlicht auf die Schaltfläche. Die

Bildschirme, die rechts vom Mittelfenster hingen, waren bis auf einen ausgeknipst. Dieser übertrug das Bild von der Slip. Dagmar ließ den Blick übers Arbeitsdeck wandern. Sie brauchte eine Weile, dann entdeckte sie das Mädchen im Schatten des Containers.

Aufs Geratewohl aktivierte sie eine der Winden, zog dann am Joystick und sah hinunter. Nichts geschah. Sie versuchte es mit einem anderen und zu ihrer Überraschung sprang ein Bildschirm oberhalb von ihr an. Gleichzeitig lief ein Ruck durch den Container. Dagmar bewegte den Knüppel vorsichtig in die andere Richtung und beobachtete, wie das Mädchen an einer Ecke des Containers das Drahtseil aushängte. Statt das Seil aufzuholen, betätigte sie den nächsten Knüppel. Hier hatte sie auf Anhieb Glück, ein weiterer Bildschirm sprang an. Das Mädchen lief auf die andere Seite des Containers und hängte auch dort das Seil aus.

Dann ging es schnell. Die Mehrzweckwinden fand Dagmar auf Anhieb. Sie öffnete die Slip und sah zu, wie sich die Heckklappe senkte. Zuletzt lockerte sie die Kurrleinen. Während sie dann die Treppe hinabstürmte, hoffte sie, dass der Container schwer genug sein würde, um nicht jetzt schon zu verrutschen. Sie stolperte hinaus und ein seltsam vertrauter Geschmack schlug ihr entgegen. Während das Mädchen auf sie zueilte, beide Daumen nach oben gereckt, überlegte Dagmar, was da in der Luft lag. Es erinnerte sie an den Geruch im Frühjahr, wenn sich am späten Vormittag Hitze auf das oft noch feuchte Gras legte. Sie wischte die Bilder, die in ihr aufkamen, beiseite, winkte dem Mädchen und deutete in den Versorgungsgang.

Das Kleid muss erstens alle anderen Geschenke übertrumpfen. Und in Anbetracht der Tatsache, dass es sich um das (!) Kleid

handeln wird, besitzt es ja von vornherein ein Alleinstellungs-
merkmal. Von daher könntest du dich eigentlich zurücklehnen
und voll und ganz darauf setzen, dass Wendy niemals zulas-
sen würde, dass dein Kleid nicht das allerbeste Kleid sein wird
für immer und ewig, egal, was auch passiert. Doch irgendwie
zweifelst du daran die Einzige zu sein, der diese bisschen weirde
Aufgabe zuteilgeworden ist. Wendy, für die Freundschaft ein
Game ist voller Tests und Prüfungen, hat garantiert noch andere Freundinnen in die gleiche Challenge geschickt. Es gibt da
noch Liv, mit der Wendy seit dem College mehr Zeit verbracht
hat als mit dir. Und dann gibt es noch Katy, die sie im vorletzten Sommer bei Palantir Technologies kennengelernt hat.
Du bist zwar die älteste Freundin, aber wer gerade im Team
ist und wer der Endgegner, das weiß allein Gott.

Zweitens – und zweitens gilt unabhängig von erstens – muss
das Kleid dafür entschädigen, dass du versagt hast, als Wendy dir von der Hochzeit erzählt hat. Beziehungsweise von der
Verlobung. Es muss wiedergutmachen, dass du doch tatsächlich gefragt hast, wie er (!) es getan hat. Dass du obviously das
Mädchen, mit dem du im Sandkasten geschworen hast, die
Jungs niemals gewinnen zu lassen, für eine gehalten hast, die
den Antrag den Jungs überlässt.

Dein Blick bleibt an einem knöchellangen Kleid von Ken-
zo hängen. Die Beigetöne lassen dich an Vanilleeis denken.
Siebenhundertzweiundfünfzig Dollar, deutlich weniger, als du
bereit wärst auszugeben. Doch irgendetwas hat es. Obwohl
Polyester drin ist. Ist ja nicht deine Haut, sagst du dir. Und
während du dich durch die verschiedenen Ansichten klickst,
gefällt es dir immer besser. Wendy könnte hervorragend darin
aussehen. Besonders magst du, dass es plissiert ist. Die Streifen aus zwei unterschiedlichen Beigetönen fließen von einem
hochsitzenden Rundhalsausschnitt schnurgerade nach unten.

Der hellere Stoff liegt dem dunkleren auf und verwirrt dabei den Eindruck bloßer Haut. Was hervorragend ihr schwarzes Haar zur Geltung bringen würde, ohne bitchig auszusehen. Du kannst dir sogar vorstellen, dass die Streifen Panty Lines verhindern. Du überlegst, ob du dich nun auch noch darum kümmern sollst – Schuhe und Schlüpfer – und entscheidest, dass man das ja wohl auch noch nach sämtlichen Revolutionen erwarten kann.

Wie bei CALL OF DUTY WARZONE, wenn man über dem Kampfgebiet aus dem Flugzeug springt, die Welt langsam groß wird, erscheint allerdings dann vor deinem geistigen Auge, was Wendy einmal getan hat. Im Streit.

Mit einem benutzten Kondom.

Einem von ihr und Peter benutzten Kondom. Du warst so richtig krass verknallt in Peter und der Umschlag, in dem Wendy dir das Kondom überreichte, war lila.

Aber womit hatte der Streit angefangen? Verlassene Fabriken, ausgebrannte Fahrzeuge. Hinter einem springt ein Spieler hervor, der wie Putin aussieht, Oberkörper frei mit einem RAM-7-Sturmgewehr in Händen.

Wie du sie beim Shoppen dazu überredest, ein ziemlich teures Kleid eine Nummer zu klein zu kaufen, um Ansporn zu haben, bis zum nächsten Frühjahr abzunehmen.

Du brichst den Bestellvorgang ab, klickst zurück und änderst die Größe von S auf XS. Du klickst wieder weiter, hältst aber wieder inne. Dass Wendy an diesem Tag herumrennen und fett wirken könnte, ist aus so vielen Gründen unrealistisch, dass du sie gar nicht aufzuzählen versuchst. Also klickst du erneut zurück und änderst von XS auf S, überlegst eine Weile – und änderst dann von S auf M.

Erst nachdem sie die Tür zum Geräteraum aufgeschoben hatte, hielt sie inne. Das Mädchen kam keuchend neben ihr zu stehen.

Die brauchen wir, sagte sie und deutete auf die beiden Gabelstapler.

Das Mädchen erwiderte nichts, sondern ging zu einem der Gabelstapler und kletterte hinein.

Dagmar trat neben sie, zeigte auf die Zündung und sagte: Wie beim Auto.

Dann lehnte sie sich über den Schoß des Mädchens und schob den Fahrtrichtungsschalter in die mittige Position: Du startest und schiebst den hier nach vorn. Dann bist du im Vorwärtsgang und musst nur noch lenken.

Das Mädchen nickte, es hatte beide Hände am Lenkrad.

Drück aber, bis wir losfahren, die Bremse.

Das Mädchen stellte seinen Fuß auf das mittlere Pedal.

Dagmar löste den Handbremshebel und sprang hinüber in den anderen Gabelstapler.

Ich fahre vor, rief sie und betätigte die Zündung. Neben ihr startete der andere Motor. Schlagartig war es so laut, dass zwei Decks über ihnen die Ersten gerade aus dem Schlaf fahren mussten. Dagmar ließ ihren Gabelstapler losrollen und wandte sich um. Mit der Zunge zwischen den Lippen lenkte das Mädchen ebenfalls in den Versorgungsgang. Dagmar gab ihm das Tauchzeichen OK und sah wieder nach vorn.

Auf der Hälfte des Ganges schob sich dann der Gabelstapler des Mädchens neben ihren und gemeinsam rollten sie aufs Arbeitsdeck. Wieder glaubte Dagmar, einen Tentakel zu sehen, doch hatte sie keine Gelegenheit, genauer hinzugucken. Sie versuchte ihren Gabelstapler so dicht wie möglich neben die Kurrleinen zu lenken. Ein Meter vor dem Container stoppten sie.

Warte kurz, rief Dagmar über den Motorenlärm hinweg

und sprang aus dem Gabelstapler. Zuerst kontrollierte sie, ob alle Verankerungen am Boden gelöst waren. Dann hängte sie die Kurrleinen aus. Schließlich lief sie noch zur Slip, um abzuschätzen, wann man sie von der Brücke aus sehen würde. Glücklicherweise versperrten der große Schornstein und auch der Helikopterlandeplatz die Sicht bis auf die letzten Meter.

Wir müssen es in einem Ruck schaffen, rief sie dem Mädchen zu, als sie zurück in den Gabelstapler stieg. Und sobald wir den Container aus dem Schatten geschoben haben, machst du kehrt und bringst deinen zurück – sie zeigte auf den Gabelstapler. Dann gehst du nach oben und setzt dich in den Vortragsraum, der Film läuft schon. Ich komme nach.

Diesmal gab das Mädchen das Taucher-OK. Dagmar deutete auf den Hebel zu ihrer Rechten, mit dem man die Gabel bediente. Das Mädchen und sie betätigten ihn gleichzeitig und ihre Gabeln senkten sich. Als sie auf dem Boden aufsetzten, zeigte Dagmar nach vorn. Sie rollten los, und als die Gabel in den Spalt zwischen Boden und Container fuhr, lief ein Ruck durch sie. Sie standen.

Dagmar deutete auf das linke Pedal, mit dem man die Antriebsleistung des Motors aufs Getriebe entkoppelte. Das Mädchen drückte zu.

Jetzt die Gabel hoch, rief sie. Zwei Motoren heulten auf.

Im ersten Moment glaubte Dagmar, die Gabelstapler seien zu schwach, doch dann knirschte es und der Container hob sich.

Das reicht, rief Dagmar. Jetzt Gas geben.

Die Motorengeräusche zweier Gabelstapler, das Heulen des Windes, das Stampfen des Schiffes, die unaufhörlich rollende See wurde von einem schrillen Schaben zerrissen.

Sie hatten den Gabelstapler einige Meter vorwärtsgeschoben, als sich ein weiteres Geräusch dazumischte. Ein Geräusch, das Dagmar noch nie gehört hatte. Wie eine Posaune klang es.

Und dann schoss ein Arm aus dem Container, dann noch einer und noch einer, eine wilde Mähne im Mondlicht, und in Dagmars Mund nahm der Geschmack zu, Heu im Mai, und sie wusste auf einmal, wie Freiheit schmeckte.

Endlich. Herr Bath betritt den schwarz-weiß gefliesten Raum, in dem sich die Gäste versammelt haben. Schlagartig ist das Widerstreben da. Doch er steckt seine Hand in die Jacketttasche – und bewegt sich durch die Menge, als wäre alles ein großer Tanz. Eine erste berührte Schulter, ein erstes genuscheltes Excuse me. Dann der erste Partner, ein Kellner mit prächtiger Fliege. Nach einer Pirouette hat Herr Bath ein Sektglas in der Linken, nippt und ist weiter. Zwischen zwei Damen mit Queen-artigen Sommerhüten hindurch. An einem ziemlich hohen und viel zu schnellen So cute vorbei. Ohrringe rascheln, Lippen schürzen, Displays leuchten auf – und auch wenn Herr Bath weiß, dass Wendy vor seinen Blicken verborgen gehalten wird, noch verborgen gehalten wird, ist ihm, als könnte sie gleich hier irgendwo stehen, zwischen den nickenden Freundinnen und kichernden Verwandten und verwirrten Kollegen. Alle hier haben, statt ihr Gegenüber anzusehen, unaufhörlich die Umgebung im Blick, wie Wild, das einen Tiger im Unterholz weiß – und dann dreht sie sich um.

Keine zwei Meter von ihm entfernt über die Schirmmütze und die geflochtene Frisur eines Tüll-Knäuels hinweg erblickt er sie und weiß, dass er nicht wegen Wendy hier ist.

Helles Haar, blasse Haut und ein Kleid, in dem sie einem nicht ganz aufgeblasenen Heliumballon ähnelt – muss ein Engel sein, das ist Herrn Baths erster Gedanke. Dass ihre dunkelvioletten Pumps sie davon abhalten, in den Himmel zu schweben, der zweite. Dann bemerkt er den Strauß aus gelben

Blütenblättern und auch irgendetwas Blaues darin und den Sekt, der allerdings mit Orangensaft verdünnt sein muss. Dritter Gedanke. Oder gar kein Sekt ist, sondern purer Saft. Vier. Und mit beidem – Strauß und Sekt oder Strauß und Saft – prostet sie ihm, der nicht schnell genug weggeguckt hat, zu. Da vergisst Bath seinen Vornamen und wendet sich um neunzig Grad, damit sie nicht sieht, was er aus der Tasche zieht. Es ist gar nicht so leicht mit nur zwei Händen, die auch noch feucht sind, ein amerikanisches Sektglas und ein deutsches Fläschchen zu koodinieren. Er will sich gerade eine Ladung Globuli in die Hand kippen, da hört er neben sich ein Hi,

I'M ALEXA.

Und das Fläschchen, das Bath zwischen Mittel- und Ringfinger geklemmt hat, rutscht.

Es gibt eigentlich keinen Fall, schon zerspringt es. Und als dies geschieht, als dein Schatten platzt, weißt du plötzlich: Du bist noch da. Du, du springst dutzendfach über den Boden. Neben, hinter, vor und zwischen dir hüpfst du. Du kullerst über das Schachmuster und klingst dabei hell wie der Sand am Strand, der dich einst in Empfang nahm.

Überall bleibst du liegen. Mitten im Schwarz, mitten im Weiß, genau auf der Grenze, unter einem wippenden Lederschuh. Vor einem einschüchternden Absatz. Oder eben auch im dunkelvioletten Schein eines Engels.

Du spürst, wie sich hoch über euch alle möglichen Gesichter umdrehen und Blicke über dich wandern. Du spürst, wie Bath zu dir hinunterstarrt.

Und dann hörst du, wie der Engel sagt: I stole these shoes from my mom.

Du hörst Bath irgendetwas fiepen.

137

Du hörst, wie der Engel sagt: I laced em up with new strings.

Herr Bath geht instinktiv in die Hocke; und dann spürst du, wie seine Hände dich zusammenschieben.

Du hörst, wie der Engel sagt: They feel a wee bit tight.

Du hörst, wie er sagt: Although all shoes are a bit tight on me.

Du hörst: Because of my toes.

Und dann spürst du, wie sich der violette Schein verändert. Die Fersen der Pumps heben sich, alles Gewicht verlagert sich auf ihre Spitzen – I would rather have no toes –, und dann gesellt sich zu Baths Händen ein weiteres Paar Hände, engelweiß. Because, you know, Batman doesn't have any toes. Und als dann Baths Hände und die Engelhände gleichzeitig nach dir greifen, spürst du, dass ihr zusammengehört.

IRGENDWO VOR SÜDAFRIKA

Der Titel verblasst wieder und gleichzeitig wird das erste Bild aufgeblendet: Unter Wasser, tiefblau, kein Ton. Schnitt. Ein Sardellenschwarm, der von einem Schwertfisch aufgescheucht wird, ebenfalls ohne Ton. Schnitt. Einige Aufnahmen von einer durch das Blau schwebenden durchsichtigen Tüte, die herumgewirbelt wird und schließlich auf dem Meeresboden neben einem schwarzen Schlauch zum Liegen kommt.[*] Im dunstigen Hintergrund erscheint ein Schemen, der an Kontur gewinnt. Man erkennt einen Riesenkraken. Er schwimmt geradewegs auf die Kamera zu, immer oberhalb des Schlauchs.

---

[*] Ich, ruft unser Armer Arm, schlage vor, es an jene berühmte Eröffnungsszene anzulehnen, in der eine weiße Feder aus dem Himmel herabschwebt, einmal fast auf der Motorhaube eines olivgrünen Wagens landet, dann aber noch ein Stück über den Asphalt gewirbelt wird und schließlich auf dem

Ein dumpfes Geräusch wird lauter, rhythmisch, ähnlich einem verlangsamten Herzschlag. Man versteht: Das Geräusch wird dadurch verursacht, dass das Tier Wasser einsaugt und wieder aus sich herausdrückt. Schließlich nimmt es das ganze Bild ein und verschluckt es. Schnitt und eine schlagartige Geräuschkulisse aus Meer, Wind und Schlägen von Stahl und so weiter. Man befindet sich an Bord eines Forschungsschiffs. Es ist Nacht. Das Bild schwankt und zeigt das Heck. Dann eine bessere Belichtung, als würde der Mond hinter einer Wolke hervorkommen. Im Kielwasser versinkt ein Container und schemenhaft sind die Arme und Tentakel eines anderen Riesenkraken zu erkennen. Schnitt und ein dämpfender Filter über die Geräuschkulisse. Aufnahmen von Wasserturbulenzen unter Wasser, in denen der Container erkennbar ist, dazwischen wieder Arme und Tentakel. Dann die Animation davon, wie eine Druckwelle sich in alle Richtungen ausbreitet. Eine Kamerafahrt, die diese Druckwelle begleitet, hinab in die Tiefe, bis sie den Riesenkraken am Schlauch erreicht. Die Tüte wird weggewirbelt. Mit einer geringen Verzögerung drückt das Tier sich vom Boden weg und schwimmt nach oben. Schnitt wieder zu dem Container. Die Wasserturbulenzen haben sich gelegt, er sinkt. Gleichzeitig befreit sich daraus der andere Riesenkrake. Er stößt den Container von sich. Regenbogenfarben über seinem Leib. Der Container wird aus dem Bild gewischt. Das Tier allein im Wasser. Es schillert, scheint sich zu orientieren. Währenddessen wird durch die dunkler werdende Wasserfarbe klar, dass es an Tiefe gewinnt. Schnitt wieder zu dem Tier, das nach oben schwimmt. Es schillert ebenfalls. Schneller werdende Schnitte zwischen beiden. Dunkler werdendes Wasser bis

rechten Turnschuh von Forrest Gump zu liegen kommt. Komm, lass gut sein, stößt ihn unser Blendender Arm zur Seite, deine Geschichte ist nicht im Ansatz so wunderbar wie die, die Forrest Gump erzählt.

hin zur Schwärze. Wechselnde Farben und Muster auf den beiden. Und dann wie sie einander in die Arme stürzen. Schnitt. Einige Sekunden Black. Dann wieder ein Bild, wie die beiden dicht über dem Meeresboden schweben. Unter ihnen sieht es aus wie eine Wiese aus Dahlien. In Spiralen an klebrige Stiele geheftete Eikapseln. Eine davon in Großaufnahme, wie darin ein winziger Tintenfisch strampelt – so.

So könnte die Geschichte unserer Kalmarin enden.

Doch was, wenn sich vor St. Helena nicht unser Süßer Arm, sondern der Eingebildete durchgesetzt hätte? Wenn unsere Kalmarin dem glühenden Tentakel nicht bis vor Kapstadt gefolgt wäre, sondern den anderen Weg gewählt hätte?

Unsere Kalmarin wäre sicher nicht bis in die Walfischbucht von Namibia geschwommen. Denn je näher sie der Küste gekommen wäre, desto öfter hätten andere ebenfalls glühende Tentakel ihren Weg gekreuzt.

Vor Westafrika liegen das SACS und das EQUIANO. Und gleich daneben das alte WACS, das ACE und das noch ältere SAT-3. Und schließlich wäre sie auch auf jenen einen Tentakel gestoßen, der nicht hätte glühen können, noch nicht, aber glatter gewesen wäre als die übrigen, das 2AFRICA. Es ist nicht unwahrscheinlich, dass unsere Kalmarin – wo sie den Weg der Liebe ja bereits ausgeschlagen hätte – diesem kühlen Glied gefolgt wäre, nach Norden, hinauf gen Europa, vielleicht bis zu jenem Schiff, das es im Auftrag von Facebook im Meer versenkte.

Das heißt, wenn wir uns nun schon im Konjunktiv bewegen, warum dann nicht gleich richtig? Was hindert uns daran, den Zeitpfeil umzukehren, zu zielen und mit diesem Satz hier nicht nur ein paar Tausend Kilometer, sondern auch eineinhalb Jahrhunderte zurückzulegen? Zu irgendetwas muss die

Berührung mit einem Kabel, in dem alle Geschichten der Menschheit enthalten sind (das aber, nebenbei bemerkt, noch gar nicht in Betrieb genommen ist), uns doch befähigen – uns, die wir doch auch nichts sind als acht Geschichten.

Erzählen würden wir wieder, sobald unsere Kalmarin dann die Gegend um die Erhebungen der Kanarischen Inseln erreichen würde. Noch immer würde sich alles bei ihrem Erscheinen verbergen. Doch öfter würde sie nun in einer Dämmerung über Unterwasserfarne schwimmen, durch eine Korallenwelt aus Pastell schweben. Und wenn sie dann gerade durch einen Wald aus langen Blättern und irgendwelchen zu Stein erstarrten Kakteen schwimmen würde, würde sich auf einmal eine Flut aus menschlichem Speichel, Kot und Urin, aus Sperma und Schweiß über sie ergießen – und wie in Wellen würden die einzelnen Geschmacksnoten durch uns laufen: zuerst einfach nur bitter.

Dann würden wir schmecken, wovon die Menschen sich ernährten und dass sie unseresgleichen in Streifen schnitten, um diese Ringe im Fett zu braten. Zum ersten Mal überhaupt würde unsere Kalmarin giftgrün aufflammen und nur an den Spitzen ihrer Tentakel, an den Dornen und Krallen, bliebe sie aschfahl. Wir würden züngeln.

Und dann, als Letztes, würde wieder das im Wasser sein, was wir geschmeckt hatten, bevor wir aufgebrochen waren. Und diesmal würden wir alle es wiedererkennen, wir alle. Sagen nicht die Menschen, dass man das erste Sandkorn, das einem ins Auge gerät, niemals vergisst, selbst dann nicht, wenn man in der Wüste steht?

DER ANDERE TENTAKEL

Es war heiß und das Wasser war schal, als würde unsere Kalmarin immer dasselbe einsaugen und wieder ausstoßen.

Es war heiß, es war schal und vor allem war es hell. Alles war erfüllt von einem Blau, das hier unten, wo unsere Kalmarin sich aufhielt, noch erträglich war, nach oben hin aber immer dünner und schärfer schmeckte. Wir spürten, wie über dem Ende der Wasser jener weiße Fleck flimmerte, der auf unserer Haut wehtat, und versuchten, uns vor ihm zu verstecken. Der Halbe schmiegte sich an die Unterseite des Hehren. Der wiederum versuchte, in das Knäuel aus dem Süßen, dem Müden und dem Blendenden hineinzukommen, die alle um einen Platz unter dem Leib unserer Kalmarin rangen. Wir fühlten uns wund. Unsere Kalmarin aber harrte aus und wandte den Blick nicht ab von jenem Schatten, den sie verfolgte, seit er sich von der Insel entfernt hatte.

Der Schatten gehörte der Alecton, einem knapp sechzig Meter langen und in der Mitte zwölf Meter breiten Kriegsschiff zur Nachrichtenübermittlung. Es hatte erst vor wenigen Jahren die Werft des Rüstungsherstellers Société Nouvelle des Forges et Chantiers de la Méditerranée in La Seyne-sur-Mer verlassen: Eine Dampfmaschine trieb mit hundertzwanzig Pferdestärken Schaufelräder an und machte es zu einem der schnellsten Schiffe.

Es war nach einer der Rachegöttinnen benannt, der niemals Rastenden, bei ihrer Jagd Unaufhörlichen. Und Ausdauer konnte die Alecton in den nächsten Wochen gut gebrauchen.

Nachdem sie vor Teneriffa ein letztes Mal angelegt hatte, befand sie sich nun auf ihrer eigentlichen Fahrt. Ziel war die Teufelsinsel vor Französisch-Guayana und die lag auf der anderen Seite der Erde.

Inzwischen hatte die Alecton sich bereits fünfzig Seemeilen von Teneriffa in Richtung Nordosten entfernt, und obwohl es November war, verhielt sich das Meer ruhig wie selten im Herbst. Die Sonne brannte von einem wolkenlosen Himmel.

Solange sie sich noch in flachen Gewässern befanden, wagte es unsere Kalmarin nicht, ans Ende der Wasser hinaufzuschwimmen. Sie begnügte sich damit, den Schatten zu verfolgen, und, wenn er aus ihrem Sichtfeld zu verschwinden drohte, mit zwei oder drei Schwimmzügen aufzuholen. Als wir dann aber unter uns echte Tiefe spüren konnten, begann sie sich vollzupumpen. Dann schoss sie hinauf.

Die Helligkeit verwandelte sich in ein Stechen, die Geschmäcker verdarben, und kaum durchbrach sie das Ende der Wasser, da schien ihr bereits alles, was sie sich vorgenommen hatte, unmöglich. Jede Farbe wich aus unserer Haut. Sie wollte sich gleich wieder unters Wasser ducken, wollte abtauchen. Doch wir, wir brachten auf einmal von irgendwoher eine Kraft auf, griffen nach dem Schatten, drohten, ihn in die Tiefe zu reißen, ihn zu zerbrechen.

An Bord der Alecton, genauer gesagt im Ausguck, griff Hernán nach der Mastspitze und lehnte sich weit über den Rand des Krähennests.

Bald würde er abgelöst werden. Seit sie abgelegt hatten, stand er hier oben und starrte auf die glasige See. Immer wieder hatte er gespuckt, in weitem Bogen über die Reling hinaus, es aber jedes Mal bald wieder bleiben lassen, weil ihm andauernd die

Spucke ins Gesicht klatschte. Er hatte gesungen. Zwischendurch hatte er seiner Lust Abhilfe verschafft. Nichts davon machte unter einer solchen Sonne auf Dauer Laune.

Inzwischen schwirrte ihm nur noch der Kopf. Und so war er sich im ersten Moment nicht sicher, ob vielleicht nur seine Augen ihm einen Streich spielten. Er wusste, dass die Sinne sich manchmal etwas ausdachten, wenn es nichts gab. Wusste das, weil er bislang in noch jeder Nacht, die er an Bord dieses Schiffes verbracht hatte – und das waren inzwischen acht –, zwischen dem Ächzen des Schiffs, dem Quietschen von Tauen und Klatschen von Stahl Frauen und Männer gehört hatte, wie sie in höchster Lust stöhnten. Was gleichwohl nicht sein konnte. Und doch hatte er es gehört. Er kniff die Augen zusammen.

Als Tränensekret zwischen seinen Wimpern hervortrat, öffnete er sie wieder. Doch. Ganz sicher trieb da etwas neben dem Schiff im Wasser. Etwas Grünliches. War das ein Wal? Es bewegte sich relativ langsam und schien in einem fort seine Gestalt zu ändern.

Hernán lehnte sich zurück, atmete tief ein und blickte in den Himmel, der in diesem Augenblick weiß zu werden schien. Und dann beugte er sich wieder über den Rand des Krähennests und brüllte aus voller Kehle: Großer Körper. Teilweise untergetaucht. Backbord.

Unsere Kalmarin flammte scharlachrot auf, als der erste Schlag neben ihr ins Wasser fetzte. Sie tauchte ab, um sie herum schlugen Geschosse ins Wasser. Wir spürten, wie sie an ihr vorbeizischten, wie eines in sie eindrang, doch es war nicht mehr als ein Nadelstich, nichts im Vergleich zu der Helligkeit hier oben, die in jedes Pigmentsäckchen unserer Haut stach, vor allem war es nichts im Vergleich zu dem Zorn, der aus uns herausbrach.

Mit aller Kraft warfen wir uns gegen den Schatten. Wir spürten, dass wir ihn ins Schwanken brachten. Unsere Kalmarin pumpte sich voll und presste es mit aller Kraft heraus. Der Schatten musste doch kippen.

Wir waren indes in alle Richtungen ausgeströmt und hatten uns an seinem Leib festgesaugt. Und während unsere Kalmarin zwischen ihren Atemzügen immer längere Pausen einlegen musste, brach zwischen uns Uneinigkeit aus. Manche von uns wollten reißen, andere wollten zerren. Nur einer, der rang nicht mit, der Eingebildete, der kroch langsam hinauf, an der Bordwand entlang, und kaum durchbrach er das Ende der Wasser, setzte der Hagel wieder ein. Der Eingebildete kroch weiter.

Wer von den vierundsechzig Männern konnte, stand an der Reling und beschoss die Seeschlange, die sich wer weiß wie lange schon unter dem Schiff versteckt hatte. Nun, wo sie sich wieder zeigte, wichen aber alle zurück. Keiner wollte zuvorderst stehen, und gleichzeitig wollte jeder den entscheidenden Treffer landen. Es entstand ein Trubel. Erst als der Kapitän, Commandeur Frédéric-Marie Bouyer, dazutrat, verstummten die Matrosen. Sie traten zur Seite und ließen dem Obersten freie Sicht. Mit der linken Hand schirmte er die Sonne ab, in der rechten hielt er eine Harpune, deren Seil ein Schiffsjunge hinter ihm hertrug.

Plötzlich tauchte einer der unzähligen Schlangenköpfe über der Reling auf, zuckte nach rechts, zuckte nach links und glitt geradewegs auf Bouyer zu. Im letzten Augenblick hob er die Harpune, trat einen Schritt zur Seite und warf – sie durchbohrte den Hals mit solcher Wucht, dass der Schlangenkopf einen Moment lang wie erstarrt in der Luft stehen blieb, eine grässliche Figur, und dann zurückgeworfen wurde ins Wasser.

Worauf wartet ihr, brüllte Bouyer, helft ihm! – und erst da bemerkten die Männer, dass der Schiffsjunge, das gestraffte Tau in Händen, Richtung Reling gezogen wurde.

Sie sprangen ihm zur Seite, schnell hatten vier, sechs, zehn Paar Hände den Strick ebenfalls gefasst und zogen daran, zogen, bis der verwundete Schlangenkopf wieder an der Wasseroberfläche erschien und sie ihn dort halten konnten. Andere Hände warfen ein zweites Seil mit Schlaufe und ein drittes und schließlich gelang es ihnen, die Schlaufen um die Schlange festzuziehen.

Wer das Seil zu fassen bekam, stemmte sich mit den Fersen in die Holzplanken und zog. Der Rest trieb mit Rufen an. Und Stück für Stück wurde das Tier über die Reling gezogen. Dann aber tauchten plötzlich die anderen Köpfe auf, Dutzende, und schnappten nach den Seilen, schnappten nach den Beinen der Matrosen. Nicht wenige ließen los, ein paar Wackere aber wickelten das Seil geschwind um sich und um einen Mast und hielten stand.

Zu den Waffen!, brüllte Bouyer. Feuert!

Und ein Kugelhagel fegte das hundertköpfige Ungeheuer wieder über die Reling. Die Waffen wurden fallen gelassen, man sprang wieder ans Seil. Dann lief ein Ruck durch alles, die meisten Männer stürzten, plötzlich hatte jeder Widerstand nachgegeben. Hinauf zur Alecton strömte der Geruch von Moschus.

Es brannte. Es war eiskalt. Lichtblitze durchschossen uns. Dort, wo der Eingebildete begonnen hatte, klaffte ein Loch. Es lag dicht am Auge unserer Kalmarin, nur aus den Augenwinkeln konnte sie es erahnen, ein riesiger Fleck, der jedes Mal, wenn eines ihrer Herzen schlug, einen Schwall blauen Bluts ausstieß, und da ihre Herzen rasten, spritzte es nur so. Es flimmerte. Um uns schäumten das Blut und die Tinte. Wir schmeckten es nicht, wir schmeckten gar nichts mehr.

Ein Augenblick verstrich. Dann warfen sich der Bisschen-Schüchterne und der Blendende auf das Loch. Der Arme und der Halbe schwollen an, um die klaffende Wunde zwischen ihnen auf diese Weise zu schließen. Und die anderen drei – der Müde, der Süße und der Hehre – ruderten. Die Tentakel taten, was sie konnten. Unsere Kalmarin hing zwischen uns. So gewannen wir an Tiefe.

Er, ausschließlich er – Hernán Sanz Sanchez – hatte das Seeungeheuer von oben gesehen, in seiner ganzen Größe. Ausschließlich er hatte mitansehen müssen, wie es gleich einer riesigen Welle aus der Tiefe auftauchte und seine Gliedmaßen rollen ließ, vor- und zurückschnellte. Der Commandeur war kurz davor gewesen, seine Männer in den sicheren Tod zu schicken. Zwei Schiffsjungen hatten sich auf seinen Befehl hin bereits an den Tauen der Beiboote zu schaffen gemacht, und Hernán dankte Gott, dass es nicht so weit gekommen war. Er war überzeugt, dieses Wesen hätte sich nach und nach die Kameraden aus den Booten gepflückt, irgendwann auch Bouyer, bis am Ende nur noch er übrig gewesen wäre, die Nachspeise im Krähennest. Er dankte Gott und allen Heiligen, die er kannte, und murmelte in einem fort die Worte, die er von seiner großen Schwester gelernt hatte und die diese wiederum von der Großmutter kannte. Zumindest bewegte er die Lippen. Seit dem Kampf fehlte ihm die Stimme und in seiner Brust verspürte er einen Knoten.

Nach ihrem Sieg war an Bord die helle Begeisterung ausgebrochen, niemandem war aufgefallen, dass Hernán nichts mehr gerufen hatte und sich, nachdem er abgelöst worden war, hinlegte. Niemand sah nach ihm. Er bekam mit, dass sie wieder Kurs auf Teneriffa nahmen. Dann lauschte er eine Weile den Geschichten, die sie einander über den Kampf erzählten.

Schließlich sangen sie. Und zwischen den Fetzen ihrer Geschichten und den Liedstrophen wehte der Geruch des Ungeheuers durchs Mannschaftsdeck. Es roch, als ob jeder Mann an Bord an die Luke pissen gehen würde. Dann kamen sie nach und nach hinein, schwer vom Schnaps, den der Commandeur ausgegeben hatte, und fielen in ihre Hängematten und nur er, der das Seeungeheuer von oben gesehen hatte, in seiner vollen Größe, konnte nicht schlafen.

Irgendwann stand er auf. Doch auch nachdem er durch die Luke aufs Mitteldeck gestiegen war, atmete er nicht freier. Es blies zwar ein kräftiger Wind, gegen das beißende und stechende Gas, das über dem Schiff lag, richtete er aber nichts aus.

Eine Weile stand Hernán unentschlossen da, japste und murmelte stumm Beschwörungen. Dann nahm er allen Mut zusammen und wandte sich Richtung Bug. Dorthin hatten sie den Teil des Ungeheuers gebracht, den sie aus der See gefischt hatten. An den vom Steuermann entferntesten Ort. Und einer Trophäe gleich aufgebahrt. Wenn sie einlaufen würden, sollten alle gleich sehen, was sie dem Meer abgerungen hatten.

Immer wieder musste Hernán stehen bleiben, sich an einem Mast anhalten und stumm würgen. Er hauchte ein Gebet und schleppte sich weiter, dem Gestank entgegen.

Das Stück Fleisch schimmerte im Schein des Sternenhimmels silbern. Und auch wenn alle von einer Seeschlange geredet hatten, war sich Hernán nun, da er darüber stand, nicht sicher, welchen Teil dieses vielköpfigen Ungeheuers sie erbeutet hatten. Seinen Hals, seinen Schweif, seine Zunge? Er hatte von einer Frau gehört, der wuchs kein Haar, der wuchsen Schlangen aus dem Haupt. Ebenso hatte er gehört, dass dies nur ein fauler Zauber sei und dem menschlichen Haupt nicht wirklich Schlangen entspringen konnten. Lag hier der Beweis vor, dass es möglich war? Er schauderte bei der Vorstellung, dass das

Stück Fleisch zu seinen Füßen ein einzelnes Haar sein sollte. Wie groß musste das Ungeheuer sein, wenn ein einzelnes Haar drei oder vier Meter lang war? Dort, wo es die Kameraden abgerissen hatten, war es so dick wie ein Baum. In Wahrheit musste das Ungeheuer zehnmal größer sein als das, was er aus dem Krähennest gesehen hatte, hundertmal, tausendmal.

Er hockte sich hin und starrte das Haar eine Weile an. Schließlich streckte er die Hand aus und berührte es mit der Fingerspitze. Er roch an seinem Finger und ohne Vorwarnung kam es ihm hoch. Er versuchte, es wieder herunterzuschlucken, schaffte es dann aber nur noch, den Kopf zu wenden, und prustete einen Mund voll Galle über die Bretter. Während er zum nächsten Mast kroch, würgte es ihn wieder. Dann lag er da, im schwachen Licht einer Laterne, und murmelte unter Rülpsern den mächtigsten Zauber, den er kannte.

Nachdem die Übelkeit wieder abgeflaut war, rappelte er sich auf, nahm die Laterne vom Haken und robbte wieder zum Haar. Im Laternenschein wirkte das Fleisch nun gelb und verdorben. Auch sah er jetzt, dass es von Kreisen bedeckt war, die wie offene Münder wulstige Lippen besaßen und in ihrer Mitte jeweils einen gekrümmten Zahn. Erst berührte er die schrumpelige Haut am Rand, fuhr darüber, und als nichts geschah, drückte er die Fingerkuppe hinein in die glattere Haut um den Zahn. Schließlich legte er die flache Hand auf den Kreis.

Was seine Brust zugeschnürt hatte, begann sich zu lösen.

Er sah auf und blickte über die Reling hinaus Richtung Horizont. Über dem schwarzen Wasser spannte sich der von unzähligen Sternen gesprenkelte Nachthimmel auf. Und jeder weiße Punkt darin stand für etwas, das es gab. Und Ungeheuer, ja, die gab es auch. Doch die Menschen hatten gelernt, ihnen etwas entgegenzusetzen.

Unter seiner Hand spürte er die Spitze des Zahns. Die Nacht funkelte.

Alles war gut.

Und da packte der Eingebildete ein letztes Mal zu.

KRÄHENNEST & DER NAME
DIE GESCHICHTEN UNSERES EINGEBILDETEN
UND UNSERES ARMEN ARMS

Hernán Sanz Sanchez stand nach diesem Zwischenfall die wenigen Stunden bis Teneriffa durch, an einem Mast wachend, den Rücken gegen das Holz gedrückt und die verwundete Hand zur Faust geballt. Im Morgengrauen ging er als einer der Ersten in Santa Cruz von Bord und musste an der Stelle, da er Land unter den Füßen spürte, wieder Galle würgen. Was mit ihm los war, wollte er nicht sagen. Er schüttelte nur den Kopf, wischte sich mit dem Rücken der Faust die Mundwinkel ab und ertrug es dann mit leerem Blick, als die Ersten eins und eins zusammenzählten und ihn zu foppen begannen: Ausgerechnet der, der im Krähennest gehockt hatte, am weitesten weg vom Ungeheuer gewesen war, ausgerechnet der hatte den größten Schiss. Er dachte nur daran, nicht die Faust zu öffnen.

Und dabei blieb es. Noch Wochen später – er hatte nicht wieder angeheuert, sondern verdingte sich als Träger im Hafen – winkte Hernán ab, wenn ihn jemand spöttisch nach seinem Kampf mit dem Seeungeheuer fragte, nahm einen Schluck von seinem stets mit Wasser verdünnten Wein und kratzte sich die Handinnenfläche. Bald erinnerte nur noch ein winziger weißer Fleck daran, wo ihn damals der Arm gepackt hatte.

Dann ging er nach La Orotava auf der Nordseite der Insel. Hier kannte man ihn nicht und im Puerto de la Cruz, dem alten Hafen, lagen keine Schiffe, die nach Afrika oder nach Amerika wollten. Hier gab es nur Fischer.

Und dennoch ließ das Herzklopfen in seiner Brust nicht wirklich nach. Es genügte eine größere Welle, die gegen die Kaimauer klatschte, und er zuckte zusammen, oder eine Welle, die bei Flut plötzlich weiter den schwarzen Strand hinaufrollte als die letzten Wellen, und er wich zurück. Niemals mehr kehrte er dem Meer den Rücken zu. Da war etwas im Wasser.

Indes ging der Bericht von Commandeur Bouyer, samt dem erbeuteten Stück Fleisch, ebenfalls nach La Orotava. Sabin Berthelot, der Cónsul Honorario der Kanaren, hatte sich dadurch einen Namen gemacht, dass er die Naturgeschichte der Inseln erforschte und seit Jahren den Jardín de aclimatación de La Orotava, den Botanischen Garten, leitete. Noch im Dezember stellte er auf einer Versammlung der Académie des sciences de l'Institut de France das Glied eines unbekannten Seewesens von gigantischem Ausmaß vor.

Hinter vorgehaltener Hand war die Rede von einem Parasiten, der das Blut seiner Opfer aussaugte. Berthelot, der selbst dafür gesorgt hatte, dass so geredet wurde, schauderte, wenn diese Mutmaßungen wieder an sein Ohr drangen. Bei lebendigem Leib ausgetrunken zu werden war ein furchtbarer Tod.

Unter den Anwesenden waren allerdings auch zwei französische Malakologen, die im folgenden Jahr einen Artikel über den Vorfall und die neuen Erkenntnisse über die cephalopodes gigantesques im Journal de Conchyliologie veröffentlichten. Und diesen Artikel bekam ein junger Mann in die Hände, der zwar noch an einem Werk arbeitete, das Lage, Grenzen, Klima, Bevölkerung, Landwirtschaft, Handel und Industrie in den einzelnen Departements Frankreichs mit größter Genauigkeit darstellte, bereits aber davon träumte, dieses Werk um eines zu den großen Seefahrern und eines über die Triumphe dieses Jahrhunderts zu ergänzen. Außerdem verfasste er Romane, wenn auch noch nicht sehr lange.

Nach Paris war er einst gegangen, kaum dass es sich lohnte, den Flaum über seiner Lippe zu rasieren, weil er an die Illusion unbegrenzter Persönlichkeitsentfaltung glaubte. Wäre es nach seinem Vater gegangen, hätte er die Tradition der Familie als Advokat fortgesetzt, doch er selbst, er wollte Poet werden. Und würde es auch werden, davon war er überzeugt. Es war nur eine Frage der Zeit, bis die Welt sein dramatisches Genie entdecken würde. Jederzeit konnte sich die Bekanntschaft mit Victor Hugo ereignen. Und bald schon bräuchte er in den Briefen an seinen Vater keinen Goethe mehr zu zitieren, alle Welt würde dann ihn zitieren.

Zunächst schrieb er Liebesgedichte, richtete sie an Caroline, seine Cousine. Aber sie verschmähte sie und wahrscheinlich war der lyrischste Moment dieser Jahre jene Frage, die er einer gewissen Laurence stellte. Leider wusste die nicht, dass man sowohl das Meerestier als auch die Metallstäbe in ihrem Korsett BALEINE nannte, oder sie hatte einfach keine poetische Natur. Von Schmach geschlagen nach Hause geeilt, schrieb er seiner Mutter um Geld für Socken. Und dann ein Gedicht, das nie ein anderer Mensch zu lesen bekam.

Paris wäre nicht Paris, wenn es sich am Ende nicht doch bezahlt gemacht hätte. Er traf den bereits erblindeten Jacques Arago, und dessen Geschichten, Reiseberichte und Abenteuer veränderten alles: Sollten sie doch ersticken an ihren Versen, die lyrischen Lotterbuben. Er würde von nun an nicht mehr mitmachen, keine

Erfahrung mehr verarbeiten, er würde recherchieren. Er würde es machen wie Poe, Edgar Allan Poe, der aus seiner Umgebung schöpfte, der reinen und praktischen Industriegesellschaft der Vereinigten Staaten. Einer Welt der Wissenschaft.[*]

Und kaum hatte er diese ebenfalls betreten und begonnen, Fakten zu Fiktionen zu verdichten, wurde es leicht. Hetzel, der Verleger Hetzel, fand ihn. Mit diesem schloss er einen ersten Vertrag. Sein Roman über eine aeronautische Expedition in einem Riesenballon wurde veröffentlicht. Und als er nun von einem Seewesen las, das sich die meiste Zeit den Blicken des Menschen entzog, kürzlich aber vor den Kanarischen Inseln gesichtet worden war, überkam ihn das gleiche Gefühl, das er gehabt hatte, als Nadar ihm zum ersten Mal von seinem Riesenballon erzählt hatte. Das Wort Géant, Gigant, hatte damals genauso geschmeckt wie jetzt das Wort Calmar. Also beschloss der junge Romancier – Jules war sein Name –, im Rahmen seiner Arbeit für die geografische Gesellschaft eine Reise nach Teneriffa zu unternehmen.

EINGEBILDET / ARM

Was hätte Jules gestaunt, wenn er gewusst hätte, dass ein alter Compagnon von ihm dieses Seewesen sogar berührt hatte. Wenn er gewusst hätte, dass jener Schiffsjunge, mit dem er als Kind die Rollen getauscht hatte, einige Jahre auf der Coralie geblieben und in Dutzenden Tropenstürmen zu einem Seemann gereift war, nur um dann auf der Alecton die Nerven zu verlieren. Wenn er gewusst hätte, dass in jenem Augenblick, in dem er den Bericht über den Kampf dieses Schiffes ein zweites

---

[*] Apropos Recherche, ruft unser Bisschen-Schüchterner Arm, was haben die Männer, von denen der Eingebildete hier erzählt, anderen nicht alles angetan, indem sie von ihnen schrieben, entweder in der Verblendung schrieben, sie könnten wissen, wie es ist, eines anderen Leben zu leben, oder

Mal las, dieser Mann gerade um die Hand einer Frau anhielt. Und was hätte Jules sich über den Mann selbst gewundert. Seit er sich an Land verdingte, ließ Hernán die Haare wachsen und trug inzwischen schwarze Löckchen. Vor allem hatte er aber seine Liebe zu Vögeln entdeckt.

Hernán bewunderte diese Tiere, denen der Himmel gehörte, den großen CUERVO und den kleinen PETIRROJO und den gelb und blau leuchtenden HERRERILLO, aber auch all die vielen, deren Namen er nicht kannte und die nur für einige Wochen, manche scheinbar nur für Tage, von irgendwoher kamen und dann wieder verschwanden. Er hatte sogar bereits einen gekauft, einen noch gelberen, noch kleineren, der dem kleinen Juan oder der kleinen Lola singen sollte und den er in dem Augenblick, als Jules sein Vorhaben in die Tat umsetzte und sich gen Teneriffa einschiffte, seiner hochschwangeren Frau schenkte. Dann aber bekam die – noch im Wochenbett – ein plötzliches Fieber. Und niemand konnte sich einen Reim darauf machen, nichts half, nur eine Nachbarin krächzte, nachdem sie ihre Stirn gefühlt hatte, etwas, von dem Hernán nur die beiden Wörter FLUCH und TIER verstand. Da ließ er den Vogel wieder frei, setzte sich zu seiner Frau und nahm, als diese fünf Tage später tot und unter der Erde war, all seinen Mut zusammen.

Die Überfahrt zum spanischen Festland begann erstaunlich ruhig. Saß Hernán die ersten Stunden über unter Deck, drückte Juan fest an die Brust und bemerkte kaum, dass sie sich auf offener See befanden, musste er sich spätestens gegen Mittag dem Meer stellen. Juan brüllte wie am Spieß. Erst stieg Hernán an die frische Luft, dann marschierte er mit dem Jungen auf und ab und vergaß darüber schier, welche Gefahren sie umga-

durchdrungen von einer Arroganz, das sei egal. Mögen sie dafür bezahlen, indem unser Eingebildeter Arm sich genauso wenig um ihre Gefühle schert wie sie sich um die anderer.

ben. Eine andere Reisende, die mit ihrem Säugling und ihren zwei älteren Jungen dem Ehemann nachreiste, erbarmte sich schließlich und gab Juan die Brust. Dann kam die erste Nacht, Hernán wachte durch. Auch in der nächsten schlief er nicht. Und als sie schließlich, eine knappe Woche später, den Hafen von CÁDIZ erreichten, vergaß Hernán vor lauter Müdigkeit, sich bei der Frau zu bedanken.

Sein erster Weg führte zu den Mädchen. Er fand eines, das sich auf ihn und Juan einließ, bezahlte für eine Woche im Voraus das Zimmer, auf das sie immer ging, und erlebte dann, wie gesegnet Schlaf sein konnte, wenn man dem Meer erst einmal entkommen war.

A
R
M

Die ersten drei Tage wachte er mit Schmerzen in der Brust auf, am dritten Tag verschwanden sie schlagartig, als er den Brustkorb dehnte. Es knackste – und auf einmal konnte er so tief durchatmen wie seit Jahren nicht mehr. Am vierten Tag ging er für das Mädchen, das er vielleicht noch ein oder zwei Wochen würde bezahlen können, auf den Markt und hörte an einem Stand ein Gespräch mit an über ACERO, das Metall der Zukunft. Es ging um riesige Vorkommen, auf die man gestoßen war. Im LAND DER ROTEN ERDE. Um Minen, die dort errichtet wurden. Und während Hernán die Artischocken in der Hand wog, sah er vor sich, wie er im Innern dieser roten Erde arbeiten würde. Und dieses Bild behagte ihm.[*]

Als er dann in den Zug stieg, der ihn zunächst nach Madrid, von Madrid nach Paris und von Paris über Épernay, Reims, Rethel, Mézières und Sedan nach Luxemburg bringen würde, fühlte sich sein Herz schwer an. Vielleicht weil es Abschied nahm von der Welt, die es kannte, und auch von jenem Mädchen, das er in nicht einmal einer Woche lieben gelernt hat-

---

[*] Was, ruft unser Eingebildeter Arm dazwischen, seinem alten Compagnon Jules sicher gefallen hätte.

te. Vielleicht war aber auch Juan, der satt und zufrieden an Hernáns Brust schlief, schwerer geworden.

Entgegen allen Widerständen, die einem spanischen Juden in der zweiten Hälfte des vorletzten Jahrhunderts in Luxemburg entgegenschlugen, fasste Hernán rasch Fuß. Er heiratete ein zweites Mal und durfte den Nachnamen seiner neuen Frau annehmen. Vom 7. Mai 1865 an war er Hernán Welter. Sein Sohn hingegen musste die Nachnamen der Eltern behalten. Den Behörden ging es dabei vor allem um den Mutternamen, Aguiló, da sollte nichts unter den Teppich gekehrt werden. Dass es da nicht viel gab, bewies Hernán, indem er sich und den Jungen katholisch taufen ließ.

Währenddessen verhandelte Napoleon III. mit Bismarck über Luxemburg und führte dann Krieg. Bei Sedan fielen einige Tausend Mann. Der Brite Sidney Thomas verfeinerte das BESSE-MER-VERFAHREN, wodurch Stahl noch lukrativer wurde, und dann geisterte eine Meldung zunächst durch indische Zeitungen, tauchte dann in der London Times auf und daraufhin in allen möglichen europäischen Blättern. Im Bengalischen Golf sei ein Schiff aus Stahl versenkt worden. Von einem Seeungeheuer.

Doch was kümmerte einen das in den Stollen! Hier war es immer gleich. Nach einigen Metern gab es kein Tageslicht mehr. Dann war man allein mit den Kumpels und der Minette. Und oben, oben gab es ja die Vögel, die gleichen Vögel wie überall, die einfach nur andere Namen besaßen. Den CUERVO GRANDE nannte man hier Kolkrabe, der PETIRROJO hieß Rotkehlchen. Und wenn Hernán zeit seines Lebens nie wieder einen HERRERILLO CANARIO entdeckte, lernte er nun die Vögel besser kennen, die er früher nur manchmal gesehen hatte. Die Rauchschwalbe. Den Wiedehopf. Den Reiher. Und den Kranich, der noch weiter von Norden herkommend ebenfalls durch DAS LAND DER ROTEN ERDE zog.

Nur manchmal noch musste Hernán erfahren, dass man sich einem Fluch nicht dadurch entziehen kann, dass man flüchtet. Dann träumte er davon, wieder im Krähennest zu stehen, und kam erst zu sich, wenn ihn Mariette wach rüttelte. Jedes Mal war er dann für lange Minuten überzeugt, es würde sich etwas über den Boden auf sie zu schieben, würde jeden Moment ins Bett kriechen und sie beide packen.

Juan Sanz Aguiló war der alleinige Erbe dieser Albträume. Zwar besaß er an seine einzige Schifffahrt keinerlei Erinnerung. Wir können aber davon ausgehen, dass sich in dieser Woche das Entscheidende in die zarte Seele eines Säuglings einschrieb. Die ständigen Mahnworte des Vaters, das Meer ja zu meiden, taten das Übrige. Als ein Arzt ihm riet, an die Nordsee zu reisen – er hatte sich, wie sein Vater, in den Minen die Lunge ruiniert –, dachte er keine Sekunde daran. Schon allein wegen der Kosten. Er, Caroline und die drei Kinder waren arm.

Auf Teneriffa war es wärmer als in Frankreich. Fast fühlte es sich an, als wäre während der Fahrt nach den Inseln ein zweiter Frühling hereingebrochen. Während es in Frankreich herbstelte, war es hier mild, eine leichte Brise wehte von der See her und Jules trug seinen magenta leuchtenden Sackmantel über dem Arm. Unter dem Arm trug er ein druckfrisches Exemplar von LA MER.

Etwas an seinem Gang erzählte noch von einer Jugendlichkeit, er schritt schneller aus als die anderen Flaneure. Sein regelmäßiges Gesicht dagegen, das von einem ordentlich gestutzten Bart gerahmt und einer hohen Stirn geschmückt wurde, verriet ein lindes Gemüt. Wer genau hinsah, erkannte noch die Nachwehen einer Gesichtslähmung, die ihn im vergangenen Sommer befallen hatte. Das waren die ersten Schatten, die das

Alter warf. Noch vor einigen Monaten hatte seine eine Seite tot ausgesehen, die andere lebendig, die eine hatte das Antlitz eines intelligenten Menschen gezeigt, die andere das eines Idioten. Seine Augen waren aber von einer Zeitlosigkeit und leuchteten in derselben Farbe wie das Meer, und wenn er dann und wann stehen blieb und hinausblickte auf den Ozean, dann glänzten sie im Widerschein des vielen, was ihnen vorschwebte.

Jules begann, wenn es noch dunkel war, bei Kerzenlicht. Vor dem Frühstück arbeitete er am besten. Die ersten Minuten sah er kaum, was er niederschrieb. Draußen, im schwarzen Geröll, das den Vulkan umgab, knisterten merkwürdige kleine Büsche. Dann erwachte langsam die Welt und es zogen in seinem Geiste die großartigsten Bilder auf. Heute hatte er bis zum Mittag ganze vier Kapitel der nächsten aeronautischen Expedition, der zweiten, durchgearbeitet. DE LA TERRE À LA LUNE, TRAJET DIRECT EN 97 HEURES 20 MINUTES sollte noch in diesem Jahr erscheinen. Der Nachmittag gehörte dann üblicherweise dem geografischen Werk, oder aber der Recherche, und die hatte ihn heute in den Botanischen Garten geführt.

Berthelot traf er nicht an. Der Leiter des JARDÍN war verhindert, Jules solle dieses eben erschienene Buch über das Meer als Entschuldigung annehmen. Und sich aber gern vom Obergärtner, einem Schweizer, den alle nur Don Hermano riefen, durch die Pflanzenwelt führen lassen. Sie hätte ohnedies nicht Berthelot, sondern dieser geschaffen.

Übersprudelnd vor Stolz zeigte der kleine rundliche Mann seine unzähligen Palmen und andere tropische oder subtropische Baumarten. Mit schönen roten Schmetterlingsblüten geschmückte Heinekenie, reizende Hängepflanzen, Ananasgewächse, Meereslavendel, Strandflieder. Jules hatte Mühe, ihn immer wieder auf die eigentliche Sache zu lenken, den Calmar. Am Ende genügte auch das Wenige, was er aus dem Gärtner

161

herausbekam – das Seewesen musste noch größer sein als im Bericht des Kapitäns angegeben, ganz sicher –, dass sich jene Ahnung, die Jules nun seit Wochen begleitete, erhärtete.

Während er nun den Kai des alten Hafens entlangspazierte, sann er über den Calmar nach. Und als er die Stelle erreichte, wo der schwarze Sand begann, der den Rest der Bucht bis hinauf an ihren nördlichen Zipfel bedeckte, blieb er stehen, musterte den Horizont, diese Linie zwischen oben und unten, und seufzte laut auf. Da war nichts zu machen. Er wusste genau, wie es war, wenn sich ein neuer Stoff aufdrängte.

Dafür war freilich nicht nur der Calmar verantwortlich. Zunächst hatte ihm Hetzel vor seiner Abreise noch einen neuen Vertrag in Aussicht gestellt. Monatlich siebenhundertfünfzig Francs. Den Rang eines Hausautors. Drei Romane im Jahr. Eigentlich ein Traum, wäre da nicht die Arbeit an diesem geografischen Werk gewesen, an dem er ohnedies wie ein Zuchthäusler saß. Und als wäre das nicht Grund genug, sich noch vor Erscheinen des zweiten Mondromans ins nächste Schreibvorhaben zu stürzen, hatte ihm im Juli Dupin geschrieben. Dupin!

Amantine Aurore Lucile Dupin de Francueil kannte jeder in Frankreich zumindest unter dem Pseudonym George Sand. Jules selbst war mit ihren Büchern vertraut, seit er lesen konnte. Dass sie ihn ebenfalls kannte, hätte er nicht zu hoffen gewagt – auch wenn er natürlich wusste, dass sowohl Nadar als auch Hetzel mit ihr verkehrten.

Nun hatte sie ihm nicht nur geschrieben: Begeistert hatte sie geschrieben! Sie hätte beide gelesen, Cinq Semaines en ballon sowie Voyage au centre de la Terre, und schlage ihm nun vor, eine Weltreise unter der Erde, nicht an der Oberfläche, zu wagen. Irgendwoher wusste sie, dass er an der nächsten aeronautischen Expedition saß und argumentierte, er möge nicht in die fernen Höhen des Himmels blicken, sondern in die verborgenen Welten dieser Erde. Dabei möge er sich nicht in die Tiefe stürzen, von Interesse sei die Unterseite der Oberfläche.

Auch wenn Jules zu denjenigen gehörte, nach denen eine Frau besser Verse anregte, als selbst welche zu schmieden, war Dupin eine Ausnahme. Flaubert war ihr Freund. Und Dostojewski ließ sich jeden ihrer Romane kommen. Einzig Nietzsche machte Witze über sie. Und wenn er ehrlich war, betrachtete Jules sie deswegen mit noch größerer Ehrfurcht: Wer konnte von sich schon behaupten, von Nietzsche verspottet zu werden?

Jules starrte immer noch aufs Meer. Dort würde alles spielen. Dort draußen. Im Wasser. Alles war dort möglich. Er nahm La Mer in die Hand und wog es, ohne dabei die heranrollenden Wellen aus den Augen zu lassen. Es herrschte Flut und auf einmal stieg ihm die Atmosphäre seiner Heimatstadt entgegen.

Die Loire. Die vielen Brücken. Und die Geschäftigkeit im Hafen. Die von Schiffsladungen überfüllten Kais. In zwei oder drei Reihen lagen die Schiffe, alles Segler, noch gab es kaum Dampf. Und er, ein Fünfjähriger, träumte davon, in den Takelagen herumzuklettern. Doch eine Leitplanke, die er nicht zu überspringen wagte, trennte jedes Schiff vom Hafendamm. So mussten die Felder und Wälder um Nantes herhalten und so tun, als wären sie das Meer, tun, als wären die Bäume die Masten, die Äste im Wind das Schlingern und Stampfen eines Schiffes. Irgendwann hielt er es nicht mehr aus und lief in den Hafen, fand einen Jungen in seinem Alter und verabredete sich mit ihm in der Nacht, um die Kleider, ja, ihre Leben zu tauschen.

Was wäre nicht alles anders gekommen, wenn er sich damals besser versteckt hätte. Welche Südseeinseln hätte er schon bereist? Bestimmt hätte er Vulkane entdeckt und vermessen, weitaus größer als der Teide, den er in seinem Rücken spüren konnte. Oder er hätte in Indien zu handeln begonnen. Vielleicht wäre er längst mit kalifornischem Gold reich geworden.

Er riss sich los und machte ein paar Schritte. Der schwarze Sand knirschte unter seinen Schuhen. Weil er sich damals nicht besser versteckt hatte, war er zur Schriftstellerei gekommen. Und hier gab es doch ebenfalls Goldadern, auf die man stoßen konnte. Waren das nicht alle Goldgräber gewesen, Walter Scott, J. F. Cooper, Dickens, aber auch Homer, Vergil, Montaigne oder Shakespeare, genau wie Guy de Maupassant. Hatten diese Männer nicht alle geschürft, geschürft an einem Gold, das weit wertvoller war als das Gold der Kalifornier? Diese Männer erfanden eine goldene Zukunft. Sie arbeiteten an einem Zeitalter, das anbrechen würde, bald schon. Und er, Jules, arbeitete nun mit.

Er atmete tief durch, klemmte LA MER wieder unter den Arm und setzte sich in Bewegung. Und er durfte nicht nur, er musste sich zu diesen Männern hinzuzählen. Denn auch er schrieb an der Zukunft. Jules wusste von Maschinen, die Immenses vermochten und bald schon Wirklichkeit wären. Es war kein absurder Gedanke, dass die Menschen in ein paar Jahren in der Lage sein würden, etwas an der Zeit zu tun, Zeiten zu überspringen, zu verkehren oder in andere Zeiten zu reisen. Und vor diesem Hintergrund war es eine nicht wirklich sonderbare Idee, im Wasser – besser unter Wasser – zu leben. Hatte er nicht von einer Maschine gehört, die einen Taucher durch einen Schlauch mit einem Druckluftbehälter an Bord eines Schiffes verband? Wenn der nur kräftig genug arbeitete, wenn der Schlauch nur lange genug war, wenn der Taucher nur Held genug war, dann musste alles möglich sein.[*]

Er blieb wieder stehen. Er stellte sich einen Mann vor, der

---

[*] Ich will, unterbricht unser Hehrer Arm, ich will, nein, ich muss uns allen ins Gedächtnis rufen, wie die Menschen Mitte des 19. Jahrhunderts über das Meer dachten. Man redete von einer AZOISCHEN ZONE. Man glaubte, das Meer würde ab einer Tiefe von sechshundert Metern einer Wüste gleichen, sei öd und leer.

die Freiheit liebte, aber auch den Mut hatte und das Glück, diese Freiheit zu verteidigen. Ein solcher Mann musste einfach zur See fahren. Um von dort aus die Feinde der Freiheit zu bestrafen, im Geist der bürgerlichen Revolution. Denn so einen Mann gab es in der Realität nicht. Niemand war so. Alle waren träge und kippten schnell ins Spießertum. Er selbst genauso. Manchmal sah er ein zweites oder drittes Mal nach, ob er die Tür verriegelt hatte. Draußen konnte die Welt untergehen, solange man ihn nur drinnen in Ruhe schreiben ließ. Echte Helden gab es nicht, nein, so war niemand. Und in diesem Moment wurde Jules unvermittelt kalt und heiß zugleich.

Er wusste, wie er jenen Mann nennen würde.

Nemo. Held des Wassers.

Und gleichzeitig begannen sich verschiedene Baupläne in seinem Kopf zu entfalten. In einem war der Kampf mit dem Ungeheuer der Anfang, in einem anderen der Höhepunkt, in einem anderen das große Finale – in allem aber würde es nicht der Kampf zwischen einem Menschen und einem Tier sein, denn ein Tier sollte sein Calmar keines sein. Er sollte pure Naturgewalt werden. Und die würde mit menschlicher Technik ringen, ja.

Jules warf LA MER in die Luft und griff sich an die Stirn. Noch deutlicher vor seinem geistigen Auge als Nemo und den Calmar sah er, wo er sich an diese Reise unter Wasser machen würde. Honorine würde darüber nicht begeistert sein. Sie würde ihre Empfangsseligkeit aufgeben müssen. Vielleicht konnte er es ihr schmackhaft machen, wenn er ihr nur ausführlich erklärte, was es bedeuten würde, so nah am Meer zu wohnen. Wie gut dort das Klima war. Die beiden Mädchen würden es ganz bestimmt lieben. Und sie sollten jederzeit ihre Schulfreundinnen einladen dürfen. Michel war so klein, er würde von dem Umzug kaum etwas mitbekommen. Le Crotoy.

Vor einigen Wochen erst war Jules wegen des geografischen Werkes dort gewesen, einem kleinen Fischerdorf an der Mündung der Somme. Dort gab es keine Gebirge wie bei Nizza und auch keine Granitfelsen wie bei Jersey, stattdessen Sand, nur Sand, und wilde Dünen. Da würde Michel aufwachsen. Und toben können. Und mit seinem Geschrei seinen Vater nicht vom Arbeiten abhalten. Denn was Jules auch vor sich sah, deutlich, als könnte er es anfassen, war ein kleines Schiff. Sein schwimmendes Arbeitszimmer. Mit dem würde er hinausfahren können, allein. Er stellte es sich unbeschreiblich schön vor, dort draußen zu sein mit nichts und niemandem, nur mit sich selbst und dem Stoff und Nemo und dem Calmar.

Wir gewannen nur langsam an Tiefe. Unsere Kalmarin hing zwischen uns und starrte, während wir ruderten, der Wolke aus Blut nach, die zwischen unserem Bisschen-Schüchternen und unserem Blinden Arm hervorquoll, bläulich leuchtend im dunkler werdenden Wasser. Sie atmete flach. Und dann stieß ihr Sipho einen letzten Zug Wasser aus, erschlaffte und es wurde ihr schwarz vor Augen. Von da an ruderten wir blind, Hauptsache hinab, fort von dem Schatten.[*]

Wenn uns aber zunächst die Strömung dabei half, schlug sie um, kaum dass wir in lichtlose Gegenden vorgedrungen waren. Je tiefer wir kamen, desto stärker floss uns das Wasser entgegen. Über dem Grund strömte es mit solcher Kraft in jene Richtung, in die sich der Schatten bewegt hatte, dass wir wieder hinaufruderten, in jene Gegenden, in denen das Wasser

---

[*] Vor allem schwamm, fügt unser Blendender Arm hinzu, unsere Kalmarin noch immer der Zeit entgegen. So sind die größten aller großen Tintenfische nämlich. Nicht selten wandern sie in die Vergangenheit aus. Dies ist der letzte Kniff, den sie entwickelt haben, um sich vor dem Überlebens-

schal war und wir das Dämmerlicht auf unseren Saugnäpfen spürten. Es war uns egal. Hier konnten wir uns, wenn wir müde wurden, treiben lassen.

Indes spukten durch unsere Kalmarin Traumbilder: die zittrige Linie, die das Blut hinter ihr bildete. Die aschfahle Farbe ihres Leibes. Wale, die kopfüber im Wasser hingen. Heiße Quellen am Horizont, umspielt von Getier. Schwärme aus runden Fischen mit breitem Grinsen im Gesicht. Und immer wieder wie unter uns eine Landschaft aus versteinerten Austern dahinzog. Nur karger Stein, der sich nicht anheben lassen würde, ohne Furchen und Gräben, in die man kriechen könnte.

Juan heiratete das Nachbarsmädchen, Caroline, und ihre drei Kinder bekamen unauffälligere Namen. Henri und Jeanne wurden Mitte der 1880er Jahre und Carl als Nachzügler in den neunziger Jahren geboren. Alle wurden katholisch getauft und behielten den Nachnamen des Vaters, nicht aber dessen Mutternamen.

Ein ganzes Menschenleben trennte sie von jenem Vorfall auf der Alecton, und so erlebten sie die Furcht vor dem Meer nur noch als den Tick eines alten Mannes. Allein Carl wurde an einem Tag auf den Schoß genommen und bekam von dem Seeungeheuer erzählt, gegen das sein Opa als junger Mann hatte kämpfen müssen.

Kurz darauf starb der alte Mann.

Von seinen drei Enkeln war es dann Jeanne, die seinen Namen als Erste vollständig loswurde. Sie war siebzehn, als sie ei-

kampf im Meer zu schützen. Sie ziehen sich zurück in Zeiten, in denen sie allen Wesen kognitiv weit überlegen sind. Und gleichzeitig ist es der Grund, weshalb Mensch so selten welche in – erzähl doch nicht solch einen Blödsinn, unterbricht ihn der Bisschen-Schüchterne.

167

nem Schäfer auffiel, der mit seiner Herde auf Wanderung war und eigentlich noch weiter hinaufwollte. Otto Moser, Jahrgang 1879, kam aus einem protestantischen Dorf im Herzen Schwabens und redete – wie Schäfer sich über die tagelange stumme Zwiesprache mit ihren Hunden angewöhnen – nicht viel. Als er aber Jeanne erblickte, rein wie ein Lamm und schön wie die Wasgauen im Herbst, entschlüpfte seinem Mund eine Frage, so leise, dass nur er selbst sie hörte. Ob das nicht seine Frau sein sollte. Dass sie katholisch sei, antwortete er sich selbst und gab aber gleichzeitig zu, dass in seiner Herde mindestens so viele Schafe aus katholischen wie aus protestantischen Herden stammten und er noch nie gesehen hätte, dass dem Pfarrer daheim die Schafswurst nicht bekomme.

So oder so ähnlich murmelte er noch eine Weile vor sich hin, lauschte in seine Brust, wo sein Herz hell hüpfte. Dann bellte sein Hund und mit einem Brummen machte er sich wieder an die Arbeit.

Nachdem er eingekoppelt hatte, redete er mit Jeannes Vater, einem kleinen schwarzhaarigen Mann aus dem Süden. Der hatte nichts dagegen, solange Otto seine Jeanne nur ins Wirtshaus an der Ecke mitnahm und sie nach dem Essen wieder herbrächte. Und so saßen sie dann nebeneinander auf der Bank, sie hörte zu und er erzählte von seinem Leben, zeichnete in die Reste der Linsensuppe den Grundriss des Hofes. Und auf dem Heimweg machten sie es sich aus.

Zwei Kinder bekamen sie. 1905 erblickte Reinhold, 1906 Martha das Licht der Welt. Und auch wenn Otto sich als einer erwies, der zwar gutmütig wirkte, durchaus aber Ohrfeigen verteilen konnte, schien es für die nächsten Jahre, als wäre Jeannes Plan aufgegangen und sie der Armut entkommen. Dieser Eindruck war von dem Umstand begünstigt, dass Armut in dem Dorf, in dem sie jetzt lebte, eine Tugend darzustellen schien.

Armut und Arbeit. Wem das Leben zu leicht von der Hand ging, geriet rasch in den Verdacht, sich versündigt zu haben.

Darüber hinaus waren die Unterschiede zu ihrer Heimat nicht allzu groß. Manche Wörter sprach man anders aus, es klang alles ein wenig so, als würde man den Kiefer beim Reden hängen lassen. In Luxemburg gab es Kartoffelstampf, Blutwurst und Apfelmus. Hier gab es Schupfnudeln, Sauerkraut und Leberwurst.

Dann aber kam der Krieg und Otto fiel bei seinem ersten Gefecht. Die Herde schrumpfte, die Schulden wuchsen und Jeanne konnte sich mit Fug und Recht in eine Bitterkeit begeben. Sie führte sie auf die erneute Armut zurück, in Wirklichkeit aber war sie einfach ihre Art, jene Furcht abzuwehren. Jene namenlose Furcht, die ihr – neben den Augen und den buschigen Augenbrauen sowie den langen Wimpern – vom Großvater vererbt worden war.

Martha und Reinhold spürten das Dunkle in ihrer Mutter, konnten sich aber keinen Reim darauf machen. Sie empfanden sich nicht als arm, sie vermissten den Vater, sonst ging es gut. Und vor dem Hintergrund, dass ihre Mutter sich weigerte, erneut zu heiraten, wuchsen sie in einer Freiheit auf, die die wenigsten Kinder ihrer Zeit erlebten. Es eröffnete ihnen ganz eigene Möglichkeiten, gegen das Erbe zu rebellieren, von dem natürlich auch sie nicht verschont blieben.

Bei Martha äußerte es sich zunächst darin, dass sie kurzerhand das Gasthaus, in dem sie putzte, um ein wenig Geld nach Hause zu bringen, übernahm, als dort der Wirt mit zerschossenen Beinen heimkehrte. Sie war vierzehn und tat dem Vaterland einen Dienst. Dann aber dachte sie einfach nicht ans Heiraten. Und wie sollte ihre Mutter sie auch dazu bewegen, solange diese selbst nicht wieder heiratete? Als Martha dann volljährig wurde, galt sie bereits als nicht wirklich vermittelbar. Und als dann bald schon der nächste Krieg das Land erfasste, redete man nur noch von der Wirtin, der man besser nicht in die Quere kam.

Bei ihrem älteren Bruder Reinhold, der den Hof übernahm, es aber nie schaffte, ihn aus den Schulden zu führen, dauerte es länger.

Mit fünfzehn Jahren sah er in den Deutschvölkischen Monatsheften eine schöne Frau. Blond und nackt und ohnmächtig lag sie da und ausgerechnet in ihrer Scham hatte der Zeichner schlampig gearbeitet. Ihr Schild war demoliert, zerbrochen ihr Schwert. Und der Reichsapfel lag im Staub neben ihr. Darüber aber beugte sich ein Riesenkrake, mit seinen unzähligen Armen, ein Grinsen im Gesicht, bei dem man nicht lange überlegen musste, wem es wohl gehörte. Gier und Geilheit waren unmissverständlich. Reinhold interpretierte das, was in seinem Innern geschlummert hatte und nun erwachte, als eine Wut. Es war Unrecht, so etwas zu zeichnen.

Als Hitler die Wahlen gewann, marschierte er dann – als wäre er Martin Luther zu dessen leidenschaftlichsten Zeiten – zur Kirche und nagelte ein Papier an die Tür, auf dem stand

Wo bleiben unsere Nein-Stimmen?

Der Pfarrer, der in seinem Leben bereits sehr viel über das Wort Pflicht nachgedacht hatte, hängte den Aufruf ab, vernichtete ihn aber nicht. Vielleicht hätte er ihn für immer in der Schublade gelassen, wenn Reinhold einige Jahre später nicht angefangen hätte, ihm ins Gewissen zu reden. Zunächst weil er in der Brennessel wieder eine Zeichnung entdeckte. Diesmal war es keine deutsche Frau, die von einem Riesenkraken übermannt wurde, sondern die Erdkugel. Der Krake war ein bläuliches, giftiges Ungeheuer, und wer gemeint war, war wieder klar.

Reinhold zog zu diesem Zeitpunkt nicht mehr umher wie sein Vater einst, kam mit den Schafen aber weit genug, um die unterschiedlichsten Dinge zu hören. Und das Schloss GRAFENECK auf der Alb, das war in den letzten Monaten umgebaut worden. Das waren keine Samariter mehr dort, dafür kamen jetzt dort all diejenigen hin, die nicht richtig im Kopf waren. Und das erzählte er dem Pfarrer. Er nahm die Zeichnung aus der Brennessel mit und fragte, ob der das wisse. Ob er die Zusammenhänge nicht erkennen würde. Und ob das recht sei. Da händigte der Pfarrer jenes Papier von dreiunddreißig einem Offizier der Waffen-SS aus.

In dessen Angesicht knickte Reinhold ein. Das war im Winter.

Im Mai 1940 brachte er sich nicht in Sicherheit, als sie beim Sturm auf die SCHUSTERLINIE ein Eisentor sprengten.

Und als wenige Tage später zu Hause die Nachricht von seinem unglücklichen Tod gleichzeitig mit der Nachricht von der erfolgreichen Invasion Luxemburgs eintraf, marschierte Reinholds Sohn, gerade erst fünfzehn geworden, schnurstracks zum Bürgermeister und meldete sich freiwillig. Der Bürgermeister schickte ihn heim. Zwei lange Jahre nagte an dem Jungen die Pubertät, die Scham über die sozialistische Anschauung des Vaters und vor allem dessen schwächlichen Tod. Dann endlich sollte er seine Chance bekommen und durfte beweisen, wie sehr er an das deutsche Volk glaubte.

Hernán war längst in Luxemburg, und Juan konnte bereits sprechen, da veröffentlichte Jules sein VINGT MILLE LIEUES SOUS LES MERS. Es dauerte eine Weile – in erster Linie musste das Filmen als Technik, dann als Medium entdeckt werden –, doch schließlich wagten es die ersten Kinematografen, die Abenteuer des Professors Pierre Aronnax, seines Dieners Conseil und des kanadische Harpuniers Ned Land an Bord der Nautilus zu verfilmen.

Und das war natürlich ein gewaltiges Wagnis. 20.000 MEILEN UNTER DEM MEER spielte quasi die ganze Zeit unter Wasser. Zudem tauchte gegen Ende der Geschichte jenes Wesen auf, das Jules ins Zentrum der Geschichte hatte stellen wollen und das nur dank der Initiative Hetzels auf ein Kapitel gegen Ende zusammengestrichen worden war. Und dieses Wesen wurde zum Albtraum eines jeden Regisseurs.

In diesen Jahren stolperte ein Junge aus New Jersey in die zauberhafte Welt der Kinematografie. Er war mit der Schule fertig und erwachte seit geraumer Zeit jeden Morgen mit trüberen Gedanken. Sein Vater war Juwelier und damit beauftragt worden, falsche antike Münzen für einen Bibel-Film anzufertigen. An einem Tag überredete ihn der Vater, mit ans Set zu kommen, und hier sah der Junge: Vor der Kamera durfte man lügen, täuschen, schwindeln. Hier konnte alles anders sein, ja, sollte es sogar – Bob war siebzehn, Melancholiker und auf der Stelle angefixt.

Während sich allmählich der Ton durchsetzte, machte Bob Assistenzen, für RKO und für Universal Studios, und war zwar irgendwie immer mit dabei, sah aber in den entscheidenden Momenten nur zu. Als er dreißig wurde, war er ein Mann geworden, der eine Vorliebe für Holzfällerhemden besaß und regelmäßig vergaß, Pomade zu verwenden. Allmählich fand er sich damit ab, dass er für den Rest seines Lebens an jedem neuen Kingkong mitbauen würde, ein eigenes Monster aber nie erschaffen sollte.

Es war ein schwacher Trost, als er dann, mitten im Zweiten Weltkrieg, den Auftrag bekam, für einen John-Wayne-Film ein Monster zu entwerfen, das in einem Wrack lebte und unglückliche Taucher verschlang. Als Bob sich an die Arbeit machte, war er mürrisch wie eh und je. Nur nach innen erlaubte er sich von Zeit zu Zeit ein Lächeln. Es war kein Kingkong, das stimmte, aber es war sein eigenes Monster. Im Traum nicht hätte er während der ersten Skizzen zu hoffen gewagt, dass am Ende Harper sich den Film ansehen würde – nicht irgendein Harper, sondern der Harper, der für Walt Disney arbeitete.

Auch dieser hatte sich inzwischen 20.000 Meilen unter dem Meer vorgeknöpft, und wie auch schon bei seinen Vorgängern wollten jene Szenen, in denen mit dem Riesenkalmar gekämpft wurde, einfach nicht gelingen. Andauernd versagte die Mechanik und irgendwie wirkte das Monster nicht authentisch. Nicht groß genug, wie es Verne beschrieben hatte. Nicht so brutal. Nachdem es bereits dreihunderttausend Dollar verschlungen hatte, schlug Harper einen neuen Mann für die Special Effects vor und Walt nickte.

Eine Woche später saß Bob da und las das entsprechende Kapitel, las es wieder und wieder, und es erschien ihm unmöglich. Das Ganze sollte unter Wasser spielen, in gut zwei Meilen Tiefe. Gleichzeitig an Deck eines Schiffes, das kein wirkliches Deck besaß, weil es ein U-Boot war. Doch brauchte es unbedingt ein Deck, weil die Männer das Boot verließen, um mit Äxten gegen das Monster zu kämpfen.

Dass nichts unmöglich war, wurde zur ersten Lektion, die Bob von Walt erfuhr. Er verlagerte den ganzen Kampf in die Nacht und in schweren Sturm. Wenn von allen Seiten Regen in der Luft war, kam er Tiefsee und Meeresoberfläche gleichermaßen nah. Zudem ließen sich in einem solchen Unwetter die Seile, an denen die Arme des Monsters aufgehängt waren, verstecken. Siebzig Mann hockten hinter den Kulissen und bedienten sie. Dreißig Windmaschinen wirbelten alles auf. Es ertrank beinahe ein Schauspieler. Noch Monate später hieß es, man sei wieder auf einen feuchten Fleck von Bob gestoßen. Und dann ging der Oscar für die Best Special Effects von 1955 an ihn, Robert A. Mattey. Endlich hatte sich das Blatt gewendet. Walt stellte ihn dauerhaft ein. Kingkong konnte kommen.

Wir können nur mutmaßen, wie Reinholds Sohn gehandelt hätte, wenn er sich seiner Abstammung bewusst gewesen wäre, seiner spanisch-jüdischen Urgroßeltern, seiner beiden römisch-katholischen Großonkel in Luxemburg. Womöglich hätte er es seinem Vater gleichgetan und wäre erhobenen Hauptes in den Freitod gegangen. Paul Moser aber war mit Unwissenheit gesegnet und auf eine rührende Art davon überzeugt, das letzte Glied einer langen Kette aus blonden Schäfern zu sein, in der einzig sein Vater einen verbogenen Ring darstellte.

Dessen undeutsches Verhalten auszumerzen, das fiel nun ihm zu, und zwar durch tadelloses Benehmen. Bislang zählte er zu seinen Sünden ein paar Dutzend ausgerissene Hinterbeine von Heuschrecken, durch Strohhalme geplatzte Kröten und die Experimente im Stall.

Das alles galt es, hinter sich zu lassen. Im folgenden Jahr, 1941, rannte er beim URACHER SCHÄFERLAUF schneller als die anderen Schäferbuben. Er wurde siebzehn und spätestens da beteuerten alle, wie stolz man auf ihn sein könne, was für ein Mann er bereits sei. Das letzte Jahr war lang. Doch es verging, der 15. Oktober kam, und auch wenn er noch nicht volljährig war, wurde er endlich einberufen. Und damit begann – wenn wir diesen traurigen Ausblick geben dürfen – die beste Zeit seines Lebens.

Mit dem TOTALEN KRIEG brach ein Frühling übers Land herein. Paul lachte in sich hinein, wenn er nach der Befehlsausgabe inmitten von Summen und Zirpen im warmen Gras lag, unter einer stechenden Sonne, in einer noch kühlen Luft: Was er nicht alles mit Insekten getan hatte, einst. Weil er das Leben noch nicht kannte. Jetzt liebte er sie, die Heuschrecken, die Bienen und Hummeln und Schmetterlinge. Jetzt lernte er schießen. Die Mädchen aus der Gegend liebte er auch. Mit einer Greta scherzte er darüber, ob sie vielleicht heiraten würden, wenn er erst zurück wäre. Und dann, dann kam DER FÜHRER nach Ulm und ausgerechnet er, Paul Moser, gehörte zu den wenigen, die zu einem Foto mit ihm antreten durften.

In diesen Wochen begann er vom Meer zu träumen. Was seltsam war, da er es ja noch nie gesehen hatte. Und doch wusste er, dass es das Meer war, auf das er über schwarze Erde, fein wie Sand, zurannte, und das sich aber zurückzog, je näher er ihm kam. Alles war weit und voller Gischt – wie in den Becken, in die der Wasserfall in Urach fiel – und auch überall war Staub, feiner als der schwarze Sand und aus weißem Wasser. Gelang es Paul im Traum, den Blick zu heben, so gab es keinen Himmel, nur das Meer.

Das war die zweite Lektion, die Bob von Walt erfuhr: Was man für sicher hielt, das war unmöglich. Walt stellte ihn nicht etwa für den nächsten Disney-Film ein, geschweige denn für einen Kingkong. Er sollte am PARK bauen.

Walt hatte sich in den Kopf gesetzt, einen Ort zu erschaffen, an dem man nicht nur Karussell fahren konnte, sondern verzaubert wurde. Wer DEN PARK betrat, sollte das Gefühl haben, in einer anderen Welt zu sein. Er sollte Mickey Mouse treffen, Peter Pan und Davy Crockett. Er sollte Aschenputtel und Pinocchio begegnen. Er sollte nicht wieder nach Hause wollen. Die Wege sollten ihn immer weiter treiben. Alles sollte relaxing sein, cool und inviting. An jeder Ecke sollte es Eiscreme geben, überall sollte fröhliche Musik erklingen, keine europäische Dunkelheit, immerzu und ausschließlich American light.

Bald begann Walt zu erzählen, ihm sei diese Idee gekommen, als er mit seinen Töchtern in einem gewöhnlichen Freizeitpark gewesen sei und ihnen Pinienkerne essend beim Spielen zugesehen hätte. Bob wusste es besser: Walt tat es, weil so viele Leute die Disney-Studios besichtigen wollten und ihm damit auf die Nerven gingen. Deshalb wurde DER PARK auch nicht neben den Studios gebaut, sondern auf einem Gelände im Orange County, wo bislang Walnüsse und Orangen angebaut worden waren.

Als Bob die Plantage besichtigte, bekam er die dritte Lektion. Unmögliches versuchte man nicht, man tat es einfach. In endlosen Reihen standen die Bäumchen da. Der Boden war grau und hart. Niemals hätte Bob sie für Orangenbäume gehalten. Als er aber zwischen sie trat, leuchtete zwischen den Blättern die erste, dann gleich ein paar orangene Kugeln auf. Während er sie zu zählen begann, entdeckte er immer mehr.

Er hörte wieder auf und blickte in die Ferne. Dort, wo sich die Plantage einen Hügel hinaufschob, strahlte der Himmel blau. Und auf einmal fühlte er sich satt und zufrieden und verstand, was Walt vorschwebte, wenn er von einem Echo aus der eigenen Kindheit redete.

Paul gehörte zu den Nachschubtruppen für die 35. Infanteriedivision, doch mit der kam er nicht ans Meer. Kaum hatte er sich hinter den Kanonenschild eines 18er-Geschützes hingeworfen und die Stiefel in russische Erde gestemmt, wurde die Unternehmung BÜFFELBEWEGUNG eingeleitet und seine Kompanie, sein Regiment, ja, die ganze Division zog sich zurück auf Mogilew. Bei einem Abwehrgefecht wurde er verwundet, wurde erstversorgt und kam dann in fiebrigen Zugfahrten ins

Spital nach Krems, dann zur Genesung nach Wien. Auch hier gab es kein Meer, dafür die Donau, auf die er stundenlang starrte und dabei rätselte, wie das SCHWARZE MEER wohl aussah. In seinen Träumen glühte es weiß.

Bevor er wieder etwas beitragen konnte, endete der Krieg und er wurde festgenommen. Als er in die Heimat zurückkehrte, war der Hof heruntergekommen und er ein Mann, dem die blonden Haare nur noch den Hinterkopf bedeckten, der nichts gelernt hatte, nur mit Schafen umgehen konnte, aber so gut wie keine mehr besaß, und auch sonst alles falsch gemacht hatte. Wenn er vom Meer träumte, dann war es wie gefroren und darunter schlief etwas.

Seine Tante Martha hatte ihre Wirtschaft mehr oder weniger unbeschadet durch den Krieg gebracht und lieh ihm Geld, sodass er es auf eine Herde brachte. Und weil die Nachbarn recht hatten – auf einen Hof gehörte ein Weib –, schrieb er zunächst an Greta, bekam aber nie eine Antwort. Nach ein paar Jahren nahm er eine Frau von der Alb.

Er sagte ihr von Anfang an, sie solle ja nicht schwanger werden. Noch ein Maul stopfen zu müssen, das wäre der Ruin. Als sie ihm aber – wusste Gott, wo sie die herhatte – Präservative brachte, pfefferte er sie gegen die Wand. Sein Lebtag würde er sich nicht den Dünndarm von Schafen überziehen. Gott sei Dank verlor sie das Kind, als sie im fünften Monat war.

Obwohl sie eine gottesfürchtige Frau war, setzte sie sich von da an – wenn sie nicht gerade blutete oder spürte, dass bald eine Blutung einsetzen würde, auf eine Colaflasche, die sie zuvor geschüttelt hatte. Das half.

Half aber nicht immer. Am 10. Januar 1958 erklärte ihr der Arzt, im Juli könne sie mit dem Kind rechnen. Als sie es Paul sagte, erwachte in ihm eine Wut, wie er sie nicht kannte. Er wusste nicht, wie ihm geschah: Weshalb hatte Gott, hatten die

Juden, die Russen, die Franzosen, die Nachbarn, sein Vater – wieso hatten die sein Leben zerstört.

Er schlug sie.

Und nachts schlug er sich selbst. Das Wasser schoss in Fontänen in die Höhe. Obwohl er es doch noch immer nicht gesehen hatte, das Meer. Er legte den Orden, der ihm nach Krems geschickt worden war, in den Nachttisch. Und auch ein Messer. Aber es kam nie wer, weder sein Vater noch Nachbarn. Kein Franzose, kein Russe oder Jude, kein Gott, nur wieder und wieder das schäumende Meer.

Und dann das Kind.

Paul wusste, wie eine Geburt aussah und dass Schaf und Lamm keine unnötige Hektik gebrauchen konnten. Also stand er einfach da, während der Doktor und die Nachbarin herumfuhrwerkten, und wenn etwas in ihm war, dann die Hoffnung, dass es wenigstens ein Junge würde.

Die Euphorie, mit der Bob aus Orange County heimkehrte, hielt nicht lange an. Zunächst lag das daran, dass es quasi kaum etwas gab, was aus seiner eigenen Kindheit nachhallte. Er erinnerte sich nur daran, dass er noch gern aufgewacht war. Als Kind, ja, selbst noch als Jugendlicher hatte er morgens nicht mit dem Aufstehen gerungen. Er hatte einfach die Augen aufgeschlagen und war wach gewesen. Mittlerweile wollte er immer weiterschlafen, und selbst wenn er es geschafft hatte, sich nicht mehr umzudrehen, saß er dann noch minutenlang im Bett und wartete darauf, dass ihm irgendetwas half.

Weiterhalf.

Denn – und vor allem das war es, was die Euphorie in Sekundenschnelle killte – er steckte ja fest. Steckte wieder fest. Besser gesagt: noch immer.

IMAGINEER zu sein, sogar Leiter der Abteilung für mechanische Effekte, das klang zwar gut, aber am Ende des Tages sollte DER PARK wie ein Film funktionieren, und für jeden Film brauchte man einen Bob, der sich um die Kulisse kümmerte. Für die JUNGLE CRUISE brauchte es Nilpferde, für RIVERS OF AMERICA Elche. Er zeichnete Miniaturbäume und designte Steine. Am spannendsten war es noch, wenn ein Schlammloch, um das einige Elefanten stehen würden, blubbern sollte.

Es war ein Dienstag am frühen Nachmittag und draußen herrschte strahlender Sonnenschein. Die Fenster vom Atelier waren allerdings von Staffeleien und Tafeln verstellt und Bob hockte im kalten Licht von Dutzenden Leuchtstoffröhren. In seinem Rücken erstreckte sich über einige Meter eine Pinnwand, an der Abbildungen von allerlei Elefanten, Zebras und Giraffen hingen. Die Arbeitsplatte vor ihm war bedeckt von Büchern, Skizzen und Drucken aus Disney-Filmen. Innerhalb dieses Durcheinanders hatte Bob ein Loch freigeschaufelt, um zeichnen zu können. Die Apparatur, die Luft in den Schlamm pumpen konnte, war allerdings nach wenigen Bleistiftstrichen zu einem Saurier geworden, und inzwischen erstreckte sich ein Tyrannosaurus Rex über den Zeichenblock. Seit geraumer Zeit fuhr er nur noch in großen Doppelschwüngen die Kammseite der Urechse ab, der Bleistift war stumpf: Was hatte Walt nur mit Elefanten?

Nichts anderes wollte er gerade von Bob. Und zwar welche, die man aus fünfzig Metern Entfernung als Elefanten erkannte. Auch wenn man gar nicht wusste, was ein Elefant war. Bob sagte das Walt natürlich nicht, hatte aber das deutliche Gefühl, den Elefanten allmählich in ein Wesen zu verwandeln, das weitaus unheimlicher war als das unheimlichste Monster. Der T-Rex aus Fantasia zum Beispiel war einfach ein Monster. Es war da, damit man sich erschreckte. Es hatte spitze Zähne und Klauen und stechend gelbe Augen, damit man sich gruselte, so einfach war das. Ein Elefant dagegen, der einen viel zu kurzen Rüssel, zwei exakt gleich große Ohren und keine Geschlechtsteile besaß, der durch Perspektive und Beleuchtung verzerrt wurde und der am Ende mit einem leuchtenden Grau übergossen wurde, dessen Vetter Dumbo seit einem Jahrzehnt über die Leinwände flatterte – ein solcher Elefant war wirklich creepy.

Sein T-Rex besaß inzwischen einen finsteren Rücken. Bob schnippte den Bleistift zwischen das Durcheinander auf der Arbeitsplatte und schob Bücher und Papierstöße mit den Unterarmen zur Seite. Das Loch um den T-Rex vergrößerte sich. Nachdem der ganze Zeichenblock zum Vorschein gekommen war, riss er das Blatt aus.

Vor einigen Jahren hatte er sich einmal mit einem Maskenbauer unterhalten, einem Argentinier, wenn er sich richtig erinnerte. Der hatte ihm davon erzählt, wie seine Arbeit zu neunzig Prozent darin bestand, Gesichter in Holz zu schnitzen.

Bob faltete das Blatt der Länge nach, genau in der Mitte.

Die Masken, die später getragen wurden, waren aber nicht aus Holz. Was aus Holz war, das waren die Unterlagen, auf die der Argentinier Leder klopfte. Denn das baute der Argentinier, Ledermasken.

Auf der einen Seite knickte Bob die Ecken um, sodass das Blatt eine Spitze bekam. Dann schlug er die Spitze um und knickte die neuen Ecken wieder ein.

Nach drei oder vier Martini waren sie einander damals in die Arme gefallen, weil sie beide der Meinung waren, dass Bühnenbild und Kostüm wie Geschwister zu verstehen seien.

The stage is the mask the actors move inside their masks, prostete der Argentinier.

You have to design not just the object, also the room the object is happening inside, stieß Bob lallend an.

Er faltete das Blatt erneut, diesmal aber nicht in der Mitte, sondern einige Zentimeter versetzt, dann auf der anderen Seite und hielt einen Moment inne, um den Flieger zu betrachten.

Er erinnerte sich noch daran, dass der Argentinier dann etwas darüber gefaselt hatte, dass die Bühne die herausgestreckte Zunge eines Totengottes wäre, und er selbst kaum mehr hatte sprechen können. Wahrscheinlich hatte er von dem Tier erzählt, das – wäre es nur nicht so klein – er liebend gern einmal bauen würde. Es schlüpfte Fischen ins Maul und lebte unter deren Zunge, saugte dort an der Arterie, bis es groß genug war, um die Zunge zu verspeisen und deren Platz einzunehmen.

In allem steckt ein Monster, dachte Bob jetzt und versah die Flügel mit kleinen Klappen, strich die Spitze glatt. Die Schnauze des T-Rex erstreckte sich über den linken Flügel.

Zumindest ein kleines Monster. Wo aber, fragte er sich, wo im Park steckte das Monster? In seinen Elefanten?

Der Flieger segelte durch das Atelier, über die Säcke mit irgendwelchem Pulver dahin, über die Stapel an Stoffen, an einer Leiter vorbei und landete neben einem auf die Eingangstür gerichteten Fernrohr.

Dagmar erfuhr nie etwas von ihrem Großvater, dem Sozialisten, und auch nicht von ihrer Urgroßmutter, die voller Vertrauen nach Schwaben gezogen war. Und schon gar nicht von deren Brüdern, von denen vor allem der kleinere, Carl, sie schrecklich vermisste.[*]

Als Jeanne ihm 1903 – sie war siebzehn, er war zehn – erzählte, sie würde mit Otto gehen und von nun an bei ihm leben,

[*] Wer sich nicht mehr auskennt, ruft unser Halber Arm dazwischen, in dieser wild wuchernden Nachkommenschaft von Hernán, darf gern auf Seite 314 blättern. Dort steht ein Stammbaum.

war für ihn sonnenklar, dass sie ihn mitnehmen würde. Und als sie ihn dann nicht mitnahm, sondern nur versprach, an Weihnachten zu Besuch zu kommen, erkundigte er sich zuerst bei den anderen Kindern, dann bei den Kameraden seines großen Bruders, wo dieses Schwaben liege. Er wusste, dass seine Schwester in einem Dorf die Herrin über einen Hof geworden war. Und selbst wenn es kein großer Hof wäre, musste es dort Platz für ihn geben. Wäre er erst einmal da, würden das alle verstehen.

Es war Hochsommer und er marschierte los. Drei Ortschaften weiter gab man ihm zu essen und setzte ihn zu einem Schuster in die Werkstatt. Dort wartete er, bis am Abend Henri kam, sein großer Bruder, und ihm eine knallte.

Natürlich kam Jeanne an Weihnachten nicht. Zu weit, zu anstrengend, sie war schwanger. Und im nächsten Jahr war sie schon wieder schwanger. Erst zu seiner Firmung reiste sie an, mit zwei Kindern und ganz anders, als er sie in Erinnerung hatte. Ihre Haut war irgendwie dunkler geworden. Und sie benahm sich komisch. Gerade als er zu überlegen begann, ob er nicht doch nett zu ihr sein wollte, musste sie wieder abreisen.

Er sah sie nie wieder. Denn – wenn wir das so zusammenfassen dürfen – Carl wehrte seine enttäuschte Geschwisterliebe dadurch ab, dass er seiner Schwester zwar nacheiferte und ebenfalls mit siebzehn Luxemburg verließ, sich aber nicht nach Süden wandte, sondern Schwaben zum Trotz gen Norden. Bei Oldenburg lernte er die Tochter eines Schusters kennen. Er half ihrem Vater – der gern einen nützlicheren Schwiegersohn gehabt hätte – und zeugte 1912 noch eine Tochter, an die er den Namen Sanz weitergab, bevor er nach einer kurzen und heftigen Grippe verstarb.

Disneyland eröffnete am 17. Juli 1955. Bob wurde auf einem der Fenster zur Mainstreet verewigt. Und kaum bevölkerten die Menschen The Happiest Place on Earth, brauchte ihn die Landschaft nicht mehr. Er durfte wieder zum Film, endlich, und baute Monster mit immer ausgetüftelteren Effekten. Obwohl ihm zunehmend freie Hand gelassen wurde, verschwand seine Unzufriedenheit nicht. Denn inzwischen wollte er gar keine Monster mehr bauen – das hieß, er wollte durchaus noch Monster bauen, doch kam ihm zunehmend nichts so monströs vor wie der Mensch.

In dieser Stimmung nahm er ein Angebot an, das zunächst klang wie jedes: Ein Monster, das wie eine Achterbahn funktioniert, ein gewaltiger Zusammenstoß aus Wildnis und Technologie – so redete zumindest der Regisseur, der gerade einmal sechsundzwanzigjährige Steven, der bei jeder Gelegenheit erklärte, die langweiligste Geschichte der Welt sei, wie er es geschafft habe, so jung im Business Fuß zu fassen. Dann stellte er seinen Regiestuhl ins knietiefe Wasser. Hier nämlich spielte der Streifen. Im Meer. Und hier lebte auch das Monster. Wieder. Wie vor drei Jahrzehnten schon – nur dass es diesmal kein Krake war.

Bevor wir uns ihm widmen, müssen wir allerdings kurz auf den Mann eingehen, der sich das Monster samt seiner Thrilling Story ausgedacht hatte:

Peter schien schon bei seiner Geburt dazu auserwählt, einmal einen Weltbestseller zu verfassen. Als er 1940 geboren wurde, war sein Vater Nathaniel ein geachteter Schriftsteller und sein Großvater Robert – Kritiker, Schauspieler und Chefredakteur der Vanity Fair – eine Legende. Talent musste der Junge also mitbringen, gar keine Frage. Und um dieses Talent nicht verkommen zu lassen, wurde er – kaum dass sein Vater aus dem Krieg zurück in New York war – auf die Phillips Exeter in

New Hampshire gesteckt. Plötzlich saß er mit anderen jungen Männern um einen runden Tisch und diskutierte. Oder sollte diskutieren. Denn jeder junge Mann am HARKNESS TABLE trug das Seine bei, nur nicht Peter. Peter schrieb lieber mit und arbeitete später, in aller Ruhe, die Notizen aus.

Als der Vater bemerkte, dass der Sohn den Wirren der Pubertät entkam, sein Interesse fürs Schreiben aber nicht verschwand, tat er etwas Wunderbares – oder Schreckliches, je nachdem, wie wir es sehen wollen – und bezahlte ihm zwei Sommer hindurch, 1955 und 1956, den Lohn, den er als Gärtner, als Limonadenverkäufer oder Clubangestellter verdient hätte. Dafür musste er nur jeden Tag vier Stunden in einem Raum mit einer Schreibmaschine zubringen. Verkürzen konnte der Junge die Schreibzeit, indem er tausend Worte schrieb. Einsamkeit nämlich, davon war Nathaniel überzeugt, musste man ertragen lernen und Disziplin, die brauchte man wie das Papier, auf dem man schrieb. Das sollte der Sohn lieber früher als später verstanden haben. Lesen wollte er das Geschriebene nie, ihm reichte es, dass der Sohn es produzierte.

Gerade einmal siebzehn Jahre jung verwechselte Peter die väterliche Gelassenheit allerdings mit Ignoranz. Es kränkte ihn und spornte ihn gleichzeitig nur noch mehr an. Also schickte er die Geschichten, die er wie am Fließband produzierte, an den New Yorker, an die Vogue, an andere Zeitschriften. Und auch wenn, was von einem Benchley kam, stets gelesen wurde, lehnte man jede ab. Es dauerte vier schmachvolle Jahre, bis Peter seine erste Story verkaufte.

Wie sich das für einen EXONIAN gehörte, hatte er inzwischen in Harvard studiert. Und zwar, wie sich das für einen Schriftsteller gehörte, Englisch. Und nachdem er nun nicht nur endlich publiziert war, sondern seinen Abschluss hatte, tat er das Einzige, was ein junger Schriftsteller in den Sechzigern tun konnte: Er unterschrieb bei einem Agenten, nahm sich ein Jahr Zeit, reiste nach Europa, nach Israel und Japan, dann durch die USA, gabelte in irgendwelchen Coffeeshops Mädchen auf, jobbte ein bisschen bei der Washington Post, heiratete Wendy Besson (aus einem Coffeeshop in Nantucket) und veröffentlichte 1964 ein Buch über diesen Trip.

TIME AND A TICKET floppte. Für einen Schriftsteller braucht es nämlich zu allen Zeiten dreierlei: Talent, Disziplin, vor allem aber Glück.

In dieser Zeit begann es zu knacken, wenn Peter gähnte. Immer öfter spürte er einen stechenden Schmerz im rechten Ohr und eines Morgens erwachte er mit einem entzündeten Kiefergelenk. Wochenlang warf er Aspirin ein. Wendy erzählte ihm, dass er länger und intensiver als früher im Schlaf mit den Zähnen malmen würde, legte ihm die Hand auf die Brust und bat ihn, nicht so verbissen zu sein. Er aber fauchte sie an, sie solle besser selbst aufhören, so viele Schlaftabletten zu schlucken, er sei nicht verbissen, er arbeite hart. Er schreibe mehr denn je, was könne er dafür, wenn ihn niemand lesen würde, ihn – wie er zwischen den Zähnen hervorstieß –, einen halben Schriftsteller.

Am liebsten hätte er sich den Tränen übergeben, aber über feuchte Augen kam er nicht hinaus. Einen Moment hoffte er, dass Wendy das Glänzen auf seiner Netzhaut bemerkte, konnte dann aber nicht anders, als sich wegzudrehen, sie stehen zu lassen und ins Arbeitszimmer zu marschieren. Disziplin.

Was blieb ihm auch anderes übrig, solange das Glück ihn mied.

An den Abenden konzentrierte er sich auf jene dem Glück verwandte Art von Fügung, die sich zusammenbrauen lässt. Sie ergibt sich aus der Synthese von Bekanntschaft und Verpflichtung, wird für gewöhnlich im Dunstkreis der Macht konsumiert, und was man dafür brauchte, hatten die Benchleys in drei Generationen zur Genüge angehäuft. Es war nicht sonderlich schwer, sich zunächst nach Washington und dort hinein ins Weiße Haus zu trinken, geradewegs auf die Zeremonie, bei der Betty Furness als Sonderassistentin des Präsidenten für Verbraucherfragen vereidigt wurde. Nathaniel, dem das Haar mittlerweile unterhalb des Scheitelpunktes ausging, tanzte mit der frisch Vereidigten. Wendy, die ein steifes, einem massigen V nachempfundenes Kleid trug, verstand sich hervorragend mit ihrer Tochter. Und Peters Mutter Marjorie ließ Mr Johnson ihre im weißen Handschuh steckende Rechte nehmen, griff dann aber selbst zu und führte den Präsidenten der Vereinigten Staaten von Amerika übers Parkett geradewegs dem Sohn zu.

Cheers: Peter wurde als Redenschreiber angestellt.

Das erzwungene Glück aber, das stellte sich – um ein Wort zu bemühen, das in dieser Zeit in Mode kam – als nicht wirklich nachhaltig heraus. Als Präsident Johnson im Januar 1969 aus dem Amt schied, mussten Peter und Wendy aus Washington zurück nach New Jersey. Peter kam sich nun endgültig gescheitert vor. Er malmte nur deshalb nicht mehr mit dem Kiefer, weil er gar nicht mehr schlief. Nächstes Jahr würde er dreißig werden und rein gar nichts erreicht haben.

Bald trieben wir mehr, als dass wir ruderten. Immer kraftloser fühlten wir uns, blind inmitten einer Landschaft aus versteinerten Austern. Von Zeit zu Zeit hob einer an zu einer Klage. Wir anderen wimmerten. Dann war es wieder still.

Noch immer trieben wir dabei der Zeit entgegen. Wir hatten vielleicht einige Hundert Jahre zurückgelegt und uns dabei die ganze Zeit nach Westen auf Gibraltar zubewegt, als es mit einem Mal zwischen uns krampfte. Unser Süßer Arm reagierte am schnellsten und hatte sich bereits um den Sipho unserer Kalmarin geringelt, als wir anderen Arme aufschreckten. Der Sipho unserer Kalmarin regte sich.

Wir stupsten den kleinen Trichter an. Wir strichen über seine Öffnung. Und dann holte unsere Kalmarin wieder Wasser.

Während es in sie strömte und die beiden Herzen an den Kiemen zu pumpen begannen, kehrte ihr Augenlicht zurück, zunächst in jenes, das für den Blick in die Höhe gemacht war. Und mit einem Mal sahen wir, wie dicht unter dem Ende der Wasser unsere Kalmarin sich befand. Und als sie dann einen Blick in die Tiefe warf, sahen wir, dass uns keineswegs eine Landschaft aus versteinerten Muscheln umgab, keine Wüste aus Geröll. Unter unserer Kalmarin wucherte es.

Buschige pinke Korallen, giftgrün züngelnde Wasserpflanzen. Hier und da Tupfer von leuchtendem Orange. Dazwischen seltsame Gebilde, die ebenfalls überzogen waren von violett und türkis schimmernden Gewächsen. Fische, die dieselben Farben trugen, aber in wilden Streifen und Mustern kombinierten, schwebten herum. Sie schienen keine Scheu vor unserer Kalmarin zu verspüren, stoben nicht davon, schossen auch nicht ins nächstbeste Dickicht. Als unsere Kalmarin das Wasser wieder entweichen ließ und nach vorn glitt, sprühten sie einfach wie in einem Tanz auseinander und an ihr vorbei. Und als unser Blendender Arm zur Seite schnellte, um einen zu packen, wich dieser noch schneller davon. Der Blendende federte zurück – und dann, dann war es da.

Ein Wesen, von dem nur geflüstert wird in den eisigen Strömen unserer Heimat, ein schwimmender Stein, so groß wie unser Leib, aus dunklen und warmen Farben und bedeckt von merkwürdigen Zeichen, die zu leuchten schienen.

Während es vorübertrieb – so träge, wie der Fisch eben flink gewesen war –, wuchs ein kleiner Kopf unserer Kalmarin entgegen. Schwarze Augen glänzten, als ob sie gleich zu sprechen anfangen wollte. Stattdessen aber schien das Wesen zu nicken. Mit seinem Kopf deutete es in eine Richtung.

In einiger Entfernung endete das Korallenriff. Dort wurzelten zwei Felsen, die nicht nur das Ende des Wassers durchbrachen, sondern bestimmt auch die Himmel berührten.

Der Bisschen-Schüchterne und der Blendende wollten auf der Stelle dorthin. Sie schossen los, streckten sich dabei und gaben die Wunde zwischen ihnen frei. Ein wenig verdicktes Blut sprengte weg, dann war der Hehre da und bedeckte die Wunde wieder. Wir anderen zogen nun ebenfalls – wir waren alle überzeugt, unsere Kalmarin sei überhaupt nur deshalb wieder zu sich gekommen, um diesem Wesen zu begegnen, ja, das Wasser schmeckte, als wäre sie von ihm selbst aus der Ohnmacht zurückgeholt worden.

Welches Haar ein Mensch vererbt bekommt, folgt noch rätselhafteren Verhandlungen zwischen Genen als jenen, die die Augenfarbe bestimmen. Bei den Sanz hatten sich mit Caroline die durchgesetzt, die Hernáns rabenschwarzes Haar aufhellten. Ihre Kinder waren dunkelblond. Und wenn in Jeannes Linie – bei Reinhold, Paul und Dagmar – das Haar stets eine Nuance im Bräunlichen verblieb, führte irgendeine Finte dazu, dass Carl noch helleres Haar weitergab. Yvonne war von bleicher Haut und die Mähne, die ihr bald um ein sommersprossiges Gesicht stand, war rot.

Sie besaß keine Erinnerung an ihren Vater. Doch hatte Carl, bevor er sich den Tod holte, viel erzählt. Jene Schusterstochter hatte auch deshalb nur zu ihm Ja gesagt, weil sie es liebte, von seinem Großvater zu hören. Dessen Leben musste voll von solchen Abenteuern gewesen sein, die man sonst nur in Büchern fand.[*] Und auch Carls Schwiegervater hörte gern zu, wenn sie gemeinsam in der Werkstatt saßen, Leder und Ahle in den Händen, Leisten, Hammer und Seemannsgarn.

Also bekam Yvonne erzählt, sobald sie begann, Fragen zu stellen. Bald glaubte sie, den Urgroßvater, den sie nie gesehen hatte, sehr wohl zu kennen. Sie wusste, dass in ihm rein spanisches Blut geflossen war. Und dass dessen Vorfahren zur See gefahren waren, um Ungeheuer zu bekämpfen. Dass ihr Urgroßvater irgendwann bei einem Kampf derart verwundet worden war, dass er ins Deutsche Reich gekommen war. Ihr leuchtete das alles ein. Wegen ihm war sie mutig und wild. Wegen ihm besaß sie trotz der hellen Haut und der roten Haare dunkle Augen. Und wegen ihm fand sie am Baden keinen Gefallen, selbst wenn ihre Freundinnen und sie an eine versteckte Stelle an der Hunte gingen.

A
R
M

Und wenn sie sich ihre Abneigung gegen Wasser auch so erklären konnte, gab es etwas an ihr, von dem sie zwar ahnte, dass es in Verbindung zu dieser Abneigung stand, das sie ihr Leben lang aber nicht durchschaute:

Ekel

Es begann damit, dass sie sich selbst nicht gefiel. Da konnten die Leute hundertmal sagen, was sie für ein hübsches Kind sei, was für ein schönes Mädchen, was für eine vorzeigbare junge Frau. Erhaschte sie einen Blick auf ihr Spiegelbild, im garstigen Wasser, in einem fleckigen Spiegel, musste sie schnell wegsehen und war dann für Stunden bedrückt. Selbst die schattenhafte Silhouette, die man im richtigen Licht auf Leder bildete, versuchte sie zu vermeiden. Als sie zu bluten begann, dachte sie, es

---

[*] Eine Zeit lang, bemerkt unser Eingebildeter Arm, lag auf ihrem Nachttisch sogar 20.000 Meilen unter dem Meer.

sei deshalb. Bald aber ließ sie von dieser Erklärung ab, andere Frauen kamen ihr nicht dreckig vor. Nur sie war ekelhaft.

Als trotzdem ein Mann begann, ihr den Hof zu machen – Helmut Macke, gelernter Schmied, erst bei der DDG HANSA und später bei der Deutschen Schiff- und Maschinenbau Aktiengesellschaft DESCHIMAG –, betäubte das den Ekel nur für einige Wochen. Kaum waren sie verheiratet und nach Wesermünde gezogen, schreckte er, ein hässliches Insekt, hoch und sprang über.

Ihr Mann hatte in der frisch aus den Städten Lehe und Geestemünde vereinigten Stadt die Leitung einer Werft übernommen. Er sprach gewählt, doch irgendetwas an seiner makellosen Aussprache ließ Yvonne schaudern wie früher, wenn sie einen Blick auf sich selbst erhascht hatte. Bald wurde es schlimmer. Sie entdeckte, wie dick und lappig seine Haut doch war. Die Poren waren größer als bei anderen Menschen und in ihnen sammelten sich Rückstände von Pomade und getrocknetem Schweiß. Seine Hände rochen nach Tinte und den VILLIGER STUMPEN, die er mit pfeifenden Geräuschen in sich einsog. Irgendwann reichte es nicht mehr, die Augen zu schließen, wenn er in ihr war. Sie musste sich auf den Bauch legen und die Luft anhalten. Über die Jahre wurde es so schlimm, dass sie manchmal noch, wenn er längst abgelassen hatte und eingeschlafen war, zu würgen begann.

Von den Nächten abgesehen blieb er ein Glücksfall. War er anfangs lediglich eine unwahrscheinlich gute Partie gewesen, war das Werk Macke bald nicht mehr wegzudenken aus dem Reich. Damit hatte auch sie ihren ehrenwerten Platz. Und also blieb sie da, ertrug seine Stimme und seinen Geruch und lebte von dem Ansehen, das sie genossen.

Erlösung fand sie – wir wollen einen raschen Ausblick geben – erst an seinem Totenbett. An diesem hockte sie und konnte dem Mann, mit dem sie ihr Leben verbracht hatte, in die Nasenlöcher sehen, wo im linken ein einzelner Popel hing. Als sie sich unbeobachtet wähnte, steckte sie ihren kleinen Finger hinein, pulte den Schmodder heraus und schnippte ihn ohne hinterherzusehen davon.

Bald nach ihrer Hochzeit, als diese Befreiung noch in ferner Zukunft lag, wurde Yvonne schwanger. Der Kopf des Mädchens, das sie im folgenden Jahr, 1935, zur Welt brachte, war mit einem schmierig rötlichen Flaum bedeckt, der zum Glück einem hellen Blond wich.

Wie man das als Mutter tut, erzählte sie der kleinen Iris von ihrem eigenen Mädchennamen und auch davon, dass ihr Uropa, Iris' Ururopa, zur See gefahren war. Dass der ein Schiffsjunge aus Spanien gewesen war, verschwieg sie. Und über ihre Uroma, Iris' Ururoma, und deren belastende Herkunft, verlor sie nicht ein Wort.

Wie hätte es also herauskommen sollen? Das eine Mal, als mehr aus Gründlichkeit als verdachtshalber Nachforschungen angestellt wurden, war Helmut Macke bereits einen Schritt voraus. Den Stammbaum seiner Frau, den er an einem Donnerstag vorlegte, hatte ein Freund, der eben solche Stammbäume prüfte, am Wochenende zuvor gezeichnet. Und in Iris' kindlicher Vorstellung war Sanz sowieso ein plattdeutscher Name, die Seefahrer-Opas aus Pommern, deren Vorfahren im schlimmsten Fall Dänen oder Holländer.

Heute würde man eine Familie wie die Mackes neureich nennen und in der Hoffnung, dass man sie so nicht zu Gesicht bekommt, nach Sülz, in den siebten Bezirk, nach Schleusig, Schwabing oder in den Prenzlauer Berg abschieben. In der Zeit der Mackes aber war die Pflege der Privilegien für diejenigen, die nicht genügend Anstand besaßen, um DAS REICH zu verlassen, der beste Schutz gegen schmutzige Hände.

Also steckte Iris bereits, noch bevor sie richtig sprechen konnte, in einer Opernloge und guckte einem gottbegnadeten Dirigenten ins Profil. Oder wanderte durch die endlosen Gänge der großen Museen in Berlin, Wien und später auch Paris.

Wie es so oft im Leben ist, verursachte das Engagement der Eltern das Gegenteil seiner beabsichtigten Wirkung. Und während die Eltern noch hofften, an ihrem Kind würde etwas von der Kunst haften bleiben, lernte Iris lediglich, dass diese Malereien nichts mit der Welt zu tun hatten. Es interessierte sie nicht. Nur einmal, da entdeckte Iris die Zeichnung von einem jungen Mann. Und es blieb ihr – einige Jahre, bevor sie ihre Lust entdecken sollte – die Luft weg. Sie wusste, dass so der Mann aussehen musste, dem sie sich hingeben würde, eines Tages, ganz gleich wer und wo und wie.

Als der Krieg endete, war sie zehn. Jung genug, um ein Leben lang so zu tun, als hätte er samt allem, was ihr Vater für ihn getan hatte, vor ihrer Geburt stattgefunden. Den GROSSEN FRAGEBOGEN, später die Briefe von Anwälten und vom Spruchgericht, fischte sie aus dem Briefkasten und legte sie auf die Kommode, wie sie alle Briefe auf die Kommode legte. Dass er nicht in die Kategorie II (Belastete), auch nicht in die Kategorie III (Minderbelastete) eingestuft wurde, sondern als der Kategorie IV (Mitläufer) zugehörig, gab ihr im Nachhinein recht.

Als geläuterte Familie durften sie die zweite Hälfte des 20. Jahrhunderts beginnen. Und wenn von da an die Rede auf die Vergangenheit kam, plauderte sie in frivolem Ton ganz einfach von der Mutter. Deren Vater sei noch zur See gefahren. Nur deshalb habe die sich in ihren Vater verliebt. Also wegen der Liebe zum Meer – aus dem Werk Macke war inzwischen eine Reederei geworden. Man fing Fisch. Fisch war gesund. Und Fisch hatte nie etwas mit Politik zu tun gehabt. Fisch schmeckte.

Mehr aus Versehen heiratete sie einen Angestellten ihres Vaters, der keinerlei Ähnlichkeiten mit dem Mann hatte, der fünf Jahrhunderte zuvor Albrecht Dürer Modell gesessen hatte, sich dafür aber innerhalb der zwei Jahrzehnte, in denen es den Schwiegervater noch gab, zu dessen rechter Hand hinaufmauserte. Und als dann Yvonne jenen Popel aus Helmuts Nase fischte, bestimmte der Aufsichtsrat diesen Mann zum neuen Geschäftsführer. So blieb die MACKE & MEYER GMBH ein traditionsreiches Familienunternehmen, das bald einen Unternehmenssitz mit Blick auf den GEESTEMÜNDER FISCHEREIHAFEN bezog.

Dass er rein gar nichts erreicht hatte, kam Peter nur so vor. Längst war ihm echtes Glück begegnet, unbemerkt, denn es glänzt die ersten Jahre über nicht. Es liegt im Schatten von Niederlagen. In Peters Fall im Schatten seines gescheiterten ersten Buches. In den Wochen, ja Monaten, in denen er noch nicht einsah, dass es keine Beachtung finden wollte, er wie von Sinnen am Schreibtisch hockte, die Schreibmaschine anstarrte und aber nicht zu schreiben vermochte, dem Ratschlag seines Vaters folgend eben versuchte zu lesen, aber auch das nicht konnte und HAWAII von Michener in die Ecke pfefferte, stattdessen nach der Zeitung griff, las er einen kurzen Artikel über einen Fischer.[*] Dieser hatte vor Long Island einen zwei Tonnen schweren, über fünf Meter langen Hai aus dem Wasser gezogen.

Und Haie, die hatten Peter bereits fasziniert, noch bevor ihn

---

[*] Er hat, behauptet unser Blendender Arm, diesen Artikel auf die Sekunde genau einhundert Jahre, nachdem Jules Verne den Bericht über ein Seeungeheuer vor Teneriffa in Händen gehalten hat, gelesen. Blödsinn, unterbricht ihn wieder der Bisschen-Schüchterne. Hör endlich auf mit deinen Übertreibungen, das fällt auf uns alle zurück.

sein Vater in den Sommern zum Schreiben zwang. Als Kind verbrachte er seine Ferien auf Nantucket, und wenn sie an ruhigen Tagen segelten, konnte er die schwarzen Rückenflossen sehen, die die Meeresoberfläche durchschnitten. Diese Bilder hatten sich in seine Erinnerung eingebrannt und der Monster-Hai des Fischers gesellte sich mir nichts, dir nichts dazu und war bald schon etwas, worüber Peter von Zeit zu Zeit nachdachte, wie über so viel anderes – Dinosaurier, Piraten oder auch die Frage, ob er Speisereste zwischen den Zähnen hatte.

An seinem dreißigsten Geburtstag entschied er, dass das ein Stoff war. Der Stoff für einen letzten Versuch. Er reiste nach Sri Lanka, um Haie zu sehen. Und dann, 1971, setzte er sich hin und schrieb eine Skizze, nicht mehr als ein Teaser, mietete mit dem Vorschuss, den sein Agent bei Tom Congdon von DOUBLEDAY heraushandeln konnte, einen alten Truthahnstall in Stonington, Connecticut, an und verbrachte dort den Sommer. Als es zu kalt wurde, bezog er einen Raum über einer Garage in Pennington, New Jersey, und schrieb – inmitten von Industrie – an der Geschichte über ein Tier, wie es die Welt noch nicht gesehen hatte. Um das, wo auch immer es auftauchen würde, *eine unheilvolle Ruhe herrscht. Ein fünftausendpfündiger beschissener Dinosaurier, böse und dumm wie Sünde, eines dieser Dinger, über die Filme gemacht werden. Sie wissen schon, das Ungeheuer aus der Tiefe, einem Instinkt unterworfen, der ihn zwingt, böse zu sein.*

So böse wollte Peter sein Tier sein lassen, dass seine Jäger es mit einem Delfin ködern sollten: *Sein lebloser Kopf wiegte sich sanft mit der Bewegung des Bootes. Er war nicht mehr als sechzig Zentimeter lang. Auf der Unterseite des Kiefers stach das Öhr eines riesigen Hai-Hakens hervor, und aus einem Loch im Bauch wand sich der Stachelhaken hoch. Hooper packte die Seiten der Tonne und sagte: »Ein Baby.«*

»Noch besser«, sagte der Fischer grinsend, »ungeboren.«

Perspektivwechsel.

Es gab keine Gewissheit, dass das, was da oben herumwirbelte, Nahrung war, aber darauf kam es nicht an. Der Fisch war gezwungen anzugreifen. Wenn das, was er schluckte, verdaulich war, dann war es Nahrung; wenn nicht, würde es später ausgespien. Das Maul öffnete sich, und mit einem letzten Hieb des sichelförmigen Schwanzes schlug der Fisch zu – wenn Peter seinem Tier so nah kam, dass er dessen Perspektive einnahm, fühlte er mit einem Mal eine Lust, die etwas mit dem Schrecken zu tun hatte, aber auch etwas mit Freude, und die er erst bemerkte, wenn seine Hand bereits in die Unterhose gewandert war. Dann unterbrach er das Schreiben, spähte über den Schreibtisch, den er seit seinem Büro im Weißen Haus stets leicht schräg ans Fenster stellte. Und wenn auf dem Gelände vor dem Ofenproduzenten, dem seine Garage gehörte, niemand zu sehen war, nahm er seine Brille ab, steckte die Bügel in den Spalt zwischen der Leertaste und der untersten Buchstabenreihe und stand auf. Auf dem Weg an die dem Fenster gegenüber liegende Wand warf er die Krawatte über die Schulter, knöpfte die Hose auf und ließ sie bis in die Kniekehlen hinabrutschen. Dann lehnte er sich an. Und weil die Krawatte zwischen Schulterblatt und Wand eingeklemmt war, würgte es ihn, sobald er begann, die Hand auf und ab zu bewegen.

Diese Lust, die war wie der Hunger seines Hais. Sie verging nicht, wenn es ihm kam. Er setzte sich wieder und zog seine Brille aus der Schreibmaschine. Keine Stunde später steckte er sie wieder zwischen die Tasten. Bald rochen die Tasten seiner Schreibmaschine wie seine Unterhosen.

Wenn er heimkam, war Wendy meist schon im Bett. *Er küsste ihren Nacken und begann mit der Hand kreisförmig ihren Bauch zu reiben, mit jeder Drehung höher hinaufgehend.*

Wendy gähnte. »Ich bin so schläfrig«, sagte sie. »Ich habe eine Tablette genommen, ehe du heimkamst.«

Peter hörte auf zu reiben. »Weshalb zum Teufel?«

»Ich habe gestern Nacht schlecht geschlafen und wollte nicht aufwachen, wenn du spät nach Hause kämst. Deshalb habe ich eine Tablette genommen.«

»Ich werde diese verdammten Tabletten wegwerfen.« Er küsste sie auf die Wange und wollte sie dann auf den Mund küssen, doch sie gähnte mittendrin.

»Verzeih«, sagte sie. »Aber ich fürchte, es wird nicht klappen.«

»Es wird klappen. Du brauchst bloß ein bisschen mitzumachen.«

»Ich bin so müde. Aber mach weiter, wenn du willst. Ich werde versuchen wachzubleiben.«

Als es Peter dann endlich kam, brachen die Tränen aus ihm heraus. Er rollte auf seine Bettseite zurück und schluchzte stumm, um Wendy nicht zu wecken, bis er sich verschluckte und zu husten begann.

So hingen also Lust und Trauer zusammen, Freude und Schrecken. Er wusste nicht, ob er diesen Zusammenhang durchs Schreiben über sein Tier entdeckt hatte. Oder eher infiziert worden war. Plötzlich überkam ihn Angst. Wendy neben ihm schnarchte leise. Und auch wenn ihn schnarchende Frauen genau wie Speisereste zwischen den Zähnen abstießen, musste er sich plötzlich vorstellen, wie Wendy *jemanden anrief und wie sie ihr Herz klopfen hörte, während sie nichts wagte in die Sprechmuschel zu sagen. Wie sie ihren Puls am Handgelenk schlagen sah. Sich innerlich sagte, sie möge auflegen. Und dann doch Hallo flüsterte.*

Peter schnäuzte sich in das Bettlaken. Er sah förmlich vor sich, *wie sie sich die Beine und unter den Armen rasierte. Und wusste, dass sie sich wünschte, sie hätte eines dieser deodorieren-*

den Intimsprays gekauft, für die immer so viel Reklame gemacht wurde. Er stellte sich vor, wie *sie – da sie nun mal keines hatte – sich puderte und Eau de Cologne hinter die Ohren tupfte, in die Armbeuge, die Kniekehlen, auf Brustwarzen und Genitalien.* Wie sie sich dann im Schlafzimmer vor den bis zum Boden reichenden Spiegel stellte und *sich betrachtete.* Wie sie sich fragte, *ob die Ware gut genug sei –* und über solche Fantasien schlief er schließlich ein, schreckte im Morgengrauen auf, mit einer Aufregung im Bauch und einer Idee für den ersten Dialog über sein Tier:

»*Der einzige Hai, der so groß wird und Menschen angreift, ist der Große Weiße. Es gibt noch einen anderen Namen für sie.*«
»*Oh ja? Und welchen?*«
»*Menschenfresser. Andere Haie töten gelegentlich Menschen, aus allen möglichen Gründen – vielleicht aus Hunger oder aus Verwirrung oder weil sie Blut im Wasser riechen. Übrigens, hatte das Mädchen Watkins gestern Nacht ihre Periode?*«

Das erstgeborene Kind hat es ungleich schwerer als die folgenden Kinder. Es muss die Schwächen der Eltern ertragen, bevor diese denen überhaupt auffallen könnten, ihre Unsicherheit, ihre Willkür, ihre Überforderung. Eine Weile hat es alle Aufmerksamkeit, dann muss es aus heiterem Himmel lernen, dass es nicht allein auf der Welt ist. Heute muss es dafür kämpfen, nicht vergessen zu werden. Morgen muss es sich im Zaum halten, denn die Jüngeren sind ihm ausgeliefert. Und das verpflichtet dazu, ihnen beizustehen. Ihnen die Welt zu zeigen. Ihnen zur Not die Mutter oder den Vater zu ersetzen.

Ein solches Kind, erstgeboren und voller Gewissenhaftigkeit, war Henri Sanz. Er liebte Jeanne. Carl beschützte er. Und nachdem beide fortgegangen waren, blieb er, kümmerte sich um die Eltern, nahm des Vaters Platz in der Mine ein und heiratete – ebenfalls ganz in Familientradition – ein Nachbarsmädchen.

Er bekam Kinder, nicht nur drei, sondern fünf, und ausnahmslos Söhne, die alle in den Krieg gingen, um zu fallen. Allein den Jüngsten, den versteckte er bei Verwandten seiner Frau auf dem Land. Und als dann nach Edouard gesucht wurde und seine Behauptungen, dieser sei einfach fortgegangen, auf keinen Glauben stießen, bot er sich am Ende selbst an, erstgeboren und voller Gewissenhaftigkeit. Vor Kurzem war er sechsundfünfzig geworden.

Seiner Frau sagte er, dass er doch ohnehin auf dem besten Weg sei, es seinem Vater Juan und dessen Vater Hernán gleichzutun und sich in der Mine den Tod zu holen. Insgeheim aber graute es ihm.

Als er dann in Wehrmachtsuniform in Italien stand, wurde es schlimmer. Obwohl er Glück hatte und in keinen Schusswechsel geriet, verstrich keine Sekunde, in der er nicht den Tod fühlte. Es war, als ob die Nähe des Mittelmeers eine Furcht in ihm geweckt hätte. Davor, beim Sterben zu versagen. Auf halbem Weg hängen zu bleiben. Nicht gut genug zu sein. Und ein Gespenst zu werden. Erstgeboren und ruhelos.

Allen Erwartungen entgegen überstand er den Krieg – und gehörte zu jenen Grenadieren, die am 30. April 1945 das Gemeindeamt von Niederdorf im Pustertal umstellten, in dem sich der SS-Untersturmführer Bader verschanzt hatte. Als Henri einige Stunden später die beiden britischen Spione Sigismund Payne Best und Richard Henry Stevens aus dem Hotel am Pragser Wildsee geleitete und ihnen eine laue Brise übers Wasser entgegenstrich, erfasste ihn ein Schwindel. Er setzte sich. Alles war taub. Und das Letzte, was er roch, war der Rauch von Thyssens Zigarre.

Es ist so, dass ein Welterfolg sich einmal alle hundert Jahre weder auf echtes Glück noch auf erzwungene Fügung, sondern auf einen eisernen Willen zurückführen lässt. Auf einen Willen, der – wie man sagt – bereit ist, die eigene Mutter zu verkaufen.

Sich dessen bewusst war Peter nicht. Er schrieb und masturbierte, und wenn er etwas wie einen eisernen Willen wahrnahm, dann höchstens in Tom Congdon. Der hatte jenen Teaser für einen Hai-Thriller in die Hand gedrückt bekommen, ohne mit der Wimper zu zucken den Vorschuss bezahlt und wollte nun aber auch mitreden. »Mitreden« meinte in diesem Fall »mit der Peitsche hinter seinem Autor stehen«. Achtzehn Monate ließ er ihn umschreiben und umschreiben und war gegen SILENCE IN THE WATER, dann gegen WHO'S THAT NOSHIN ON MY LAIG und kürzte am Ende THE JAWS OF LEVIATHAN ab zu:

JAWS

Nur bei Peters Vorschlag für ein Cover hatte Congdon keine Verbesserungswünsche. Zu diesem Zeitpunkt ging es nämlich längst nicht mehr nur um das Buch: Fucking neun Monate vor Release hatte er die Taschenbuchrechte für eine fucking halbe Million Dollar verkauft. Jetzt verscherbelte er die fucking Filmrechte. Und als das Buch, auf dessen Deckel ein Hai, der genauso ein fucking Phallus und eine fucking Vagina dentata sein konnte, abgebildet war, dann im Februar 1974 in die Buchläden kam, liefen die Vorbereitungen für den Film bereits auf Hochtouren. Fucking geil.

Am zweiten Mai, drei Tage, nachdem Nixon im Fernsehen verkündet hatte, dass er die Abschriften von zweiundvierzig Tonbändern aus dem Weißen Haus aushändigen würde, begannen die Dreharbeiten. Man hatte sich für das Städtchen Edgartown auf Martha's Vineyard, einer Insel vor der Südküste von Cape Cod, entschieden, unter anderem auch weil der Hauptort der Insel, das Städtchen Edgartown, ganz ähnlich wie das fiktive Amityville, im Sommer von ein paar Tausend auf mehrere Zehntausend Menschen anwuchs.

Davon bekam das Set freilich kaum etwas mit. Man war viel zu beschäftigt mit den Widerständen, die den Dreharbeiten vom ersten Tag an entgegenschlugen: Die Schienen für Dolly-wagen mussten von Hand an den Strand geschleppt werden. Es brauchte immer neue Stege und Flöße, auf denen Kameras, Lampen und Reflektoren Platz hatten. Holzgerüste mussten gezimmert und in der See verankert werden. Und auf den Schiffen genügte eine etwas stärkere Welle und die Bilder aus den Hand-Panaflex-Kameras waren unbrauchbar. Vor allem aber war ein Fünfundzwanzig-Millionen-Dollar-Sternchen am Set. Eine Diva, die damit kokettierte, dass sie erst einmal viel zu spät und außerdem in Einzelteilen ankam. Dann gab es sie nicht nur einmal, sondern für die Ansicht von rechts eine, für die Ansicht von links eine und schließlich noch eine dritte, die an einem Boot herumgezogen werden konnte. Sie besaß zwei Zahnsets, ein scharfes und ein stumpfes. Bruce war ihr Name. Ihr Daddy war Bob.

Mit einem anderen Ausstatter und einem Hai-Experten hatte Bob wochenlang an der SCRIPPS CLINIC AND RESEARCH FOUNDATION und an der CALIFORNIA ACADEMY OF SCIENCE recherchiert. Währenddessen bauten sie Tonmodelle, erst kleinere, dann größere, und nachdem Steven die abgenickt hatte, machte Bob sich an den Plastik-Body von Bruce: acht Meter lang, mit einer Lasmer-Schicht überzogen und mit speziellem Lack bemalt, damit Wasser darauf realistisch abperlte. Ein Rückgrat aus Federstahl und Innereien aus unzähligen Schrauben und Muttern, Kabeln, Klappen, Röhren und Schläuchen, die sowohl mit einem Pressluftmotor verbunden als auch an einen Katapult angeschlossen werden konnten. Für Bruce' Auftritte aber wendete Bob alles an, was er in den letzten vier Jahrzehnten gelernt hatte, vor allem über den Menschen. Das erzählte er natürlich niemandem. Heimlich las er über diejenigen, die die Profiler vom FBI seit Kurzem SERIAL KILLER nannten, und ließ – ganz nach dem Vorbild ihrer Fälle – den Schrecken langsam kommen. Nur Steven zog er ins Vertrauen.

JAWS sollte mit einem Mord beginnen, der das Publikum aufforderte, sich mit einem Sexualstraftäter zu identifizieren: eine Hippie-Party am Strand. Eine junge Frau löst sich aus der Menge und rennt, sich die Klamotten vom Leib reißend, Richtung Meer. Besoffen stolpert ihr ein Dude hinterher. Nackt stürzt sie sich in die Brandung, schwimmt ein paar Meter und rekelt sich dann im Wasser, hebt ein Bein und so weiter. Schnitt und wir sehen sie von unten, Bruce' Perspektive. Wieder ein Schnitt und sie beginnt sich auf und ab zu bewegen, schreit IT HURTS, IT HURTS, während am Strand der Dude zusammenbricht und stöhnt I'LL COME, I'LL COME.

SERIAL KILLER bedeutete aber auch, dass Bruce zunächst unsichtbar zu bleiben hatte. Nach dem ersten Mord sehen wir nur die Reaktionen von denen, die am Strand mit der Leiche zu tun haben. Unwahrscheinlich schnell wird auf die Ursache des Todes geschlossen. Der Polizeichef steht gegen seinen Brechreiz ankämpfend neben der vergewaltigten Leiche und erklärt, es komme ihm so vor, als wäre sie von einem Hai angegriffen worden. In der Gerichtsmedizin wird das dann bestätigt: Mögliche Todesursache SHARK ATTACK.*

---

* Man braucht dazu, ruft unser Armer Arm dazwischen, drei Zentiliter Tequila, einen Schuss Curaçao, neun Zentiliter Zitronenlimonade, drei

Auch beim zweiten Mord nach guten fünfzehn Minuten ist alles, was wir zu Gesicht bekommen, Blut. Um genau zu sein, Kinderblut. Wie ein Hai überhaupt aussieht, erfahren wir durch Fotografien in einem Buch, das der Polizeichef durchblättert. Sie sind neben Fotografien von riesigen Wunden und verstümmelten Menschen gesetzt.

Wie Bruce aussieht, erfahren wir allerdings weiterhin nicht. Uns wird nur ihre Kraft gezeigt. Ein paar Schnitte und sie reißt einen ganzen Steg ins Wasser.

Um dem Spuk ein Ende zu bereiten, ziehen die Leute von Amityville zu Dutzenden in kleinen Booten hinaus und fangen auch tatsächlich einen Hai. Vier Meter ist er lang und sieht furchteinflößend aus. Aber der Hai-Experte erklärt ihn für zu klein.

Wie verdammt riesig muss Bruce sein?

Erst nach etwa einer Stunde ist dann zum ersten Mal etwas von ihr zu sehen, wenn auch nur ihre Flosse, und einige Schnitte später ihr Kopf, von oben, verschwommen durchs Wasser.

Mit dem dritten Mord beginnt dann die Jagd auf Bruce. Der Polizeichef fährt gemeinsam mit dem Hai-Experten und einem Fischer hinaus. Als Bruce zum ersten Mal anbeißt, ist es ganz still, dann beginnt die Angel zu knacken. Wir bekommen Gänsehaut. Wir sehen Bruce' Kopf, diesmal über Wasser, und dann schießt sie in voller Größe am Schiff vorbei.

Die Jagd wird unterbrochen, damit der Fischer vom Untergang der Indianapolis erzählen kann: In der Nacht vom 29. Juni 1945 seien über tausend US-Soldaten schiffbrüchig im Meer getrieben. Beim ersten Licht seien die Haie gekommen.

Zentiliter Kirschlikör und ein Zentiliter Grenadinesirup, außerdem ein Schnapsglas und ein größeres Glas mit flachem Boden. Gebt, fährt der Hehre fort, den Kirschlikör und die Grenadine in das Schnapsglas. Dann stülpt das größere Glas über das Schnapsglas. Was jetzt kommt, ist gar nicht so einfach. Ihr müsst das Schnapsglas in das größere Glas hineinführen, bis sein Rand mit dem Boden des größeren Glases schließt. Dann

Uns stockt der Atem, wenn er von den Hai-Augen berichtet. Dann zucken wir zusammen, denn plötzlich wird das Bild erschüttert. Bruce beginnt Löcher in den Schiffsrumpf zu boxen – was, nebenbei bemerkt, nur für einen anstrengender war als für die Darstellerin selbst. Quasi nach jedem Drehtag musste Bob seiner ramponierten Tochter die Schnauze reparieren. Und weil das Salzwasser sie rosten ließ und die Sonne sie ausbleichte, bekam sie jede Woche eine neue Haut.

Ihre große Szene hat Bruce erst in der letzten halben Stunde. Die Situation ist folgendermaßen: Sie hat einen Köder geschluckt, und während der Fischer auf sie schießt, kommt es zu einer Art Tauziehen zwischen ihr und dem Schiff. Der Motor raucht.

Und dann das große Finale.

Dieser Shot wurde stundenlang vorbereitet. Weil es nach einem sonnigen vierten Juli aussehen sollte, wurden auf den drei herumdümpelnden Schiffen zusätzliche Lampen und Reflektoren aufgebaut. Dann entschied Steven endlich zu drehen.

Unter Wasser nahm Bruce alle Kraft zusammen, alle Wut und allen Frust über die Strapazen der letzten Wochen, die Demütigungen, die Witze, die Jokes. Und als sie dann aus dem Wasser schnellte, explodierte die Welt. Das Schiff krachte zusammen, Gischt spritzte in alle Richtungen, der Polizeichef wurde von einer Menge aus gesplittertem Holz verschluckt, manche sprangen ins offene Wasser, andere schrien: Rettet die Kameras, rettet die Lampen.

Dabei neigte sich das Schiff immer weiter, plötzlich drohte der Mast auf eines der anderen Schiffe zu stürzen und auch hier

dreht ihr das Ganze um. Jetzt gießt ihr vorsichtig den Tequila und den Curaçao auf das Schnapsglas. Wartet kurz und füllt dann mit der Zitronenlimonade auf. Strohhalm rein und fertig. Beim Trinken, ergänzt wieder der Arme, wird der Inhalt des Schnapsglases ins große Glas gesogen. Es sieht aus, als würde Blut in Wasser strömen. Cheers.

sprangen die Leute ins Wasser. Gleichzeitig kam eine Böe auf und es begann zu stürmen. Und während für ein paar Minuten alles im Chaos versank, lag Bruce erschöpft auf dem Heck des Schiffes, und wenn jemand genau hingesehen hätte, wäre ihm mit Sicherheit das zufriedene Glänzen in den Hai-Augen aufgefallen.

Iris verabscheute Kinder. Und ihr Mann hatte ja bereits seine Babys, die kleine Flotte aus Fischdampfern, die er gerade mit Gefrierräumen ausstattete. Als sie 1980 auf der MS Azerbaydzhan eine Kreuzfahrt unternahmen, war sie bereits Mitte vierzig und sicher, kein Kind mehr empfangen zu können. Und doch musste sie irgendwo zwischen Casablanca und Agadir ein Kind empfangen haben. Ihr Frauenarzt glitt auf seinem Stuhl von ihr weg und wiederholte, sie sei in der dreizehnten Woche.

Es ist bemerkenswert, was in ihr vorging, als sie das schrumpelige Ding in die Arme gelegt bekam. Der Ekel, den sie mit der Muttermilch aufgesogen hatte, focht mit einem urplötzlich aufgetauchten Mutterinstinkt, und während dieses Duells starrte sie weiter die Aluminiumfassung der Lampen an, über die sie den Kaiserschnitt verfolgt hatte, unfähig, sich zu rühren.

Dann geschah etwas, etwas in ihr, oder vielleicht auch in dem Baby, vielleicht drang sein Herzschlag an ihren, vielleicht erkannten sie einander. Jedenfalls riss sie sich fort von jener verzerrten Spiegelung ihres Bauches, der rot klaffenden Wunde darin, den grünen Stoffen, den weißen Händen und Werkzeugen aus Metall.

Als sie die winzigen Äuglein ihres Sohnes fand, war ihr zumute, als säße sie in einer heißen Wanne und würde sich mit eiskaltem Wasser abbrausen. Mit einem Mal verstand sie, dass

204

sie ihren Mann niemals geliebt hatte, auch ihre Eltern nicht, und auch sonst niemanden. Sechsundvierzig Jahre hatte sie existiert, aber erst jetzt, jetzt liebte sie.

Vielleicht ist jener Augenblick, in dem die mütterliche Liebe als Siegerin hervortrat, verantwortlich dafür, wie sich das Erbe des Hernán Sanz in seinem Urururenkel fortsetzte. Warum auch nicht, Säuglinge sind sensibel. Die Verdrängung des Traumas (Stichwort Seeungeheuer) hatte sich einst in einem neuen Gewand bemerkbar gemacht (Stichwort Ekel). Dieser konnte über die Generationen nicht anders abgewehrt werden als über eine Identifikation, weshalb Christian eine merkwürdige Faszination für die eigenen Popel (und einen übermäßigen Hang zur Selbstbefriedigung) entwickelte.

Iris gewöhnte ihrem Jungen natürlich das Popeln ab. Wie so viele Eltern vergaß sie aber klarzustellen, ob das Popeln selbst oder das Erwischtwerden das Schlimme sei. Und so frönte Christian seiner Leidenschaft im Heimlichen, schmierte Rotz und Popel auf die Unterarme, abends im Bett auch auf die haarlosen Stellen an seinem Bauch, und ließ es dort trocknen, um am nächsten Morgen nach dem Erwachen genüsslich die feine Kruste abzukratzen.

Wenn andere Eltern mit dem Alter eine gewisse Gelassenheit an den Tag legen, waren seine – die Mutter bald in ihren Fünfzigern, der Vater bereits jenseits der sechzig – voller Sorge. Es blieb ihm gar nichts anderes übrig, als entsprechend ihrer Erwartung zu reagieren. Er spürte, dass sie etwas unter einer verkrampften Lockerheit zu verstecken suchten, wurde unsicher und bestätigte all ihre Ängste. Vor allem in der Schule stellte er sich ungeschickt an. Es gab Dinge, die wollten einfach nicht in seinen Kopf (s, ss oder ß), und auch wenn er sich vorsichtig für die Antike interessierte (vor allem die römische), wurde er bald von den anderen Kindern gehänselt.

Das war der Tropfen, der das (väterliche) Fass zum Überlaufen brachte. Denn so etwas brauchte sich ein Christian Meyer (Meyer von MACKE & MEYER) nicht anzutun – er wurde auf eine exklusivere Schule gewechselt. Die Hänseleien hörten auf. Unklar bleibt, ob das an der Exklusivität lag oder einfach nur daran, dass er sein Hobby (die aus Pappe angefertigte Legionärsuniform) an den Nagel hängte.

In diesen Monaten – er war elf und mit knalligen Farben waren die Nineties angebrochen – weitete er seine Faszination für Rotz auf alles aus, was Rotz ähnelte. Zum Beispiel liebte er bald schon das Gefühl, wenn das Sperma in der Unterhose trocknete, der Stoff steif wurde und das Schamhaar verklebte. Außerdem begann er jetzt zunehmend Ideale (Unabhängigkeit) mit materiellen Wünschen (Mercedes Benz) zu verwechseln. Und wie das so oft der Fall ist mit Heranwachsenden, denen es an nichts fehlt, unterschätzen sie den Einfluss ihrer Privilegien und verzichten vorschnell. Die Tatsache, dass man streng genommen nicht wirklich auf sie verzichten kann – man hat sie einfach –, schmälerte in Christians Fall nicht, dass es zu seinen mutigsten Taten gehörte, nach nicht einmal sechs Wochen Grundausbildung seine Offizierslaufbahn abzubrechen und – vor allem das erforderte Mut – seinen Eltern nichts zu erzählen. Nachdem er mit seinem Ausbilder geredet hatte, musste er mit dessen Vorgesetzten sprechen. Und dann mit dessen Vorgesetzten. Er hockte einem Offizier nach dem andern gegenüber und faselte dabei viel von der Verbundenheit, die er der Bundeswehr gegenüber zweifelsohne verspürte, die er allerdings genauso gegenüber Gott empfinde – und alle Offiziere sahen nur das Meyer auf den Dokumenten an (Meyer von MACKE & MEYER) und attestierten ihm am Ende eine Untauglichkeit, keine körperliche, eine seelische. Damit war Christian entlassen.

Der väterliche Plan war gewesen, zu dienen und dann an der Helmut-Schmidt-Universität der Bundeswehr Maschinenbau zu studieren, um sich anschließend auf Nautik zu spezialisieren. Ohne die Bundeswehr ging das nicht mehr, Christians Noten waren zu schlecht (s, ss oder ß). Er zog trotzdem – noch immer ohne seine Eltern informiert zu haben – nach Hamburg, schrieb sich für Geschichtswissenschaften ein und beschloss, sich von nun an Chris zu nennen. Darüber hinaus beschloss er zu warten.

Auf das neue Jahrtausend. Bis ihm etwas Besseres einfallen würde. Bis er sein Geld aufgebraucht haben und sich an seine Eltern würde wenden müssen. Bis die ihn finden würden.

Im Rückblick waren die vier Wochen, bis das Wintersemester begann, herrlich. Es war Spätsommer 1999 und jeden Nachmittag holte er sich eine Currywurst und Pommes, hockte am Hafen, sah den Schiffen zu und wartete auch irgendwie ein bisschen darauf, dass ein Mädchen kommen und sich neben ihn setzen würde. Dass dies nicht geschah, irritierte ihn kaum. Er verspürte lediglich etwas in der Brustgegend, für das die Containerschiffe nicht das schlechteste Bild abgaben. Auch sie wogen viele Tausend Tonnen und lagen doch leicht im Wasser. So war auch das in seiner Brust.

Im Nachhinein sollte er lediglich bereuen, dass seine Eltern ihn noch nicht aufgespürt hatten, als in diesen Wochen auch seine Großmutter starb. Nicht so sehr wegen ihr – er wäre einfach gern dabei gewesen, wenn man das Haus ausräumte, insbesondere den Dachboden, der für ihn stets tabu gewesen war.

Seiner Mutter war das gerade recht. So konnte sie ohne lästige Fragen den ganzen Krempel loswerden. Es verschwanden nicht nur das Goldene Parteiabzeichen ihres Vaters und die Prozessakten, sondern auch der gefälschte Stammbaum und die vielen Dokumente, die es Chris ermöglicht hätten, einen echten Stammbaum zu rekonstruieren. Lediglich eine Fotografie von ihrem Urgroßvater behielt sie. Verlassen wir sie mit dem Bild vor Augen, wie sie sich nach diesem Gewaltakt in einem Café auf der Toilette einschloss und angestrengt den Schnodder aus der Nase pulte, der von dem ganzen aufgewirbelten Staub dunkelbraun war.

Im Sommer 1975 gab es plötzlich keinen Vietnamkrieg mehr und im Schatten der WATERGATE-AFFÄRE wurde JAWS veröffentlicht. Jetzt ging Congdons Plan auf: Der Dreh hatte das Buch gepusht. Und das Buch, das sich seit Monaten verkaufte und verkaufte, war der beste Trailer. Der Film lief in vierhundertsechzig Kinos gleichzeitig an und übertraf nach guten drei Monaten die gesamten Einspielergebnisse des PATEN. Er verwandelte wiederum jeden fucking Strand in eine Werbetafel. Das war Marketing.

Wir erinnern uns, dass der eiserne Wille die Bereitschaft verlangt, etwas zu verkaufen. Und Millionen an Büchern, Tassen, T-Shirts, Postern, Strandtüchern, Haifischzahn-Anhängern, Fahrradtaschen, Decken, Haikostümen, Strümpfen, Bastelsets, aufblasbaren Haien, Aufbügelbildern, Brettspielen, Anhängern, Pyjamas, Badeanzügen und Spritzpistolen gingen damit einher, dass genau das geschah, was im Film der Bürgermeister von Amityville prophezeite:

Man hatte Hai gerufen.

Und alle drehten durch.

Bald berichtete beispielsweise die New York Times, dass *ehemals mutige Schwimmer jetzt in Gruppen ein paar Meter vor der Küste kauerten, während Watvögel ängstlich ins Wasser schauten.* Es war nämlich das Geschöpf gefunden, durch das sich die Natur rächte. Und während Peter und sein Verleger nicht mehr mit dem Sekt hinterherkamen, mussten sie zusehen, wie die Menschen sich auf das Spiel aus Rache und Rache an der Rache einließen: Die Ozeane begannen zu bluten.

Bald schon sah Peter sich gezwungen, sich zu rechtfertigen. Er habe – genau wie der Rest der Welt – kaum etwas über Haie gewusst. Er habe nach bestem Wissen und Gewissen das verwendet, was bekannt gewesen sei. Und man könne ihm sicher nicht vorwerfen, gelogen zu haben. Haie hätten all das getan, was im Buch beschrieben sei, wenn auch nicht alles auf einmal und schon gar nicht nur ein einziger. Aber genau das sei eben Literatur, das sei Verdichtung.

Er begann, sich für Haie einzusetzen.

Ein schlechtes Gewissen oder gar Schuld empfand er aber keine, im Gegenteil: Immerhin hatte er mit seinem Buch den Startschuss für eine intensivere Beschäftigung mit Haien gegeben.

Schließlich stand er nur mehr da, vor irgendeiner Kulisse aus Wald, in blauem Anzug mit Krawatte, gelblicher Haut am Hals, randloser Brille und redete heiser davon, dass man heute – nicht damals, heute – wisse, wie gering die Wahrscheinlichkeit sei, von einem Hai angegriffen zu werden. Dass Haie den Menschen höchstens angreifen würden, weil sie ihn nicht kennen würden und aber innerhalb von Millisekunden feststellen könnten, dass sie ihn nicht fressen wollten, den Menschen. *We're not their normal food, we're skinny, boney and we're not fat enough.* Und dass außerdem siebzig Prozent der von Haien Gebissenen überleben würden. Dass jedes Jahr nur eine Handvoll sterben würden, man dagegen Millionen Haie ermorden würde. Dass jedenfalls diese Tiere nicht *the great powerful monsters* seien, die irgendwelche Menschen aus ihnen gemacht hätten. Keine Ahnung, wer diese Leute gewesen seien, schob er mit einem verschmitzten Lächeln nach.

Wäre nicht Edouard gewesen, wäre Hernáns Familienname mit jenem Herzschlag, der das Gefäß in Henris Hirnstamm zum Platzen brachte, abgebrochen.[*] Doch es gab ihn. Bleich und mager, der Familie und seiner Jugend beraubt, mehr bei den Tieren im Stall als mit den Menschen, die ihn versteckten, und nur im Schutz der Nacht so etwas wie frei. Doch am Leben, es gab ihn.

Und irgendwann kam der Tag, an dem Edouard Sanz zum ersten Mal wieder bei Tageslicht den Hof verließ. Er lief bis zum Fluss und sprang hinein in das, was er in den letzten vier Jahren nur als schwarze, von Mondschein bekleckerte Masse erlebt hatte, legte sich auf den Rücken und gab sich ganz dem Gefühl hin, wie die schwache Herbstsonne ihm den Bauch golden machte.

Auf dem Rückweg zitterte er und ärgerte sich, dass er keine Blumen fand. Scarlette – die die Blumen bekommen hätte – empfing ihn mit einer Schimpftirade. Ob er sich ernsthaft bei der erstbesten Gelegenheit den Tod holen wolle, nachdem sie sich Jahre um ihn gekümmert habe. Ob er wahnsinnig sei, bei diesen Temperaturen ins Wasser zu gehen. Ob er noch bei Trost sei. Ob er auch eine Sekunde an sie denke.

Um hier keinen falschen Eindruck zu erwecken: Als man Edouard auf den Hof geschafft hatte, war dort die jüngste Tochter, Scarlette, gerade einmal elf gewesen, fast noch ein Kind. Inzwischen hatte sich einiges getan. Nicht nur bei ihr, auch bei ihm.

*Auch ich will noch mal auf den Stammbaum hinweisen, ruft unser Süßer Arm. Mir ist wichtig, dass man die ganzen Verwandtschaftsverhältnisse in der Familie Sanz überblicken kann. Sonst versteht man vielleicht gleich, wenn ich meine Geschichte erzähle, nicht, wieso Sanja ein so besonderes Verhältnis zu Ariel aufbauen konnte. Der Stammbaum findet sich auf Seite 314.

Beide mussten den Winter 44/45 durchstehen, bis er einen ersten Strauß pflücken konnte. Dann aber brach ein Frühling an, wie es ihn nur einmal gibt in jedem Menschenleben. Und als dann am 30. April 1945 sein Vater in Südtirol das Zeitliche segnete, da hatte er ihr schon Dutzende Sträuße gepflückt, und auch wenn er sich immer noch nicht traute, es auszusprechen, inzwischen konnte sie es sich denken.

Bevor wir uns aber in diese wirklich äußerst romantische Geschichte fallen lassen, deren anrührendster Moment sicherlich derjenige ist, in dem Edouard das Tanzen lernte – viel zu alt und heimlich – und Scarlette damit auf einem Jahrmarkt überraschte, machen wir einen Sprung. Es genügt uns zu wissen, dass die beiden nicht auf ihre Volljährigkeit warteten, sondern das Durcheinander aus einem befreiten Luxemburg und dem französischen CODE CIVIL ausnutzten, heirateten und im folgenden Jahr Philippe auf die Welt kam. Und auch was Philippes Leben anbelangt, ist für uns nur von Interesse, dass er trotz der großen Liebe seiner Eltern ein schwermütiger Junge wurde, zunächst nach Luxemburg Stadt zog und dann Mitte der sechziger Jahre das Land verließ, um (erstens) in der Trierer Feuerwache St. Barbara-Ufer einen Dienst als Feuerwehrmann aufzunehmen, (zweitens) bei der Evakuierung der Moseinsel Hahnenwehr – ein paar Hundert Schafe waren dort vom Hochwasser eingeschlossen – eine Frau kennenzulernen und (drittens) mit dieser eine eigene Familie zu gründen, die – und das allein ist uns wichtig – noch immer den Namen Sanz trug.

1976 kam Tina zur Welt. Sie war noch klein, als eine jener Maschinen, die bisher im Keller gestanden hatten, in die Wohnung wanderte. Und wenn ihre Mutter damit wusch, dann bebte es in der gesamten Wohnung. Oft geschah es abends, nachdem sie zu Bett gebracht worden war. Ihre Mutter deckte sie zu, wozu auch gehörte, dass sie die Zipfel Fingerbreit um Fingerbreit unter ihren Körper schob. Dann lag Tina da, eingepackt und die Hände auf den Bauch gelegt, ein Bein angewinkelt, die Augen geschlossen.

Eine Weile war das Rumpeln eher im Ohr, dann wieder eher im Körper. Und dann war es, als wäre die Welt ein Schiff, ein Schiff auf einem wilden Meer, einem stürmischen, voller finsterer Pläne. Nichts davon konnte ihr, die sie hinter dem Schutzwall der Mutter lag, anhaben. So schlief sie ein.

Zu einem Sound aus Waschgängen wurde sie vom Kind zu einem pubertierenden Mädchen. Ihr erster Kuss schmeckte nach Zwiebeln. Sie machte die Mittlere Reife und fing dann eine Ausbildung zur Friseurin an, brach diese aber im zweiten Ausbildungsjahr plötzlich ab und zog ohne erkennbaren Grund nach Berlin.[*] Sie verliebte sich in einen Typen, der in einer Wohngemeinschaft lebte. Sie zog zu ihm. Und als sich die Wohngemeinschaft eine Waschmaschine anschaffte, bekam die einen Platz an der Wand, die an Tinas Zimmer anschloss.

Kurze Zeit darauf wurde Tina krank und durfte – nach jahrelanger Abstinenz – erfahren, welche Wirkung diese Geräusche noch immer auf sie hatten. Es war Vormittag, ihre Mitbewohnerin wusch die WG-Bettwäsche und Tina kam es in ihrem Fieber nach einem großen Frieden vor, in den sie wegdämmerte. Seit Kindertagen hatte sie den nicht mehr empfunden. Am nächsten Tag fühlte sie sich gesund.

In der Folge entdeckte sie, dass es ihr auch sonst beim Einschlafen half, wenn die Waschmaschine lief. Anfangs hoffte

---

[*] Ohne erkennbaren Grund stimmt nicht, wirft unser Müder Arm ein. Wir sollten nicht vergessen, dass sie genau in dem Alter war, in dem ihr Großvater sein Versteck verlassen konnte beziehungsweise ihr Vater sein Elternhaus verließ. Solche Brüche brennen sich in Gene ein, da bin ich mir sicher.

sie einfach nur, dass irgendwer abends noch waschen würde. Dann half sie nach, stoppte zum Beispiel den Waschgang ihrer Mitbewohnerin und machte sie dann kurz vor dem Zubettgehen darauf aufmerksam. Die Arme musste dann länger wach bleiben. Nach ein paar Wochen ging sie schließlich dazu über, einfach leere Maschinen laufen zu lassen.

Es dauerte nicht lang, bis sie dabei erwischt wurde. Der Streit, der sich daraus entwickelte, hatte schnell kaum mehr etwas mit der Waschmaschine zu tun. Sie zog aus.

Mit dem Rauswurf endete auch die Beziehung zu dem Typ. Denn es endeten alle Beziehungen.[*] Also begann ein Winter der Einsamkeit, aus dem sie erst wieder durch Sanjas Vater entkam. Ihn lernte Tina Anfang Februar 1999 an einem Kebapstand am Kottbusser Damm kennen. Er sprach sie an, während sie bereits das warme Paket in den eiskalten Händen hielt und kaute – zu spät, um auf Zwiebeln zu verzichten. Als sie sich dann aber küssten, zuckten sie nicht angeekelt wieder auseinander. Es war, als ob er ihre Zwiebeln nicht bemerkt hätte. Und sie nicht die seinen. Als ob Zwiebeln egal wären. Als ob es sie nicht gäbe. Nie gegeben hätte.

Am Valentinstag hatten sie ihr zweites Date und verbrachten die meiste Zeit knutschend in Tinas weinrotem Opel Kadett, den sie dann auf dem Wendehammer vor der Platte stehen ließen. In seiner Wohnung im elften Stock war es kalt. Er heizte nicht wirklich und behauptete, die umliegenden Wohnungen würden abstrahlen. Außerdem lohne es sich nicht, die eineinhalb Zimmer stundenlang hochzuheizen. Tagsüber sei er

A
R
M

---

* Wir müssen, reißt schon wieder unser Müder Arm das Wort an sich, betonen, dass es Tina nur so schien. Es gab genügend Menschen, an die sie sich hätte wenden können. Natürlich. Aber ähnlich wie ihr Vater, als der erst in die Stadt und dann nach Deutschland gezogen war, hatte sie mit einem Mal das Gefühl, den Menschen, die sie bisher kannte, nicht mehr begegnen zu können.

den Großteil der Zeit nicht da und nachts schlafe er ja. Und obwohl sie sich schon in einen Eiszapfen verwandelt sah, blieb sie über Nacht, schmiegte sich an ihn und morgens – sie war kein Eiszapfen – stand er auf und lief barfuß im Zimmer auf und ab und kochte – während er lüftete und es noch kälter wurde – einen Kaffee, den er ihr ans Bett brachte. So war er.

VOLLER GÜTE

Und voller Liebe. Stets darauf bedacht, dass es ihr gut ging. Dass es ihr an nichts fehlte. Ja, dass sie sich wohlfühlte in seinen rauen Händen, die der Hornhaut nach die eines Klempners oder Gerüstbauers hätten sein können, sie aber nie nicht zart anfassten. Er fuhr Lkw.

In den ersten Monaten fragte sie sich oft, ob er sich nur dann wohlfühlte, wenn es ihr gut ging. Besser gesagt: Ob es ihm selbst nur dadurch gut ging. Ob er es brauchte, für sie zu sorgen. Sie war sich unsicher, ob das wirkliches Glück für ihn bedeuten konnte. Und deshalb fragte sie sich manchmal, ob sie wirklich zueinander passten. Außerdem: So richtig zu sagen hatten sie einander nichts. Wenn sie ihn beispielsweise zur Spedition rausfuhr, saß er neben ihr, guckte nach vorn und nickte an den richtigen Stellen. Und nach einer Weile legte er seine Hand auf ihren Oberschenkel.

Tatsächlich mochte Sanjas Vater die Sprache nicht. Sie erschien ihm oft unnötig und noch öfter störend und nur selten angebracht, zum Beispiel, wenn man angerufen und einem gesagt wurde, wann und wo und welche Lieferung man annehmen sollte. Da war Sprache wichtig. Dagegen wenn man zusammen Bus fuhr, warum sollte man da nicht einfach schweigend nebeneinandersitzen und rausgucken aus dem Fenster. Wenn Tina in solchen Momenten anfing zu reden, hatte er oft das Gefühl, dass sie das aus Nervosität tat und sich dadurch etwas zwischen sie schob. Dass sie auf ihn einredete und ihn dadurch weghielt. Dass sie das machte, damit sie einander nicht berührten. In den kurzen Augenblicken, in denen sie beide nichts sagten, der Wagen ein Schlagloch nahm und sie gemeinsam hochgehoben wurden, kamen sie einander so nahe, wie keine zwei anderen Menschen sich nahekommen konnten. Da war er sich sicher. Das waren die Augenblicke, aus denen er auch seinen Glauben an ihre Zukunft speiste. Hieraus und natürlich aus dem Sex. Es faszinierte ihn, wie Tina es tun konnte und dabei Kaugummi kaute.

Dann kam der Abend, an dem sie ins Kino gingen und er im Kino mit einem Mal entsetzlich müde wurde. Zweimal spürte sie, wie sein Kopf gegen ihren sank. Auf dem Heimweg sah er gequält aus und ihre Versuche, ihn zum Reden zu kriegen, wischte er mürrisch beiseite. Kaum waren sie bei ihm, lag er auch schon im Bett. Und während sie sich auszog, gab er Antworten, die bereits von seinem Halbschlaf berichteten. Er fragte sie, ob der Film gut ausgegangen sei. Und sie wiederum gab ihm Antworten, die darauf gar nicht passten, redete von dem Friseursalon, in dem sie sich heute vorgestellt hatte. Er murmelte etwas von Hollywood und begann zu schnurren, als sie sich neben ihn legte und unter die Decke kroch. Gleichzeitig stiegen ihr die Ausdünstungen entgegen. In keinen fünf Minuten hatte er so viel gepupst, dass sie die Luft anhalten musste und auf zehn zählte, ehe sie wagte, durch den Mund einzuatmen. Dann musste sie kichern. Als könnte er sie damit zum Schweigen bringen griff er hinter sich und fasste sie an der Hüfte. Ohne sich aus seinem Griff zu befreien, langte sie über ihn zum Nachttisch nach einem Kaugummi. Und während sich scharfer Zimt in ihrem Gesicht ausbreitete, wusste sie, dass sie von diesem Mann ein Kind wollte.

Dann brach auch über sie ein Frühling herein. Und der Sommer, der dann folgte, war eben jener Sommer, in dem Chris seine neu erlangte Freiheit genoss. Irgendwann entschied dieser – Tina war bereits in der elften Woche –, dass es sich um keine echte Freiheit handelte, solange er kein eigenes Geld verdiente.

Auch hier zeigt sich erneut jene Kühnheit, die so unverkennbar ist für Menschen, die um einen großen Rückhalt wissen. Nichts zu haben ist für sie so unrealistisch, dass sie sich in die absurdesten Situationen werfen: Chris jedenfalls fand am Schwarzen Brett seiner zukünftigen Uni einen Aushang und saß am nächsten Tag mit einem Anzugträger, der alles dafür gegeben hätte, für Chris' Vater zu arbeiten (schätzte Chris zumindest), in einem Skoda, der sich vorkam, als wäre er ein Porsche. Sie fuhren von Aldi zu Aldi. Jedes Mal, bevor Chris ausstieg, bekam er andere Anweisungen: hier einen Schnaps unter die Jacke, dort Überraschungseier in den Eierkarton. Einige Filialen lang spielte Chris mit. Dann aber bekam er ein schlechtes Gewissen – der Anzugträger machte kein Hehl daraus, was mit denjenigen geschehen würde, die sich bestehlen ließen. Und da sich ausnahmslos alle bestehlen ließen, begann er zu lügen. Er erzählte, sie hätten den Karton geöffnet, hätten ihn darauf angesprochen, ob er nicht noch etwas in seiner Jacke habe, hätten ihn beim Einstecken beobachtet und ihm an der Kasse den Schinken wieder abgenommen. Am dritten Tag, nach Filiale dreiundzwanzig, kündigte er. Er bekam neunzig D-Mark, und da die Jugendherberge bis zum Semesterbeginn bereits bezahlt war, hatte er erst einmal wieder Luft.

Zumal er ja mit Diebstahl für sich genommen kein Problem besaß und so etwas wie eine Gratisschulung im Stehlen genossen hatte. Überzeugt, er gehöre nun zum Bodensatz der Gesellschaft und habe gewissermaßen doppelte Berechtigung dazu, behielt er die Sachen, die er haben wollte, von nun an einfach in der Hand und spazierte an der Kasse vorbei. Manchmal kaufte er auch eine Kleinigkeit, allerdings nicht um nicht aufzufallen, sondern wegen des Nervenkitzels. Und bei solcher Gelegenheit bekam er zum ersten Mal seit der Grundschule wieder eine Packung UHU ALLESKLEBER in die Finger und fand – wieder in der Jugendherberge – erstaunlich schnell heraus, dass sich das glasklare Gel auf den Unterarmen ähnlich verhielt wie Rotz oder Sperma.

Währenddessen hielt das Glück, das in Tinas Leben eingezogen war, nur kurz an. Kaum hatte sie herausgefunden, dass sie schwanger war, bekam Sanjas Vater eine feste Anstellung bei seiner Spedition. Was ja wirklich gut war, es bedeutete mehr Geld. Allerdings stellte sich schon bald heraus, dass Festanstellung auch Fahrten nach Südfrankreich bedeutete. Und längere Fahrten bedeuteten, dass sie öfter allein war.

Je runder Tina wurde, desto länger schienen die Fahrten zu werden und desto schlechter schlief sie. Und natürlich wurde das keine Sekunde besser, als das Kind dann da war. Der wenige Schlaf, den sie bekam, war durchsetzt von düsteren Erinnerungen und bösen Vorahnungen. Während sie abstillte, gönnte sie sich gelegentlich einen Martini.

Sanjas Vater bekam davon lange genug nichts mit, um aus allen Wolken zu fallen, als er sie eines Tages einen Rausch ausschlafend fand. Seine Tochter hockte hellwach im Laufstall. Sie sah ihn aus großen Augen an. Unwillkürlich musste er an ein Kaninchen denken, unschlüssig, ob er froh sein sollte über die Gitterstäbe.

Wir tasteten den Felsen ab, in alle Richtungen streckten wir uns. Doch keiner von uns fand etwas anderes als Stein, kühl und so glatt, dass unsere Saugnäpfe kaum haften wollten. Un-

sere Kalmarin musste mithelfen, indem sie gegen den Stein an-
schwamm, und auch wenn ihr das Wasser mit jeder Armlänge,
die wir höher kamen, mehr zu schaffen machte, gab sie nicht
auf. Langsam bewegten wir uns in einem Kreis um den Felsen.

Der Süße und der Müde durchbrachen als Erste das Ende
der Wasser und wurden von den Wellen, die dort herrschten,
gegen den Fels geschwemmt, wieder und wieder. Nachdem es
ihnen gelungen war, sich festzumachen, folgten wir anderen
und hefteten uns ebenfalls an den Stein. Nur der Hehre, der
bedeckte noch immer jene Stelle, wo einst der Eingebildete
begonnen hatte.

Als schließlich unsere Kalmarin aus dem Wasser auftauchte,
war sie auf alles gefasst. Doch jenes teuflische Gas war feucht.
Die Wellen schlugen Gischt, überall war Schaum und es war
dunkel. Der Fels über ihr berührte nicht nur die Himmel, er
hatte ein Loch hineingerissen, aus dem nun ein düsterblaues
Gewölk troff, ihn umhüllte und das Licht nahm.

Der andere Felsen, der so nah stand, dass unser einer Tentakel ihn erreichen konnte, war kleiner. Nur ein paar Armlängen
weit hob er sich aus dem Wasser. Auf seinem Gipfel stand
etwas, das sich verbog und sich wand, sich übers Wasser streckte und einen Busch trug, einen tiefgrünen, der in jenem Gas
flatterte. Unsere Kalmarin wollte gerade mit ihrem anderen
Tentakel danach greifen, als es seufzte.

Dann gurgelte es.

Und während ein tiefes Grollen einsetzte, nahm der Schaum
um unsere Kalmarin zu. Mit einem Mal erfasste sie ein Sog.
Unser Armer Arm wurde vom Stein weggerissen. Die Saugnäpfe von uns anderen hielten. Einen Moment klang es, als würde
jemand das Meer ausschlürfen. Dann war das Wasser fort. Unsere Kalmarin klatschte zurück gegen den Fels. Nur noch das
teuflische Gas war zu hören, wie es um die Felsen peitschte.

Unter unserer Kalmarin lag der leer gefegte Grund des Meeres, der am Fuß der Felsen aus schwarzem Sand bestand und dann allmählich in das Korallenriff überging. Unsere Kalmarin ließ ihren Blick darübergleiten, suchte es nach jenem Wesen ab, das uns hier hineingeschickt hatte, und sah, wie das Meer bereits wiederkam. In einer gigantischen Welle rollte es vom Horizont heran. Noch bevor diese aber die Felsen erreicht hätte, brach es mit einem Tosen aus dem kleinen Felsen hervor. Wir Arme saugten, so fest wir nur konnten, der Hehre warf sich mit seinem ganzen Gewicht auf die Wunde. Und schon wurden wir hochgeschleudert, durch nichts als Gischt, und während alle von uns hielten, warf unsere Kalmarin ihre Tentakel in die Höhe, holte aus und schlug sie in den Stein, dass wir glaubten, die Dornen hätten ihn gesprengt. Der Bisschen-Schüchterne ließ los und sprang hinterher. Erst durchzuckte ihn, dann uns alle das Gefühl einer Spalte im Stein. Eine Spalte, die nach oben hin weiter wurde. Wir alle spannten an. Unsere Kalmarin warf ihren Blick herum. Die Welle war fast da. Wir hielten. Und als sie gegen die Felsen brandete, drückten wir uns ab.

Es war über zehn Jahre her, dass jeder zweite US-amerikanische Haushalt die TV-Premiere von Jaws gesehen hatte, als ein letzter Schriftsteller, dem wir uns widmen wollen (bevor wir endlich auf denjenigen zu sprechen kommen, auf den diese Geschichte hinausläuft), erwachte und liegen blieb. Arthur war ein alter Mann, hörte aber noch hervorragend. Er hielt sich am Saum der Decke fest und lauschte in den anbrechenden Montag. In unmittelbarer Nähe musste sich einer dieser kleinen grünen Papageien befinden, dessen Namen er einfach nicht behalten konnte. Sein Gezwitscher wurde untermalt von einem mannigfaltigen Chor. Draußen trällerte und krächzte es. Es piepte und schrie. Affen waren zu hören und in der Ferne ein stetiges Röhren, voller Bass. Während er dem Urwald lauschte, starrte Arthur durch das mit Spitze gesäumte Moskitonetz auf die Glühbirne, die nackt von der Decke hing und an Kontur gewann, je mehr Licht durch die Holzläden ins Zimmer drang.

An Weiterschlafen war nicht mehr zu denken. Nicht wegen der vielen Geräusche, nicht wegen des Alters, nein, wegen seines Herzens. Er spürte es. Normalerweise war es ja einfach da und schlug. Gerade aber schien es ihm zu flimmern. Schien es entzündet. Angeschwollen.

Oder von irgendeinem Parasiten befallen.

Arthur konzentrierte sich auf seine Atmung und sagte sich, dass mit seinem Herzen alles in Ordnung sei, dass er einfach nicht sonderlich gut geschlafen habe, dass dieses Gefühl in seiner Brust bestimmt nur wieder ein eingebildetes Post-Polio-Syndrom sei.

Als das nicht wirklich half, versuchte er sich abzulenken, indem er sich an seine Träume zu erinnern versuchte. Doch außer der vagen Erinnerung an eine Insel, die dieser hier ähnelte, aber irgendwie aus ganz anderen Farben zusammengesetzt war, aus viel Violett und Schwarz, wo eigentlich Grün oder Weiß sein müsste, bekam er nichts mehr zu fassen.* Am deutlichsten war ein Geruch geblieben, ein Geruch oder ein Geschmack, der allerdings mit jedem Schlucken dünner wurde. Nach feuchter Erde, nach dem Haar seiner Mutter, nach Wein.

Es verstrichen bestimmt weitere fünf Minuten, dann schlug Arthur unvermittelt die Decke zurück, öffnete das Netz und

---

* Zurückblättern, ruft unser Blendender Arm dazwischen. Vielleicht erinnert sich noch jemand an die Insel, auf der Sindbad strandet. Meine Geschichte, CHEMIE, hat auf Seite 19 begonnen.

griff auf dem Nachttisch nach seiner Armbanduhr. Es war sechs Uhr siebenundfünfzig. Er legte sie an, kletterte aus dem Bett und stieg in die Sandalen. Dann ging er zu der Anrichte, die wie jedes Möbelstück in diesem Hotel aus dunklem Holz gezimmert war und auf der neben einem kleinen Buddha, einer blumenlosen Vase und einer Teekanne das Radio stand.

Er drehte VOICE OF AMERICA auf und entdeckte, dass in der Kanne noch etwas Tee war. Während er eine Tasse aus der Anrichte nahm, fiel ihm sein Herz wieder ein. Bevor ihm wieder irgendetwas an den Schlägen merkwürdig vorkommen konnte, konzentrierte er sich schnell auf die Tasse in seiner Hand: Ihre Form war schlicht, der Henkel doppelt geschwungen und am unteren Ende mit einen Schnörkel versehen. Sie besaß einen goldenen Rand und irgendwie schien Arthur das Weiß unwahrscheinlich kräftig in dem dunklen Zimmer zu strahlen. Nachdem er sich eingeschenkt hatte, trat er ans Fenster.

Als er die Holzläden aufstieß, stob etwas Grünes davon. Auf der anderen Straßenseite stellte ein Bananenhändler gerade seinen fahrbaren Laden in den Schatten einiger Pinien. Hinter ihm begann das satte Grün aus Bambus und wilden Zimtbäumen, das einen Hügel hinabrauschte und dann in ein gewaltiges Teefeld überging. Arthur glaubte, einige Teepflückerinnen zu erkennen, doch über dem Großteil des Feldes hingen noch Nebelschwaden und der Schatten der nächsten Gebirgskette. Der Wald dort lag in tiefem Dunkelgrün. Nur an einer Stelle glitzerte es – wie Arthur wusste, eine Ansammlung von Wasserfällen. Einige Sonnenstrahlen blitzten über den Kamm und am Himmel strahlte eine einzelne Schleierwolke golden.

Mit einem tiefen Atemzug sog Arthur diesen Anblick in sich ein, das nächste Faxgerät war zwanzig Kilometer und heftige Serpentinen auf einer Bergstraße entfernt, alle Redakteure dieser Welt, jeder Lektor und jede Agentin noch weiter.

Er nippte an der Tasse und stellte fest, dass er durstig war, er nahm gleich noch einen richtigen Schluck. Der Tee war angenehm kühl, das Aroma war über Nacht intensiver geworden und stieg ihm jetzt aus dem Rachen ins Hirn. Mit einem Mal fühlte er sich frisch.

Bei allem Lärm, mit dem der Tag anbrach, war es ein ruhiger Augenblick, der erschüttert wurde von einer Stimme, die aus den Radiolautsprechern kam und die ihm wohlvertraut war. Da redete Peter, Peter Benchley, und zwar redete Peter über sein neues Buch.

Jetzt schlug Arthurs Herz nicht mehr. Jetzt raste es.

Er stand weiter da, in der Rechten die Tasse, die Linke auf dem Brustbein. Von dort breitete sich eine Kälte aus, um die sich alles zusammenzog. Er starrte in die Landschaft, die mit jedem Wort, das Peter sprach, greller leuchtete. Gleichzeitig war es, als würde jemand die Lautstärke des Radios hochdrehen. Aber Arthur konnte sich nicht wehren. Der Moderator fragte, wie um Himmels willen man auf einen Tintenfisch komme, und Peter gluckste, hüstelte, räusperte sich, er habe bereits während seiner Recherchen zu Jaws mit dieser Idee gespielt. Für ihn sei dann Peter Gimbels BLUE WATER WHITE DEATH sehr wichtig geworden. Deswegen sei er damals um die halbe Welt gereist. Und dann sagte er plötzlich etwas, das doppelt so laut einschlug:

SRI LANKA

Was Peter noch von der Insel erzählte, hörte Arthur nicht mehr.

Er stürzte zurück, über die Gebirgskette, die dahinterliegenden Reisfelder und Kokosplantagen bis ans Meer und zwanzig Jahre in die Vergangenheit, ins Jahr 1969, in dem nicht Gimpel, sondern er dem jungen Peter empfohlen hatte, vor Sri Lanka nach

Haien zu suchen. Der Rat eines älteren Schriftstellers an einen, der verzweifelt war. Und der Verzweifelte war gekommen. Arthur sah vor sich, wie sie zusammen an Deck von Peters *heruntergekommener Nussschale* gestanden hatten, bei den Hai-Käfigen, in denen Peter sein Glück versuchen wollte. Wie sie erst über die HMS Hermes sprachen, die nicht weit von der Stelle versenkt worden war. Und wie dann aber er, Arthur, die Käfigstangen tätschelte und meinte, die würden einen vor den größten aller Haie beschützen, nicht aber vor einem ausgewachsenen Architeuthis.

Einem was?

Na, einem Riesenkraken.

Als das Wintersemester schließlich begann, war Hamburg grau geworden. Grau und kalt. Chris hatte irgendwann, als die Sonne spürbar schwächer geworden war, aufgegeben und seine Eltern angerufen. Mit der Drohung, einfach wieder abzutauchen, aber auch der Aussicht auf ein gemeinsames Weihnachten schlug er heraus, dass sie ihm eine Wohnung anmieteten. Dabei bestand er allerdings darauf, sich selbst eine auszusuchen – er hatte ja keine Ahnung, was es bedeutete, mit Holzkohle zu heizen.

Als er das erste Mal krank wurde – Anfang November –, verzweifelte er schier. Der Ofen, den man aus der eiskalten Küche bediente, wurde einfach nicht warm, glühte dann auf, und innerhalb von wenigen Minuten waren alle Kohlen zu Asche zerfallen.

Sobald er den Schnupfen einigermaßen im Griff hatte, verbrachte er die Zeit, die er nicht krank war – bis zum Jahreswechsel erkältete er sich noch zwei weitere Male –, an dem einzigen Ort, an dem er sich auf irgendeine Art zu Hause fühlte.

In der Bibliothek war es warm. War es behaglich. Gab es geschützte Ecken. Und hier begegnete Chris schließlich Sascha.

Dieser Mann, gute zehn Jahre älter, war bereits dreifacher Vater und studierte – wenn er auch nicht eingeschrieben war – Theologie. Denn Sascha war Christ, lebte seinen Glauben, eingebunden in eine Gemeinde, und machte von Anfang an subtile Andeutungen dahingehend, dass das, was ihn und Chris zusammenführte, nur göttliche Fügung gewesen sein konnte.

Wenn Sascha nur gewusst hätte, dass an jenem nebeligen Januartag kurz nach der Jahrtausendwende, just in dem Augenblick, in dem er im Lesesaal neben Chris Platz nahm, einige Hundert Kilometer entfernt Sanja Sanz das Licht der Welt erblickte, hätte er dem jungen Mann so richtig einheizen können.[*] So saß er lediglich eine Weile da, tat, als ob er in Rilkes GESCHICHTEN VOM LIEBEN GOTT lesen würde, beobachtete, wie Chris in einem Einführungsbuch zum Studium der Neueren Geschichte herumblätterte, und fragte ihn schließlich, was das sei, die Geschichte.

A
R
M

Chris stotterte etwas, das er noch von einer der vergangenen Vorlesungen im Ohr zu haben glaubte – seine Gedanken rasten – und bald saßen sie in der Cafeteria und sprachen über die Geschichte von Jona. Chris hatte es schon als kleinen Jungen fasziniert, wie jemand in einem Magen überleben können sollte, und versuchte mit absurden Hypothesen gegen Saschas religiöse Haltung anzukommen. Am Ende einigten sie sich darauf, dass es eine gute Geschichte sei, und führten ihr Gespräch am nächsten Tag – zufällig begegneten sie einander schon wieder – fort.

Als sie einander auch in der folgenden Woche – ohne sich auch nur einmal verabredet zu haben – jeden Tag über den

---

[*] Ich glaube, nuschelt unser Bisschen-Schüchterner Arm, es sollte nicht der Eindruck entstehen, dass zwischen diesen beiden Ereignissen ein nennenswerter Zusammenhang bestünde – solche Gleichzeitigkeiten ereignen sich andauernd, viele Male jeden Tag. Und ganz sicher, fügt der Halbe hinzu, hat das alles nichts mit Gott zu tun. Kein Gott, ruft daraufhin der Hehre. Und alle Arme stimmen ein: Kein Staat! Kein Patriarchat!

Weg liefen, immer lange miteinander sprachen, wuchs zwar in Chris ein Unbehagen, doch irgendwie übte Sascha auch eine Anziehungskraft auf ihn aus. Manchmal war ihm, als könnte dieser Mann ihm nachträglich irgendetwas vergeben, auch wenn er keine Ahnung hatte, was. Das konnte aber auch einfach daher kommen, dass Sascha so oft die Gnade erwähnte. Er wusste nicht, dass Sascha mit den anderen Mitgliedern seiner Gemeinde sprach und mittlerweile überzeugt war, einer besessenen Seele begegnet zu sein, einer Prüfung, einer Aufgabe.

Nach etwa drei oder vier Wochen bot Sascha an, mit ihm zu beten. In Engelszungen. Für ihn.

Chris, der nicht wusste, ob er beunruhigt sein sollte oder belustigt, willigte ein. Es war März, früher Abend und im Rosengarten kein Mensch.

Sie stellten sich gegenüber, Sascha fasste ihn an den Schultern und sagte, es könne sein, dass er nichts spüren würde.

Chris nickte.

Sascha atmete tief ein, schloss die Augen, legte den Kopf in den Nacken – und dann brachen Laute aus ihm hervor, die Chris noch nie gehört hatte. Er kreischte, er lallte, es sprudelte nur so. Und klang am ehesten noch nach einem Baby, nur lauter und wilder. Und – wie Chris dachte, während er auf das Ende wartete – dafür, dass es sich um die Stimme eines Engels handelte, ziemlich gruselig.

Irgendwann wurde Sascha ruhig, einige Sekunden ließ er den Kopf im Nacken und es war still. Dann nahm er den Kopf vor und sah ihn eindringlich an. Der Samen sei gepflanzt, sagte er und versuchte dabei bedeutungsvoll zu klingen.

Auf dem Rückweg redeten sie über Chris' Vater. Sascha erinnerte an das Gebot, die Familie zu ehren, schlug aber gleichzeitig vor, dass es nicht Chris sei, der dagegen verstieß, sondern Dämonen in ihm, die den Vater hassten. Und dieser Gedanke, die Idee, von irgendetwas besessen zu sein, das all das tat und fühlte, was er nicht verstand, wurde zu einer solch fixen Idee, dass er sich am Abend am Hafen betrank und – als sich auch da niemand zu ihm gesetzt hatte – in der Überzeugung heimschleppte, besser tot zu sein.

Bevor er sich aber vor den nächstbesten Lkw werfen würde, wollte er seinem Vater eine letzte Chance geben. Er rief ihn an.

Nach wenigen Worten brach er in Tränen aus. Der Vater, jenseits der siebzig, verstand bloß, dass der Sohn kurz davor war, einer christlichen Sekte beizutreten.

Nachdem er ihn so weit beruhigt hatte, dass er sich sicher sein konnte, Chris würde einen solchen Schritt zumindest nicht in den nächsten zehn Minuten vollziehen, versprach er, gleich wieder anzurufen, und hängte auf.

Er trat an die Minibar, schraubte das Fläschchen GLENVILET auf, trank es dann aber nicht, sondern rief eine alte Affäre von sich an. Sie war Psychologin. Ihr schilderte er, was Chris erzählt hatte. Klinge leicht psychotisch, bekam er zu hören. Schwer aus der Ferne zu beurteilen. Nachdem er auch dieses Gespräch beendet hatte, trank er doch und dachte dabei nicht ohne ein gewisses Selbstmitleid, dass die Jugend verweichlichen würde. Dann rief er seinen Sohn zurück, erklärte ihm, er habe eben mit seiner Mutter gesprochen und entschieden: Er würde morgen gleich nach Hamburg fahren und mit ihm, dem Sohn, ein Wochenende irgendwo in der Natur verbringen, vielleicht am Meer.

Sie nahmen sich eine Suite in der Lübecker Bucht. Und nach diesem Wochenende sprach der Sohn nie wieder ein Wort mit Sascha. Nur von Weitem sah er ihn noch ein paarmal und jedes Mal packte ihn ein seltsames Gefühl, als würde er straucheln.

Doch zwang ihn das nicht in die Knie. Er ging in diesen Momenten dann schnell weiter, trat zwischen die nächsten

Regalreihen oder versteckte sich auf dem Klo. Erst viele Jahre später erfuhr er, dass sein Vater damals nicht seine Mutter angerufen hatte, sondern jene Frau, wegen der seine Mutter sich fast hatte scheiden lassen.

Hätte er das bereits gewusst, als sie den Strand entlangstapften, er hätte womöglich den Kontakt abgebrochen und sich geradewegs in Jesus' Obhut begeben. So aber empfand er nichts als Reue darüber, wie er gefühlt hatte. Auch Dankbarkeit, dass sein Vater ihm vergab. Und dann, als sie innehielten und gemeinsam übers Meer sahen – am Horizont kreuzten zwei Schiffe der Bundeswehr –, versprach er, das Werk der Familie fortzuführen.

Wie um seinem Vater zu beweisen, dass er es ernst meinte,

begann er sich neben dem Studium mit der Familiengeschich-R

te zu beschäftigen. In den Archiven der Reederei geriet zu-M

nächst das Bild eines Familienunternehmens ins Wanken, das ·

seit Jahrhunderten hier ansässig war. Aber aus irgendeinem Grund machte seine Mutter ein Geheimnis daraus, woher seine Großmutter stammte. Die Recherchen kamen ins Stocken. Erst nach ihrem Tod fand er ein uraltes Hochzeitsfoto.[*] Darauf war ein Mann mit schwarzem Schnurrbart zu sehen, der auf

---

[*] Und das, ruft unser Müder Arm, geschah ausgerechnet an dem Tag, an dem Sanjas Vater erzählte, er würde zum Spiel um Platz drei der Fußball-WM nach München fahren. Als Tina am Abend den Fernseher einschaltete und sah, dass dieses Spiel gar nicht in München, sondern in Stuttgart ausgetragen wurde, wusste sie, dass ihr Mann nicht wiederkommen würde. Kurzfristig bestätigte das ihre Sicht der Dinge, nach der sie vom Unglück verfolgt war. Mittelfristig zwang es sie aber zu einigen notwendigen Schritten und sie nahm – dem einzigen Glück in ihrem Leben zuliebe – eine Arbeit an, zwar nicht als Friseurin, aber doch mit geregeltem Einkommen als Kassiererin bei SCHLECKER. Langfristig war so zumindest für Sanja die Trennung der beiden das Beste, was geschehen konnte. Ihre Mutter trank weniger, und nachdem eine gewisse Zeit verstrichen war, holte ihr Vater sie in regelmäßigen Abständen nach München. Zum ersten Mal an ihrem achten Geburtstag.

einem Hocker saß, während seine Braut neben ihm stand und ihn anblickte. Auf der Rückseite stand

10 AVRIL 1885

JUAN & CAROLINE SANZ

Von da an wurde es einfacher. Jedes zweite Wochenende fuhr er in seine Heimat und klapperte auf dem Land Gemeinden ab, die immer weiter von Bremerhaven entfernt lagen, schlug in den Taufbüchern nach und rekonstruierte so einen Stammbaum, der bis in die Mitte des 19. Jahrhunderts zurückreichte. Und während die Linie seines Vaters und auch die seines Großvaters tatsächlich aus dem Bremer Umland und teilweise der Oldenburger Gegend zu kommen schien, verlor sich die mütterliche Linie bei einem gewissen Hernán Sanz, später Welter, der in den sechziger oder siebziger Jahren nach Luxemburg gekommen war.[*]

Natürlich begann Chris bei diesen Recherchen auch zu ahnen, was seine Vorfahren im Dritten Reich getan hatten. Und beflügelt von dem Gefühl, etwas geraderücken zu müssen, warf er sich, kaum, dass er sein Diplom hatte, in die Arbeit. Zwar musste er – Junior hin, Junior her – als so etwas wie ein Praktikant beginnen, das nahm er aber achselzuckend hin. Opfer zu bringen ist nebenbei bemerkt eben auch etwas, das privilegierte Kinder gern tun: Nach außen hin gelassen, insgeheim aber in der Gewissheit, dass es kein wirkliches Opfer darstellt – so arbeitete Chris sich innerhalb weniger Jahre zu einer wichtigen, in weiteren Jahren zu einer unverzichtbaren Figur hinauf. Bald hatte er mit so gewichtigen Herrschaften zu tun, dass er stets eine Tube UHU mit sich herumtrug. Und am Ende war er

---

[*] Spätestens jetzt, ruft unser Halber Arm, könnte man mal einen Blick auf Chris' Werk werfen. Es steht auf Seite 314.

selbst eine so gewichtige Herrschaft, dass er einfach noch eine Bewerberin empfangen konnte, einfach so. Der Platz für ein Praktikum, das mit dem Brexit und EU-Subventionen zusammenhing, war eigentlich am Vortag vergeben worden. Doch hatte die Empfangsdame ihm am Telefon den Namen jener jungen Frau genannt, die unten wartete. Und als er dann die Treppe hinunterging und sie am Empfang stehen sah, war er sich sicher.

Als Arthur nun noch einmal vor sich sah, wie damals beim Wort Riesenkrake Peters Blick nachdenklich geworden war, loderte in seiner Brust etwas auf. Inmitten der Muskeln, die sich zusammengezogen hatten, spürte er einen Stich. Dann fühlte es sich an, als schösse ihm Magensäure die Speiseröhre hinauf. Und mit einer halben Drehung, während der er den Arm in die Höhe riss, und einem schrillen Schrei, löste er sich aus der Lähmung.

Die Tasse zersprang an der Wand direkt oberhalb der Tür und hinterließ einen kleinen Fleck samt einigen Sprenkeln. Geräuschlos schlugen die Scherben auf dem Boden auf, zerbrachen in kleinere Teile. Und dann rannen nur noch zwei Tropfen, nachdem sie die Fuge zwischen Wand und Tür überwunden hatten, das Holz hinab. Als ob sich zwei Perlen ein Wettrennen liefern würden.

Kurz nachdem JAWS in die Kinos gekommen war, hatte man ihn gefragt, ob er das Drehbuch für einen zweiten Teil schreiben wollte. Ihn. Nicht Peter.

Weil er überzeugt war, dass kein anderer Weißer Hai den von Steven Spielberg in den Schatten stellen können würde, verwendete Arthur für die Outline seines Drehbuchs eine seiner Kurzgeschichten, die der Playboy 1964 veröffentlicht hatte:

Das Drehbuch nannte er dann TENTAKEL und stellte sich dabei das Gekicher an den Kinokassen vor.

Bevor er den Entwurf abschickte, telefonierte er noch einmal mit den Produzenten. Sie plauderten über dies und das, über Horror und stimmten ihm zu: Es gebe nichts Furchteinflößenderes als den Architeuthis, obwohl dieser wahrscheinlich noch scheuer, noch verletzlicher und schützenswerter sei als der Hai.

Als Arthur auflegte, hatte er durchaus den Eindruck, sie seien sich einig, Peters Fehler auf keinen Fall zu wiederholen.

Er hörte nie wieder etwas. Was soll's, sagte er sich, er war sowieso eingespannt mit dem zweiten Teil des SPACE ODYSSEY-Zyklus.

Arthur wurde davon aus den Erinnerungen gerissen, dass Peter den Anfang seines Romans vorlas. Keine große Überraschung. Auf die Art, auf die er schon bei JAWS vorgegangen war, begann er mit einem kurzen Kapitel aus Perspektive seines Tiers: *Es schwebte wartend im sepiaschwarzen Wasser.*

Halten wir hier einen Moment inne und werfen einen Blick auf Peter, wie er einige Zeit zuvor in die Küche schlurfte, um nicht allein zu sein, wenn er den Verlagsvertrag unterschreiben würde. Seine Frau kochte gerade, sie verstand nicht, weshalb er dieses Buch schreiben wollte. Jetzt fragte sie: *»Oder liebst du dich selbst nicht genug?«* und rührte Sahne in die Soße.

Arthur hatte sich inzwischen einigermaßen beruhigt. Er war zur Tür gegangen, hatte die größeren Scherben mit den Füßen zusammengeschoben und ging nun auf die Knie.

Fast schon bewundernswert war es, wie Peter den Kampf zwischen diesen beiden gigantischen Tieren so drehte, dass der Kalmar das Ungeheuer blieb. Er selbst hatte zu einem Zeitpunkt, als Peter wahrscheinlich noch davon träumte, einmal

Pirat zu werden, in einem seiner ersten Bücher den Kampf zwischen einem Wal und einem Riesenkalmar beschrieben, aber der Tintenfisch war bei ihm stets das geblieben, was er seit unzähligen Jahrtausenden war, Beute.[*]

Arthur pulte eine kleinere Scherbe aus dem Spalt unter der Tür, indem er die Fingerkuppe seines Zeigefingers draufdrückte, sie an der Haut haften blieb. Er schnippte sie in den Haufen aus Porzellan.

Er hatte sich damals, in den fünfziger Jahren, so verdammt viel mit diesen Tieren beschäftigt, dass er noch heute überzeugt war von seiner Idee, wie sie sich fangen lassen würden. Vorausgesetzt man besäße genügend Geld, könnte man sie narkotisieren. Er hatte das in THE DEEP RANGE beschrieben, Peter würde bestimmt nichts anderes einfallen, als das Tier am Ende in die Luft zu sprengen.

Wenn es erregt war, wechselte es ständig die Farbe, nuschelte Peter ins Mikrofon und Arthur entfuhr ein Lachen, das schrill klang. Er verschluckte sich und begann zu husten. Um wieder auf die Beine zu kommen, musste er sich auf den Knien abstützen. Für eine Sekunde sah er Lichtblitze. Er legte eine Hand auf die Brust und legte den Kopf in den Nacken. Erregt!

Von wegen.

Diese Tiere kommunizierten, indem sie Muster auf ihrer Haut erzeugten. Sie wechselten nicht einfach nur die Farbe wie ein stinknormales Chamäleon. Sie waren verdammte TV-Screens.

Arthur nahm den Kopf aus dem Nacken und ließ dabei den Blick von der Decke über den Fleck und die Tür hinabgleiten. Die beiden Tropfen waren auf halbem Weg zum Boden vom Holz aufgesogen worden.

---

[*] So ist es, ruft unser Blendender Arm begeistert. Lest doch bitte, bitte noch einmal den Anfang meiner Geschichte. CHEMIE beginnt auf Seite 19.

Am Ende hatte er dem Riesenkalmar sogar eine Folge in seiner Doku-Serie gewidmet.

Mit langsamen Schritten ging er zum Radio. *Es existierte, um zu überleben,* las Peter gerade vor. *Und zu töten. Denn für die Tierwelt eigenartig – wenn nicht sogar einzigartig – war die Tatsache, dass es oft ohne Grund tötete, als wäre es von der Natur in einem Anfall perverser Böswilligkeit entsprechend programmiert worden.*

Arthur drehte das Radio ab.

Einige Augenblicke lauschte er, wie die Stille auf der Stelle von dem Sound der Natur geschluckt wurde. Mittlerweile war die Sonne über den Kamm gekommen und es summte, zwitscherte und rauschte draußen doppelt so laut wie im Morgengrauen. Dann setzte er sich an den Schreibtisch. Er würde Peter einen Brief schreiben. Er hatte die Worte bereits im Kopf.

Hat ein bisschen gedauert, was Peter?

Doch nachdem er ein Papier eingespannt hatte, hielt er inne.

Irgendwie kam ihm das auch verkehrt vor.

Seine Finger schwebten über der Schreibmaschine.

War das Rache?

Und wer rächte sich hier?

Vor allem wofür?

Ging es hier immer noch um JAWS? Oder um was ging es? Und dann tippte Arthur ein erstes Wort.

Squid.

So sollte der Text heißen.

DIE VERTEIDIGUNG EINER EDLEN KREATUR

Sie erschien im Januar 1992 im Magazin OMNI. Darüber, ob Peter Benchley den Artikel je zu Gesicht bekam, haben wir nichts herausgefunden. Wie es eben geht, wenn man glaubt, das Rezept für Glück gefunden zu haben, erging es ihm mit BEAST. Das Buch floppte. Reden wir nicht weiter von ihm.

Womöglich wurde nämlich an jenem Tag, an dem die OMNI mit Arthurs Artikel die Druckerei verließ, auf der anderen Seite der Erde jenes Kind gezeugt, von dem wir schon gesprochen haben. Vielleicht wurde es in Italien gezeugt (seine Eltern liebten Italien). Naheliegender ist, dass es in einem Krankenhaus gezeugt wurde. Seine Mutter war Pflegerin auf der Neurologie, sein Vater ein Psychologiestudent. Und wenn wir auch an anderen Stellen Himmel und Hölle bewegt haben, um die schmutzigen Details herauszufinden, lassen wir das in diesem Fall im Dunkeln. Vielleicht hat es mit dem Jungen, der Ende 1992 zur Welt kam, auch ganz woanders angefangen. Eine Unsicherheit, mit der wir leben müssen. Aber Unsicherheit ist ja schön, alles andere ist bloß Wahrheit.

DER SPANISCHE KRAGEN
DIE GESCHICHTE UNSERES BISSCHEN-SCHÜCHTERNEN ARMS

Nähern wir uns vorsichtig und beginnen an einem sonnigen Herbsttag auf der Wiener Ringstraße. Während die Straßenbahnen an der Kreuzung vor dem Parlament auf ihr Signal warten, rast ein Polizeimotorrad über die rote Ampel. Passanten, die ihre neuen Übergangsmäntel ausführen und mit getönten Sonnenbrillen kombinieren, blicken ihm hinterher und bemerken, als sie dann den Kopf in die andere Richtung wenden, dass das nicht alles war. Ein Autokorso rollt den Doktor-Karl-Renner-Ring herauf. Die Spitze bilden zwei weitere Motorräder, dann folgen Streifenwagen, in dem sie Cobra-Beamte mit Sturmmasken erkennen, und schließlich drei dunkle Limousinen. Fast alle fragen sich, wer da wohl drinsitzt. Einige stellen die richtige Vermutung an, dass es sich nur um einen ausländischen Staatsgast handeln kann. Niemand aber denkt über die Nummernschilder und den Autohersteller nach, Corps Consulaire und Cadillac, eindeutig vom Konsulat der Vereinigten Staaten von Amerika. Und an dieser Stelle müssen wir – das wissen zu diesem Zeitpunkt nämlich exakt sieben Menschen – verraten, dass die mittlere Limousine den US-Außenminister persönlich chauffiert. Er wird begleitet von seiner Büroleiterin, einem ehemaligen CIA-Offizier, der nun in einer Pharmaabteilung von Booz Allen arbeitet und, ob man es glauben will oder nicht, noch nie in Wien gewesen ist, dessen Assistenten und – im Flugzeug mit einem Journalisten in einem eigenen Bereich, jetzt in einem eigenen Wagen – dem ehemaligen österreichischen Bundeskanzler. Auch der hat keinen Schimmer vom Außenminister, geschweige denn der Sache mit dem südafrikanischen DJ. Er glaubt, es geht um eine Reportage über, oder besser gesagt für PALANTIR. Diese ist, genau wie er selbst, eine falsche Fährte für die Öffentlichkeit, für die Österreicher und Österreicherinnen, ja für die Welt. Alle sollen glauben, dass es um Geschäfte geht. Um Technologien. Um Geld. Alles vor dem Hintergrund eines jungen, gescheiterten Mannes. Jedenfalls aber nicht um den Informationskrieg, der gerade aus der Sahelzone nach Südafrika schwappt. Während sie nun am Volksgarten vorbeirauschen, deutet der Außenminister voraus Richtung Burgtheater, das im Sonnenlicht golden glänzt und über dem ein Hubschrauber kreist, und erklärt dem Offizier: That's the great Vienna Opera. Daraufhin zieht sich der Offiziersmagen zusammen. Er wendet sich ab, legt die Stirn an die Scheibe und starrt in die vorbeifliegenden Rosenstockreihen. Er erkennt freilich keine Rosenstöcke darin, weil bereits über jeden ein Kartoffelsack gestülpt ist. Kulturelles ist ihm ein Dorn im Auge und er vertritt die Ansicht, dass alles, was ein Auge stören kann – Dornen, Sand, aber auch Fliegen oder zu helles Licht –, am besten beraten ist, wenn es das Auge meidet. Als sie dann tatsächlich neben dem Gebäude einbiegen, geht er im Geiste die letzten Oscar-Nominierungen durch. Dann fällt ihm ein, irgendwo gelesen zu haben, Eminem würde kaum noch bei ihnen daheim auftreten und stattdessen nur noch große Europa-Touren spielen. Er legt sich einige Worte zurecht und verwirft sie dann wieder – Musik ist vor dem Hintergrund, was dem südafrikanischen DJ geschehen ist, nicht unbedingt das beste Thema für Small Talk. Er denkt über den Humor der Österreicher nach, das Treffen in der »Oper« stattfinden zu lassen. Als er sich dann zwanzig Sekunden später überrascht an den Außenminister wendet, weil es offensichtlich doch nicht in der »Oper« stattfinden wird und dieser nicht weiß, ob er in schallendes Gelächter ausbrechen oder die Stirn runzeln soll, steigt der Hubschrauber um hundert Meter. Und während dann die Cadillacs auf den Ballhausplatz vor dem Kanzleramt rollen, dreht er ab. In derselben Sekunde klappt gut vier Kilometer entfernt ein Kranführer das Frontfenster seiner Kabine auf. Die Scharniere sind über ihm angebracht, sodass er nun durch einen fünfzig Zentimeter breiten Spalt auf die Baustelle unter sich blickt. Mit einer Schuhspitze wippt er über dem Abgrund und beobachtet, wie ein Kollege auf dem Gerüst am Vorderhaus ein Sackerl an den Haken hängt. Es ist ein verrückter Zufall, dass seine Firma ausgerechnet die Baustelle betreut, die neben dem Gemeindebau liegt, in dem er seit elf Jahren mit seiner Frau und drei Kindern wohnt. Vor allem ist es ein praktischer Zufall. Er hat die Kleinen im Blick, Mittagspause macht er zu Hause und seine Frau braucht ihm das Frühstück nicht am Abend vorher richten, sondern kann es – nachdem sie aufgestanden ist, sich geschminkt hat und beim Hofer an der Ecke gewesen ist – einem der Kollegen runterbringen. Während zwei frische Extrawurstsemmeln und ein Energydrink auf ihn zuschweben, wirft er einen Blick auf den schmalen Grünstreifen hinter dem Gemeindebau. Die Blätter eines Baumes glitzern in der Sonne weiß. Dazwischen sind hellbraune Trauben von Flügelfrüchten zu erkennen. Und im Schatten darunter kann er seine beiden Söhne und seine Tochter sehen, wie sie heruntergefallene Flügel aufsammeln, um sie sich auf die Nase zu stecken. Gleichzeitig hört er ein lauter werdendes Brummen. Er blickt auf und sieht aus Richtung der Inneren Stadt einen Hubschrauber auf sich zukommen, noch nur so groß wie eine Fliege. Und auch wenn er schon oft in seinem Leben einen Hubschrauber gesehen hat und sehr genau weiß, dass die höher fliegen, als die höchsten Kräne reichen, ist dieser Anblick neu für ihn und aus seinem Unterleib schießt ihm die Erinnerung ins Bewusstsein, wie er vor zwanzig Jahren als Pubertierender von seinem Vater ins Wohnzimmer gerufen worden ist. Ohne seine Schlappen ausgezogen zu haben, saß der Alte auf dem Sofa, knackte Nüsse und nickte bloß stumm in Richtung Bildschirm, wo zu sehen war, wie Flugzeuge in Hochhäuser flogen – er lässt den Haken mit dem Sackerl auf halbem Weg hängen, schließt die Augen, denkt an seine Frau und sieht deshalb nicht, dass der Hubschrauber exakt über seinen Kran hinwegfliegt – natürlich mit genügend Abstand, aber orthogonal zum Arm, sodass der Abwind seine volle Kraft entfalten kann. Springen wir nun, während der Kran schwankt, wie er zuletzt geschwankt hat, als Ende August ein Gewitter über die Stadt, über Ottakring und die Baustelle gefegt ist und innerhalb von Minuten die Windstärke von dreizehn Metern pro Sekunde überschritten war, bei der der Kranführer seine Gondel eigentlich längst verlassen haben muss.

Um uns gingen die Blitze nur so darnieder. Wolkenfetzen wurden entzweigerissen. Die beiden Felsen waren in dunkles Blau getaucht. Nichts mehr war zu hören außer dem Krachen von Donner.

Doch springen wir nicht ganz so weit zurück, nur ein oder zwei Minuten in die Vergangenheit, und hinüber in das Haus, das wiederum an den Garten des Gemeindebaus anschließt. Und springen wir dort zu jenem 1992 geborenen Autor, um den es – nun endlich – gehen soll.* Gerade eben hat er seine Wäsche aus der Waschmaschine geholt und dabei festgestellt, dass von den ausnahmslos weißen Stoffen ein rosaroter Schein ausgeht. Auf dem Weg ins Arbeitszimmer, wo er den Wäscheständer aufgebaut hat, glaubt er sich getäuscht zu haben. Er legt den Knäuel Stoff auf den rechten ausgeklappten Arm, beginnt, ihn zu entwirren – ein Leintuch, ein Kopfkissenbezug, ein paar Unterhemden, die Leinenhose, die er als Schlafanzug verwendet – und entdeckt dann in deren Hosentasche ein Stück roten Schaumstoff, eine Clownsnase. Seit einer Weile trägt er diese beim Schlafen – und wie es dazu gekommen ist, das ist eine längere Geschichte: Vor einem guten halben Jahr lernte er während eines Aufenthaltsstipendiums in einer Kunststiftung – er schrieb hier die erste Fassung von WIE DER FLAMINGO SCHLÄFT – eine Frau kennen, die ihm bei einem der gemeinsamen Abendessen erzählte, sie schlafe immer, immer bei

---

* Und ich will uns nur kurz vergegenwärtigen, wirft unser Eingebildeter Arm ein, dass er ziemlich genau in dem Alter ist, in dem Jules war, als er Teneriffa besuchte. Wie Bob, als er seinen ersten Kraken baute. Wie Peter, als er JAWS schrieb.

offenem Fenster. Das machte auf ihn einen solchen Eindruck, dass er noch in derselben Nacht die Dachluke über seinem Stipendiatenbett auf Kipp stellte und – Anfang März war das im wahrsten Sinne des Wortes ein Sprung ins kalte Wasser – fror. Allein der Gedanke, ihr am nächsten Tag bei einem neuerlichen Abendessen damit zu imponieren, ließ ihn irgendwann die Kälte vergessen und einschlafen. Und als er ihr dann davon erzählte, kicherte sie und wurde rot. Bald plauderten sie wieder über andere Dinge, kollektives Schreiben und den Roman, an dem sie hier zu arbeiten begann.[*] Außerdem gab es eine Handvoll gemeinsamer Bekannte. Und dann natürlich jenes neuartige Coronavirus, wegen dem die Leipziger Buchmesse ausfiel und sie in der Stiftung blieben. Ein Glück, wie unser junger Autor fand, während er in den Nächten weiterhin die Zähne zusammenbiss – bis die Stiftung mit Beginn eines Lockdowns schloss und ihn zurück nach Wien riss. Daheim behielt er das mit dem geöffneten Fenster bei. Nicht nur weil der Frühling hereingebrochen war und die Nächte lauer wurden, sondern vor allem weil es ihn an sie erinnerte, an die Romanschriftstellerin, die ihn zu beruhigen verstanden hatte wie noch nie ein anderer Mensch. Wenn er das Fenster offen ließ, war es, als würde sie neben ihm liegen. Nur die Baustelle auf dem Nachbargrundstück nervte dann. Um Punkt sieben Uhr klopften die Bauarbeiter dort Dreck aus ihren Werkzeugen, indem sie mit ihnen gegen die Metallstreben der Gerüste schlugen und so den halben Bezirk daran erinnerten, dass sie, Lockdown hin, Lockdown her, bereits auf den Beinen waren. Über den Sommer gewöhnte sich unser junger Autor deshalb an Ohropax. Dann aber wurde Herbst und er wachte immer öfter bereits vor dem Baustellenlärm auf, einfach weil das Zim-

---

[*] Und dieser Roman ist inzwischen, wie unser Armer Arm weiß, erschienen, bei Blumenbar unter dem Titel DIE KRIEGERIN.

mer über Nacht wieder eiskalt wurde. Es dauerte nicht lang und unser Autor musste sich in einer Nacht Anfang Oktober einen ersten Streit zwischen sich und ihr ausmalen. Er lag da, ohne Schlaf, und stellte sich vor, wie sie ihn an die Wand argumentierte: Den Körper könne er an ihr wärmen, es gebe die Möglichkeit einer zweiten Decke und einer dritten, die nur für die über die ersten beiden Decken gelegten Arme da wäre, der Rest sei sowieso Gewöhnung! Am Ende blieb sein einziges Argument das Gesicht, das sich nur schwer zudecken ließ, und in diesem, unmöglich zuzudecken, die Nase. Tatsächlich sei er ja, stellte er sich vor zu entgegnen, an diesem Morgen durch den Schmerz in der Nasenspitze aufgewacht. Sie lachte ihn aus. Er unterdrückte es, sie darauf hinzuweisen, dass ihre Nase einfach viel kleiner sei. So wie er sie kannte, würde sie das zur Weißglut bringen. Und so einigten sie sich am Ende darauf, dass sie vor dem Schlafen lüfteten, dann das Fenster schlossen und sie es öffnen durfte, sobald es ihr zu stickig wäre. Als dieser Moment auch in der darauffolgenden Nacht bereits nach wenigen Minuten kam und unser junger Autor murrend aufstand, das Fenster öffnete, kam ihm eine Idee. Er ging ins Wohnzimmer, kramte die Kiste mit den Faschingsartikeln hervor, setzte sich die Clownsnase auf und legte sich wieder hin. Er stellte sich vor, wie sie vor Schreck, er würde im Wohnzimmer schlafen, das Fenster wieder geschlossen hätte, und ihn jetzt im Dunkeln ansah: Sieht aus, als ob du sterben willst. Er lag auf dem Rücken, mit auf dem Bauch gefalteten Händen und hörte sie dank des Ohropax nicht, geschweige denn dass er sah, wie sie die Augen verdrehte. Ob es nun am Schaumstoff über der Nase und dem Wachs in den Ohren lag oder ein Wunder war: In dieser Nacht schlief er zum ersten Mal durch. Ganz im Gegensatz zur – um wieder in die Gegenwart zu springen – zurückliegenden Nacht. Während er die rosa schimmernde Wäsche betrachtet, spürt er die schlaflosen Stunden in der Stirn. Obwohl er zusätzlich zum Ohropax das Kopfkissen um den Schädel geballt hat, ist die ganze Zeit etwas zu hören gewesen, etwas, das er nicht zuordnen konnte. Waren es seine Wimpern am Bezug? Eine Ladung Schutt, die irgendwer mitten in der Nacht auf der Baustelle ablud? Wurde ein Schrank in der Wohnung über ihm verschoben? Und immer, wenn es dann doch kurz still war, sprangen seine Gedanken zu jenem Manuskript, dem FLAMINGO, und der Frage, weshalb von seiner Agentin nichts mehr zu hören war. In ihrer letzten Nachricht hatte sie noch optimistisch berichtet, dass *sein Roman sehr gut bestellt wurde von unserer Liste, gleich zwanzigmal, das ist viel. Drei haben zwar schon wieder abgesagt, allerdings die, wo ich mich eher gewundert habe, dass die es überhaupt bestellt haben –* diese Nachricht lag nun schon ein paar Wochen zurück. Und im Grunde hatte er ja gar keine Ahnung, wie das alles ablief.* Doch waren die Buchverträge, die er aus seinem Umfeld kannte, alle recht schnell zustande gekommen. Innerhalb weniger Wochen. Ironischerweise waren es jetzt genau die, die teilweise nur Tage hatten warten müssen, die ihm jede Woche aufs Neue erklärten, so etwas könne eben Monate dauern. Die Verlage müssten ja lesen. Er glaubte ihnen, nachts aber war er überzeugt, in jedem Verlag auf einem Stapel gelandet zu sein, auf den jene Manuskripte kamen, die man im Notfall noch mal ansah, falls man ein Manuskript, auf das man eigentlich gesetzt hatte, dann doch nicht bekam. Auch die damit verbundenen Chancen nahmen, da war unser junger Autor sicher, von Tag zu Tag und mit jeder Nacht weiter ab. Er sah schon, wie

---

* In der Tat, wirft unser Halber Arm ein. Schon übermorgen wird sie sich melden und zerknirscht davon berichten, dass sie in diesem Herbst bisher ausschließlich Manuskripte vermittelt hat, deren Autor oder Autorin einfach das nächste Buch im gleichen Verlag macht. Scheinbar wollen Verlage

aus einigen Wochen viele Wochen werden würden und aus vielen Wochen ganze Monate, und wie am Ende dem Manuskript nichts anderes übrig bleiben würde, als in die Schublade zu wandern. Er kannte das. Hatte das wiederum zwei Jahre zuvor mit seinem allerersten Romanmanuskript erlebt. Ein paar Jahre Arbeit, die auf etwa dreihundert Seiten in einem Karton vor sich hin gilbten, als docx-Datei in einem Unterordner eines Unterordners 157,2 Kilobyte groß. In der vergangenen Nacht hatte er deshalb versucht, seinen Gedanken das entgegenzusetzen, was er sich bei seinem letzten Telefonat mit der Romanschriftstellerin – die er sich im Übrigen immer seltener vorstellen konnte, wie sie neben ihm lag – für schlaflose Stunden vorgenommen hatte: nach vorne zu schauen. Über das neue Projekt nachzudenken. Den Text, an dem er irgendwann im September begonnen hatte zu schreiben. Also lag er da und zwang seine Gedanken zwischen den merkwürdigen Geräuschen immer wieder in einen Kosmos, der aus dem Protagonisten dieses Textes hervorgegangen war: einem Kraken. Unser junger Autor fragte sich, ob es überhaupt möglich war, aus der Perspektive eines solchen Tiers zu schreiben, ob es überhaupt ging, aus der Perspektive irgendeines Tiers zu schreiben. Er befürchtete, es zu vermenschlichen. Genauso aber befürchtete er, es fremder zu machen, als es war, wenn er die Gemeinsamkeiten mit dem Menschen leugnete. Am angebrachtesten schien ihm, einen Text zu versuchen, der beide Positionen mit aufnahm, ohne eine wirklich einzunehmen. Vielleicht würde dann dazwischen ein Raum entstehen, in dem der Krake einziehen können würde. Vielleicht. So dachte er und war dann plötzlich doch wieder bei seinem nicht, noch nicht, vielleicht

in einer Zeit, in der ein nächster Lockdown schon abzusehen ist, keinen neuen Autor, vor allem keine Debütanten, die wie niemand sonst auf Buchhandlungen und Veranstaltungen angewiesen sind.

ja aber auch niemals vermittelten FLAMINGO. Und bei seinem vergilbenden Erstling. Denn vielleicht hatte er ja auch schon da über Dinge geschrieben, über die er besser einfach nicht geschrieben hätte. Vielleicht wollte den FLAMINGO niemand haben, weil es die Anmaßung eines jungen Mannes war, der nie gelernt hatte, worüber er besser schwieg. Mit dem Bild, wie ein Krake – wobei es auch ein Verlag sein konnte – vor ihm davonschwamm, dämmerte er irgendwann weg. Und zuletzt, bevor er zu träumen begann, verstand er, dass die Menschen für Kraken so etwas wie Gespenster sein mussten. Ein Gedanke, der inzwischen, wo er am Wäscheständer steht und den Geruch des Frosch-Waschmittels einatmet, im schlammigen Grund seines Unbewussten versunken ist, auch wenn ihn das viele Weiß und der Stich Rosa darin an ihn zu erinnern versucht. Er schnuppert an der Clownsnase – und die verströmt einen so intensiven Frosch-Geruch, dass das Gefühl, ihm liege etwas auf der Zunge, wie eine Seifenblase platzt. Er wird den Waschmittelgeruch hinauswaschen müssen, denkt er, und während er dann das Leintuch über einen Kleiderbügel schlägt, beschleicht ihn das Gefühl, womöglich überhaupt gar nichts schreiben zu dürfen, höchstens von sich selbst. Vielleicht ist Tagebuch die einzige Form, die mir noch bleibt, denkt er, hängt das Leintuch an den Schrank und geht zurück ins Bad. Nachdem er die Waschmaschine ausgeschaltet und geschlossen hat, tritt er ans Waschbecken – auch heute sitzt dort eine einzelne Fliege in der Nähe des Abflusses und schafft es mit einem Sprung gerade noch, dem einsetzenden Wasserstrahl zu entkommen. Es ist eine ziemlich kleine Fliege, eine – vor ein paar Tagen hat unser junger Autor nachgeschlagen – sogenannte Trauermücke. Während er den Schaumstoff mit Wasser volllaufen lässt, fragt er sich, ob es immer die gleiche Fliege ist. Er wringt den Schaumstoff aus und lässt ihn sich erneut vollsaugen. Oder jedes Mal das Kind der letzten? Er wringt die Nase wieder aus und riecht probehalber daran. Ob er wohl von der Fliegenfamilie jedes Mitglied kennt, von der ersten aller Fliegen bis hin zur Urururururenkelin? Und wie sich die Fliege überhaupt fortpflanzt? Ob es noch mehr Fliegen gibt, die er übersieht? Oder ob er sich diese eine immer gleiche einbildet? Als die Nase nicht mehr nach Frosch riecht, geht er mit derlei Gedanken, die ihm zwar blödsinnig vorkommen, sich aber wie Balsam auf sein zermartertes Hirn gelegt haben, zurück ins Arbeitszimmer und rollt den gelben Sitzball unter der Schreibtischplatte hervor. Hinter dem Schreibtisch befindet sich das Fenster. Die Rollläden sind halb heruntergelassen, die Sonne scheint aufs Fensterbrett. Und der Augenblick nun, da er die Clownsnase hier hineinlegt – ins Sonnenlicht –, ist exakt jener Moment, von dem wir vorhin weggesprungen sind. Der Kran beginnt zu schwanken. Dann läuft der Schatten des Hubschraubers über die Fassade des Gemeindebaus, des Vorderhauses, des Hinterhauses und wischt auch über das Fenster, hinter dem unser junger Autor am Schreibtisch steht. Er lenkt seinen Blick in den Garten. Dort stehen ein paar Kinder und bestaunen den Hubschrauber, der zum Anfassen nah über ihr Zuhause brettert. Der Kleine fragt gerade den Großen, warum der Hubschrauber anders beim Wegfliegen als beim Näherkommen klingt. Und der Große erklärt, dass das wie bei den Sirenen von Polizeiautos ist, weswegen man ja auch Tatü und Tata sagt. Der Kleine scheint nicht zufrieden, hakt aber nicht nach. Während der Große nämlich glaubt, dem Kleinen Souveränität vorspielen zu können, hat dieser einfach gelernt zu erkennen, wann der Große ins Straucheln gerät und dann vorsichtig zu sein. Denn wenn der Große nicht mehr weiterweiß, dann nimmt er dem Kleinen irgendetwas weg, früher den Schnuller, heute Spielzeug oder beim Essen das, was das Leckerste ist. Das Gemeine ist: Manchmal wird der Große, wenn der Kleine ihn bedingungslos den Großen sein lässt, übermütig. Und als der Große nun etwas tut, was vermutlich alle großen Brüder mit ihren kleinen Brüdern tun – sie nämlich umschubsen –, reißt sich unser junger Autor von den Kindern los, setzt sich auf den Sitzball und wendet sich der Zettellandschaft auf dem Schreibtisch zu. Sie besteht aus Dutzenden abgetippten, ausgedruckten und zerschnittenen Textteilen. Bei manchen handelt es sich um ganze Absätze, andere bestehen aus bloß einer Zeile. Dazwischen liegen handschriftliche Notizen. Linker Hand befindet sich ein Stapel, bei dem die Schnipsel in einer bestimmten Reihenfolge auf einem A4-großen Blatt festgeklebt sind. Der letzte Abschnitt dreht sich um die ACHALM, einen Berg mit Burgruine, an dem unser junger Autor und sein kleiner Bruder lernten, Ritter zu sein. Und auch rechter Hand liegen einige Textteile auf einem Blatt, zwar noch nicht geklebt, doch aber bereits in einer bestimmten Abfolge. Dazwischen vollzieht sich das reinste Chaos aus den unterschiedlichsten Ideen zu diesem Sonntag im Mai, an dem die Heldin der Geschichte in einer Wiese liegt. Irgendetwas muss an diesem Tag geschehen, was sie dazu bringt, die Welt zu verlassen, in der sie aufgewachsen ist. Unser junger Autor spürt, dass auf der Hand liegt, was das ist, doch hat er an dieser Stelle gestern einfach nicht mehr weitergewusst. Nur einen Hund sieht er vor sich, das ist alles, einen mit dunklem, zotteligen Fell, vielleicht jener, von dem seine Mutter ihm erzählt hat, der an ihrem zwölften Geburtstag erschossen wurde. Ein wenig hat unser junger Autor ihn sich schon immer vorstellen müssen wie Disneys Strolch. Die Spaghetti-Kuss-Szene kommt ihm in Erinnerung und gleichzeitig steigt der Nachgeschmack der Scham auf, die er als Kind verspürte, wenn er den beiden Hunden bei ihrem ersten Kuss zusehen musste. Vielleicht sollte er, was Disney mit Tieren tut, in einem anderen Kapitel unterbringen, an dieser Stelle hilft es ihm nicht weiter. Die Frage ist, welcher Hund auf dieser versteckt liegenden Wiese erscheinen soll, warum, und vor allem wie er dann das auslösen kann, was er auslösen muss, die Flucht der Heldin, ihre Befreiung. Für eine Sekunde erwägt er, alles ganz anders anzugehen, verwirft diese Möglichkeit aber gleich wieder. Es muss durch einen Hund geschehen. Das hat etwas mit der besonderen Beziehung zu tun, die sich zwischen diesem Tier und dem Menschen seit Jahrtausenden entwickelt hat. Nicht im Affen – davon ist unser junger Autor überzeugt –, sondern im Hund kommt der Mensch dem Tier wirklich nah. Wie nah, das hat er festgestellt, seit er angefangen hat, von seinem Kraken zu schreiben und sich andauernd eingestehen muss, dass die Sprache nicht wirklich geeignet ist das abzubilden, was in einem Tier vor sich geht. Ein Satz wie *der Krake war traurig über den Tod des anderen Kraken* geht nicht nur deshalb nicht, weil er auf die Gefühlslandschaft eines Wesens schließt, das einer anderen Spezies angehört. Er geht nicht, weil Trauer womöglich einfach eine ziemlich verarmte Beziehung zum Tod darstellt, die so allein der Mensch erlebt. Nur beim Hund ist das anders. Auch wenn kein Mensch wissen kann, wie es ist, ein Hund zu sein, können Hunde – das bläuen zumindest Freundinnen und Freunde unserem jungen Autor seit Jahren ein – traurig sein. Ja, so sehr können sie traurig sein, dass manche seiner Freundinnen und Freunde ihren Hund gar nicht mehr als echtes Tier betrachten. Natürlich halten sie ihn nicht für einen Menschen, aber sie behandeln ihn auch nicht wie ein Tier. Für sie ist er eben ein Hund. Unser junger Autor macht sich deshalb seit Jahren über sie lustig, wenn sie ihrem Tier Leine und Maulkorb anlegen. Wenn sie es Mausi nennen und ihm dann Befehle geben. Wenn sie über seinen Sex entscheiden. Wenn sie ihm Omega-3-Fettsäuren ins Hundefutter mischen oder ein synthetisches Östrogen, um mit seiner Inkontinenz zurechtzukommen. Und vor allem wenn sie sich ohne mit der Wimper zu zucken nach seinen Ausscheidungen bücken und die noch weiche und warme Hundekacke mit der Hand aufsammeln. Ihr Hund steht dann daneben, wedelt mit dem Schwanz – und mag traurig sein, denkt unser junger Autor, schämt sich aber nicht. Weder für sein Geschäft auf der Straße noch für das Kind, das stehen bleibt und die Straßenseite wechselt. Nicht dafür, dass er immer wieder schwanzwedelnd ankommt und auch nicht für die Leine. Die versteht er womöglich gar nicht. Plötzlich fällt unserem jungen Autor ein, dass er vor ein paar Tagen in einer schlaflosen Nacht etwas notiert hat, was dazu passt, und er kramt in den handschriftlichen Notizen herum:

~~Dagmar~~ *Ich sah nur, verstand aber nicht, was da zwischen den Grashalmen auf meinen nackten Fuß ~~zuschlängelte~~ zuglitt. Doch genügte der Anblick: Mein Herz begann zu pumpen, ich sprang auf, sprang an den nächsten Baum, einen Apfelbaum, und kletterte, bis ich meinen Herzschlag eingeholt hatte. Dann saß ich da, <u>zwischen den Äpfeln mit roten Wangen</u>, und starrte in die Tiefe, zwischen den von Flechten gescheckten Ästen hindurch ins gleißende Gras. ~~Da~~ Über der Stelle, an der ich eben noch gelegen hatte, ~~schwirrte~~ tanzte ein Schwarm Mücken. Erst als unser Vater mich holen kam, mit Zorn im ~~Schritt~~ Nacken durch die Wiese stampfte, nach mir rief und sein Hund hierhin lief, dorthin lief, die Schnauze am Boden, wagte ich mich wieder hinab. ~~Dieses Tier, der Hund meines Vaters, hätte jede Schlange aufgestöbert.~~*

Was, denkt unser junger Autor, schiebt alle anderen Zettel Richtung Fensterbrett und legt allein diese eine Notiz vor sich hin, was, wenn er eigentlich gar nicht über Tiere schreiben will, sondern über Scham? Er muss daran denken, wie er Ende März gerade von der Stiftung zurückgekehrt war, sich in Heimkehrer-Quarantäne befand, und, weil er ja vor seiner Heimreise die erste Fassung vom FLAMINGO zu Ende geschrieben hatte, Zeit für ausführliche Telefonate war. Natürlich vor allem mit jener Romanschriftstellerin. Nun aber – Schlange und Apfel vor Augen – erinnert er sich plötzlich an ein anderes Telefonat, ein langes Gespräch mit einem Freund, der Gedichte schreibt. Sie redeten zwei Stunden über dessen Gedichtband, dann brach die Verbindung aus Gründen ab, die ihnen ein Rätsel blieben.[*] Er rief zurück und sie redeten noch einmal fast eineinhalb Stunden und die ganze Zeit erzählte der Lyriker von Kabeln, die die mächtigsten Unternehmen der Welt durch die Ozeane verlegen. Zig Milliarden schwere, gigantische Projekte, die die Welt umspannen und sie mit dem Internet versorgen. Unser junger Autor, der immer geglaubt hatte, das Netz sei etwas zwischen Satelliten in der Umlaufbahn, war fasziniert. Und während er sich das Glasfaserkabel-System erklären ließ, musste er sich vorstellen, wie diese Kabel kämpften, miteinander vielleicht, oder mit dem Meer. Und dann, an diesem 1. April 2020, dachte er zum allerersten Mal an einen Kraken. Zu seinem Freund, dem Lyriker, sagte er: Schreib doch ein Vorwort, in dem ein Kabel mit einem Kraken ringt. Oder ein Krake mit einem Kabel. Der Lyriker antwortete irgendetwas von einem Haifisch, der tatsächlich dabei gefilmt worden sei, wie er ein solches Kabel angriff. Dann aber sagte er: Mich interessieren die Kabel als Zugang zu sozioökonomischen Verhältnissen. Die Produktion der Kabel. Ihre Geschichte. Bei

---

[*] Dieser Gedichtband ist, wie wieder unser Armer Arm weiß, noch nicht erschienen. Ein Vorgeschmack lässt sich aber in der Anthologie zum Feldkircher Lyrikpreis 2022 lesen.

Kraken denke ich an antisemitische Symbolik. Und damit war die Idee eines solchen Vorworts vom Tisch. Unser junger Autor hingegen, der in den folgenden Monaten sein FLAMINGO-Manuskript noch einmal neu anging, musste immer wieder an jenen Kampf zwischen einem Cyborg-artigen Kraken und einem lebendig gewordenen Kabel denken. Der Lockdown in Österreich endete, es brach der erste Corona-Sommer an. Und während der FLAMINGO die Gestalt annahm, in der er noch heute in irgendwelchen Posteingängen oder Manuskriptstapeln liegt, entschloss sich unser junger Autor, etwas zu tun, dessen Zusammenhang zu seinem Schreiben sich ihm erst jetzt gerade – Schlange und Apfel vor Augen – erschließt. Bisher hatte er geglaubt, es sei eine pure Gleichzeitigkeit gewesen. Es war ihm wie ein Zufall erschienen, dass er den FLAMINGO seiner Agentin ausgerechnet am Vorabend jenes Tages anvertraute, an dem er operiert werden sollte. Nachdem er die E-Mail mit dem Manuskript im Anhang abgeschickt hatte, legte er sich mit dem Gedanken, dass es die letzte Gelegenheit dafür sein würde, ins Bett und machte sich Notizen über seine Vorhaut. Jetzt versteht er: Nicht im September, in diesem Augenblick hatte er angefangen, den nächsten Text zu schreiben.

DIE VORHAUT
DIE GESCHICHTE UNSERES NEUEN ARMS

Eine Weile betrachtete unser junger Autor seinen Penis einfach nur. Schlaff lag er auf seinem Oberschenkel. Eine Wurst, die nach vorn immer schrumpeliger wurde und an der Spitze an einen Rüssel erinnerte. Dann begann er, an diesem Rüssel zu zupfen, seine Öffnung zu streicheln, was kitzelte, und ihn immer weiter zurückzuschieben. Die Eichelspitze erschien und der Geruch nach Urin, altem Sperma, Schweiß und Talg stieg auf. Gleichzeitig dehnte sich der Rüssel, bis sein engstes Hautstück einen Augenblick lang spannte und dann über den Eichelrand sprang. Jetzt hatte der Penis eine Art Ring auf dem Schaft. Unser junger Autor zog den Rüssel noch ein paar Zentimeter weiter zurück, Fleisch wurde in Richtung der Eichel gedrückt. Dann war die gesamte Innenseite des Rüssels zu sehen, sie glänzte und ein Lusttropfen trat aus der Harnröhre. Inzwischen war der Penis ein wenig angeschwollen. Je mehr er sich mit Blut vollsaugte, desto enger wurde der Ring. Oberhalb und unterhalb blähten sich die Schwellkörper. Als es wehtat, ließ unser junger Autor die Vorhaut los, sie flutschte zurück und blieb am Eichelrand hängen.

Vielleicht – denkt unser junger Autor –, vielleicht ist es ja nie um Glasfasern gegangen. Vielleicht ist es nie um das weltweite Netz gegangen, das für den Lyriker Schlange und Apfel zugleich gewesen ist, sondern um die Scham, die von der Schlange und dem Apfel ausgelöste Scham. War das nämlich nicht das Erste, was Eva und Adam erlebten, nachdem die Schlange sie verführt hatte, von jenem Apfel zu essen, Scham über ihre Nacktheit?

Während unser junger Autor ins Regal neben dem Schreibtisch greift und die Bibel herauszieht, muss er daran denken, wie er sich anfangs immer in der Dusche versteckte, um seine Lust zu erforschen. Nur im Lärm der Duschbrause, hinter dem Duschvorhang und einer verriegelten Tür wagte er es, wie er damals sagte, sich einen zu rubbeln.

Er überfliegt die Passage im dritten Kapitel Genesis, in der sich Eva und Adam verstecken, weil sie nackt sind, und muss daran denken, wie er an einem Tag im Wasserdampf stand und das steife Ding zwischen seinen Beinen behandelte, als wäre es ein Stöckchen, mit dem man Feuer macht. Wie ihn plötzlich ein stechender Schmerz durchzuckte. Wie vorn am Stöckchen die Haut eingerissen war und Blut austrat, nicht viel, innerhalb von Sekunden schrumpfte alles. Wie er zu Ende duschte, heißer als das Wasser vor Scham. Wie er zu seinem Vater schlich. Das Gerubbel verschwieg er, behauptete, das Ganze sei beim Waschen passiert.

Und blutet es noch?, fragte der Vater.

Der Bub, der unser junger Autor damals noch war, schüttelte den Kopf – zwei Jahrzehnte später kann er sich beim besten Willen nicht erklären, wie der Vater daraufhin nur mit den Achseln zucken und sich wegdrehen konnte. Hatte er es wirklich für nicht so schlimm gehalten? Oder war es ihm unangenehm? Schämte er sich etwa auch?

N
E
U

Sie redeten nie wieder darüber, nicht über das Blut, nicht über ihre Penisse und auch über sonst nichts, was damit zu tun haben könnte. Was einem Elfjährigen natürlich gerade recht kam. Unser in die Pubertät rasselnder Junge fand auch ohne den Vater heraus, dass es nicht wehtat, solange er nur den Rüssel nicht zurückzog. Und kaum, dass dann auch noch Internet in die Wohnung floss, wusste er Orte aufzusuchen, an denen er mehr erfuhr, als ihm der schamloseste Vater hätte erzählen können. Orte, an denen er so versteckt war wie in der Dusche, sich aber alles ganz genau anschauen konnte. In Ruhe durfte er überlegen, welche Vorschaubilder er anklicken wollte. Welche Haarfarben er gut fand, welche Stellungen. Ganz in Ruhe und ohne sich für irgendetwas schämen zu müssen.

Insgeheim wuchs die Scham aber natürlich, eine Scham darüber, dass er zu nicht mehr kam, als anderen – über die Jahre in immer höherer Auflösung – zuzusehen. Denkt unser junger Autor zurück, erinnert er sich vor allem daran, wie er zunehmend damit beschäftigt gewesen war, es sich nicht anmerken zu lassen. Mit siebzehn hatte er Abitur, war aber noch immer Jungfrau. Er zog aus, schrieb sich für Philosophie ein und begann, die ersten Gedichte zu verfassen, Gedichte über Augen, Gedichte über das Erwachen und Gedichte über blassrosarote Träume. Redeten die andern über Sex, redete er mit, wie er es im Internet gelernt hatte.

So ging es, bis ihn eines Abends auf einer Dubstep-Party seine Freundinnen und Freunde beim Tanzen immer wieder so drehten, dass er derselben Frau gegenüber tanzte. Zwar wusste er sehr wohl, was das sollte, tat aber, als würde er nicht verstehen und zuckte dann auch nur die Achseln, als sie bei einer Zigarette vorschlug, zu ihm zu gehen – eine halbe Stunde später hockten sie auf der Bettkante.

Er würde da wahrscheinlich heute noch sitzen und auf den Bücherstapel neben seinem Bett stieren. Doch sie knipste irgendwann das Licht aus und schlüpfte unter die Decke. Kaum lag er neben ihr, küsste sie ihn.

Schade findet er es heute, dass er keine wirkliche Erinnerung mehr an diesen Kuss besitzt, seinen ersten. Er weiß nur noch, wie glatt ihre Oberschenkel waren, wie weiß im ersten Morgenlicht. Und wie überrascht er dann war. Pornoclip um Pornoclip hatte in ihm die Erwartung geschürt, sie würde schmecken wie ein Center Shock. Er hörte wieder auf.

Als sie daraufhin ihn in den Mund nahm, stach es auf einmal und er zog ihren Kopf wieder hoch. Sie sahen einander an, und bevor er etwas sagen konnte, flüsterte sie: Hast du ein Kondom?

Irgendwie fingerte er es sich über. Und dann staunte er nur noch, wie schwer es war, in sie hineinzukommen. Wo er es doch schon so oft gesehen hatte.

Nach einer Weile schob sie seine Hände beiseite und übernahm. Dass sie es geschafft hatte, glaubte er erst, als sie zu stöhnen begann. Er spürte nichts und sah nur das schemenhafte V ihrer Beine. Es dauerte nicht lang, dann konnte er nicht mehr und bemerkte, dass das Kondom in Fetzen hing.

Sie schob ihn auf den Rücken.

Dann folgten Minuten, die sie ihn in sich hineinrammte. Einmal keuchte sie Komm endlich, er aber wunderte sich nur, wie sehr sie schwitzten, sein Bauch war richtig nass. Da hielt sie plötzlich inne, rief Was ist das?, und sprang auf.

Er rollte zur Seite und knipste das Licht an. Das Laken und ihre Oberschenkel, auch sein Bauch. Alles war rot.

Sind das deine Tage?, stammelte er und hatte seinen Penis schon in der Hand. Das Blut rann geradewegs auf Freges ÜBER SINN UND BEDEUTUNG.

Aber doch nicht so viel.

Und dann hörte er nichts mehr, sah nur noch, wie er schrumpfte. Wie es tropfte.

Dann fehlten zehn Minuten.

Und auch von der folgenden Stunde weiß unser junger Autor nur noch, wie hell es bereits war, als er das Haus verließ. Wie die beiden Sanitäter ihm erklärten, dass er kein Notfall sei. Wie hilflos er sich fühlte, wie ein Taxi vorbeischoss. Und wie es ihn in den Mercedes-Benz-Ledersitz drückte, als der Taxifahrer erfuhr, was ihm fehlte.

Als er schließlich in der Urologischen Ambulanz ankam, war es kurz vor fünf. Auch hier war er kein Notfall und musste warten. Alle paar Minuten lugte er in die Hose und kontrollierte, ob Blut durch das Klopapier drang. Dann wurde er endlich ins Behandlungszimmer geholt. Er sollte sich untenrum frei machen und auf einer Liege Platz nehmen.

Nach ein paar Minuten erschien eine Ärztin, nahm das beschädigte Stück in die Hand, drehte und wendete es. Schließlich ging sie zu einem Schrank und sagte: Nicht tragisch, das kann schon mal passieren.

Aber es hat richtig schlimm geblutet.

Das tun angeschwollene Penisse eben, sie hielt ihm eine Kompresse hin. Sollte innerhalb von ein oder zwei Tagen verheilen. Wenn es noch mal blutet, draufdrücken.

Sie schenkte ihm ein Lächeln und fügte hinzu: Jetzt muss ich wieder rüber. Da hat sich ein Irrer einen Draht durch die Harnröhre eingeführt und der hat sich jetzt im Hodensack verhakt. Ich habe keine Ahnung, wie ich den wieder rausbekommen soll.

Unser junger Autor sagte: Ich will halt einfach nur, dass das nie wieder passiert.

Sie empfahl eine Praxis. Und dann war er wieder allein, allein mit diesen eineinhalb Sätzen, die er herausgebracht hatte und mit denen er von da an jedes Gespräch im Keim erstickte.

N
E
U

Als er mit der Frau sprach, die er vollgeblutet hatte: Alles halb so wild. Hauptsache, das passiert nie wieder.

Oder als er dann am Abend mit seinem besten Freund telefonierte und dieser ihm gestand, bei seinem ersten Mal das Gleiche erlebt zu haben: Ja, das kommt scheinbar gar nicht so selten vor. Ich sorge jetzt einfach dafür, dass das nie wieder passiert.

Und als er einige Tage später mit seinem Ich will halt einfach nur, dass das nie wieder passiert, in der Praxis vorsprach, interessierte unseren jungen Autor das, was die beiden Urologen zu sagen hatten, nicht mehr, sobald sie ihm versprochen hatten, dass nach einem kleinen, unspektakulären Eingriff alles wieder gerichtet sei am kleinen Mann.

Er nahm sie beim Wort. Dass es stach und zog, wenn man mit einer Frau schlief, musste also sein. Auch dass man deshalb beim Sex regelmäßig schlaff wurde. Vermutlich hatte das damit zu tun, dass Frauen nicht wirklich feucht wurden. Und dass es wehtat, wenn sie den Penis in den Mund nahm, lag eben an ihren fehlenden Skills.

Für solche Gedanken schämt sich unser Autor heute. Er hockt auf dem gelben Sitzball, starrt auf die Notiz mit Schlange und Apfel – inzwischen ist sein Rücken rund geworden – und schämt sich, schämt sich vor allem, weil solche Gedanken nicht bloß in ihm gärten, sondern weil sie immer wieder aus ihm herausbrachen. In einem weinerlichen Ton gestand er irgendwann – um nur ein Beispiel zu geben – seiner Freundin, wie sich der Sex mit ihr anfühlte. Und stellte die Theorie auf, dass sie nicht feucht genug würde, weil sie so viel rauchte.

Statt etwas zu sagen, ging sie in die Küche und kam mit einem Glas zurück.[*] Während sie es aufschraubte, murmelte sie: Das hat sogar antibiotische Wirkung.

Dann kratzte sie etwas von dem weißen Zeug heraus. Einen Teil führte sie sich ein, den Rest streifte sie an seinem Penis ab. Und während die Stückchen auf seiner Haut schmolzen, breitete sich der Geruch nach Kokos aus. Tropfen rannen an seiner Eichel hinab, und als er in sie eindrang, fühlte er etwas, was er noch nie gefühlt hatte.

Dann stach und zog es wieder.

Es war in dieser Zeit, dass er einen jungen Mann aus Afghanistan kennenlernte, der gerade an einer Kurzgeschichte schrieb.[**] Sie handelte von einem Jungen, der in einer Unterkunft für Geflüchtete deshalb gemobbt wird, weil er nicht beschnitten ist. Auch nachdem der Junge die Vorhaut »entfernen« lässt, wird er weiter verspottet. Am Ende sitzt er an

---

[*] Sie hätten ruhig darüber sprechen können, ruft unser Müder Arm dazwischen, dass wahrscheinlich neun von zehn Personen mit Vulven das kennen, Schmerzen beim Sex. Die unterschiedlichsten Schmerzen, aus unterschiedlichsten Gründen. Sie hätte ihn auch einfach rauswerfen können, murmelt der Arme.

[**] Die Kurzgeschichte ist, wie einmal wieder unser Armer Arm weiß, nie veröffentlicht worden. Ihr Autor ist Schauspieler geworden.

der Donau und es bleibt uneindeutig, wie er über seine Beschneidung denkt.

Was für eine Steilvorlage für ein Gespräch, denkt unser junger Autor heute. Er kann sich einfach nicht erklären, wie er damals diese Kurzgeschichte wieder und wieder durchgehen konnte, es aber nicht schaffte, nicht ein einziges Mal, ihrem Autor von sich und seinen Schmerzen zu erzählen.

Wann hatte er angefangen, mit jemandem zu reden?

Er weiß nur, dass er wohl auch in dieser Zeit begann herumzugoogeln. Regelmäßig – daran erinnert er sich – verlor er sich in irgendwelchen Foren und saß dann Abend für Abend auf der Couch, zog die Vorhaut über den Eichelrand zurück und atmete für ein paar Minuten gegen den Schmerz, ganz in der Hoffnung, so den Hautring zu dehnen. Wenn sich dann nach Wochen nichts verändert hatte, außer dass der Rüssel schrumpeliger aussah, hörte er wieder auf.

Unser junger Autor klappt die Bibel zu.

Außerdem erinnert er sich an einen ziemlich alten Hautarzt, zu dem er wegen eines Pilzes ging und der ihm riet, die Eichel nach dem Waschen lufttrocknen zu lassen.

Wenn Sie wollen, fügte er dann lächelnd hinzu, beschneide ich Sie aber auch.

Vielleicht war das der Anfang gewesen.

Er stellt das Buch zurück ins Regal.

Und bekanntlich höhlt ja steter Tropfen den Stein. Irgendwann jedenfalls hatte er so oft von einer Beschneidung gesprochen, dass ihn manche Freundinnen und Freunde geradezu drängten.[*] Eine Freundin saß daneben, als er – einige Wochen, nachdem der Lockdown geendet hatte – eine sündhaft teure Praxis im ersten Bezirk anrief und niemanden erreichte.

---

[*] Womöglich, gibt unser Hehrer Arm zu bedenken, geriet er auch einfach in dieser Zeit immer mehr in ein feministisches Umfeld, in dem seit einigen

Eine andere war dabei, als ihn die Praxis zurückrief. Eine dritte Freundin sagte ihm immer wieder, dass er sich das wert sein solle.

Also begann er sich – während er die letzten Kapitel am FLAMINGO schrieb – aus dem Zentrum Wiens in die äußeren Gemeindebezirke vorzuarbeiten und erwischte schließlich einen Urologen, der ihm versicherte, dass eine erste Untersuchung zwar kosten würde, sich das Weitere aber so drehen lasse, dass es jede Versicherung übernehmen würde. Er könne noch heute Nachmittag vorbeikommen.

Zunächst tat dieser Urologe alles Mögliche, was eigentlich Grund gewesen wäre, auf keinen Fall an sich herumschneiden zu lassen. Mitten in einer Pandemie begrüßte er unseren jungen Autor mit Handschlag. Plastikhandschuhe verwendete er, um den Arm abzuschnüren. Und während Blut in die Kanüle in seiner Hand rann, nahm er mit der anderen ein Telefonat entgegen. Dann aber redete er mit unserem jungen Autor.[*] Und zwar nicht nur über das, was er feststellen konnte – eine zurückliegende Frenulotomie und eine leichte Linkskrümmung, aber keine Vorhautverengung –, sondern auch über das, was unser junger Autor ihm erzählte. Schließlich erklärte er diesem, was man einen spanischen Kragen nennt.

Die Welt explodierte – einen Augenblick später lag unsere Kalmarin in einer Höhle, die nicht besonders tief zu sein schien. Draußen krachte es noch immer, hier drinnen aber war alles erfüllt vom Geklimper hundertfachen Tropfens. Von der De-

Jahren vor allem Personen mit Vulven das Tabu, über ihren Körper zu sprechen, aufbrechen. Das färbt natürlich ab.
[*] Und das ist tatsächlich, wirft unser Halber Arm ein, das Große an der Geschichte des Neuen Arms. Mit wie vielen Menschen unser junger Autor

cke und den Wänden fiel Schaum, weiter hinten bildete sich eine Pfütze.

Unsere Kalmarin versuchte ihre Tentakel, die noch im Spalt steckten, zu lösen, war aber zu schwach. Die Dornen hatten sich im Stein verkeilt. Sie warf sich in die Pfütze.

Wir ringelten uns so ein, dass möglichst viele von uns mit Wasser bedeckt waren. Der Hehre gab für einen Moment die Wunde frei und unsere Kalmarin ächzte auf, als Wasser an die Wunde drang. Wir spürten das Pochen, das von dort durch sie hindurchdrang. Es war heiß.

Irgendwann fühlte der Halbe noch, dass das Wasser auch über seine Armspitze gestiegen war. Und dann durchströmte uns nur noch das Gemurmel und ließ über uns Farbenspiele laufen, während der Leib unserer Kalmarin immer mehr erbleichte, zart und weiß.

Als sie erwachte, war die Höhle bis zum Rand des Spaltes vollgelaufen. Wir Arme trieben frei im Wasser. Dumpf war zu hören, wie es draußen noch immer spritzte und krachte, wenn auch nicht mehr so heftig wie vorher. Das Meer schlug um die Felsen, als wäre es in einem Kampf mit ihnen. Es schien zu brüllen. Sie wiederum brodelten. Es zischte – und war urplötzlich wieder vorbei. Der kleine Felsen seufzte ein letztes Mal. Dann war es still. Unsere Kalmarin hob ein Auge aus dem Wasser. Der Horizont lag in einem giftig gelben Dunst.

Jetzt, in einer mit Wasser vollgelaufenen Höhle, ließen sich die Dornen lockern. Nachdem unsere Kalmarin sie befreit hatte, sank sie zurück in die Mulde, in der sie geschlafen hatte, noch immer pochte es dort, wo der Eingebildete begonnen hatte.

sprach. Damals. Und seither. Es gibt viele gute Gründe gegen Beschneidungen von Penissen. Um sich entscheiden zu können, ist für einen jungen Mann aber vor allem ein Klima wichtig, in dem er reden kann. Davon bin ich überzeugt. Wir auch, rufen die übrigen Arme.

Sie erwachte, als der kleine Felsen wieder zu gurgeln begann. Das Wasser in der Höhle war bis auf eine kleine Pfütze verschwunden. Kaum aber, dass Felsen und Meer zu donnern begannen, flutete es schon wieder herein. Unsere Kalmarin blieb liegen.

Und so ging es: Wenn das Wasser kam, konnte sie schlafen. Wenn es ging, lag sie für eine Weile da und wir spürten das Gas auf unserer Haut und das Gepoche. Nie mussten wir lange warten, dann stieg Nebel zu uns herein, die brandende Flut und ein dumpfes Getöse setzte ein.

Nach einiger Zeit verebbte das Pochen und unsere Kalmarin rückte dichter an den Spalt. Von hier aus konnte sie zusehen, wie die Flut hervorbrach, wie der Schaum hoch aufspritzte, wie er den kleinen Felsen bedeckte, wie das seltsame Gewächs rüttelte.

Und dann sah sie auch das erste Schiff darin zerschellen.

Es folgten andere.[*] Und jedes Mal, wenn der kleine Fels dann das Meer wieder entlassen hatte und sich die Wasser beruhigten, sah unsere Kalmarin, wie die Trümmer im Riff versanken, wie das Riff aus den Trümmern wuchs. Und gleichzeitig spürte sie, wie sich dort, wo einst der Eingebildete begonnen hatte, ein Stumpf bildete. Als der Hehre schließlich die Stelle freigab, begann da ein Neuer Arm. Noch war er kurz, noch bedeckten ihn kaum Saugnäpfe. Er trug eine dunkelrosa Maserung.

---

[*] Erinnert ihr euch, ihr Menschen, ergreift unser Hehrer Arm das Wort, an jenen, den ihr ODYSSEUS DEN LISTENREICHEN nennt? Auch er passierte mit seinem Schiff diese, wie er es heißt, Enge des Meeres. Und wie es ihm zuvor geraten worden war, steuerte er dicht an dem höheren Felsen vorbei, an unserem, um nicht von jenem Strudel erfasst zu werden, den ihr unter dem Namen CHARYBDIS kennt, und an dieser Stelle in seiner Erzählung beginnt auch seine Lüge. Ihr solltet ihn nicht DEN LISTENREICHEN heißen, sondern DEN IMMERZU LÜGENDEN. Denn er erzählt von diesem Felsen, unserem,

Unser junger Autor weiß noch, wie er in der Straßenbahn in Richtung Spital hockte und ihn die Empfangsbestätigung seiner Agentin erreichte. Sie sei sehr gespannt und würde das Manuskript jetzt erst mal in Ruhe lesen, dann könnten sie noch mal sprechen. *Gern Mitte/Ende nächster Woche oder so, viel schneller schaffe ich das auch nicht. Ich werde mir jedenfalls auch mal über den Titel Gedanken machen ;-)* Es war ein Mittwoch im August, es war später Vormittag. Vor dem Krankenhaus herrschte Aufregung, weil die Schleuse, an der die PCR-Tests kontrolliert wurden, auf die steigenden Infektionszahlen reagieren sollte. Der Wartebereich der Urologischen Ambulanz war hingegen bis auf einen ehemaligen Diplomaten leer. Er erzählte von dem Segelurlaub, bei dem er sich so verletzt hatte, dass er jetzt an der Blase operiert werden musste. Unser junger Autor erzählte von dem Manuskript, das er gestern aus der Hand gegeben hatte. Nach einer halben Stunde rauschte sein Urologe herein, im strahlenden und wehenden Kittel eines Oberarztes, erklärte, heute sei die Hölle los, und übergab unseren jungen Autor an eine Assistenzärztin. Die zeigte ihm das Bett und eröffnete das Prozedere aus Fragebögen, Krankenhaushemdchen, Tabletten, endlosen Gängen und schließlich einem Aufzug in die Tiefe. Kaum war das Bett, in dem unser junger Autor saß, im Wartebereich vor dem Operationssaal abgestellt, trat auch schon ein Pfleger auf, der ein wenig wie ein Ziegenbock aussah. Von ihm bekam unser junger Autor noch einmal eine Pille. Dann wurde er durch zwei große Türen aus Metall hinein in den Saal gescho-

dass er dort sechs Männer verloren habe. An ein Wesen, das ihr seither Skylla nennt. Es sei ein Untier und zum Leiden der Menschen. Es würde zwölf Füße besitzen, unförmig alle und sechs Hälse dazu, ganz überlange, und auf jedem sitze ein grausiges Haupt, darin drei Reihen Zähne, dicht aneinandergedrängt und voll des finsteren Todes. Wie falsch! Ihr sollt wissen: Wir lagen all die lange Zeit in der Höhle und heilten. Der Hehre zittert, dann fährt er fort: Wahr ist nur, dass euer Held unter unseren Augen Schiffbruch erlitt. Aus eigener Dummheit ben. In der Mitte des Raumes, auf einer quadratischen, smaragdgrün schimmernden Fläche stand der OP-Tisch. Eine weißhaarige Frau richtete den Instrumententisch her. Unser junger Autor wurde bis dorthin geschoben und stieg dann selbst von seinem Bett auf den OP-Tisch. Während der Ziegenbock einen Sichtschutz über seinem Bauchnabel aufbaute, wurde ihm von der weißhaarigen Frau das Schamhaar weggeschabt. Mit ihrem letzten Strich trat der Urologe wieder auf, jetzt in blauem Gewand und begleitet von einer Studentin. Man begrüßte einander und schon bekam unser junger Autor die erste Spritze in die Leiste. Er lehnt sich auf dem gelben Sitzball zurück, sodass er eine Lade unterhalb des Schreibtischs öffnen kann, und entnimmt dieser ein leeres DIN-A4-Papier. Dann schneidet er die Notiz mit Schlange und Apfel zurecht und klebt sie auf das Papier. In die obere linke Ecke schreibt er *mit der Scham beginnen*. Die Spritzen waren heiß, das weiß er noch. Von seiner Leistengegend aus durchfluteten sie seinen Körper. Er legt das Papier auf den linken Stapel und verteilt dann die Zettel, die er vorhin an das Schreibtischende geschoben hat, wieder über der gesamten Tischplatte. Dann gab es nur noch seine Hüfte und an seiner Hüfte die Berührungen des Urologen und der Studentin – und an diesem Gefühl, der Anwesenheit eines anderen Körpers, hielt er sich fest. Die Lampen über ihm spiegelten, was jenseits des Sichtschutzes geschah. Blut, blaue Handschuhe, blitzendes Besteck. Dazwischen großmütterliche Kommentare und Fetzen aus einem Fachgespräch. Irgendwann fragte die Studentin nach seinem Beruf und er lallte: Schreiben. – Vielleicht kommen wir in einer Geschichte vor, bemerkte der Urologe. Ganz

wohlbemerkt, denn jene Frau, die ihm von den Felsen erzählt hatte, warnte ihn vor allem davor, sich nicht an den Rindern zu vergehen, die die nächstgelegene Insel bewohnten. Seine Männer aber taten es. Sie töteten. Und zogen den Zorn der Sonne auf sich. Und wahr ist auch, dass er dann, als die Planke, an der er sich über Wasser hielt, verschlungen wurde, nach dem bestimmt sogar, rief unser junger Autor, gestern habe ich noch ein letztes Mal mit Vorhaut masturbiert und dabei Notizen gemacht. Er nimmt den Blick von der Zettellandschaft auf dem Schreibtisch und steht auf. Ihm ist, als ob die Stille, die daraufhin im Saal geherrscht hatte, ins Arbeitszimmer eingebrochen wäre und sich nun in seine Brust krallen würde. Er klemmt den gelben Sitzball wieder unter die Schreibtischplatte. Und versucht, das Engegefühl mit einem tiefen Atemzug und einem leisen Seufzer loszuwerden. Damals ging es vorbei, indem der Urologe »cool« murmelte, worauf alle anderen ebenfalls »cool« murmelten. Heute muss er wieder und wieder seufzen. Die Scham über diesen Moment vermischt sich mit der Scham darüber, dass es ja nicht einmal stimmt, was er da behauptet hat. Er hat zwar diese Notizen gemacht, ja, aber Schreiben – sein Beruf ist es nicht. Er hat keinen Beruf. Er verlässt das Arbeitszimmer und geht ins Badezimmer, steht noch einmal am Waschbecken und sieht in den Spiegel. Nackt hat er dagelegen, nackt und high. Der Chirurg, die Studentin und der Ziegenbock, die weißhaarige Frau, die werden sich ihren Teil gedacht haben. Er schüttelt den Kopf und geht in die Küche. Keine halbe Stunde später lag er bereits wieder auf seinem Zimmer und lugte unter die Bettdecke: Einbandagiert ruhte die Eichel auf seinem rasierten Bauch und die Öffnung der Harnröhre starrte ihn an. Er bedeckte alles wieder. Im Fernseher lief Scrubs. Der Ton war allerdings abgedreht und die Fernbedienung lag auf dem Nachttisch seines Zimmergenossen. Als dessen Arzt kam, um die Wunden an seinen Hoden zu kontrollieren, fragte unser junger Autor, ob er pinkeln dürfe. Der Arzt hob seine

Feigenbaum griff. Ja, ihr Menschen, ein solcher Baum steht auf jenem kleineren Felsen, ein Feigenbaum mit großen laubichten Ästen. Nie werden wir den Anblick vergessen, wie euer großer Held dort hing, einer Fledermaus gleich, bis seine Planke wieder ausgespuckt wurde und er daran geklammert durch die Meere trieb, um von der nächsten Frau gerettet zu werden.

Decke an, zuckte mit den Achseln: Warum denn nicht. Auf alles gefasst humpelte unser junger Autor ins Bad, hängte vorsichtig den Verband in die Kloschüssel – und pinkelte dann, wie er immer gepinkelt hatte. Das einzig Neue war der klare Strahl, durch den Rüssel war der Urin immer irgendwohin gespritzt. Nach zwei Stunden kontrollierte der Urologe die Naht und bereitete unseren jungen Autor auf die nächtlichen Erektionen vor. Die würden ganz bestimmt kommen, die seien für den Körper der einzige Weg, das Blut im Penis auszutauschen. Die Nähte würden das aber aushalten. Dann durfte unser junger Autor gehen. Er wankte hinaus, in einen heißen Nachmittag. Tatsächlich wachte er in der folgenden Nacht mit glühendem Ständer auf. Als er das Licht anknipste und die Bettdecke zurückschlug, sah er, dass sich der Verband gelöst hatte. Langsam ging die Erektion zurück und er schlief wieder ein. Am Morgen entfernte er die restlichen Binden und schlüpfte in einen Kimono. Er nahm an, dass Luft gut sein würde, und konnte sich auch nicht wirklich vorstellen, eine Hose zu tragen. Frei hängend schwang die Eichel allerdings bei jedem Schritt gegen den Hodensack, gegen die Schenkel oder den Kimono. Nach einer Weile fixierte unser junger Autor sie deshalb in einer engen Unterhose. Jetzt scheuerte es bei der kleinsten Bewegung. Also vermied er es, sich zu bewegen. Er saß viel. Meistens in der Küche, denn hier konnte niemand beobachten, wie er sich zwischen die Beine guckte. Das einzige Fenster liegt einer mit abgestorbenem Efeu zugewucherten Brandschutzmauer gegenüber. Und hier setzt er sich auch jetzt hin. Er nimmt die Ringelblumensalbe, die zwischen zwei Topfpflanzen auf dem Fensterbrett steht, dann zieht er sich die Hose hinunter. Jeden Tag saß er hier und wartete. Wartete, dass das Wasser kochte und er es zu einem Beutel Kamillentee in eine Schüssel kippen konnte. Wartete, bis es nicht mehr dampfte, bis sein kleiner Finger den Tee nicht mehr nur für lauwarm, sondern für fast kalt hielt. Dann rutschte er auf dem Stuhl vor, sodass er nur noch auf dem Steiß saß, und hielt sich die Schüssel zwischen die Beine. Immer, wenn er die Eichel in den Tee tauchte, schwappte ein wenig über und platschte auf die Küchenfliesen aus dunklem Stein, die – wie er denkt, während er die Ringelblumensalbe aufschraubt – der Küche das Flair einer Höhle verleihen. Kühl ist es hier, wenn es draußen heiß ist. Peitschen Stürme durch die Gassen, ist es behaglich. Und immer fühlt man sich geborgen. Vor seinem geistigen Auge sieht unser junger Autor, wie sich jeden Tag mehr Krusten aus den zarten Spalten lösten und im goldenen Wasser herumwirbelten. Wie damals rutscht er auf dem Stuhl vor, bis er nur noch auf dem Steiß sitzt. Er nimmt seinen Penis in die Hand und begutachtet die Narbe, die als eine zittrige Linie unterhalb des Eichelrands verläuft. Dann drückt unser junger Autor einen Strich Salbe aus der Tube und beginnt, sie einzureiben.[*] Er spürt die knubbeligen Stellen, an denen die Nähte verknotet waren. Und obwohl zwischen seinen Beinen ein warmer und lieblicher Geruch nach Blüten aufsteigt und die gesamte Küche von der Erinnerung an die Kamillendämpfe erfüllt ist, schmeckt er plötzlich Salz auf den Lippen. Er blickt auf und heftet seinen Blick in den Efeu. Ihm ist, als ob es kein Efeu mehr wäre. Er kann es nicht richtig erkennen, weil die Sicht vor seinen Augen verschwimmt. Er kneift die Augen zusammen. Da wird ihm schwindelig, er lässt seinen Penis los, um nach dem Fensterbrett zu greifen. Es fühlt sich an, als würde er sich an einem Abgrund

---

[*] Ich finde es wichtig, ruft unser Blendender Arm dazwischen, dass nicht vergessen wird, wie seither der Sex ist. Denn immerhin ist da ein handinnenflächengroßes Hautstück verschwunden, das nur so gestrotzt hat vor Nervenenden. Fühlt er noch was? Unser junger Autor besteht doch nicht nur aus einem Penis, erwidert der Bisschen-Schüchterne. Er hat empfindliche Stellen in seiner Leiste, am Damm, um den Anus. Er hat Nippel, Ohrläppchen und eine Kehle. Und an seinem Penis gibt es auch noch die

befinden. Und als seine von Ringelblumensalbe fettige Hand ins Leere greift, ist es, als würde er vornüberkippen, dem Efeu entgegen, dem Efeu oder was auch immer. Er erwartet die berstende Scheibe, doch da ist nur noch Luft, Luft, die an ihm zerrt. Um ihn dröhnt es. Er stürzt.

Als er wieder zu sich kommt, ist er unter Wasser und überall ist Tang. Dicht über sich spürt unser junger Autor, wie die Wellen aus den Blättern Gischt schlagen. Alles ist von ihrem rötlichen Schein erfüllt. Nur unter ihm – von wo der Tang heraufquillt – leuchtet es schwarz.

Unser junger Autor versucht, sich um die eigene Achse zu drehen, der Tiefe entgegen, aber die vielen Blätter schlingen sich um ihn und ziehen an ihm. Er rudert mit den Armen und gerät in das nächste Büschel aus Tangschnüren. Sie wogen um ihn, wiegen ihn, umfließen ihn, und sobald er vorwärtszukommen versucht, wickeln sie sich um seinen Leib.

Er gewinnt nur langsam an Tiefe. Mit jedem Stück wird das Blätterwerk aber lichter. Geht es immer einfacher.

Unser junger Autor sucht das Wasser ab nach den kleinen Schwärmen aus Lanzettfischchen, die hier wie Mücken in der Abenddämmerung umherschwirren müssten. Er sucht nach Salpen und Meerpfauen. Nach um Algenblätter geschwungenen Seepferdchen-Schwänzen. Aber da ist nichts, nichts, was einen Blick bemerken und dunkel werdend davonschweben

---

Eichel. Kurz: Alles gut, er muss sich gerade nur neu kennenlernen. Er muss langsam sein, ergänzt der Blendende, nachfragend. Er muss vorsichtig sein, ruft der Halbe. Und mitteilsam. Er muss auf sich hören. Manchmal geht es einfach nicht, meint der Hehre. Vor allem aber – da beginnen alle Arme zu nicken – muss er reden. Und dass er das lernt, das ist ihm im Moment mehr wert als all die Nervenenden, die er verloren hat. Es macht den Sex verdammt gut, tausendmal besser als früher.

könnte. Keine Medusen, keine Moostierchen. Nur Blätter, die immer schmaler und rarer werden.

Und irgendwann sind auch die verschwunden und es ranken sich nur noch die Tangstränge, umeinander gewickelt, in die Höhe, ihm entgegen, und wiegen sich, als wären sie Haar. Unser junger Autor sinkt weiter. Schließlich zeichnet sich der Grund ab, in dem sich der Tang vor Jahrhunderten festgekrallt hat. Eine Landschaft aus bleichen Korallenstöcken.

Eine Böe geht durchs Wasser. Die Finsternis erzittert. Und da bemerkt unser junger Autor die silbrigen Adern auf seinem Leib. Er beginnt zu glänzen. Aus Wehmut, aus Wut, wir wissen es nicht. Schon eilt er mit raschen Atemzügen ein Stück in die eine, dann ein Stück in die andere Richtung. Einst muss es hier geblüht haben. Er lässt uns frei und wir, wir schwärmen aus, stoßen hinein, in das Kalkskelett, das Gestrüpp aus Dornen und Stacheln. Kein Leben ist mehr darin, nur noch Schlamm. Wir schmecken Staub, wir schmecken Kalk. Und dann etwas von jenseits des Endes aller Wasser.

Unser junger Autor leuchtet auf, seine Haut nimmt ein warmes Gelb an. Und in diesem Schein wird auf einmal sichtbar, worauf er gestoßen ist. Einige Atemzüge voraus ragen zwei Masten schräg in die Höhe. Der Rumpf ist vollständig zerbrochen oder versunken, nur noch eine Bordwand ist erkennbar, überzogen von den erbleichten Korallen. Unmittelbar vor unserem jungen Autor ragt aber etwas aus dem toten Gestrüpp, das bauchig ist und groß wie ein Fass. Und aus irgendeinem Grund haben sich die Korallen nie darüber hergemacht. Es ist nur überzogen von einer Schlammschicht. Wir wirbeln sie auf. Wir wischen. Und nach und nach schmecken wir Ton.

Einst muss er bemalt gewesen sein, blass ist ein Felsen zu erkennen, ein Felsen im Meer, umgeben von Korallen. Und etwas zwischen beidem, vielleicht ein Mensch, mitten im Sprung.

Wir wischen weiter, umschlingen ihn, drücken ihn an uns.

Wir halten ihn, wir streichen über seinen Mund, ringeln uns um seine Henkel – und allein unser Neuer Arm schmeckt nicht mit. Er hat sich zwischen uns durchgezwängt und streicht am Leib unseres jungen Autors entlang, bis er den Tintenbeutel spürt. Sanft pulsieren die Muskeln. Er wartet kurz, er stupst. Und als er die Muskeln antworten spürt, erhöht er den Druck. Dann beginnt er zu streicheln, kleine Kreise. Er drückt wieder, wird schneller, hält inne, drückt – und dann läuft ein Zittern durch unseren jungen Autor. Wir lassen vom Ton ab, werfen uns herum, ihm entgegen. Er reißt den Schnabel auf, spannt den Sipho an und wir sind da.

Tinte sprüht heraus – eine Wolke.

Wir fangen sie auf und spielen sie, bevor sie sich im Wasser ausbreiten kann, zwischen uns hin und her. Dabei entsteht aus den Schwaden eine klebrige Masse und aus der klebrigen Masse eine Blase, die im schwarzen Wasser zwischen uns schwebt.

Unserem jungen Autor entweicht ein Krähen, er klappert mit dem Schnabel und dann beginnen wir.

Als Erstes tunkt der Süße seine Spitze in die Blase und streift das Sekret mit schnellen Strichen am Ton ab. Der Blendende setzt Tupfer dazwischen. Dann übernimmt der Halbe, malt mit Schwung, hält inne, malt weiter. Der Hehre klatscht einen Fleck auf den Ton und verstreicht ihn mit großen Gesten. Und während die Blase immer kleiner wird, setzen nach und nach auch wir anderen Arme unsere Zeichen. Dabei schmecken wir es noch einmal. Wir alle. Jenen glühenden Tentakel, den wir einst berührt haben. Unsere Geschichten. Sie haben kein Ende. Die Tinte zieht rasch in ihn ein. Sie werden im Wasser sein.

SANJAS TAGEBUCH
Die Geschichte unseres Müden Arms

Tagebuch zu führen macht auf einem Schiff keinen Sinn.

Für ein richtiges Tagebuch passiert einfach zu wenig und ein Traumtagebuch geht auch nicht, ich träume hier nämlich nicht. Also ich schlafe schon gut, aber erinnere mich halt an nichts mehr. Heute bin ich aufgewacht, weil ich vor irgendwas Angst hatte. Diese pure Angst, die man im Traum haben kann. Ich habe versucht, ganz still zu sein und zu hören, ob jemand an der Tür ist, oder vielleicht schon in der Kabine, und ich im Traum deshalb Angst bekommen habe. Aber das Einzige, was zu hören gewesen ist, war das Knarzen von den Wänden und das Meer. Dann ist mir aufgefallen, dass ich immer noch schnell atme. Ich habe ein paarmal tief Luft geholt. Und als ich mich dann gefragt habe, was mich eben im Traum so erschreckt hat, ist es mir schon nicht mehr eingefallen.

MÜDE

27. November

Es ist der dritte Tag auf der Greta-Dora und ich denke, dass ich nicht mehr seekrank werde. Wahrscheinlich bin ich immun dagegen. Ich kann hier das machen, was in der U-Bahn Spaß macht, aber was ich mich meistens nicht traue. Also ich meine, dass ich mir vorstelle, die U-Bahn wäre ein Skateboard, und dann leicht in die Knie gehe und mich in die Kurven lehne, oder wenn die U-Bahn abbremst nach hinten, also alles ohne mich irgendwo festzuhalten. Das traue ich mich fast nie, weil meistens irgendwer mitfährt und mich für verrückt halten würde. Das kann man jedenfalls hier machen. Wenn das Schiff sich schräg stellt, wegen irgendwelcher Wellen oder wegen dem

Wind. Richtig bescheuert ist es auch, wenn man am Tisch sitzt und das passiert. Also wenn man zum Beispiel so über dem Tisch hängt, als würde man ans andere Tischende greifen wollen, einfach nur weil das dann gerade gerade ist.

Ich habe versucht, das Buch zu lesen, was mir Mama geschenkt hat. Es ist das Buch zum Film DER WEISSE HAI. Ich kenn den Film nicht. Also ich kenne ihn, aber habe ihn nie geguckt. Es fängt jedenfalls echt spannend an, aber irgendwie habe ich nach ein paar Seiten aufgehört und seither nie mehr Lust. Vielleicht ja, weil es von Mama ist.

Ich habe den Kapitän gefragt, ob ich was tun kann, aber er hat gesagt, meinen Praktikumsplatz zeigt er mir noch früh genug. Und deswegen habe ich beschlossen, das hier ernster zu nehmen, also das Schreiben, und zwar so Autobiografie-mäßig. Aber es ist irgendwie gar nicht so einfach, sich mit dem eigenen Leben zu beschäftigen. Ich weiß nicht, wo ich anfangen soll? Mit meiner ersten Erinnerung? Mit meiner Geburt? Mit Mama und Papa?

M
Ü
D
E

28. NOVEMBER

Die einzige andere Frau an Bord ist irgendwie komisch. Sie ist Ingenieurin und unsere erste Begegnung war vorvorgestern, beim Auslaufen. Sie hat sich neben mich gestellt und dann random und ohne sich vorzustellen gefragt, ob man das Wort Petting noch verwendet. Ich habe es erst gar nicht gecheckt.

Also, ich habe ihr dann gesagt, dass ich das Wort kenne, aber nicht so wirklich weiß. Dass ich mal schätzen würde, dass es eher nicht so oft verwendet wird. Sie hat mir dann erklärt, dass

sie glaubt, dass es ein Wort aus der Zeit vor der Jahrtausendwende ist, in der alle noch voller Hoffnung waren. Und dann
hat sie irgendwas geredet von wegen nach dem Mauerfall, aber
vor dem elften September. Ich fand das so weird, ich habe sie
dann auch nicht nach ihrem Namen gefragt.

Ich habe ein bisschen weiter nachgedacht, also über mein Leben und womit man da am besten anfängt. Mit der Geburt
kommt mir ein bisschen langweilig vor. Außerdem habe ich da
ja keine Erinnerung und weiß nur das Wenige, was Mama mir
erzählt hat. Dann ist mir – also während ich überlegt habe –
einfach so etwas eingefallen, an was ich bestimmt Jahre nicht
mehr gedacht habe. Ich habe keine Ahnung, weshalb. Aber
ich musste daran denken, dass ich es in der Grundschule nie
geschafft habe, den Arm nicht auch zu heben, wenn die ersten
anderen Arme in die Höhe gegangen sind. Ich habe einfach
immer mitgemacht. Die Klassenlehrerin hat mich ziemlich oft
ermahnt, weil ich die Antwort dann nicht wusste. Rechnen
und sich erst dann, wenn man das Ergebnis weiß, melden. Das
hat sie immer zu mir gesagt.

Warum ich das jetzt aufgeschrieben habe, kein Plan.

29. NOVEMBER

Wenn ich richtig gemessen habe, ist meine Kabine sieben Qua-
dratmeter groß. Die Einrichtung versteht man in einer halben
Stunde. Aber nichts geht so auf oder zu, wie man es erwartet.
Die Türen sitzen sehr fest in den Scharnieren, man muss sich
dagegenstemmen oder richtig daran rütteln. Schubladen muss
man anheben, um sie herausziehen zu können. Stühle sind
alle festgeschraubt. Für die leichteren Dinge, beispielsweise auf

dem Tisch, gibt es rutschfeste Matten. Im Bad gibt es überall Klettverschlüsse.

Nach dem Essen mache ich immer einen Spaziergang. Bis auf in die Fabrik unter Deck, in den Maschinenraum und auf die Brücke darf ich überallhin. Um einmal deckauf und wieder deckab zu laufen, brauche ich fast zehn Minuten. Weil es gibt ziemlich viele Treppen. Und man muss höllisch aufpassen, niemanden aus Versehen umzulaufen, weil wenn man ausrutscht, kann es sein, dass man über Bord fliegt. Nicht auszurutschen ist überhaupt so eine Challenge. Irgendwo ist das Deck immer überflutet. Deshalb ist auch alles videoüberwacht. Vor allem das Fangdeck.

Ehrlich gesagt komme ich mir deswegen ein bisschen vor wie in einer Realityshow, also wegen der ganzen Kameras. Und irgendwie wäre das doch eine ganz coole Idee: ein Format, das auf einem Schiff spielt. Da wäre ganz von allein der Raum ziemlich streng begrenzt. Man kann sich nicht aus dem Weg gehen. Man muss zusammenarbeiten. Das Wetter, Seekrankheiten, Challenges unter Wasser usw.

Als ich gerade draußen war und eine geraucht habe, habe ich mich gefragt, wie das hier eigentlich alles angefangen hat. Vielleicht ist das ein gutes Thema. Also nicht, wie mein Leben und so angefangen hat, sondern wie es gekommen ist, dass ich hier an Bord von diesem Schiff bin.

30. November

Also, ich telefoniere mit Mama und wir streiten. Ich weiß gar nicht mehr genau, weshalb, das ist ja immer so. Aber ich glaube, richtig wütend geworden bin ich, als sie dann sagt, ich soll mal daran arbeiten, »nicht so hart zu sein« und »mir jemanden suchen, mit dem man reden kann« und »wegen der Dunkelheit, die ich ausstrahle«. Dabei ist sie doch die, die Dunkelheit ausstrahlt.

Dann ist noch so ein Schreiben von der Bank gekommen, kein schlimmes wegen Schulden oder so, sondern nur wegen irgendwelcher SMS, die ich nicht mehr bekommen werde ab ungefähr nächstem Jahr, und dass ich mir besser irgendeine App runterladen soll. Ja und dann am nächsten oder übernächsten Tag bin ich in einen Zug nach Rostock gestiegen, habe dort an einem Pfarrhaus geklingelt und die Frau, die aufgemacht hat, gefragt, ob ich bei ihr übernachten darf. Das war richtig peinlich, als ob ich eine Obdachlose wäre. Sie hat zu mir gesagt, wenn ich keine Jugendherberge finde, soll ich noch mal kommen. Dort, also in der Jugendherberge, habe ich vom Computer an der Rezeption aus rumgegoogelt und irgendwie bin ich auf diese Reederei gekommen.

Wenn ich das jetzt aufschreibe, klingt es voll absurd. In den einzelnen Momenten aber fand ich alles voll normal. Ich hatte meinen Lebenslauf ja schon in meinem Mail-Postfach und für fünfzig Cent habe ich ihn ausdrucken können und bin am nächsten Morgen zu der Reederei gefahren. Vielleicht stimmt es ja doch, was die Frau vom Pfarrhaus noch gesagt hat: Wo ein Wille ist, ist auch ein Weg.

In meinem »Bewerbungsgespräch« habe ich einfach behauptet, schon viel auf dem Meer gewesen zu sein. Ich habe von den Segelurlauben mit meinem Onkel erzählt. Und das ist so bescheuert. Ich habe einfach behauptet, mein Onkel wäre Diplomat und hätte jahrelang in der Slowakei gelebt und würde seinen Lebensabend jetzt auf Sizilien verbringen, und immer, wenn ich ihn besuchen würde, würden wir segeln. Wobei ich anders gelogen habe, als man denken könnte. Ich habe eher etwas erfunden, weniger mit Absicht gelogen. Geflunkert ist das richtige Wort.

Ich habe die Anführungszeichen gemacht, weil es ja kein richtiges Bewerbungsgespräch war.

1. Dezember

Ich denke in den letzten Tagen immer wieder über die Zeit nach, wo ich gezeugt worden bin. Also die Zeit, wo Mama und Papa einander noch gern hatten. Das muss nämlich genau die Zeit gewesen sein, die die Ingenieurin gemeint hat. Die zweite Hälfte der Neunziger halt.

Und immer wenn mir die Ingenieurin eingefallen ist mit ihrer seltsamen Theorie über die Neunziger, habe ich auch über das Wort Petting nachdenken müssen. Und inzwischen bin ich mir gar nicht mehr ganz sicher, was es genau beschreiben soll und ob es so richtig korrekt ist. Also politisch korrekt. Wir haben ja an Bord kein Internet, also zumindest keines, was ich so einfach verwenden könnte. Und Netz gibt es ja nach fünf Minuten auf dem Meer nicht mehr. Deswegen kann ich jetzt nicht nachschauen, aber ich glaube halt, dass es ungefähr sagt: kein richtiger Sex weil kein penetrativer Sex. Da fängt das an, was ich inkorrekt meine. Ich finde aber, dadurch, dass es ein Wort aus dem letzten Jahrhundert ist, meint es noch was anderes. In ihm schwingt der Zeitgeist mit, von so Boybands oder so.

Apropos kein Internet: Ich meine, es ist absurd: Hier könnte ich jetzt echt mal den ganzen Tag im Bett liegen und fernsehen

MÜDE

und keiner hätte ein Problem damit, aber dann geht das nicht, weil eine Reederei, die Millionen verdient, es nicht packt, ihre Schiffe mit WLAN auszurüsten. Ich meine, haben die nix aus Corona gelernt?

Ich fühle mich jedenfalls wie auf Entzug. Ich öffne bestimmt drei- oder viermal am Tag Instagram und sehe den Feed von als wir losgefahren sind. Und obwohl ich ganz genau weiß, dass es nicht geht, öffne ich immer wieder RTL+ und hoffe halt richtig dumm, dass was lädt.

Meinen Lebenslauf habe ich immer noch auf dem Smartphone. Er ist noch mal kürzer, als ich ihn in Erinnerung hatte, und der Vollständigkeit halber schreibe ich ihn hier schnell auf: 2000 in Potsdam geboren, zur Schule gegangen, und zwar auf die Geschwister-Scholl-Schule, Abitur 2018, Reise nach Mexiko mit einer Freundin, die ich danach kaum mehr gesehen habe, seither Studium der Politikwissenschaft, jetzt im dritten Semester, theoretisch zumindest.

Ich habe über die Greta-Dora alles Mögliche herausgefunden, was man mit Zahlen sagen kann: Sie ist hundertfünfzehn Meter lang und an der breitesten Stelle einundzwanzig Meter breit. Sie hat knapp acht Meter Tiefgang und von hier (dem Oberdeck) zum Wasser sind es ungefähr zwölf Meter. Sie kann fünfzehn Knoten fahren. Sie kann fünftausendvierhundert Tonnen tragen, wobei ich mir da nicht so sicher bin, was Deadweight bedeutet. Vielleicht ohne irgendetwas an Bord? Wir können jedenfalls sechstausend Kubikmeter laden, was ziemlich viel ist. Ich glaube aber, ich bin auch ein Teil von diesen sechstausend Kubikmetern. Wenn das alles Krillöl-Kapseln wären und da ein kleines Döschen ja schon dreißig Euro kostet, dann würden wir am Ende circa achtzehn Millionen Euro machen. Was irgendwie nicht sein kann. An Bord haben wir drei Kräne, sogenannte Knuckle Boom Cranes, was ein lustiges Wort ist. Es können an Bord neunundneunzig Personen (lol) untergebracht werden, wir sind aber nur zwölf. In Montevideo werden noch mal dreizehn dazukommen. Wir haben zwei Netze, aber nur ein Pumpensystem.

2. Dezember

Eigentlich ist dann ja aber auch noch diese Kakao-Sache gewesen. Hiermit ergänze ich auf meiner Liste aus Streit und Flunkerei auch noch das Kakao-Ritual. Mit diesen drei Dingen hat es angefangen. Außerdem muss ich wohl lernen, ein bisschen langsamer zu schreiben, vor mir liegen ja noch ein paar Wochen.

Jedenfalls: Nur weil ich mich mit Mama gestritten habe, bin ich überhaupt mit Jana mitgegangen. Ich bin so durcheinander gewesen, dass ich über ihren Vorschlag, sie zu einer ihrer Gruppen zu begleiten, gar nicht groß nachgedacht habe. Wie sie halt so ist, hat sie direkt runtergerattert, was ich alles beachten muss. Dass ich vier Stunden davor nichts mehr essen darf usw. Worauf ich mich da einlasse, habe ich dann eigentlich erst gecheckt, als wir aufgelegt hatten. Ich habe dann noch versucht, wieder abzusagen, aber es irgendwie nicht hingekriegt. Über dieses Problem von mir könnte ich auch mal nachdenken.

Hier mache ich jetzt eine Pause. Also um langsamer zu schreiben. Auch wenn ich natürlich jetzt schon weiß, wie es weitergeht und wie ich morgen weiterschreiben werde. Das ist überhaupt ein bisschen seltsam am Schreiben: Selbst wenn man ganz genau weiß, was man schreiben will, ist man viel langsamer, als es nachher gelesen wird. Vielleicht ist das das Schwierige am Schreiben, also dass man wie eine Schnecke schreibt, sozusagen in Zeitlupe.

Ich schreibe jetzt jedenfalls lieber noch was übers Schiff: Richtig cool ist, dass hier alles mit Klettverschlüssen befestigt ist. Das Sitzkissen zum Beispiel, auf dem ich sitze. Oder auch die Klobürste. Das Teil am Boden ist festgeschraubt und das Teil, das man rausnehmen kann, ist zusätzlich mit Klettverschluss gesichert. Oder auch an anderen Sachen ist einfach so ein Klebeband angebracht und das Gegenstück am Tisch oder im Schrank und alles hält. In der Schublade vom Tisch hier habe ich eine Rolle Klebeband gefunden. Man schneidet sich ein Stück ab, zieht die Folie von selbstklebendem Zeug ab und kann sich so alles sichern, was man mag. Ich habe als Erstes dieses Buch hier gesichert. Wenn ich schreibe, dann muss ich es nicht mehr mit der linken Hand festhalten, sondern es bleibt von allein liegen.

3. Dezember

Bevor ich weitermache: Ich habe herausgefunden, was es mit den sechstausend Kubikmetern auf sich hat. Tausendsiebenhundertfünfzig Kubikmeter sind HFO (Heavy Fuel Oil) oder auch Schweröl. Zweihundertneunzig Kubikmeter sind MDO (Marinedieselöl), unser Benzin sozusagen. Dann haben wir sechshundert Kubikmeter Frischwasser an Bord. Dreihundert Kubikmeter Kühlwasser, zumindest theoretisch, wir nehmen nämlich einfach Meerwasser. Die Kapazität für gefrorenes Krill-Mehl beträgt circa dreitausend Kubikmeter. Das macht insgesamt ziemlich genau sechstausend Kubikmeter.

Jetzt aber weiter mit dem Kakao-Ritual: Es ist ein Samstag gewesen und das Ritual hat am Abend stattfinden sollen und mir ist natürlich viel zu spät eingefallen, dass ich rechtzeitig essen muss. Ich bin auf einem Flohmarkt gewesen, und als ich dann wieder zu Hause war, habe ich mich schon in dieser Vier-Stunden-Frist befunden. Zuletzt hatte ich was am Morgen gegessen, zwei Brote mit Frischkäse. Weil ich schon ziemlich Hunger hatte, aber auch dem ganzen irgendwie eine Chance geben wollte, habe ich halt geraucht. Irgendwann bin ich ins Bad und habe mich rasiert. Ich weiß noch, dass mir irgendwann das alles so mega bewusst geworden ist und ich es voll schräg fand. Ich habe gedacht: Krass, du sitzt da mit Bauchweh und rauchst, hörst die Charts und die Zigarette schmeckt ein bisschen nach Seife. Vielleicht sollte ich das bei meiner Liste ergänzen.

Die Wohnung, in der das dann alles stattgefunden hat, liegt in einem Haus, in dem unten drin ein Kebap-Stand ist. Ich glaube, ich hatte noch nie im Leben so viel Bock auf Döner. Ich bin das Treppenhaus rauf und habe über Mayonnaise nachgedacht, also ob man die auf einen Döner drauf tun kann, zusätzlich zu der Sauce, oder ob das ekelig ist. Und von da an ging alles schief.

Jana hat mir die Tür aufgemacht und ich war auf der Stelle auf die Art verschüchtert, wo ich dann kein Wort mehr rauskriege. Oder wenn ich was sage, nicht das sage, was ich eigentlich sagen will. Ich war richtig froh, dass ich erst mal noch einen Schnelltest machen musste und kurz allein ins Bad konnte und es dann gleich losging. Die Gastgeberin hat mit so einer extrem sanften Stimme gesagt, dass man bitte die Gespräche einstellen soll.

Sie hat ganz sicher gesagt »die Gespräche einstellen«, was ich eine Redewendung finde, die völlig bescheuert ist. Das klingt wie wenn man parken würde oder so. Und außerdem klingt »ein-stellen« ja wie »an-stellen«, also eher nach »etwas anmachen«. Man schaltet den Fernseher ein zum Beispiel. Eigentlich müsste es heißen: Bitte stellt die Gespräche ab.

Jedenfalls dann saßen wir im Kreis und zwischen Jana und mir saß eine, die voll nach Hundefutter gerochen hat, und irgendwie redeten alle von Achtsamkeit. Mich hat es in der Pofalte gezwickt und der Kakao hat dann rein gar nichts gemacht, zumindest bei mir, außer dass mein Hunger zu so einem Gefühl von Beton im Bauch geworden ist. Alle mussten sich an den Händen halten und auf die Atmung hören.

4. Dezember

Ich sitze also so da und halte irgendwelche Hände, die bisschen schweißig werden. Meine sind bestimmt auch bisschen schweißig. Und »bin voll im Moment« und denke solche Sachen und nehme mir vor, die Hundefutter-Frau gleich nach einem Schnaps zu fragen, und dann ist es aber nicht zu Ende, sondern fängt erst richtig an.

Karten legen.

Ohne Scheiß.

Wenigstens keine stinknormalen Tarotkarten, sondern welche, die ausnahmslos weibliche Gottheiten zeigen. Und die soll man dann selbständig – also wenn man eine gezogen hat – interpretieren.

Im Nachhinein glaube ich, dass ich voll mit Absicht anecken wollte. Und das ist doch seltsam, oder? Ich meine: Es stresst mich voll, dass ich das Gefühl habe, dass man mich nicht mag usw. Und dann bin ich aber mit Absicht daneben. Ich meine gar nicht das mit dem Schnaps – nach dem habe ich erst danach gefragt. Ich meine das mit den Karten. Als ich drankam, habe ich so extra cool getan und so, als ob mich das alles nicht interessieren würde, und gefragt, ob noch jemand gerade Temptation Island guckt, weil ich mir gedacht hab, dass das hier voll das No-Go ist. Niemand hat was gesagt und die, die so am Kartenmischen war, hat mich nur ein bisschen zu lange angeschaut.

Da fällt mir ein cooler Titel für ein Buch ein: »Selbstmord in deinem Kopf«. Vielleicht ist das so eine Meta-Form von selbstverletzendem Verhalten. Man tut sich nicht selbst weh, sondern macht, dass andere einem innerlich wehtun.

Das passt jedenfalls zu meiner Karte: Ich zog die Santa Muerte. Kannte ich von Mexiko. Ist natürlich schwierig wegen Aneignung und so. Habe ich nix zu gesagt. War irgendwie dann trotzdem voll der Tod. Während mich circa zehn Augenpaare voll aufmerksam, voll achtsam und voll mitfühlend angestarrt haben, redete ich halt das, was sich gut anhört. Dass der Tod ja immer etwas mit Veränderung zu tun hat. Irgendwas von Türen, die sich schließen und andere dadurch aufgehen. Und dann habe ich mich getraut, kurz Jana anzugucken. Die hat aber die Augen zu gehabt. Dann war's zu Ende. Und zwar richtig plötzlich. Ich hätte gedacht, dass man dann noch ein bisschen was trinkt und redet, aber fast alle sind heim. Auch Jana. Da habe ich dann doch nach Schnaps gefragt und auch zwei noch dort getrunken und weil ich ja nichts im Magen hatte, haben die richtig geballert. Ich habe keine Ahnung, wie ich auf diese WG-Feier gekommen bin, wo ich dann noch so lange war. Aber das ist auch nicht so wichtig.

Apropos Klettverschluss: Das ist eine Sache aus meiner Kindheit, an die ich auch richtig lange nicht mehr gedacht habe. Mama hat ja alle meine Kleidung umnähen müssen. Oder auch Schuhe, Schulranzen usw., überall war Klettverschluss sehr wichtig.

Aber weniger wegen dem Klettverschluss, als vielmehr wegen meiner Koumpounophobie. Ich war richtig froh, als ich irgendwann herausfand, dass es das wirklich gibt. Und alle möglichen Leute das haben, auch irgendwelche Promis zum Beispiel.

Als Kind war es schlimm. Ich bin ausgerastet, wenn ich zum Beispiel eine Latzhose anziehen sollte oder eine Jeans. Anfassen ging gar nicht. Irgendwas daran hat mir so richtig krass Angst gemacht oder auch geekelt. Irgendwie vielleicht das Gefühl, dass man da was Hartes, Kleines, Glänzendes durch einen Schlitz durchzwängen muss. Wenn ich das jetzt so aufschreibe, finde ich das immer noch voll ekelig. Und ich finde es auch arg, dass es so eine sexuelle Komponente hat. Und ich könnte das Wort jetzt gerade nicht aufschreiben, obwohl ich weiß, dass ich es schon tausendmal aufgeschrieben habe. Und diese ganze Koumpounophobie-Sache ja mit der Zeit jetzt auch besser geworden ist. Inzwischen gehen ja Jeans usw. ohne Probleme.

Ich habe eine Idee. Weil das die erste Angst ist, an die ich mich erinnern kann, werde ich eine Liste machen mit allen Ängsten von mir. Vielleicht ist das ja befreiend oder so.

Wobei noch älter ist, denke ich gerade, die Angst vor der Klospülung gewesen. Die habe ich immer gedrückt und bin schnell weggerannt.

5. DEZEMBER

Die Rampe am Heck, wo man das Netz ins Wasser lässt, heißt Slip. Wenn das Schiff ein menschlicher Körper wäre, dann würde man ihm dort eine Unterhose anziehen, so hat der Kapitän es mir erklärt. Seither muss ich mir andauernd eine gigantische Unterhose vorstellen, so eine weiße schmuddelige für alte

Männer. Es ist allerdings viel wahrscheinlicher, dass beides –
der Slip, in den man schlüpft, und die Slip, über die das Netz
ins Wasser rutscht – auf das Englische to slip zurückzuführen
ist. Das habe ich dem Kapitän aber nicht gesagt.

Knopf. Mittlerweile ist es nicht mehr so schlimm. Knopf
Knopf, das Wort besteht aus fünf Buchstaben und ist eigentlich nicht groß anders als z. B. Kopf oder knapp oder Napf.

Aber als ich es jetzt gerade zum Beispiel vor mich hingeflüstert
habe, ist mir trotzdem ein Schauer über den Rücken gelaufen.

Knopf Knopf Knopf Knopf Knopf Knopf Knopf

M
Ü
D
E

Ich glaube, wenn man Dinge wiederholt, verlieren sie an Bedeutung und werden hohl.

Hier ist jedenfalls die Liste der Dinge, die mir Angst machen
(oder gemacht haben).

Knöpfe (auch das Wort Knopf)

Kartoffelchips

Das Geräusch von reißendem Papier (oder auch bspw. wenn
man ein Etikett von der Bierflasche abzieht)

Die Klospülung

Der eigene Herzschlag

Kurzschlüsse

Ein Fernsehteam, das plötzlich auftaucht und mich für eine Tierquälerin hält

Der Fitnessraum

Mit dem mache ich das immer so: Ich spaziere wie zufällig an ihm vorbei und gucke durchs Bullauge. Wenn er verlassen ist, gehe ich hinein und lasse aber das Licht aus. Meistens nehme ich nur das Laufband. Ich stelle auf die zweithöchste Stufe und renne, bis ich nicht mehr kann. Wenn jemand dazu kommt, tue ich so, als wäre ich gerade fertig. Wenn jemand wegen dem Licht fragt, tue ich so, als ob ich es vergessen hätte. Weil ich keine Sportschuhe dabei habe, muss ich barfuß rennen.

6. Dezember

Es ist ein bisschen seltsam: Als ich vorgestern aufgehört habe, also an der Stelle, wo ich noch die Schnäpse getrunken habe, da wusste ich genau, wie es weitergehen würde, und vor allem hatte ich eigentlich Lust weiterzuschreiben und habe nur aufgehört, um nicht zu schnell zu sein. Seit gestern und auch heute fühlt es sich aber unmöglich an, weiterzuschreiben. Vielleicht ist ja auch das das Schwierige am Schreiben: Dass man nur manchmal kann, und aber nie weiß wann.

Und jetzt fühlt es sich zwar so an, als ob es gehen würde, aber ganz anders, als ich vorgestern gedacht hätte. Das liegt vielleicht daran, dass ich in den zwei Tagen seither öfter an meinen neuen Verwandten habe denken müssen. Bis ich herausgefunden habe, wer mir sozusagen das Praktikum gegeben hat, habe ich es gar nicht verstanden. Also dass ich es bekommen habe. Und eben in den letzten zwei Tagen habe ich immer wieder gedacht: Vielleicht ist es ja ein Fake. Das würde Sinn ergeben. Also dass mein Großgroßgroß-Cousin, oder wie auch immer man das nennt, mir nur zum Schein ein Praktikum gegeben hat und in Wirklichkeit geht es doch um irgendeine Reality-Sache. Und ich bin die Einzige, die nix davon weiß. Die Show heißt Boring und es geht um Langeweile und man guckt mir zu, wie ich den ganzen Tag nix zu tun habe usw.

Das Skateboarden mit dem Schiff ist btw nicht mehr spannend, ich mache es langsam automatisch. Ich habe die ganze Schwankerei sozusagen in die Knie rein verinnerlicht. Und der Rest ist

M
Ü
D
E

Jetzt ist mit der Kaffee umgefallen. Ich habe nach der Tasse gegriffen, die auf der Antirutschmatte stand. Aber gleichzeitig hat das Schiff irgendeine kleine Welle genommen oder so und daher sind die braunen Flecken auf dieser Seite. Ein großer Teil ist auf den Tisch und die Matte gegangen, das meiste ist aber hinter dem Tisch an die Wand und dort runtergelaufen und weil dort zwei Steckdosen sind, habe ich kurz richtig Angst bekommen, dass es einen Kurzschluss wegen dem Kaffee in den Steckdosen geben könnte, also wegen mir. Es ist aber nichts passiert.

Mir ist aber in der Zeit eingefallen, warum ich das mit dem Skateboardfahren in der U-Bahn vielleicht gern habe: Ich bin fünf gewesen oder sechs, ich weiß nicht, so ungefähr. Und eine Freundin von Mama hat mir zum Geburtstag ein Skateboard geschenkt. Es war ziemlich orange, das weiß ich auch noch. Und ich musste, das fand ich sehr nervig, die komplette Ausrüstung anziehen, die ich auch zum Rollschuhfahren anziehen musste, Knieschützer, Ellenbogen, Handgelenk. Und das war immer so anstrengend und hat ewig gedauert, vor allem die

Knieschützer über die Hose zu bekommen. Immerhin waren sie alle mit Klettverschlüssen. Jedenfalls bin ich ein paarmal Skateboard gefahren, aber immer allein und so hat mir halt auch niemand etwas beibringen können, vielleicht war auch das das Problem. Jedenfalls bin ich immer auf die eine Straße in der Nähe, die leicht bergab geht. Ich habe mich aufs Brett gestellt und versucht, es so gerade wie möglich auszurichten und habe dann rollen lassen. Meistens musste ich nach hundert Metern oder so absteigen und neu ausrichten, weil ich den Straßenrand erreicht hatte. So bin ich Skateboard gefahren. Klingt extrem langweilig und vielleicht bin ich ja, weil es wirklich so langweilig war, an einem Tag auf dem Brett herumgesprungen. Also beim Fahren. Mir ist es eigentlich nur vorgekommen, als ob ich hoppeln würde, und plötzlich war das Brett durch. Ich hab mich geschämt und versucht, die beiden Teile vor Mama zu verstecken, das weiß ich noch. Ich glaube, nach ein paar Monaten habe ich sie in der Mülltonne von einem Nachbarn entsorgt.

Aber es ist doch schon seltsam, dass ich schreibe, alles ist langweilig und dann passiert etwas. Ist das dann mein Unterbewusstes? Oder das Schiff? Können Dinge Dinge tun?

7. Dezember

Heute haben wir den Äquator überquert. Außer dass es wirklich warm ist, merkt man davon nichts. Es gibt keinen Strich auf dem Wasser, aber das ist eh klar. Und warm ist es auch vorgestern schon gewesen und wird es auch morgen sein. Jedenfalls wusste ich das nicht, also dass wir den Äquator überqueren. Und selbst wenn ich es gewusst hätte: Ich hätte nie gedacht, dass sie mich beim Essen mit Suppe bespritzen. So feiert man das auf See, wenn man das erste Mal den Äquator überquert. Sagen sie zumindest, ich habe natürlich gleich an meine Realityshow-Theorie denken müssen. Bescheuert.

Dabei ist mir klar geworden: Obwohl ich die ganze Zeit nicht weiß, was ich tun soll: Es sind bereits zwei Wochen rum.

Anderes Thema: In dem Informationsblatt, das mir diese Assistentin von meinem Großcousin (wie auch immer) geschrieben hat, steht, dass einmal in der Woche gewaschen wird, weshalb ich für jeden Wochentag eine Unterhose, ein Paar Socken und insgesamt drei Sport-BHs eingepackt habe. Inzwischen habe ich herausgefunden, dass es hier wen gibt, der einmal pro Woche für uns alle wäscht. Es ist immer derselbe, Kilian heißt er. In dem Waschraum kann ich aber auch jederzeit selbst waschen. Es gibt da vier Waschmaschinen und zwei Trockner. Also und weil zwei Wochen rum sind, habe ich jetzt auch zum zweiten Mal Kilian an der Tür gehabt. Kilian ist ungefähr dreiundzwanzig. Jünger kann er eigentlich nicht sein, weil dann wäre er circa so alt wie ich und irgendwoher weiß ich, dass er älter ist als ich. Fünfundzwanzig kann er aber auch nicht sein, weil dann wäre er Mitte zwanzig und das ist er sicher auch noch nicht. Ich glaube, dass er eigentlich der richtige Praktikant hier an Bord ist. Oder er macht eine Art Ausbildung. Manchmal tut er mir ein bisschen leid. Er muss die ganze Zeit so richtig sinnlose Dinge tun, also wie zum Beispiel zu waschen, wenn eigentlich jeder selbst waschen könnte. Oder irgendeine Wand am Oberdeck neu streichen, obwohl sie eh noch voll in Ordnung ausschaut, die Wand. Es ist die Wand auf der anderen Seite von dort, wo ich immer rauchen gehe. Davor war sie weiß, jetzt ist sie minzgrün. Ich habe ein bisschen Angst davor, dass er bald auch auf meiner Seite die Wand streichen muss. Ein bisschen weil ich nicht vor einer minzgrünen Wand rauchen will. Und dann auch, weil ich keine Lust habe, dass da ein paar Tage lang Kilian die ganze Zeit rumhängt. Ich hab eigentlich nichts gegen ihn, aber irgendwas ist mit ihm. Wenn das nicht wäre, hätte ich ihm auch schon längst meine Hilfe angeboten. Ich glaube, er muss auch dem Koch helfen.

Eigentlich hatte ich mir ja felsenfest vorgenommen, mich heute zu zwingen, weiterzuschreiben – und jetzt habe ich ganz aus Versehen etwas anderes geschrieben, und zwar ohne es währenddessen zu bemerken. Was ja streng genommen »aus Versehen« meint.

Das ist mir schon ein paarmal aufgefallen: Man will etwas schreiben und weiß auch ganz genau, wie – weil man es sich zum Beispiel beim Einschlafen vorformuliert –, und wenn man sich dann hinsetzt, geht es doch in eine andere Richtung. Das ist dann so, als ob die Sätze, die man schreibt, einen eigenen Willen hätten.

8. Dezember

Am nächsten Tag, also nach dem Kakao-Ritual, bin ich im Bett geblieben, habe eine Packung Schoko-Cookies gegessen. Ich habe immer wieder masturbiert und circa zehn Folgen Take Me Out geguckt, obwohl das das Langweiligste überhaupt ist. Gegen Nachmittag habe ich dann angefangen, Freundinnen zu schreiben. Es haben auch voll welche angebissen und angerufen und eigentlich voll lieb mit mir telefoniert, aber mich hat immer irgendwas dann voll aggressiv gemacht – keine Ahnung mehr warum, aber irgendwie habe ich bei den einen gedacht, warum muss ich jetzt erklären, warum es mir so scheiße geht, das macht es doch nur noch schlimmer. Und bei den anderen habe ich gedacht, warum laberst du mich voll mit was, wenn's doch mir schlecht geht. Als ich mit allen sozusagen durch war, habe ich die Strategie gewechselt, wenn man das so sagen kann, und Nachrichten geschrieben, für die ich mich jetzt ein bisschen schäme. Nur an Jana habe ich nix Arges geschrieben. Aber sie hat eh den ganzen Tag die Nachricht nicht angeguckt.

Als dann der erste Link zu irgendeiner Beratungsstelle zurückgekommen ist, hat mich das zuerst auch noch mal voll wütend gemacht. Dann habe ich aber eine Mail an diese Beratungsstelle getippt und das letzte Jahr nacherzählt und auch die circa zehn davor. Abgeschickt habe ich sie natürlich nicht. Ich bin ja nicht bescheuert. Dafür habe ich den Text aus dem Mailprogramm in ein Dokument kopiert, bestimmte Wörter wie »Scham« oder »Trauer« wieder gelöscht und so Sachen wie »Geburt« und »Abitur« ergänzt, alles formatiert, wieder ins Mailprogramm kopiert und an mich selbst geschickt. Dann habe ich alle Tabs zugemacht, die sich über die letzten Wochen angehäuft hatten, und das war das Erste, was sich gut angefühlt hat. Dann habe ich die Headspace-App, die mir Jana zum Meditieren empfohlen hat, aufgemacht und das Nächstbeste angeklickt, was mir vorgeschlagen wurde. »Im Hafen der Katzen«, das ist so eine Art Hörspiel, bei dem wer von Katzen redet, während im Hintergrund Hafengeräusche zu hören sind. Es war halt eine Männerstimme und die hat mich an Papa denken lassen und na klar, dann konnte ich nicht einschlafen. Also habe ich was anderes rausgesucht. Ich weiß noch, es gab etwas, das hieß »Entdecke Schlaf« und etwas so ähnlich wie »Klangwelten«. Am Ende habe ich »Nächtliches Moor« genommen und das war die absolut richtige Entscheidung. Da hört man Windböen, die über hohe Gräser und ruhige Gewässer streichen. Ich habe fünftausend Minuten Dauer eingestellt (ein-gestellt!), die Augen zugemacht und habe das dann voll gesehen: Obwohl ich noch nie im Leben in einem Moor oder so war, habe ich vor mir die Torffelder gesehen. Und auch irgendwie gewusst, was Torf ist.

Wahrscheinlich wusste ich eh, was Torf ist, habe aber ungefähr jahrelang nicht an Torf gedacht, und dann ist mir, kaum höre ich »Nächtliches Moor«, wieder eingefallen, dass es Torf gibt und dass das dann Torf ist. Keine Ahnung. Jedenfalls habe ich es gesehen, als ob ich dort wäre: Den Wind, der so darüber hinwegfegt, durchsichtig und doch irgendwie zu sehen. Und auch die Santa Muerte, wie sie auf dem Wind reitet. Und dann habe ich sogar das Gefühl bekommen, wie sich der Boden da anfühlt. Wie es schmatzt, wenn man auf ein Grasbüschel steigt. Und das hat alles voll die Zuversicht in mir gemacht. Das weiß ich noch. Ich glaube, nur deshalb bin ich hier. Wegen diesem Einschlafen.

Als ich dann aufgewacht bin, war ich eine andere. Sanja 2.0. Die bin ich auch jetzt noch. Leider ist von dieser Zuversicht vom Einschlafen nichts mehr so richtig da. Also auch da schon, nach dem Schlafen. Warum nehme ich diese schlechte Laune, oder was das in mir ist, überall mit hin? Und warum lässt sie mir grundsätzlich nie eine Schonfrist und wartet mit der Hoffnungslosigkeit nicht wenigstens, bis ich aufgestanden bin? Wie geht das überhaupt, dass zwei so entgegengesetzte Gefühlszustände – ich meine Hoffnungslosigkeit und Zuversicht – in ein und derselben Person Platz haben?

Keine Ahnung mehr, wie ich aus dem Bett gekommen bin. Ich weiß nur wieder, dass ich in der Küche gestanden bin, Wasser getrunken habe und entschieden habe, ans Meer zu fahren. Wenn ich gewusst hätte, wo ein Moor ist, wäre ich wahrscheinlich dorthin gefahren.

9. Dezember

Manches, was Sanja 1.0 gehabt hat, hat Sanja 2.0 auch noch. Bevor ich an Bord gegangen bin, habe ich meinen Kulturbeutel sozusagen von Grund auf neu bestückt. Aus irgendeinem Grund aber habe ich nach dem letzten Mal Zähneputzen an Land meine alte Zahnbürste nicht in den Mülleimer fallen lassen – also das schreibe ich nur so, weil ich ernsthaft bereits den Fuß auf dem Mülleimer-Pedal hatte. Jedenfalls habe ich sie mitgenommen und benutze sie noch immer.

Also ich meine mit »haben« nicht die Zahnbürste. Die ist sozusagen eine Metapher. Ich meine das, wofür die Zahnbürste steht. Dass was mit mir nicht stimmt. Und was schon so lange so ist.

Ich weiß zum Beispiel noch, dass es schon so war, wie ich in die dritte Klasse kam. Es gab eine Abmachung mit Mama: Ab der dritten Klasse darf ich killern. Ich weiß noch, meinen ersten Tintenkiller habe ich tagelang voll Stolz mit mir herumgetragen, bevor ich dann zum ersten Mal killerte. Nach ein paar Stunden war er leer – ehrlich gesagt auch, weil ich ihn an die halbe Klasse ausgeliehen habe. Irgendwie kann ich schlecht in Worte fassen, was ich meine.

10. Dezember

In ein paar Tagen erreichen wir Montevideo. Dort kommt dann der Rest der Besatzung an Bord. Also die Fangcrew. Die fliegen wahrscheinlich gerade mit dem Flugzeug dorthin. Warum habe ich das eigentlich nicht gemacht? Wenn mein Praktikum offensichtlich auch erst anfängt, sobald wir mit Fangen anfangen, gehöre ich ja wohl eher zur Fangcrew als zur Schiffscrew.

Wie auch immer: Ich habe mir jedenfalls überlegt, dass ich bis Montevideo fertig sein will damit, wie alles angefangen hat. Das heißt, ich muss den Balanceakt schaffen, nicht zu schnell zu schreiben, sonst bin ich ja morgen schon fertig, aber auch nicht zu lange zu warten. Ich hätte nie gedacht, dass Schreiben so viel mit Timing zu tun hat.

Es passt jedenfalls gut, denke ich gerade. Wenn wir mit Fangen anfangen, will ich fertig sein damit, wie alles angefangen hat.

Ich habe jeden von der Schiffscrew gefragt, was er mit den Neunzigern verbindet. Und auch die Ingenieurin. Scheinbar hat man in den Neunzigern so richtig krass Diddl-Blöcke gesammelt. Ein Matrose hat mir erzählt, dass er noch immer die Alben besitzt, die seine Töchter damals angelegt haben.

Ich bin mir jetzt gerade nicht ganz sicher, ob ich Wörter oder Dinge sammle? Also geht es zum Beispiel um das Wort Diddl oder um das Papier mit der Maus drauf? Wahrscheinlich ist das auch so ein Metaphern-Problem. Wahrscheinlich ist die ganze Sprache in Wirklichkeit eine Metapher. Also für die Wirklichkeit:

Petting

Speed-Dating

Disketten, Videokassetten, CDs, Walkman, Satellitenschüssel

Hubba-Bubba-Kaugummi

Wärmelampen, Lavalampen

Teletext

Popper als Lebensweise

Latte macchiato

Chihuahua

MFG

Aloe vera

Big Brother

Moorhuhn

Gen-Mais

Diaphragma

Aerobic

M
Ü
D
E

11. DEZEMBER

Mittlerweile bezweifle ich, dass meine Eltern sich in den Neunzigern für Sachen interessiert haben, für die sich damals Kinder interessiert haben. Sie hatten ja noch keins. Ich meine Sachen wie zum Beispiel Diddl. Gab's ja außerdem nicht nur da, ich kenne das ja auch noch.

Mir ist aber noch etwas zu der Zahnbürste eingefallen: Mama wäre ja nie im Leben eine elektrische Zahnbürste ins Haus gekommen. Ich weiß noch, wie sie geguckt hat, als die Zahnärztin ihr erklärte, dass man mit denen ganz schön was wieder weiß kriegen kann. In meiner Erinnerung sagt die Zahnärztin, dass man gelbe Zähne nur ein paar Tage lang gründlich mit einer elektrischen Zahnbürste behandeln muss, und sie sind wieder weiß. Was irgendwie nicht sein kann, auch wenn sie es ganz sicher in meiner Erinnerung gesagt hat.

Jedenfalls elektrische Zahnbürsten, die übten eine Anziehung auf mich aus. Vielleicht wegen Mama, vielleicht wegen was anderem. Ich glaube aber nicht wegen der Zahnärztin. Und die Einzige, die ich kannte, die eine hatte, war die Mutter von Amanda. Obwohl wir nach der Grundschule nicht auf dieselbe Schule gegangen sind, haben wir noch manchmal was zusammen gemacht. Und wenn wir bei ihr gewesen sind, bin ich immer irgendwann ins Bad, habe von der elektrischen Zahnbürste den Aufsatz abgemacht und mich dann aufs Klo gesetzt, mir aber nie die Unterhose runtergezogen. Das ist mir nämlich irgendwie hygienischer erschienen. Ohne Unterhose hätte ich es für mich und auch für Amandas Mama ekelig gefunden, ich weiß noch, dass ich darüber viel nachdachte. Ein bisschen hatte ich auch immer Angst, dass man das Summen draußen vor dem Bad hören würde. Deshalb habe ich alles immer mit meinen Händen zugedeckt und mich mit dem Hinterkopf auf dem Klokasten abgestützt, auch wenn ich das irgendwie gruselig fand. Sobald ich fertig war, ließ ich Wasser über die Zahnbürste laufen, stellte mir vor, dass falls Amanda lauschen würde, sie jetzt denken würde, ich würde mir die Hände waschen. Dabei habe ich voll aufgepasst, dass die Zahnpastaspuren nicht weggewaschen werden. Dann tupfte ich die Zahnbürste trocken, steckte den Aufsatz drauf und stellte sie zurück aufs Waschbecken. Meistens hatte sich bis dahin dann auch meine Atmung wieder beruhigt. Mein Herz klopfte aber immer noch richtig wild, wenn ich wieder bei Amanda im

Zimmer auf dem Boden hockte und wir weiter redeten. Das weiß ich noch.

In der Kindheit hat man Gespräche, die niemals aufhören.

12. Dezember

Ich glaube, das mit der Zahnbürste von Amandas Mama ist gewesen, kurz bevor ich angefangen habe mit Reality-TV, oder besser gesagt, als mir das lieber war als irgendwelche Blockbuster oder Serien oder so. Zuallererst war es Germany's Next Topmodel, das weiß ich noch. Vierte Staffel, Sara Nuru. Ich weiß aber nicht mehr, wann ich mit den anderen Sachen angefangen habe. Mich haben nie so Sachen interessiert wie Teenies werden Mütter oder Frauentausch oder so. Und ich weiß noch, dass das damals voll das Ding gewesen ist. Eigentlich interessieren mich bis heute nur Sachen, wo Leute zusammengesperrt werden und rund um die Uhr alles mitgeschnitten wird. Und es irgendwie um Dating oder Sex geht. Und wenn ich ehrlich bin, hat das in den letzten Monaten echt zugenommen.

Vielleicht gibt es ja einen Zusammenhang zwischen dieser Sache mit dem Tintenkiller, mit der Zahnbürste und meinem Kink auf Reality?

Jetzt gerade denke ich, vielleicht habe ich auch eine ganz andere Störung. Mir ist das jetzt schon ein paarmal aufgefallen, also dass ich mir selbst Fragen stelle in einem Buch, das nie im Leben jemand anderes lesen wird. Und das ist doch komisch. Warum sollte ich mich etwas fragen? Ich weiß ja alles, was ich weiß, und was ich nicht weiß, weiß ich nicht. Andererseits sind

M
Ü
D
E

die Fragen oft so von der Art, wo man die Antwort nicht weiß und sich halt was fragt.

Ist das Denken?

Also dass man mit sich selbst über sich selbst redet. Ich mit mir über mich. Das sind drei Ichs. Oder mehr, weil eigentlich passiert da das, was zwischen zwei Spiegeln passiert.

13. DEZEMBER

MÜDE

Morgen kommen wir in Montevideo an. Was bedeutet, dass ich heute fertig werden muss.

Also, dann ist das mit der Frau am Pfarramt und der Jugendherberge gewesen, aber das ist nicht so spannend. Ich glaube, die Entscheidung, mich »einzuschiffen«, die ist schon gefallen, als ich ans Meer gefahren bin. Vielleicht sogar schon, wie ich meinen Lebenslauf geschrieben habe. Darüber denke ich manchmal nach: Ob man irgendetwas entscheidet oder alles vorherbestimmt ist. Aus dem Philosophie-Grundkurs weiß ich noch, dass man das determiniert nennt. Aber das meine ich nicht so richtig. Ich glaube schon, dass ich mich entscheide. Also dass sich jeder Mensch entscheidet. Aber ich glaube, ich entscheide mich viel früher, als ich glaube. Und dass ich viel darauf warte, bis meine Entscheidung sozusagen ans Licht kommt. Ich stelle mir das so vor, als ob sie aus meinem Unbewussten hochsteigt. Und irgendwann weiß ich sie dann. Und das ist der Moment, wo man eigentlich dann nach außen zu anderen sagt: Jetzt habe ich mich entschieden.

Als ich jedenfalls vor dem Gebäude der Reederei stand, bekam ich ein ganz schönes Loch im Bauch. Es war viel größer, als ich gedacht hatte. Ich weiß nicht, warum, aber ich habe irgendwie ein Gebäude erwartet, das so ein bisschen seemännisch ist, wenn man das so sagen kann. So wie wenn ein altes Segelschiff an Land gestellt worden wäre und da sind dann die Büros drin. Die Reederei sieht aber mehr aus wie eine Bank. Direkt am Wasser, viel Glas, rechts und links keine anderen Häuser, sondern schmutzige Wiese. Dahinter ist ein Weg, der an der Küste entlangführt. Drumherum geht ein Zaun und innerhalb von diesem Zaun ist keine schmutzige Wiese, sondern Rasen. Da bin ich also gestanden. Ich habe mir gedacht: In fünf Minuten hast du es hinter dir, so oder so. Ich habe mir gesagt, dass ich es nur aus Prinzip mache. Ich weiß noch ganz genau, dass ich keine Sekunde daran glaubte, dass ich wirklich irgendeine Stelle oder irgendetwas halt bekomme. Und so bin ich reinmarschiert.

14. Dezember

Die Empfangshalle ist dann wieder nicht mehr wie in einer Bank, sondern eher wie in einem Museum. Alles aus schickem Holz. In der Mitte führt eine breite Treppe nach oben, die sich dann teilt und nach rechts und auch nach links geht. Vor der Treppe gibt es einen kleinen Springbrunnen, umgeben von Pflanzen. Und an der Seite der Treppe ist ein Tresen, hinter dem eine dunkelhaarige Frau steht, bei der ich schon in der ersten Sekunde gesehen habe, dass sie gerade Kaugummi kaut. Obwohl sie eine Maske trägt, sehe ich das.

Wie ich das gerade aufschreibe, denke ich, dass mir da zum ersten Mal die Antarktis begegnet ist. In Form von dieser Frau.

Jedenfalls habe ich mich, als ich auf sie zugegangen bin, gefragt, ob sie so alt ist wie ich oder zehn Jahre älter, das hätte nämlich beides gut sein können. Das habe ich noch vergessen: Sie trug ein Headset. Sie fragte mich, wie sie helfen könne, und ich weiß noch, wie ein Kloß in meinem Hals war und ich darüber staunte, wie klar ich trotzdem klang. Ich sagte einfach: »Ich möchte mich für ein Praktikum auf einem Schiff bewerben.« Sie guckte mich einen Moment so ähnlich an wie die eine, als ich nach Temptation Island gefragt hatte. Dann griff sie in das nussbraune Holz hinein, es sah ohne Scheiß so aus, als ob sie ins Holz reinfassen würde, und holte ein Formular heraus. Sie legte mir Kugelschreiber hin und nickte zur Seite. Ich knallte meine flache Hand auf das Papier und schob es über das Holz, irgendwie wusste ich, dass sie das nerven würde.

Während ich das Formular ausgefüllt habe, hat sie zwei Sachen gemacht. Einmal redete sie leise vor sich hin. Ich verstand nicht alles, aber es ging ganz sicher um mich. Und gleichzeitig lag ihr Smartphone vor ihr. Es hat eine Weile gedauert, bis ich das gecheckt habe. Weil zuerst musste ich so aus den Augenwinkeln schielen und konnte nicht genau erkennen, was sie da tut, nur dass sie etwas tut. Erst als ich mich dann getraut habe, richtig zu gucken, habe ich das Smartphone gesehen. Irgendein Spiel mit unterschiedlich farbigen Flächen. Und als ich das sah, veränderte sich plötzlich alles. Und ich hatte einfach von der einen auf die andere Sekunde keine Angst mehr. Ich ließ das Blatt einfach liegen und wollte gehen und da sagte sie: »Herr Macke-Meyer will mit Ihnen persönlich sprechen.« Hätte ich in dem Moment gewusst, wer das ist. Ich frage mich, was ich dann gemacht hätte.

Wir sind noch in Montevideo, in ein paar Minuten laufen wir wieder aus. Ich bin natürlich erst mal an Land gegangen, aber an Land zu gehen ist das Gegenteil von sich ans Skateboard gewöhnen. Nichts ist mehr stabil. Das Land ist flüssig. Und die Knie müssen das ausgleichen. Es ist schwer zu beschreiben. Als ob man gecheckt hätte, dass das Land gar kein Land ist, sondern auch auf Wellen schwimmt. Mir ist richtig mulmig im Magen geworden und bisschen Schweißausbruch hatte ich auch. Ich bin nicht weit gegangen, habe mich hingesetzt, bisschen geraucht, und als mir dann richtig schlecht geworden ist, bin ich wieder zurück an Bord. Im Bett ist es besser geworden.

Und na klar, hier habe ich auch wieder Netz. Es kamen ein paar Nachrichten von Mama rein, sonst nichts. Ich hab ihr zurückgeschrieben und ein paar Fotos geschickt und bin dann kurz an Deck gegangen, um ein paar Selfies zu machen. Für Jana. Und nachdem ich ihr die geschickt hatte, sie aber nicht zurückschrieb, hatte ich so große Angst zu sehen, dass sie gerade online ist, dass ich mich nicht mehr auf Insta getraut habe und auch nicht auf Facebook. Ich musste mich richtig zwingen, nicht auf RTL+ zu gehen und alle Daten zu verballern. Also habe ich ein wenig recherchiert, was mich ziemlich gut abgelenkt hat und mir btw ziemlich erwachsen vorkommt.

Ich checke halt nur nicht, warum Leute verpixelte Dokus hochladen. Jedenfalls die Doku, die ich da gesehen habe, war von Greenpeace. Es gibt die unterschiedlichsten Positionen zu Krill. Abgesehen von irgendwelchen Gurus, die darin eine Art Wundermittel sehen, steht das meiste in einem größeren Zusammenhang. Stichwort Klimawandel. Greenpeace hat da eine einfache Position. So Schiffe wie unseres halten sich nicht an irgendwelche Regeln und deshalb sammeln sie eine Million

MÜDE

Euro und fahren auch in die Antarktis und kontrollieren uns. In einer anderen Doku hat ein Wissenschaftler vorgerechnet, wie viel Krill es gibt und dass der Mensch nur einen Bruchteil davon fängt, also dass der Mensch keinen Einfluss haben kann auf den Krill. Er hat auch gesagt, dass hier richtig viel CO_2 gebunden wird, und zwar von Algen. Ich finde das ein bisschen übertrieben, aber er hat gesagt, dass der südliche Ozean ein Drittel der menschengemachten Treibhausgase aufnimmt. Ich habe zwar keine Ahnung, was neun Milliarden Tonnen sein sollen und ob das viel ist, aber dass deshalb die Antarktis wichtig ist, leuchtet mir schon ein. Jetzt frage ich mich, ob dann der Erde nichts Besseres passieren kann, als wenn da weniger Krill ist, der die Algen wegfrisst, die doch eigentlich das CO_2 aufnehmen sollen.

Dann habe ich noch Zeug über das Wort Krill herausgefunden. Man kann der oder das Krill sagen. Man kann auch nicht wirklich einen Plural davon bilden. Ein bisschen wie bei Milch. Milch ist Milch. Ich wette, es gibt zwar einen Plural, aber das ist nur für die Duden-Freaks. »Ich habe zwei Milchs im Kühlschrank« klingt jedenfalls genauso falsch, wie wenn man sagen würde »Wann endlich fangen wir an, die Krills zu fangen«.

16. DEZEMBER

In Montevideo ist der Rest der Besatzung an Bord gegangen. Die kommen alle aus Uruguay. Glaube ich. Wie auch immer, jetzt, wo ich alle kenne, ist es halt auch offiziell. Abgesehen vom Arzt sind an Bord alle lame.

Und was auch lame ist, das sind die Eisberge. Die sind viel schneller aufgetaucht, als ich gedacht hätte. Wir sind ja erst einen Tag von Montevideo weg, streng genommen ein bisschen mehr, weil wir sind mittags ausgelaufen und jetzt ist Abend. Wahrscheinlich treiben sie uns irgendwie entgegen, ich weiß nicht. Ihre Oberflächen schimmern wie ein Kristall. Und je nachdem, wie die Sonne steht, nehmen sie einen anderen Farbstich an. Es gibt sie ziemlich oft ziemlich blau. Morgens und abends leuchten sie rosa, orange, gelb, rot oder lila. Gestern habe ich einen gesehen, der die Farbe von einem Bluterguss hatte. Heute habe ich einen gesehen, der war richtig grün.

Wie ich das gerade schreibe, kommt es mir gar nicht mehr so lame vor, also die Eisberge. Auch wenn ich weiß, dass sie natürlich noch immer voll lame sind. Ich kann mir nicht vorstellen, dass sich das noch mal ändert, was ich heute immer wieder erlebt habe, nämlich dass man kurz denkt, wow, und es dann nach spätestens fünf Minuten fad wird. Aber vielleicht ist das etwas, was vom Schreiben kommt. Also dass man selbst die langweiligsten Sachen halt so beschreiben kann, dass sie spannend werden.

Was gar nicht so einfach ist. Ich habe zum Beispiel auch voll lange für jeden Satz mit den Eisbergen gebraucht, weil ich jedes Mal lange überlegen musste, wie ich etwas sage. Vielleicht ist auch deshalb viel Literatur so langweilig, weil es so spannend ist, zu schreiben, und denjenigen, die schreiben, gar nicht auffällt, dass es nicht unbedingt spannend ist, das dann zu lesen.

Das meiste Eis ist jedenfalls so klein, dass man gar nicht wirklich Berg dazu sagen kann. Es sind kleine Schollen, die wegen ihrer Flecken und runden Form bisschen an Eierkuchen erinnern. Also als ob so unendlich viele Eierkuchen im Wasser treiben würden. Die meisten sind auch so groß wie Eierkuchen. Ich glaube, sie wachsen.

Heute hat der Kapitän mir meinen Praktikumsplatz gezeigt. Die Fabrik liegt im Bauch des Schiffes. Dort sind überall Rohre und irgendwelche Maschinen. Er hat mir alles erklärt, wozu es da ist, welche Edelstahlrohrleitung von wo nach wo führt usw. Ich habe aber eigentlich nichts verstanden. Ich glaube, über Zentrifugen haben wir im Chemieunterricht ab und zu geredet. Vielleicht haben wir manchmal welche verwendet? Vielleicht ist das mit den schwierigen Wörtern so, also dass man sie irgendwo verwendet, aber sonst sind sie nutzlos und sagen einem nicht viel.

M
Ü
D
E

Immerhin weiß ich jetzt, warum man Manometer sagt, wenn man flucht. Eigentlich heißen nämlich Druckmessgeräte so. Und um den Fluch zu verstehen, muss man sich jetzt nur so einen dampfenden Kessel vorstellen und eine Nadel, die so in dem roten Bereich ist und dort rumzittert und dann irgendein Matrose, der brüllt: »Achtung, Manometer!«

Ich habe ja vorgestern auch eine Dokumentation gesehen, wo sie ein Schiff von Sea Shepherd begleitet haben. Jetzt habe ich bisschen Angst, dass auch wir von irgendeiner Umweltorganisation »Besuch« bekommen. Beziehungsweise ich bin mir nicht sicher, ob ich Angst habe. Vielleicht fände ich es auch richtig gut. In der Doku ist es aber voll abgegangen. Ich kann mir das irgendwie gar nicht vorstellen, wie es wäre, wenn jetzt plötzlich irgendwelche Aktivisten in Schnellbooten kommen würden, Seile an Stellen werfen würden, an die niemand von uns rankommt, beispielsweise sich am Anker anseilen und ein Banner an der Bordwand befestigen, auf dem »Protect the Antarctic« stehen würde oder so.

Auch wenn es in Montevideo ja nur ein paar Stunden waren, hat mir diese Unterbrechung eines klar gemacht: Ich bin in einem Loch, in einem Loch, in dem man nichts mehr mitbekommt. Weder Gutes noch Schlechtes. Vielleicht hat Mama wen kennengelernt. Vielleicht hat es in der WG gebrannt. Vielleicht hat irgendwer einen Unfall gehabt. Ich frage mich, was geschehen müsste, damit wir an Bord informiert würden. Und umgekehrt: Wie lange es dauern würde, wenn ich sterbe, bis Mama Bescheid wüsste. In Montevideo habe ich noch gelesen, dass 2013 ein Schiff aus China in der Antarktis gebrannt hat. Bisschen weird, weil es ist jetzt schon so kalt, dass ich mir gar nicht vorstellen kann, dass es brennt. Das muss also ziemlich verwirrend gewesen sein für die Besatzung. Also dass es so kalt war und dann gebrannt hat. Und aber gleichzeitig überall so viel Wasser war.

Gott sei Dank ist niemand gestorben, sonst fände ich es bisschen arg, was ich da gerade geschrieben habe.

18. Dezember

Über die Sache mit dem chinesischen Schiff habe ich noch den ganzen Tag gestern nachdenken müssen. Wie machen das die, die richtig schreiben, wenn sie über schlimme Sachen schreiben? Erstens gehen sie ja dabei alles im Kopf haargenau durch. Und zweitens schreiben sie aus Sicht von richtig heftigen Leuten, also zum Beispiel von einem Nazi. Dann müssen sie ja denken wie der.

Und dann frage ich mich natürlich die ganze Zeit, ob Jana wohl noch was auf die Selfies zurückgeschrieben hat. Das heißt: Weil sie das natürlich getan hat, frage ich mich eher, was.

Es hat Zeiten gegeben, da bin ich cool gewesen. Von den ersten Jahren auf dem Gymnasium weiß ich noch, wie es ist, zu den Coolen zu gehören. Zu denen, die gut aussehen usw. Ich hatte langes Haar bis zum Po und das kam erst ab, nachdem mir ein Mann in der Straßenbahn daran rumfummelte und ein bisschen meinen Nacken streichelte. Eine erwachsene Frau, das weiß ich noch, riss mich von dem Mann weg, schrie ihn an und fragte mich dann, ob alles in Ordnung sei. Nachdem ich ausgestiegen war, musste ich minutenlang weinen.

Und jetzt gerade frage ich mich, wann ich das letzte Mal geweint habe.

Jedenfalls ist dann irgendetwas mit meinem Gesicht geschehen. Es war, als würden meine Augen einen Tick zusammenrücken und plötzlich habe ich diesen stechenden Blick gehabt. Meine Nase war auf einmal zu groß. Und das Zahnfleisch, das ich beim Lachen zeige, ist nicht mehr niedlich gewesen, sondern hat zum Gebiss von einem Pferd gehört. Ist das die Pubertät? Dass man in den Spiegel guckt und sich nicht wiedererkennt, oder sich nicht wiedererkennen will und deshalb möglichst selten in den Spiegel guckt?

Weil es reicht ja schon, dass man einmal in den Spiegel guckt beim Lachen und weiß, wie man dabei aussieht, um es zu lassen. Ich weiß noch, dass ich voll mit Absicht immer die Hand vor den Mund genommen habe, wenn ich lachen musste, und weil mir das ein wenig dämlich vorgekommen ist, habe ich die Hand immer so weggeknickt, dass es irgendwie lässig aussieht – ich glaube nicht, dass es gut geklappt hat. Und es hat mich definitiv auch nicht wieder cool gemacht.

Dann kam die Zeit, wo Smartphones normal geworden sind und ich bin meinem Anblick nicht mehr entkommen. Auch wenn man nur selten in den Spiegel guckt: Wenn man in einen guckt, dann nicht aus Versehen. Und auch immer eigentlich von vorn. Als dann aber plötzlich die ganze Zeit Fotos von mir aus allen Winkeln und Positionen entstanden sind, wirklich andauernd, hat die Zerstörung von meinem Gesicht zugenommen. Also zumindest kam es mir damals so vor. Ich habe realisieren müssen, wie oft ich mit leicht geöffnetem Mund dahocke, und daraus entwickelte sich mein nächster Tick. Vielleicht besser gesagt Zwang. Weil richtig zwanghaft habe ich von da an die Zähne zusammengebissen. Ich habe den Mund zugemacht, und um ihn nicht aus Versehen aufzuklappen, habe ich nicht mehr aufgehört zuzubeißen. Vielleicht kommt ja daher, was Mama meint, wenn sie sagt, ich würde so hart wirken. Vielleicht kommt es von meinem Kiefer. Jedenfalls ist das bis heute so.

Anfang vom letzten Jahr war das, da habe ich das so deutlich gesehen wie noch nie, also dass für alle ein scheiß Lockdown-Frühling ist und alle miteinander irgendwelche Lockdown-Geschichten haben, keine Ahnung, stundenlang in irgendeiner WG sitzen, Rotwein trinken und rumkichern, weil auf dem Gang irgendein Nachbar nichts bemerken darf. Und ich bin wie eine Zuschauerin.

Und habe Ohrschmerzen im rechten Ohr. Die habe ich, um genau zu sein, bekommen, als ich mit Mama telefoniert habe. Damit sie nicht bemerkt, wie müde ich bin, habe ich lautlos zu gähnen versucht. Und da hat es in meinem Ohr geknackt und ich konnte nicht mehr zubeißen. Mein Hausarzt wollte nicht, dass ich vorbeikomme, und schickte mich zum Zahnarzt. Mein Zahnarzt wollte nicht, dass ich vorbeikomme, und schickte mich in die Klinik. Und in die Klinik konnte ich erst nach dem Lockdown, da war da längst eine Entzündung im Kiefer draus geworden.

19. Dezember

Gerade habe ich ein ganz seltsames Gefühl zum Schreiben. Ich habe es in den letzten Tagen – Wochen muss ich ja eigentlich sagen – immer wieder, nie aber so stark wie heute. Ich habe Lust zu schreiben, weiß aber nicht, über was. Es ist, wie wenn die Manometer-Nadel längst im roten Bereich steht, aber nix passiert.

MÜDE

Ich könnte solche Dinge aufschreiben wie dass ich, seit wir in der Antarktis sind, die Zigarette nicht mehr zwischen Zeigefinger und Mittelfinger, sondern zwischen Zeigefinger und Daumen halte. Dabei sehe ich bisschen älter aus, glaube ich.

Oder: Heute sind wir voll in ein Feld aus Eierkuchen-Eis reingefahren. Ich hab mich an den Bug gestellt und zugeguckt, wie die Spitze vom Schiff sich durchs Eis geschoben und das Eis auseinandergebrochen hat. Teilweise wurde es senkrecht aufgerichtet und auseinandergedrückt. Es knirschte und quietschte. Beim Abendessen hat mir Kilian erklärt, warum wir durchs Eierkuchen-Eis fahren. Da drunter ist richtig viel Krill. Wir haben aber noch keinen richtigen Schwarm entdeckt. Auch wenn es jeden Moment so weit sein kann.

Apropos der/das Krill: Hier ein paar Ideen, wie man Plural von Krill bilden könnte: Krills, Krille, Krillen, Kreul, Kreuler, Krillizes, Krillata.

Heute haben wir das Netz ausgebracht. So sagt man das nämlich. Bevor ich aber davon erzähle, noch eine Sache zu meinem Gesicht: Es gibt nur eine Perspektive, aus der ich fotografiert werden kann und die Proportionen nicht ganz so schlimm wirken. Ja, fast eher gut wirken. Deswegen ist jedes Profilbild von mir von der linken Seite aufgenommen, fast im Profil und etwas von unten. Wenn ich könnte, wäre das auch mein Ausweisfoto. Wenn man mich von schräg links unten anguckt, habe ich keine eingefallenen Wangen mehr, kein Pferdegebiss und keine zu eng stehenden Augen. Und vor allem fallen auf Fotos die Pusteln an den Schläfen nicht auf. Das ist btw der einzige Grund, warum ich mich freue, irgendwann dreißig zu werden. Ich kenne niemanden, der so alt ist und noch Pickel hat. Was auf diesen Fotos nicht weggeht, sind die Grübchen am Kinn. Die bleiben und sind der Makel, den Schönheit immer braucht. Bei Jana sind das beispielsweise die Lippen. Die sind zwar voll und spitz, aber eigentlich viel zu klein. Sie wirken, als ob Jana sie permanent schürzen würde. Wenn ich es jetzt so aufschreibe, klingt es bescheuert, aber es macht sie irgendwie sexy.

Es ist jetzt jedenfalls eigentlich nur noch Tag. Natürlich steigt und sinkt die Sonne. Und sie geht auch noch kurz unter, aber Dämmerung bleibt immer. Durch das Bullauge meiner Kajüte sieht es immer gleich aus: nach spätem Vormittag. Oder frühem Nachmittag. Meistens ist es bewölkt, sodass man den genauen Sonnenstand nur erahnen kann. Heute ist aber gutes Wetter. Das schreibe ich, weil ich finde, dass wir Glück hatten mit dem Wetter beim ersten Fang.

Jedenfalls habe ich mir dazu, also zum Fangen, Notizen gemacht, was bei der Kälte gar nicht so einfach war, und Kilian hat mir noch ein paar Sachen erklärt:

Das Netz gleitet ins Meer.

Es treibt auf den Wellen.

Es dauert zehn Minuten, bis es komplett vom Schiff ist.

Das Meerwasser durchtränkt das Garn und es sinkt ab.

M
Ü
D
E

Bojen heben einen Teil des Netzes an, während ein anderer Teil durch Gewichte nach unten gezogen wird.

Zwei über sechshundert Meter lange sogenannte Kurrleinen werden von den Trommeln abgewickelt. Sie werden abgerollt.

An ihnen sind die beiden Scherbretter befestigt, jeweils zwei Tonnen schwere, rechteckige und leicht gewölbte Platten aus Blech. Sie richten sich aus, sobald die Kurrleinen straff gespannt sind. Die eine driftet nach links weg, die andere nach rechts, sodass sich das Netz öffnet. An den Scherbrettern befindet sich jeweils ein Peilsender.

Bis das Netzgeschirr gestellt ist, dauert es fünfundzwanzig Minuten.

An Deck waren richtig viele Leute.

Ich schätze, Kilian steht auf mich.

Jetzt ist es losgegangen und ich bin von meinem ersten richtigen Praktikumstag fix und fertig. Frosttrawler heißen Frosttrawler wegen to trawl, fischen. Und Frost nicht weil wir in die Antarktis fahren, sondern weil wir an Bord gleich verarbeiten und tiefgefrieren. Und ich sitze an einem Förderband und sortiere alles raus, was nicht nach Krill ausschaut. Neben mir sitzt noch jemand, der das auch tut. Weil es so laut ist, unterhalten wir uns eigentlich nicht. Manchmal kommt der Arzt vorbei und kontrolliert den Krill. Es geht von Maschine zu Maschine. Der Krill wird geschält, gehäckselt und ist dann eine orangefarbene Masse voller schwarzer Punkte. Das sind die Krill-Augen. Diese Masse wird dann püriert und es entsteht eine Art Krill-Schlamm. Der Schlamm wird getrocknet und zerfällt dabei zu einem Pulver, dem Krill-Mehl. Das Mehl wird eingefroren. An Land wird daraus Öl gepresst.

M
Ü
D
E

Mir ist noch etwas eingefallen, was zu der Tintenkiller-Geschichte passt. Und auch zu der Sache mit der Zahnbürste. Das schreibe ich noch auf, dann gehe ich schlafen. Es hat mit Mama und Papa zu tun. Und damit, dass sie, bevor er uns verlassen hat, ein paarmal mit mir zu Fußballspielen von Hertha gegangen sind. Es waren immer Heimspiele, aber nicht jedes Heimspiel, nur jedes zweite. Eine Jahreskarte, mit der wir zu jedem Heimspiel hätten gehen können, wäre nur bisschen teurer gewesen, als für jedes zweite Heimspiel eine Tageskarte zu kaufen. Aber das kam für Mama und Papa irgendwie nicht infrage. Genauso wenig wie etwas an den Essensbuden zu kaufen. Sie haben immer einen Rucksack gepackt. Da waren dann mindestens zwei Tupperdosen drin mit belegten Broten und drei 0,5-Liter-Flaschen Apfelschorle und noch mal drei oder vier Flaschen Mineralwasser. Genug jedenfalls. Wenn ich mich erinnere, kommt aber zuallererst das Gefühl, dass besser etwas übrig bleibt. Ich weiß nicht wofür.

Wenn das, wofür ich kein Wort habe, etwas wäre wie eine Haarfarbe, ich wäre mir sicher, dass sie mir das vererbt haben.

22. DEZEMBER

Heute habe ich keine Kraft zum Schreiben. Darum lege ich einfach nur eine Liste an der Dinge, bei denen es keinen Plural gibt.

M
Ü
D
E

Milch

Schnee

Sand

Ich

Alles

Wärme

Blut

Urin

Sex

Rauch

Spaghetti (unsicher)

Müll

23. DEZEMBER

Wir sind wieder auf der Suche nach einem Schwarm. Deswegen konnte ich heute länger schlafen.

Das Coolste an diesem Praktikum ist vielleicht, dass ich den Overall tragen kann. Darin fühle ich mich wieder ein wenig wie als Kind. Er ist schlicht und nicht besonders figurbetont. An der Taille hat er eine Kordel. Wenn man hier locker lässt, ist der Anzug absolut unisex. Und das Beste ist sein Orange. Richtig daneben. Ganz bestimmt aus den frühen Neunzigern, vielleicht sogar von früher.

Krill, das muss ich, finde ich, auch noch erklären, Krill muss man gleich verarbeiten und einfrieren, weil er nämlich sonst zerfällt. Gleich meint innerhalb von höchstens vier Stunden. Und zerfallen meint, dass er sich sonst in eine schleimige und stinkende Masse verwandelt. Ich kann mir das ein bisschen vorstellen, weil manchmal landet ja doch ein bisschen Krill auch mit im Beifangeimer. Und wenn ich den ausleeren gehe, stinkt das schon ganz schön. Jedenfalls tun wir hier alles, damit das nicht passiert. Und auch wenn es ein wenig irrational ist, habe ich die Sorge, dass es geschehen könnte. Also dass richtig viel Krill kaputtgeht. Ich schätze, Jana würde mir dazu raten, mich von dieser Fantasie abzugrenzen. Mich frei zu machen von ihr. Mir selbst einzureden, dass es auch nicht meine Verantwortung ist. Aber irgendwie gelingt mir das nicht. Vielleicht ja, weil ich quasi diejenige auf dem Schiff bin, die den Krill in Empfang nimmt.

Ich denke im Übrigen wieder öfter an Jana. Wahrscheinlich weil morgen Weihnachten ist und ich ihr gern alles von hier erzählen würde.

24. Dezember

Es ist Heiligabend. Um sechzehn Uhr durfte ich via Satellit mit Mama telefonieren. Sie musste extra in die Reederei fahren. Ihr geht es gut. Ich habe gemerkt, dass sie Angst hat, etwas Falsches zu sagen. Also das heißt, eigentlich glaube ich, dass das so nicht ganz stimmt. Eigentlich glaubt sie nicht, dass sie etwas Falsches sagen könnte, geschweige denn dass sie jemals etwas Falsches gesagt haben könnte. Das kommt für sie gar nicht in Betracht. Aber sie hat Angst, dass ich »noch weiter weg« sein könnte. Sie denkt, dass es irrational von mir ist, sie zu verlassen, aber sie will es nicht, und deshalb tut sie so, als wäre sie besonders vorsichtig. Und das sorgt dafür, dass sie nicht wirklich etwas erzählt und sich kaum etwas zu fragen traut.

Irgendwie weiß ich aber nicht viel, was bei ihr passiert. Sie feiert mit einer Freundin. Sie sind wie jedes Jahr in den Kindergottesdienst am Nachmittag gegangen. Und direkt vom Gottesdienst zur Reederei gefahren. Wir sind ja ein paar Stunden hinterher.

Und dann haben wir tatsächlich viel übers Wetter geredet. Was nicht ganz so schlimm ist wie sonst, weil es ist ja wirklich eine berechtigte Frage, wie das Wetter in der Antarktis ist, aber trotzdem. Für mich ist es ein bisschen komisch, dass ich gar keine Lust hatte vor dem Telefonat. Ich habe ein paarmal darüber nachgedacht, wie es wäre, wenn Mama einfach weg wäre, und fand die Vorstellung nicht schlimm. Und dass das so ist, schockt mich ein bisschen. Während wir dann gesprochen haben, hat sie mich wie gesagt ein wenig genervt. Und jetzt aber bereue ich es irgendwie, nicht mehr geredet zu haben. Ich meine, was wäre, wenn wir sinken oder so? Also wenn ich sterbe. Das fände ich schon ziemlich traurig für sie.

25. DEZEMBER

Den Arzt finde ich ja cool. Er taucht leider fast nie in der Schiffsmesse auf, und wenn, sitzt er immer allein. Im Grunde bekommt man ihn nur zu Gesicht, wenn er plötzlich unten neben einem steht, um den Krill zu untersuchen. Er sammelt dann exakt zweihundert Krill-Exemplare vom Förderband. Dabei redete er nicht. Was auch schwierig wäre, weil es ja wirklich laut ist. Das längste Gespräch hatten wir, als er mir die Brille gegeben hat, damals. Kommt mir richtig lange her vor btw.

Jedenfalls: Anhand der Grünfärbung des Darmes und der Orangefärbung der Schalen kann er Rückschlüsse auf die Ernährung des Krills anstellen. Er bestimmt die Größe, das Geschlecht, den pH-Wert usw. Vor allem aber untersucht er den Fettgehalt. Das ist das Wichtigste, also dass wir besonders fetten Krill fangen.

26. DEZEMBER

Das hat mir der Arzt erklärt: Krill, der sehr viele Algen gefressen hat, nennt man Grünen Krill. Grüner Krill wird normalerweise im frühen Südsommer gefangen. Ihn will man aber nicht fangen, weil er so schmutzig aussieht und nicht so gut schmeckt. Weißer Krill ist dagegen sehr gut. Er ist fast durchsichtig. Rosa Krill ist weniger wertvoll als Weißer Krill, aber besser als Grüner.

Ich denke immer noch übers Weinen nach. Irgendwie bin ich nämlich sehr traurig, aber ich kann nicht. Also weinen. Ich bekomme maximal feuchte Augen.

Das letzte Mal richtig geweint habe ich, glaube ich, vor mehr als zwei Jahren, da war ich neunzehn. Und es ist erst aus mir herausgebrochen, als Mama ins Zimmer gekommen ist und sich zu mir gesetzt hat. Und dann, das fällt mir aber erst jetzt ein, noch einmal einige Monate später. Als sich dieser Zahnfleisch-Lappen über meinem Weisheitszahn entzündet hat. Ich hatte keine Ahnung, was da in meinem Mund so weh tut. Das ist das erste Mal richtiges Zahnweh gewesen. Also habe ich drei Tage lang alles ausgehalten und geglaubt, es geht von allein wieder weg, und bin erst dann zum Zahnarzt gegangen. Der hat die Zahnfleischtasche gereinigt und mich zu einem Kieferchirurgen geschickt, der mir dann ein paar Wochen später den Weisheitszahn rausgeschnitten hat.

Deswegen habe ich aber nicht weinen müssen, sondern auf dem Weg aus der Zahnarztpraxis ist gefühlt der ganze Schmerz der letzten Tage aus mir herausgebrochen und ich habe geheult wie noch nie. Vielleicht war es auch der ganze Schmerz von vielen, vielen Monaten.

Ich glaube, eigentlich sehne ich mich jetzt gerade auch nach so etwas. Zumindest ist mir aufgefallen, dass ich mich manchmal, wenn ich am Förderband sitze und mich keiner sieht, versuche in eine Rührung oder so zu versetzen. Rührung ist ein bescheuertes Wort. Aber es passt. Ich starre dann den Krill an und erinnere mich, wie ich mit drei oder vier Jahren im Kindergarten die Vollkornbrote gemampft habe, die mir Papa mit viel zu viel Butter und Leberkäse-Wurstscheiben belegt hat, während die anderen Kinder Schokocroissants und so vom Bäcker gegessen haben. Ich versuche mir dann das im Vergleich vorzustellen, damit, wo ich heute sitze. Es waren zwar nur Brote, aber es waren Brote von meinem Papa!

Und heute sitze ich da ohne irgendjemanden, der mich so gern hat, dass er mir jeden Morgen Brote macht. Und dann denke ich, dass ich nicht nur allein bin, sondern auch am Ende der Welt, in einer Schiffsfabrik, in der es superkalt ist.

Außer zu feuchten Augen reicht das nicht. Nicht mal wenn ich dann noch denke, dass ich so nutzlos bin, dass ich mich vielleicht am besten zum Krill aufs Förderband legen sollte.

27. Dezember

Vorhin habe ich etwas getan, was niemand wissen darf. Vor allem nicht der Kapitän. Ich habe es nicht geplant, sondern eher einfach gemacht. Ich bin aufgestanden, wie immer, eine rauchen gegangen und hab mir draußen die Zähne geputzt und dann, dann habe ich meine Zahnbürste ins Meer geworfen.

Weg ist sie.

Was zunächst einmal nur bedeutet, dass ich morgen die neue Zahnbürste benutzen werde. Es fühlt sich aber irgendwie nach mehr an. Als ob ich gegen meinen Papa gewonnen hätte. Als ob jetzt was Neues kommen würde. Ich weiß nicht. Aus Sanja 2.0 wird Sanja 3.0. Ich muss jetzt gleich ans Fließband, dort denke ich ein bisschen nach.

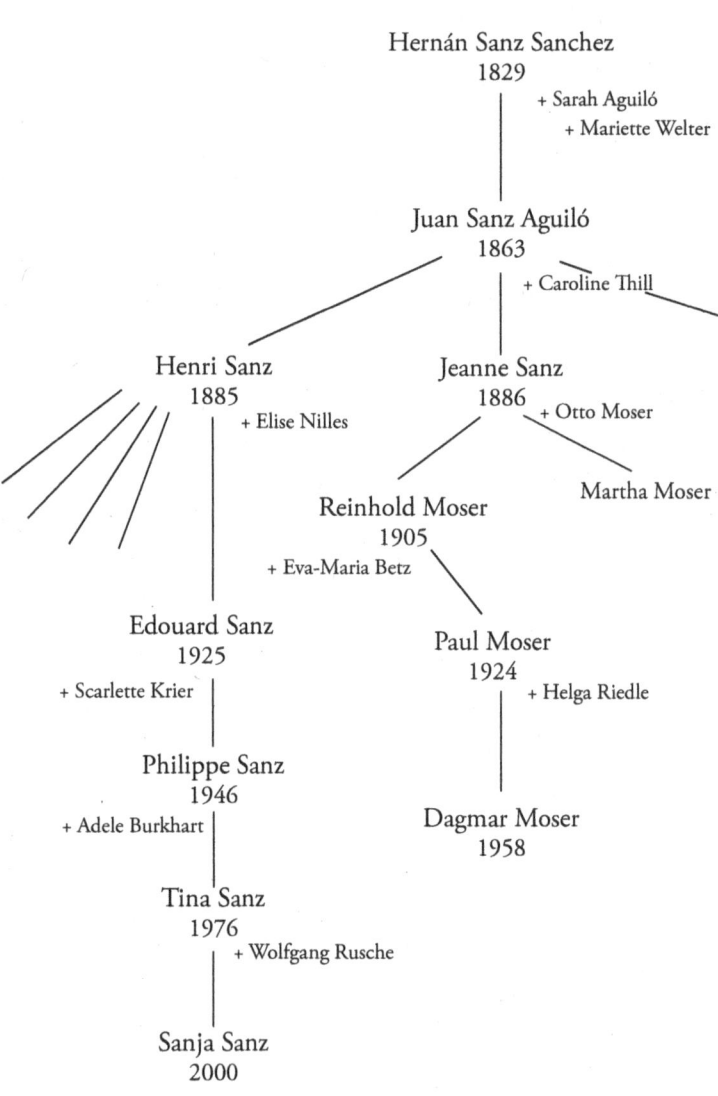

Hernán Sanz Sanchez
1829
+ Sarah Aguiló
+ Mariette Welter

Juan Sanz Aguiló
1863
+ Caroline Thill

Henri Sanz
1885
+ Elise Nilles

Jeanne Sanz
1886
+ Otto Moser

Reinhold Moser
1905
+ Eva-Maria Betz

Martha Moser

Edouard Sanz
1925
+ Scarlette Krier

Paul Moser
1924
+ Helga Riedle

Philippe Sanz
1946
+ Adele Burkhart

Dagmar Moser
1958

Tina Sanz
1976
+ Wolfgang Rusche

Sanja Sanz
2000

Die Familie Sanz
Gezeichnet von Christian Macke-Meyer

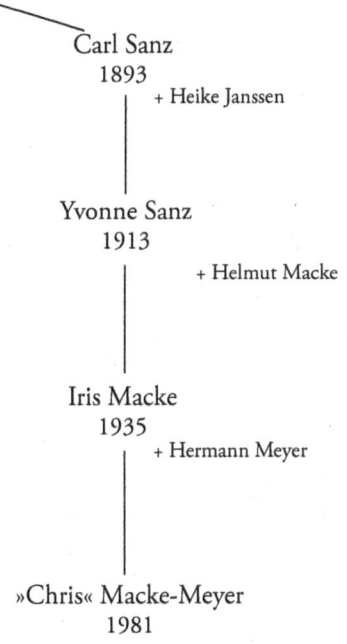

Carl Sanz
1893
    + Heike Janssen

Yvonne Sanz
1913
    + Helmut Macke

Iris Macke
1935
    + Hermann Meyer

»Chris« Macke-Meyer
1981

ZITIERT

ODER VERWIESEN WURDE AUF

20000 Meilen unter dem Meer von Jules Verne
Autobiographie d'un poulpe von Vinciane Despret
Beast von Peter Benchley
Biologie der Polarmeere von Irmtraut und Gotthilf Hempel
Childhood's End von Arthur C. Clarke
Das geheime Leben der Bäume von Peter Wohlleben
Der Krake, das Meer und die tiefen Ursprünge des Bewusstseins
    von Peter Godfrey-Smith
Der 12. Gesang der Odyssee
Die Kriegerin von Helene Bukowski
Die 6. Reise Sindbads aus Tausendundeiner Nacht
Faszination Krake von Michèle Ganser und Michael Stavarič
Genesis 3 aus der Bibel
Geschichten vom Lieben Gott von Rainer Maria Rilke
Jarett Kobeks Rede in der Booklounge bei der Frankfurter Buch-
    messe 2016
Jaws von Peter Benchley
Kräuterbuch von Johannes Hartlieb
Marea-Miniaturen von Mathias Kropfitsch
Moby-Dick von Herman Melville
Our Common Future von der Brundtland Commission
Rendezvous mit einem Oktopus von Sy Montgomery
Riesenkraken der Tiefsee von Richard Ellis
Squid. A Noble Creature Defended von Arthur C. Clarke
Sylvicultura oeconomica von Hans Carl von Carlowitz
The Deep Range von Arthur C. Clarke
The Limits to Growth vom Club of Rome
The Shining Ones von Arthur C. Clarke
The Thrill of Krill von Dennis Goodman
Über Sinn und Bedeutung von Gottlob Frege
Vielleicht im Leben nie wieder Krill von Peter Brügge

DANKE

Meinem Verlag und allen, die für ihn arbeiten. Charlotte Bastam und Mathias Kropfitsch für die ersten Gespräche über einen Tintenfisch, Tiefseekabel und Kinship. Jana Volkmann, Philipp Weiss und dem gesamten Wiener Tierlesekreis für die Diskussionen. Nora Boeckl für die raschen Antworten und immer neue Optionen. Michael Stavarič für seine wiederholten Hilfestellungen. Raphaela Edelbauer für Jahre voller Rat, für Jogginghose und Nudelsieb. Leander Fischer für die unzähligen Textbesprechungen, für die Zeit während der Lockdowns, den Zusammenhalt. Fiona Sironic für ihre Anmerkungen und ihr stets offenes Ohr. Tim Holland und meiner Mutter für den schwäbischen Rückhalt. Aurianne Chevandier für die Hilfe im Französischen. Helene Bukowski für jedes Gespräch, für alle Briefe und die Zuversicht.

Außer den bereits Genannten haben das Ihre beigetragen: Muhammet Ali Baş, Paul Behren, Timo Brandt, mein Bruder, Alexa Dietrich, Esther Dischereit, Christiane Heidrich, Alice Herberger, Cornelia Hülmbauer, B. K., Saskia Klar, Jana Lammerding, Laura Laufenberg, Alireza Malekzadeh, Lena Katalin Nanut, Felicia Schätzer, Max Scheffold, Franziska Schubert, Mercedes Spannagel, Leona Strakerjahn und mein Vater.

Luca Kieser

Pink Elephant

»Ebenso gekonnt wie behutsam (...) Diese Geschichte ist ein Aufreger, aber im allerbesten Sinne.« *SWR Kultur*

Luca Kieser erzählt in seinem zweiten Roman eine rasante, eindringliche Geschichte über Freundschaft, Zugehörigkeit und die oft unsichtbaren Grenzen, die unsere Gesellschaft durchziehen.

978-3-89667-760-0

Leseprobe unter **blessing-verlag.de**

| BLESSING VERLAG |

Selina Holešinky
SCHALTIERE AM WALDBODEN

Antonie lebt im Waldrandhaus in einem Dorf, das als Musterdorf
auserkoren wurde, klimaneutral zu sein, in dem es keine Autos
gibt und in dem auch sonst alles perfekt korrekt abläuft oder
ablaufen sollte. Die Bewohnerinnen und Bewohner teilen sich
in Ansässige und Zugezogene – Menschen, die aus der Stadt
kommen, ihrer Sehnsucht nach dem heilen Landleben folgen und
vor ihrer Zukunftsangst davonlaufen.
Bas öffnet Antonie schließlich die Augen: Das Modelldorf
funktioniert vor allem für die Zugezogenen, die es sich auf den
Früchten der Arbeit der Ansässigen gut gehen lassen.
Ein auch sprachlich beeindruckendes Debüt über die Komplexität
der Klima- und Umweltfrage und der Lösungsfindung – voll mit
berührenden Momenten und fantasievollen Bildern.

184 S., ISBN 978-3-7117-2152-5

Picus Verlag Wien